DER ZORN DER FLÜSSE

DIE SIEBEN INSELN
BUCH DREI

A.R. KNIGHT

1

DIE FLUSSSTADT

Wax, Vis-Erneuerung und potenzieller Weltenretter, war pleite. Seine leere Umhängetasche baumelte an seinen Schultern und wehte im gelegentlichen Rana-Wind, und seinen Wächtern ging es kaum besser. Sie saßen, gekleidet in kratzige Leinenschichten, die sie für den Rest ihrer Foti-Beute eingetauscht hatten, um einen vergoldeten Brunnen herum. Sechs kleine Wasserstrahlen, die in die kühle Morgenluft sprudelten, umgaben einen größeren Geysir, der nach seiner Heimatinsel benannt war. Geschwungene Alabastergebäude spielten mit scharfen Winkeln, Banner mit Familien- und Geschäftsnamen wehten in strahlendem Glanz. Der Platz um sie herum schien sich nicht im Geringsten um die missliche Lage ihres Helden zu kümmern. Händler, Arbeiter und Familien nutzten die schwindenden Tage, bevor der Winter in voller Stärke einsetzte.

Und genau das war das Problem.

»Nicht ein einziger«, sagte Torny. Die Banditin zog ihre Knie an und umarmte sie, während sie dasaß. »Hab heute Morgen wieder alle Fahrer gefragt, und die wenigen, die überhaupt sagten, sie könnten unsere erbärmlichen Hintern nach Norden karren, verlangten mehr, als wir haben.«

»Selbst als du mehr für später versprochen hast?«, gebärdete Bliss, obwohl ihre nachlässigen Finger andeuteten, dass sie die Antwort bereits kannte.

»Scheint, als würden die Rana nur an Vorauszahlung glauben.« Torny zuckte mit den Schultern und seufzte. »Hast du noch was zum Mittagessen versteckt, Wax, oder soll ich ...?«

Dieses Abklingen spielte auf einen Vorschlag an, den Torny in den letzten zwei Tagen gemacht hatte, als klar wurde, dass Wax' nicht ganz so fröhliche Bande keinen jubelnden Ausflug zum Strudel, dem ewigen Wirbel, wo Ranas Skars, diese geheimnisvollen Steine, gehalten wurden, unternehmen würde. Die Banditin hatte ihr früheres Leben nicht vergessen, als sie sich Wax' Gruppe angeschlossen hatte, als er ihre Bitte, eine Wächterin zu werden, akzeptiert hatte, und nun schien jede Not mit ein paar flinken Fingern, ein paar geklauten Geldbörsen gelöst werden zu können.

»Du weißt, was die Rana mit Dieben machen«, knurrte Quik, Wax' älterer Bruder und das mürrische, muskelbepackte Mitglied ihrer Gruppe. »Sie werden dich aufhängen oder ohne zu fragen ins Meer werfen. Und das zu Recht.«

»Nur wenn sie mich erwischen. Wette, das würden sie nicht.«

»Ich nehme die Wette an.«

»Niemand stiehlt auch nur einen verdammten Krümel«, sagte Wax und beendete den Streit. »Wir müssen nach Norden, und wir können nicht laufen.« Das war das Erste, was sie mit Sicherheit erfahren hatten, seit die Foti-Galeone sie vor vier Tagen in Riroca abgesetzt hatte. Rana, die Insel, lebte von ihren allgegenwärtigen Wasserwegen, und obwohl es Brücken gab, wäre eine Wanderung zum Strudel sowohl gefährlich als auch lang. »Das bedeutet, wir müssen uns unsere Überfahrt auf die harte Tour verdienen.«

»Was wir ja bereits tun«, gebärdete Bliss, »Es reicht nie.«

Stimmt. Die wenigen Jobs, die Rana Nicht-Einheimischen anbot, ließen ihnen kaum genug, um Unterkunft und Essen zu kaufen. Wax und Quik hatten Tage damit verbracht, Fracht auf Schiffe zu verladen und wieder abzuladen, und selbst nach einer erfolgreichen Schicht bot der Hafenmeister von Riroca kaum mehr als ein Almosen und keine Zusage für Arbeit am nächsten Tag. Um eine weitere Runde zu betteln, schien eine fast unerträgliche Option, aber was blieb ihnen sonst übrig?

»Keine Straßenkämpfe für dich diesmal?«, fragte Quik seine jüngere Schwester, und Bliss schüttelte den Kopf.

»Keine, die ich finden kann. Nicht dass sie mich in die Orte lassen würden, wo ich denke, dass es welche geben könnte.«

»Diese verdammte Insel.« Quik schlug mit der flachen Hand auf den kühlen grauen Stein. »Wir könnten unsere Waffen tauschen?«

Die Foti-Klinge, Bliss' Stab, Quiks Handschuhe und Tornys Dolche? Könnte genug sein, um die Überfahrt zu bezahlen, aber Unholde waren heutzutage überall. Eine Reise nur mit Händen und Füßen schien, nach einem schnellen Tod zu fragen.

Riroca wusste das auch. Ranas geschwungene Alleen, dünn und abwechselnd mit Kanälen und ihren Booten, hatten überall Wachen postiert. Trios marschierten oder fuhren in Gondeln, zwei Säbel und ein Armbrustschütze in jeder Gruppe. Ihre Bemühungen waren auch nicht ganz erfolgreich gewesen: Der Hafen hatte drei Anlegestellen und zwei Lagerhäuser durch Unhold-Angriffe verloren, und während ihrer Spaziergänge hatte Wax mehr Schäden am Stadtrand gesehen.

Wenig Gelächter hing in der Luft. Eine trockene, unausweichliche Angst haftete an dem Ort, trotz der Farben.

»Das können wir nicht machen«, sagte Wax.

»Was heißt das, Business as usual?«, fragte Torny. »Denn wenn wir wieder einen Tag vergeuden, sollten wir besser loslegen. Ich will heute Abend etwas Schmackhafteres als Suppe.«

»Dann klau es«, fügte Quik hinzu.

»Wenn ich das tue, werde ich es ganz langsam vor dir essen. Jeden Bissen genießen.«

Wax stand auf. Er wollte sich an der Schulter kratzen und fand dort das Leinen. Es brauchte Zeit, sich daran zu gewöhnen, ständig vollständig bekleidet zu sein. Er seufzte. So viel Abenteuer.

»Quik und ich werden wieder zu den Docks gehen. Torny, du und Bliss seht zu, ob ihr nicht eine Schicht in einem Gasthaus erwischen könnt. Vielleicht wieder in der Anglers Rast?«

»Wenn dieser Koch noch einmal einen Annäherungsversuch macht, Wax, werde ich ihn ausweiden«, sagte Torny.

Wax verzog das Gesicht und sah einen brodelnden Zorn in Bliss' Augen, als sie eine ähnliche Anschuldigung gebärdete.

»Dann ein anderes«, erwiderte Wax. »Wir werden schon etwas finden. Treffen wir uns bei Sonnenuntergang wieder hier.«

»Alles klar, Boss.« Torny sprang auf, Bliss gleich mit ihr, und das Paar bog nach rechts ab, tiefer in die Stadt hinein.

»Die beiden«, murmelte Quik und sah ihnen nach. »Torny bringt ihr Ideen in den Kopf.«

»Was für Ideen?«, fragte Wax und machte sich auf den Weg zum Hafen.

»Ideen eben.«

Wax lachte, »Inwiefern ist das gefährlich?«

»Weiß nicht, aber Torny ist nicht eine von uns, Wax. Sie ist nicht von Vis.«

»Danke, das habe ich verstanden. Wenn es etwas gibt, worüber ich mir Sorgen machen muss, Quik, sag es mir, okay?«

Die Docks waren genauso geschäftig wie die Stadt darüber. Riroca erstreckte sich an einem Abhang, wo reißendes Wasser auf den Ozean in einem wirbelnden Delta traf, das nun mit riesigen Piers überbaut war, die dicht mit Schiffen von jeder Insel außer einer gefüllt waren: Whent.

Wax wäre das wahrscheinlich gar nicht aufgefallen, außer dass alles, was auf diesen Docks schief ging, einen Fluch auf die klobige Insel im Nordosten auslöste. Der Nieser eines Steinbeißers hatte diese Kiste umgeworfen, ein anderer war gestolpert und hatte ein Boot etwas zu weit von seinem Liegeplatz geschoben. Wenn eine Foti-geschmiedete Dichtung versagte, lag es daran, dass irgendein Whent es zuerst vermasselt hatte.

Wax und Quik lernten, das Geplänkel zu ignorieren und sogar mitzumachen, wenn sie die Chance dazu hatten, wenn auch nur, weil es dafür sorgte, dass die anderen Hafenarbeiter sie mit etwas weniger Zorn ansahen.

Die Brüder hatten Glück, als sie den Hafen erreichten. Der Dockmeister winkte sie heran und wies auf eine riesige Foti-Galeone, die mit frischen Waffen und Rüstungen beladen war, Metalle, die in Ranas Meeresgrün gefärbt werden sollten. Kiste um Kiste musste bewegt werden, und die beiden Vis hatten sich das Recht verdient, die größten und schlimmsten Pakete aus den tiefsten Laderäumen der Galeone zu schleppen.

»Glück für uns«, sagte Quik.

»Genau«, erwiderte der Dockmeister. »Macht euch an die Arbeit.«

Wax protestierte nicht und verbarg seine eigene Erleichterung über den Job. Einfache Arbeit hatte jetzt einen zusätzlichen Vorteil, der davon abhing, stundenlang die gleichen Bewegungen zu machen. Heben, gehen, Rampen erklimmen und in der Nähe der Karren absetzen, die die Ausrüstung zu den Riroca-Handwerkern bringen würden. Einfach genug, um es ohne viel Nachdenken zu tun.

Das ließ Wax Zeit, auf das Flüstern in seinem Kopf zu hören.

Zwei Skars lagen versteckt an einer Kette unter seiner abgewetzten grauen Tunika, ein Vis-Smaragd und ein Foti-Rubin, obwohl keiner von beiden der ruhigen Schönheit eines echten Edelsteins gleichkam. Stattdessen pulsierten sie vor Leben, waren warm bei Berührung und redeten, als hätten sie Geschichten zu erzählen.

Anfangs fand Wax ihr Flüstern austauschbar, ein Wirbel in seinem Kopf wie das statische Geräusch eines Regensturms. Nach Tagen und Nächten hatte er jedoch Unterschiede herausgehört. Das Foti-Skar mäanderte durch sein Flüstern, als würde es umherstreifen und nach einer Phrase schnappen, nur um dann zu warten, murmelnd, bis die nächste Idee in den Fokus kam. Sein Vis-Gegenstück nahm ein angenehmeres Summen an, ein ständiges Geplapper, das sich in sich selbst zurückschlang, ein stotterndes Wiederholen, das sich nach Stunden zu einem schnellen zwitschernden Finale aufbaute.

Was das alles bedeutete, davon hatte Wax keine Ahnung. Die Worte waren in keiner Sprache, die er je gehört hatte, und der Rhythmus, die Pausen schienen im Widerspruch zu jeder Sprache zu stehen, die er kannte.

Aber die Skars gaben Wax andere Hinweise, wie es das Vis-Skar gerade jetzt tat, als es zitterte, während Wax sich anstrengte, diese nächste Kiste die letzte Rampe zum Dock hochzuschleppen. Dabei spürte Wax, wie seine müden Muskeln neue Energie schöpften, ein Schub wie der, den er gespürt hatte, als er durch die Bäume auf Vis geschwungen war. Ein Rausch, aber was das Skar lieferte, würde ihn später nichts kosten. Als er die Kiste absetzte, wurde das Vis-Skar wieder ruhig, aber seine Beine und Arme fühlten sich so stark an wie eh und je.

Quik atmete unterdessen schwer, seine Arme waren schweißbedeckt. Er musterte Wax, als der Renewal sich streckte. »Vorsicht. Sie werden es bemerken.«

Wax sah an sich herunter. Die Spuren der Arbeit waren da, aber keine Kratzer, kaum Schweiß und sicher keine nennenswerte Erschöpfung von einem harten Arbeitstag.

»Tut mir leid. Es ist leicht zu vergessen«, antwortete Wax und täuschte ein leichtes Hinken vor, als sie zurückgingen, um die letzte Kiste zu holen.

Seit Banditen auf Foti Wax und seine Geschwister nur wegen des Skars und seines Wertes als Geiseln genommen hatten, war es eine Priorität gewesen, den Stein geheim zu halten. Der darauf folgende Najahn-Überfall auf dieselben Banditen machte es absolut notwendig, seinen Renewal-Status geheim zu halten.

Wax brauchte nicht noch mehr Tote auf seinem Gewissen, egal wie verdient.

»Hey«, sagte Quik, nachdem sie die letzte Kiste in der Nähe des Karrens abgesetzt hatten. »Haben wir dieses Schiff nicht gesehen, als wir Foti verlassen haben?«

Das Kance-Schiff, auf das Quik zeigte, hatte eine ätherische Opulenz, als würde es sich herablassen zu ankern, das Wasser zu berühren. Die massiven, sich überschneidenden Segel fingen den Wind auf eine Art und Weise ein, die Wax nicht begreifen konnte, und bändigten die Meere, wie es nicht einmal die Rana meistern konnten. Doch so weit weg von Kance waren selbst ihre leichten Schiffe selten, ein Ereignis groß genug, um mehr Blicke auf sich zu ziehen als nur die von Wax und seinem Bruder.

»Der Kance-Renewal«, sagte Wax. »Sie hat uns eingeholt.«

»Dich überholt, glaube ich.« Quik verschränkte die Arme, während sie das Boot beobachteten. Die gleiche Wache-Renewal-Wache-Reihenfolge führte das Aussteigen an, obwohl diesmal ein dritter Soldat folgte. Alle in königliche, silberne Kance-Rüstung gekleidet. »Sie muss das Kance-Skar schon haben.«

»Willst du damit sagen, ich sei langsam?«

»Ich sage, du bist auf dem Weg zu einer besseren Zukunft als sie.«

Sammle zuerst alle Skars, gewinne die kurze lebenslange Gefangenschaft auf Noctia. Die Aegis, die das Land vor Feinden schützt, bis sie verschrumpeln. Eine Ehre für deine Insel, für dich, obwohl Wax sich nicht sicher war, ob sich irgendein Aegis am Ende stolz fühlen würde.

»Vielleicht«, murmelte Wax, rieb sich das Kinn und beobachtete, wie der herrische Renewal den Dock hinaufging. »Oder vielleicht muss ich einfach etwas aufholen.«

»Schwer zu machen, wenn man sich kein Boot leisten kann.«

Der Kance-Renewal hatte eine gewisse Anmut, als die Sonne unterging. Ihre lose, silberblaue Robe fing ein glitzerndes Feuer ein, als die Himmelsdiamanten an ihren Säumen das schwindende orangefarbene Licht umarmten. Die Frau schien es nicht zu bemerken, ihr Mund war gerade, ihre Augen nach vorn gerichtet, die Hände an den Seiten und angespannt mit entschlossener Absicht.

Kance, ein Land mit zwei Königinnen. Eine, so ging das Gerücht, wurde immer für den Renewal ausgewählt. Diejenige, so ging das Gerücht weiter, die nach Macht und Einfluss strebte.

»Quik, ich wette, sie ist reich«, sagte Wax.

»Das ist keine Wette, die ich eingehe, Bruder.«

»Nein, aber eine, die wir trotzdem nutzen könnten.«

Quik schüttelte den Kopf und machte sich auf den Weg zum Dockmeister, um ihren mageren Lohn in Form von Kartoffeln und Getreide einzusammeln, die in Säcken hinter dem Mann gestapelt waren.

Von Anfang an hatte diese Quest Einfallsreichtum, Risiko und Erfindungsgeist belohnt. Wax hatte all das, und er hatte eine neue Idee.

Als der Vis-Renewal dem Kance-Königin nacheilte, schnappte und wirbelte das Foti-Skar sein Flüstern in Wax' Kopf. Zustimmend, oder so dachte er.

2

DER GEFRORENE WEG

Maena, Rana-Kapitänin, Kommandantin ihres eigenen Schiffs und Anführerin von Dutzenden von Seeleuten, wischte sich die Nase an einem schmutzbedeckten Ärmel ab, während der Whent-Wind ihr trockenes, struppiges Haar ins Gesicht peitschte. Der Rest von ihr war auch nicht viel besser dran, die Wochen in den Höhlen klebten an ihr so hartnäckig wie die Seile, die ihre Handgelenke fesselten und ihre Fußknöchel an Metallschlaufen auf dem rollenden Wagen banden.

Sie teilte sich die holprige Fahrt über Whents zerklüftete Tundra mit denen, die ihr hinunter in das Dunkle Unten gefolgt waren, oder zumindest mit den letzten paar, die bis zum Ende geblieben waren: Svarde, der riesige Foti-Wächter, und sein treuer Ferrit saßen in grüblerischen Gedanken versunken am vorderen Ende des Wagens. In ihrer Nähe saßen Rasslebeck und Pennifer, zwei Rana-Kämpfer, die eigentlich Whent-Kehlen aufschlitzen sollten, anstatt von den Steinbeißern festgehalten zu werden, einander gegenüber und spuckten alte Geschichten aus. Grimmiges Gelächter schien an diesem vierten Tag der

Überquerung von Whents riesiger Insel ihr Standardmodus zu sein.

Mehrere namenlose Gefangene füllten die Bänke, Leute, mit denen Maena nicht gesprochen hatte, und sie teilten ihr Desinteresse, verbrachten stattdessen ihre Zeit damit, Läuse zu zupfen und in ihren eigenen halb erfrorenen Gedanken versunken zu sein.

Zumindest hatten sie wahrscheinlich nur einen.

Maena verschob ihren Blick nach rechts, aus dem kargen Heck des Wagens. Der Whent-Gefangenenzug setzte sich fort, vier weitere Wagen folgten ihnen und fünf weitere waren vor ihnen, alle auf dem Weg zu jenem Whent-Kerker, der als die Gruben bekannt war.

Andererseits würde Maena vielleicht nicht einmal merken, wann sie ankam, da sie so viel Zeit damit verbrachte, mit ihrem eigenen Kopf zu kämpfen.

Der Dämon im Dunklen Unten hatte ihr Gedächtnis zerfetzt, Maenas Vergangenheit aufgesaugt, als würde sie einen Snack essen. Was übrig geblieben war, hatte in der kurzen Zeit seiner Existenz eine Version von ihr aufgebaut. Eine, die darum kämpfte, am Leben zu bleiben, selbst als Svarde die ursprüngliche Maena zurück ins Dasein geschmettert hatte.

Warum willst du nicht sterben?

Weil ich kaum eine Chance hatte zu leben.

Die Gespräche plätscherten endlos durch die Minuten, die Stunden, die Tage. Jeder Gedanke, den Maena hatte, würde eine Einmischung von ihrem anderen Selbst hervorrufen, eine Meinung, einen Vorschlag, eine Forderung.

Du wirst mich nie zurückbekommen.

Es ist einmal passiert. Es kann wieder passieren. Ich werde warten.

Maena schnüffelte. Wischte sich ein zweites Mal die

Nase ab. Blinzelte vom Wind gebissene Tränen weg. Sie war keine Heulsuse, aber mit ihrer aufgesprungenen Haut, ohne Schutz vor den schneidenden Böen, den gelegentlichen Schneegestöbern, griff ihr Körper zu anderen Maßnahmen.

Können wir miteinander leben?

Nicht mit dir am Ruder.

Das war zum Lachen. Ein Ruder. Maena hatte mit all den anderen Seeleuten vereinbart, dieses Leben für die Expedition aufzugeben, eine Vereinbarung, die kurz nachdem die Dunkelheit zu tief, die Dämonenschreie zu laut wurden, zu bröckeln begann. Sie hatte aufgegeben, was sie liebte, nur um bei dem zu versagen, was sie wollte.

Ich hatte nicht einmal eine Chance dazu.

Gebrüll kündigte ihre Ankunft an, bevor der Wagen langsamer wurde, die Echos erhoben sich über die Ebenen wie das Heulen eines Wasserfalls. Bald darauf folgte die Landschaft, der Wagen rollte durch ein Palisadentor, eines mit nach innen zeigenden Holzpfählen, die Wachen in den Wachtürmen richteten ihre Augen in die falsche Richtung.

Vor dem Tor sprossen Zelte über die Landschaft, ihre aufgeschlagenen Lager boten Feuerstellen und fröhliche, in Pelze gekleidete Whents, die ihre Tage nach der Erntezeit genossen. Einige erhoben Krüge, um auf die kommenden Wagen anzustoßen, andere stießen Spottrufe aus.

Auf der anderen Seite des Tores kam das, was guter Handel dir einbringen konnte. Echte Gebäude, gestapelt mit Whent-Baumstämmen und verstärkt durch das Gestein der felsigen Insel. Rauch stieg hoch aus hundert Schornsteinen, aber die Luft enthielt nichts von Fotis Bergbaugestank. Maena sah Geschäfte, Metzgereien, Gasthäuser und Restaurants in Hülle und Fülle, alle unterstützt von umherstreifendem Vieh und robusten Gemüsegärten, die meisten jetzt für den Winter brach liegend.

Die Wagen ernteten weitere Jubelrufe von Passanten, als sie entlang rollten. Maena konnte nur als Antwort zittern, die Freude in diesen Blicken war eine manische Gewalt, die all die Rana-Überfälle rechtfertigte, die sie gegen die Whent-Barbaren geführt hatte. Diese Leute liebten ihren Blutsport, solange sie von ihren felsigen Kaminsimsen aus zusehen konnten.

Als die Wagen zum Stehen kamen, erschien ihr Ziel weniger als eine Gefängniszelle denn als ein weiteres Steinloch. Maenas Magen krampfte sich zusammen beim Anblick des abwärts führenden Eingangs, der Fackeln, die entlang seiner Wände brannten.

Du kannst jetzt doch nicht Angst davor haben, oder? Ich habe mein ganzes Leben in einem verbracht. Sei mutig, Diebin.

Diebin? Das ist mein Leben.

Denk, was du willst.

»Pass auf«, rief ihr ein Whent-Mann zu, löste ihre Seile von den Schlaufen und band sie sofort durch eine andere, dünnere Kette. Diese verband ihre Fußknöchel mit dem Gefangenen hinter ihr, einer in einer humpelnden Reihe. »Du wirst mir genau folgen, verstanden, oder du bekommst eine Tracht Prügel. Sie werden auch deine Runde nicht aufschieben, also wenn du eine Chance haben willst, hier rauszukommen, halte am besten deine Zunge im Zaum und deine Augen offen.«

Ein anderer Mann neben ihm, am Eingang der Abhänge unter der grinsenden Palisade, lachte. In einer Hand drehte er ein Häutemesser.

»Barten«, sagte der Mann, »du gibst ihnen Hoffnung, wo es keine gibt. Warum quälst du sie so?«

Barten verdrehte die Augen, eine beachtliche Leistung angesichts ihrer Größe, eingebettet in sein runzliges, bärtiges Gesicht. »Sie sind unterhaltsamer, wenn sie etwas zu verlieren haben, Tross.« Barten trat vom Wagen zurück, zog Maena aufrecht. »Es ist auch ein Ferrit in dieser Ladung. Verdammte Foti-Feuerechse will seinen Meister nicht verlassen.«

»Können wir es nicht töten?«

»Jochi sagt nein, sagt, es wird ein interessanter Kämpfer sein.«

Ein weiterer Ruck und Maena machte einen Schritt vom Wagen. Weiter als sie gedacht hatte, und ihre Beine waren noch nicht ganz wach. Sie fiel nach vorne, nur um von Barten mit einer Hand aufgefangen und wieder aufgerichtet zu werden.

Tross fluchte, steckte sein Messer weg und ging in Richtung der Wagenfront. Maenas Augen folgten ihm, während Barten die anderen vom Wagen zog.

»Er wird Ihrem Zugmeister gehörig die Meinung sagen«, antwortete Barten auf eine Frage von Rasslebeck. »Ihr seht alle weniger als bereit aus. Die Gruben wollen nur gesunde Gefangene, und es sieht so aus, als müssten wir ein paar Tage damit verbringen, euch alle wieder in Wettkampfform zu bringen.«

Wettkampf?

Die Gruben, so wusste Maena, boten Whent-Gefangenen und Verbrechern die Chance auf Gerechtigkeit durch Geschicklichkeit. Wenn man diesen oder jenen Wettkampf bestand, wurde man freigelassen. Wie realistisch das wirklich war, wusste Maena nicht.

Sie hatte noch nie jemanden getroffen, der entkommen war.

Dann könnten wir die Ersten sein, wenn du mich die Sache regeln lässt.

Maena lachte, ein heiseres Krächzen. Das war eine Idee. In ihrem Zustand, müde, halb erfroren und mit Stimmen, die in ihrem Kopf sprachen, wäre Maena schon froh, wenn sie einen Schwertkampf mit einem Baby überleben würde.

Na, das ist übertrieben, kein Baby könnte ein Schwert heben.

Du klingst nicht wie ich, weißt du das?

Ich bin du, also ist das unmöglich, Maena.

Barten zog ihren Gefangenenzug das Loch hinunter und unter die Erde. Zumindest verschwand mit all den Fackeln die Kälte. Abgestandene Luft ersetzte sie, aber Maena würde es in Kauf nehmen, um ihre Finger und Zehen zu spüren.

Die Wachen pferchten ihren Wagen in eine einzige Zelle, eine mit verstreuten, modrigen Strohmatten. Ein Loch in der Ecke diente als Latrine.

»Mahlzeiten gibt es, wenn wir es für angemessen halten«, sagte Barten. »Am besten esst ihr sie, wenn sie ankommen, denn ihr werdet jeden Bissen brauchen, um am Leben zu bleiben.« Er zog das Seilende durch einen Spalt in der Holztür und gab dann einen einzigen harten Ruck. Bei diesem Zug lösten sich alle Knoten um ihre Handgelenke und Knöchel und hinterließen eine sich windende Schnur, die Barten einholte.

»Macht irgendwelchen Ärger, bereitet uns irgendwelche Schwierigkeiten, und ihr werdet das Abendessen für etwas anderes sein«, fuhr Barten fort und ließ seinen struppigen Blick über sie alle schweifen. »Ihr seid jetzt unter den Verdammten, aber noch nicht unter den Toten. Wie lange das dauert, liegt an euch.« Ein Schimmer, eine leichte Krümmung unter diesen struppigen Locken. »Einige wenige Glückliche könnten es sogar lebend hier rausschaffen.« Dieser Glanz verschwand mit einem Stirnrunzeln. »Nicht, dass ich hier welche sehe.«

»Halt, Whent.« Das Knurren zog Maenas Aufmerksamkeit nach links, zu Svardes Gestalt, die trotz des Verlusts seiner Rüstung und seiner Äxte immer noch wuchtig wirkte. »Wo ist das Ferrit?«

»Die Echse hat die gleiche Chance wie ihr. Wenn sie sich ihre Freiheit verdient, schicken wir sie zurück auf eure verfluchte Insel.«

Damit drehte Barten einen Schlüssel im Holztor und schloss sie in Schmutz und Staub ein.

Sieben Personen in einer Zelle, die groß genug für das Doppelte war, bedeuteten Stroh für alle, obwohl der Geruch der Latrine den geringen Komfort zunichtemachte. Die erste Mahlzeit kam zumindest schnell genug, und Maena musste lange darauf starren, um zu verstehen, was sie sah.

Besser als das, was wir da unten gegessen haben, das kann ich dir sagen.

Echtes Fleisch. Gekocht und mit Kartoffeln vermengt. Karotten daneben. Kein Ale, aber ein Wasserfass und irdene Becher kamen mit der Mahlzeit. Einer der anderen Gefangenen begann beim Anblick zu weinen und schaufelte das Zeug mit den Händen in seinen Mund.

»Wascht euch zuerst die Finger«, verkündete Svarde dem Raum, ein wenig zu spät für den einen. »Geht zu Tamas und sie werden es euch sagen. Der schnellste Weg zu sterben, kommt von Krankheiten an einem Ort wie diesem.«

Eine andere Gefangene, eine dünne Frau mit einer dreifach gebrochenen Nase, lachte: »Wenn du denkst, dass Krankheiten dich hier schneller umbringen als ein Schwert oder das Maul eines Biestes, dann beneide ich dich um deine Hoffnung.«

Aber sie wusch sich die Hände, wie auch Maena und alle anderen. Sogar der erste Gefangene säuberte seine schmutzigen Pfoten, nachdem er sich den Mund vollgestopft hatte.

Also, was wirst du tun, Diebin? Hier schweigend sitzen?

Nach Svardes Warnung hatte sich die Gruppe an ihre Plätze gesetzt. Maena spürte, wie der Blick des Foti-Mannes von Zeit zu Zeit zu ihr herüberwanderte, Blicke, die sie ignorierte. Er hatte versucht, ihre Beziehung auf dem Weg aus dem Dunklen Unten wieder aufzubauen, aber Svarde hatte die alte Maena gekannt, diejenige, die noch ganz war.

Diese existierte nicht mehr.

Was, hast du eine bessere Idee?

Ich habe in dieser Höhle nicht die Führung übernommen und bin dafür gestorben. Töte mich nicht ein zweites Mal.

Maena versteifte sich. Ihr zweites Ich hatte recht. Die Gruben konnten ein Todesurteil sein, aber sie konnten auch etwas Größeres sein. Wenn sie die Energie aufbringen könnte, es zu versuchen.

Aufbringen? Wenn ich gewusst hätte, dass mein wahres Ich so erbärmlich ist, hätte ich mich selbst erschossen, anstatt diesen Teufel.

Maena schnaubte ein leises Lachen. Wieder hatte ihr zweites Ich einen Punkt. Wie viele Überfälle hatte sie angeführt? Wie viele Schwerter hatte sie gekreuzt, um die Medaillen auf ihrer verlorenen Rüstung zu verdienen? Dies wäre nur eine weitere Herausforderung in einem Leben voller Herausforderungen.

Na, das klingt schon mehr danach. Zeig mir, wer ich wirklich bin.

Nachdem sie ihre Mahlzeit beendet hatte, warf Maena die Schüssel gegen das Tor und stand auf. Das Geklapper zog die Aufmerksamkeit auf sie, die Gefangenen beobachteten, wie ihre zerrissene, schmutzige, in Lumpen gekleidete Gestalt ihr Rückgrat fand.

»Ich weiß nicht, wie es bei euch ist«, sagte Maena, das Krächzen verschwand, als sie sich durch ihre müde Kehle kämpfte, »aber ich habe dort hinten eine unerledigte Aufgabe gelassen, und ich habe vor, sie zu Ende zu bringen. Das bedeutet, dass wir uns hier rauskämpfen müssen, egal was diese Whent-Bastarde uns entgegenwerfen. Wer ist dabei?«

Die Gefangene kicherte wieder, öffnete ihren Mund und schloss ihn dann, als Svarde aufstand und sie einen langen Moment anstarrte, bevor er Maena zunickte.

»Bis zum Ende, Rana. Bis zum bitteren, gewaltsamen Ende.«

»Wenn ich einen Säbel hätte, wäre er dein«, fügte Rasslebeck hinzu und stand auf.

Pennifer erhob sich ebenfalls: »Meine Fäuste gehören dir, obwohl sie mit einer Armbrust drin besser wären.«

Die anderen drei Gefangenen beäugten das Quartett mit verwirrter Vorsicht, aber unter Svardes Blick müssen sie ein Maß an Zuversicht gefunden haben, denn bald standen auch sie auf ihren Füßen.

Gerade rechtzeitig, als eine Glocke hell erklang.

3
FAHRT ÜBER DIE DÄCHER

Ranas Nächte strahlten ein Leuchten aus, das Foti nie hatte. Die Flüsse, die sich um Riroca schlängelten, fingen Sichis rosa Licht ein und warfen es in gläserne Ovale entlang der Kanäle, jedes in unterschiedlichen Farben getönt, sodass jeder Fluss seine Route in einzigartigem Gold, Blau, Grün oder Rot malte. Die Reflexionen tanzten auf den Gebäuden, glitzerten auf vergoldeten Geländern und halfen Bliss im Allgemeinen, ihre Vierergruppe über die Dächer zu führen.

Im Vergleich zum Schwingen an Lianen war das Springen von einem Schieferdach zum nächsten so einfach, wie Bliss es sich nur wünschen konnte: stabile Landungen, keine rutschigen Blätter und freie Sicht bis zu ihrem Ziel?

Ja, bitte.

Sie hatte sich freiwillig gemeldet, die Führung zu übernehmen, nachdem Wax den Plan verkündet hatte, und erklärte, dass es vielleicht besser wäre, wenn Bliss jeden Sturz und jede Entdeckung durch Rana-Wachen riskierte, anstatt der Renewal selbst. Mit Quiks Unterstützung gab Wax seine übliche Position an der Spitze der Gruppe auf.

Jetzt saß er an dritter Stelle, während Torny ihre Rücken deckte.

Ihr Ziel wartete einige Blocks entfernt, ruhte im Fluss, während seine Passagiere ihre Ausrüstung verluden. Während Bliss und Torny eine weitere Schicht damit verbrachten, in einem langweiligen Gasthaus Teller zu schleppen und abzuwaschen, hatten Wax und Quik die Kance-Crew beobachtet und ihren geplanten Start für heute Nacht, für kurz vor ihrer Ankunft, verfolgt.

Als Wax sich nach der Abfahrt der Kance erkundigte, erklärte der Kapitän des Flussrollers, dass keine leeren Zimmer gefüllt würden, schon gar nicht zu einem ermäßigten Preis.

Also schlug Wax während ihres kärglichen Abendessens eine Alternative vor: aufspringen, wenn der Roller abfährt, als Renewals um Gnade betteln und auf das Beste hoffen.

Als Plan waren sich die anderen drei einig, dass er mies war. Aber verglichen mit einem weiteren Tag Schichtarbeit in der Stadt schien mies gar nicht so schlecht.

»Schlimmstenfalls«, sagte Torny, »setzen sie uns am Flussufer ab und wir wandern. Nicht so schlimm.«

Mit dem nahenden Winter wäre ein Fußmarsch durch Ranas Wildnis vielleicht nicht der beste Weg, aber es war besser, es zu versuchen und zu scheitern, als hier zu sitzen und Tag für Tag für nichts zu verschwenden.

Bliss signalisierte so viel, und selbst Quik stimmte zu, die Schurkenoption zu versuchen.

Jetzt wartete Bliss am Rand eines flachen Daches und beobachtete, wie ein Trio von Rana-Wachen einen halben Block entfernt um die Ecke bog und aus dem Blickfeld verschwand. Um von hier aus aufzuspringen, müssten sie einen Kanal überspringen, ein Sprung, der für jeden einschüchternd wäre, der keine große Erfahrung damit hatte, sich in die Leere zu stürzen.

Zum Glück hatte Bliss einen Stab.

»Schaut mir zu«, signalisierte Bliss und ging einige Schritte zurück.

Die anderen drei machten Platz. In Tornys mondbeleuchteten Gesicht zeigte sich Sorge. Wax und Quik strahlten nur gelangweiltes Selbstvertrauen aus. Unten zeigten goldene Lichter die Entfernung, ein leichter Abfall zum Haus auf der anderen Seite.

Bliss nahm einen langsamen Atemzug, ließ die kühle Luft um sich spielen, gab ihr Energie. Sie wippte mit den Füßen. Hielt ihren Stab fest in der rechten Hand, wobei ein metallbeschlagenes Ende auf ihrer Schulter ruhte.

Mit einem Ausatmen bewegte sie sich, hob den Stab beim ersten Schritt an und pflanzte ihn beim dritten ein, wobei sein Ende ins Dach grub und gegen die flache Kante lief. Bliss stieß sich ab, flog in die Luft, die Bäume und der Kanal flogen unter ihr vorbei. Sie zog die Knie an, neigte sich nach vorne und rollte ab, als sie das Haus auf der anderen Seite traf.

Der Schiefer tat mehr weh als gemütlicher Dschungelboden, aber die Rolle funktionierte genauso, ließ Bliss ihren Schwung auf dem Dach abrollen. Sie kam mit dem Rücken auf dem Boden zum Stillstand und blickte direkt in den Himmel.

Okay, also keine perfekte Landung, aber sie hatte überlebt, sie hatte bewiesen, dass es möglich war.

Jetzt zum nächsten Trick.

Sie stand auf, ging zurück zum Rand des Daches, hob den Stab, ging noch ein paar Schritte zurück, dann rannte sie los und schleuderte ihn rückwärts. Der leichte, aber starke Bambus erwies sich im Flug als ebenso geschickt wie Bliss und segelte über die Lücke in Quiks wartende Hände.

Die nächsten beiden Sprünge verliefen so gut wie der erste, Wax und Quik gesellten sich zu ihrer Schwester auf der anderen Seite des Kanals. Als Quik den Stab für Torny zurückwerfen wollte, schüttelte die Diebin jedoch den Kopf. Sie hob einen einzelnen Finger und verschwand dann in der Dunkelheit.

»Was macht sie?«, fragte Quik. »Gibt sie endlich dieses Spiel auf?«

»Sie geht nicht weg«, signalisierte Bliss.

»Das will ich hoffen. Sie ist jetzt auch mein Wächter.« Wax nahm Quik den Stab aus den Händen und gab ihn Bliss. »Es sei denn, sie bricht gerne Eide.«

»Würde dich das wirklich überraschen?«, sagte Quik.

»Weißt du, was mich wirklich überraschen würde? Wenn du Torny gegenüber mal was anderes als ein Arsch wärst.«

Quik runzelte die Stirn und sah weg. Wax warf Bliss einen was-kann-man-machen-Blick zu und wanderte dann zur anderen Seite des Daches, Bliss folgte ihm.

»Noch zwei Sprünge und wir sind da«, sagte Wax.

»Drei. Du vergisst den Sprung zum Roller.«

»Das ist eher ein Fall.«

»Warum glaubst du, dass das funktionieren wird, Wax?«

»Weil ich sie gesehen habe«, antwortete Wax. »Sie sah nicht glücklich aus.«

»Und das bedeutet?«

Wax grinste. »Das bedeutet, dass ein Witzbold wie ich sich auf ihre gute Seite schlagen kann. Wenn das passiert, sind wir drin.«

Torny tauchte zwei Gebäude weiter auf und signalisierte dem Trio, indem sie ein langes Messer hochhielt, um das Mondlicht einzufangen. Wie sie es so weit geschafft hatte, ohne erwischt zu werden, ohne Verdacht zu erregen, war jedermanns Rätsel, aber selbst Quik konnte nicht mit dem Ergebnis argumentieren.

»Sieht so aus, als müssten wir aufholen«, murmelte Quik, als er die Banditin sah. »Sie kann sich bewegen.«

Die letzten paar Sprünge gingen schnell, da keine Kanäle mehr zu überqueren waren. Die Häuser, alle gebaut, um Rana-Familien in Scharen zu beherbergen, boten reichlich Landeplatz, und bald blickte die Gruppe auf einen echten Rana-Fluss, der die Ostseite der Stadt umschloss und nach Norden weiterlief. Eine Hauptschlagader, laut den Karten, die Bliss in den verschiedenen Gasthäusern erspäht hatte.

»Bist du sicher, dass sie jetzt losfahren wollten? Im Dunkeln?«, fragte Torny, als sie auf das leere, fließende Wasser blickten.

Das Ufer in ihrer Nähe leuchtete orange auf, spiralförmige Glaslaternen säumten in regelmäßigen Abständen ein Metallgeländer, das den Rand der Stadt markierte. Nur wenige Menschen spazierten dort entlang, sowohl wegen der Kälte als auch, wie Bliss vermutete, aufgrund der wachsenden Bedrohung durch Unholde. Jeder romantische oder friedliche Spaziergang könnte von einem spuckenden Schrecken unterbrochen werden, etwas, das die Freude im Keim erstickte.

»Die Kapitänin hat mir gesagt, dass ich sie morgen nicht belästigen könne, als ich fragte«, sagte Wax und lachte leise. »Ich hab ihr erzählt, dass ich nach meiner nächsten Schicht genug Knete hätte, um eine Überfahrt zu bezahlen. Ich glaube, das hat sie so erschreckt, dass sie es mir verraten hat.«

»Wette, es war nicht so sehr die Knete, sondern der Gedanke an dich auf ihrem Roller«, gebärdete Bliss.

»Seit wann dürfen Wächter ihren Erneuerern Mist erzählen?«

»Schon immer.«

Wax' Information erwies sich nur wenige Minuten später als richtig. Ein wirbelndes Rauschen durchbrach das plätschernde Fließen des Flusses, als das große Rad des Rollers durch das Wasser schaufelte. Der Roller hielt sich an den tieferen mittleren Kanal und ragte über das Metallgeländer hinaus. Sein Hauptdeck bot Platz für eine kleine Besatzung und zahlreiche Passagiere. Kleine Laternen zierten die leichten Metallseiten des Schiffes und verwandelten das Gefährt in ein orangefarbenes Leuchtfeuer auf seinem Weg nach Norden.

»Hab's dir ja gesagt«, meinte Wax. »Diese Königin verschwendet keine Zeit.«

Bliss runzelte die Stirn und schätzte die Entfernung ab, während der Roller auf sie zukam. »Der Sprung wird zu weit sein. Wir werden keine Zeit haben, es wieder mit dem Stab zu versuchen.«

Sie hatten gehofft, dass die Größe des Rollers ihn nahe genug am Geländer halten würde, um einen Sprung möglich zu machen. Von hier aus würde es jedoch all Bliss' Kraft erfordern, nur um die Backbordseite des Schiffes zu erreichen. So wie es aussah, würde sie direkt gegen die Wand prallen, ein Versprechen, das ihr jetzt schon Kopfschmerzen bereitete.

»Dann machen wir es auf meine Art«, sagte Torny.

Die drei drehten sich um und sahen, wie Torny ein dünnes Seil abwickelte, dessen eines Ende an ihrem langen Messer befestigt war. Bliss hatte das aufgerollte Seil schon früher in Tornys Tasche bemerkt, aber die Banditin trug alle möglichen seltsamen Dinge bei sich und hatte die Angewohnheit, jeglichen Fragen auszuweichen.

»Du machst den Sprung«, sagte Torny zu Bliss. »Steck mein Messer in die Seite und wir gleiten am Seil runter, um dich zu treffen.«

»So hast du das also gemacht«, sagte Quik und deutete auf die Gebäude hinter ihnen. »Du hast das hochgeworfen und es benutzt, um-«

»Nö«, Torny schüttelte den Kopf. »Diese Gebäude haben überall Griffe. Leicht zu klettern. Wenn ihr drei euch auch nur ansatzweise aufs Schleichen verstehen würdet, hätte ich gesagt, wir könnten einfach den ganzen Weg hierher rennen.«

Typisch Torny, eine Beleidigung in eine Antwort einzubauen.

»Bliss?«, fragte Wax. »Denkst du, du schaffst das?«

»Hab nicht wirklich eine Wahl.«

Dem widersprach niemand, also machte sich Bliss mit Tornys Tasche bereit und gab ihre eigene der Banditin. Wieder fand der Stab seinen Weg auf Bliss' Schulter, während sie den Zeitpunkt und die Entfernung zum Roller abschätzte. Aus der Nähe wirkte das Boot größer als zuvor, und Bliss konnte die Gestalt der Kapitänin in der vorderen Kabine des Bootes ausmachen, die mit einer Hand am Steuerrad hinausblickte.

Hoffentlich würde die Frau nicht so erschrocken sein, dass sie das Floß auf Grund fahren würde.

Quik sprach ein Gebet zu Vis, als Bliss sich bereit machte. Diese Worte klangen seltsam, so weit weg von zu Hause. Andererseits würde Bliss jede Hilfe annehmen, die ihr längst toter Gott anbieten konnte.

Sie sprintete los, rammte den Stab nach unten und flog in die Luft. Das vertraute Gefühl kehrte zurück, der schwerelose Moment, in dem nichts um sie herum war, während Bliss sich überschlug, die Tasche warf ihr Gewicht aus der Balance.

Ihr Gewicht, aber nicht ihre Distanz.

Bliss knallte gegen die Backbordkante des Rollers und überschlug sich darüber, um auf dem schmalen Deck zu landen. Ihr linkes Schienbein explodierte vor Schmerz und ließ Bliss nicht aufstehen, während um sie herum auf dem Boot Rufe laut wurden.

Zeit, sich später darum zu kümmern.

Immer noch ihren Stab haltend, stützte sich Bliss darauf und pflanzte sein Ende auf das Deck des Rollers, um wackelig aufzustehen. Das Seil floss aus der Tasche, Torny und Quik hielten das andere Ende zurück auf dem Dach. Ein Ende, das sich rasch abspulte, während das Boot flussaufwärts tuckerte.

Bliss zog den Dolch heraus und rammte ihn in den Boden des Decks. Die Bewegung erschütterte erneut ihr linkes Bein, das stumpfe Ende des Stabes rutschte weg und schickte Bliss ein weiteres Mal zu Boden.

Schritte näherten sich ihr, Bliss rollte sich herum und sah einen Kance-Wächter näherkommen, bereits Rapiere in beiden Händen. In voller Rüstung gekleidet, wie wandelndes Glas aussehend, warf der Wächter Bliss einen schmalen Blick zu, bevor er dem sich straffenden Seil folgte.

Oh nein, das wirst du nicht.

Mit ihrer rechten Hand schwang Bliss ihren Stab. Am Boden liegend, mit minimalem Hebel, tat die Waffe nicht viel mehr, als von den gepanzerten Schienbeinen des Kance-Mannes abzuprallen. Es lenkte jedoch die Aufmerksamkeit des Mannes auf sich, eine Rapierspitze richtete sich auf Bliss' Gesicht.

»Was machst du da?«, fragte der Wächter, seine

Stimme ein federleichtes Grollen, als ob der Mann bedrohlich klingen wollte, aber nicht genau wusste wie.

»Ich hänge mich nur an«, gebärdete Bliss, nicht dass der Wächter es verstehen würde.

Der Wächter blinzelte sie an und taumelte dann mit einem Fluch nach vorne. Von ihm abprallend und mit dem Hintern zuerst auf dem Deck landend, war Bliss' älterer Bruder und Mitgardist. Quik sprang auf die Füße, hob die Fäuste - eine weise Entscheidung, seine Panzerhandschuhe jetzt nicht zu tragen - und brüllte den Wächter an, er solle seine Schwerter bei sich behalten.

Nicht dass der Wächter und seine sich nähernden Freunde Lust hatten zuzuhören. Sie hielten jedoch inne und schrien, als Wax Quik folgte und einen eleganten Einstieg auf das Boot machte.

»Schneidet das Seil durch!«, kam der Ruf der Kapitänin durch ein geöffnetes Fenster in der vorderen Kabine des Rollers. »Lasst keine weiteren an Bord!«

Der erste Wächter, der neben Bliss stand, führte den Befehl aus, auch als Quik versuchte, ihn aufzuhalten. Das Rapier durchschnitt das Seil, und von der Seite des Bootes, in den dunklen Gewässern des Flusses, war ein Platschen über der brodelnden Bewegung des Rollers zu hören.

Torny.

4

DER RUF DES ABENTEUERS

Sawi betrachtete das Muster auf ihrem Handrücken, während sie nach oben griff und die Mango vom Ast pflückte. Orangefarbene Linien verliefen entlang ihrer Adern, bevor sie sich verzweigten, ähnlich wie der Baum, an dem sie jetzt hing. Diese Linien markierten ihren Platz in Kitaye, ihrer Welt. Heute waren sie so lebendig wie eh und je. Ihr Seil hielt Sawi in der Schwebe, während sie die Frucht pflückte und in ihre Tasche fallen ließ. Eine späte Ernte vor Wintereinbruch, der sich nach den letzten Nächten zu urteilen als kühl ankündigte.

Wax, wo auch immer er gerade war, könnte jetzt sogar Schnee sehen. Wäre das nicht was, so eine Erfahrung? Vis sah den weißen Flaum nur auf seinen höchsten Bergen weit im Osten und Westen, nirgendwo, wo Sawi hingehen würde. Nicht mehr.

Sawi runzelte die Stirn, als ihr Blick vom Baum zum Boden wanderte, der Hain nicht weit von Kitayes Westgrenze entfernt, die sich an den Klippen entlang erstreckte und auf den Ozean blickte. Noch vor nicht allzu langer Zeit, als sie sich den älteren Sammlern angeschlossen hatte, um das Handwerk zu erlernen, war das Klettern auf die Bäume und das Pflücken der Früchte eine friedliche Übung gewesen. Eine Chance, eins mit der Natur zu sein, in der Vis gedieh.

Jetzt streiften Jäger mit ihnen durch die Bäume. Sie trugen Speere, Bögen, scharfe Augen und angespannte Körper. Lautlos, abgesehen von zeitlich abgestimmten Rufen, die in regelmäßigen Abständen Entwarnung gaben. In den ersten Tagen hatten diese Rufe Sawis Nerven in Flammen gesetzt. Sie hatte Früchte fallen lassen. Fast eine Tasche verloren.

Aber das passiert eben, wenn ein Unhold dich beinahe tötet, oder so sagten es ihre Eltern. Oder so verkündeten es die Dorfältesten der Stadt, als immer mehr Menschen von der ganzen Insel herbeiströmten.

Die Unholde waren gekommen und machten Vis zu einem gefährlichen Ort. Vielleicht war Wax genau zur richtigen Zeit gegangen.

Trotzdem hatte Kitaye Mäuler zu stopfen und musste mutige Gesichter zeigen, um diesem Ruf zu folgen. Sawi tat dies, hielt sich an den Eid, den die Tinte auf ihren Schultern und Händen verlangte. Sie ging jeden Morgen bei Tagesanbruch mit einer Jägereskorte los, pflückte Obst, Kräuter, Getreide und Pilze und füllte Tasche um Tasche mit dem Segen, den Vis bereitstellte.

Die Ergebnisse füllten ihren Magen, brachten zahlreichen anderen Glück, aber Frieden schien damit nie einherzugehen.

Andererseits, wie kann man Frieden finden, wenn die Welt um einen herum auseinanderzubrechen scheint?

Sawi, ihre Tasche gefüllt und die Sonne schon tief stehend, schob die Tasche auf ihre Schulter und ließ sich hinunter, einen vorsichtigen Fußhalt nach dem anderen –

Wax wäre einfach gesprungen und hätte darauf vertraut, dass Schicksal und Instinkt ihn am Leben halten würden – und landete mit ihrer intakten Ernte auf dem regenerweichten Boden.

Sie legte zwei Finger an den Mund und pfiff. Zeit, nach Hause zu gehen.

Kitaye summte eine andere Melodie, als Sawi und ihre Jägereskorte zurückkehrten. Kochgewürze, Lieder und Jubelrufe von zurückkehrenden Gruppen waren wie immer zu hören, aber eine aufgeregte Unterströmung lief unter dem Vertrauten, deren Erklärung in Blicken zurück zur Bucht lag.

»Ein neues Schiff?«, fragte Sawi einen Jäger, der mit ihr zurückgekommen war. Der junge Mann – sie wurden immer jünger jetzt, bei so vielen Verwundeten – schüttelte den Kopf. Er war bei ihr gewesen, woher sollte er es wissen?

Doch welche andere Erklärung gab es? Kitaye und Vis, bei all ihren sanften Freuden, liefen nach einer regelmäßigen Routine. Die Jahreszeiten trieben Jäger und Sammler zu rotierenden Verantwortlichkeiten, während Familien fett wurden und die nächste Generation hervorbrachten. Die anderen Sieben Inseln machten ihr Ding, führten ihre winzigen Kriege und spielten ihre politischen Spiele, ließen Vis und seine lebenswichtigen Nahrungsmittel und Medizin in Ruhe.

Wenn man also Aufregung in Kitaye entfachen wollte, den echten Schwung, musste man etwas wirklich Neues mitbringen. Wie ein Schiff, und nicht nur ein Handelsschiff, vollgepackt mit Foti-Metallen oder Kance-Juwelen.

Selbst Sawi konnte es auf den ersten Blick kaum glauben. Sie hatte ihre Taschen bei den Sammlern abgegeben und sich dem stetigen Strom angeschlossen, der sich zur

Bucht bewegte, viele reckten die Hälse, um zu sehen, was wohl von den Docks kommen würde.

Ein Najahn-Schiff, und ein großes noch dazu. Eine Mischung aus der Größe einer Foti-Galeone mit den schlanken Linien einer Rana-Slup, das schwarze Holz mit Metallschnitzereien versiegelt, das eine beeindruckende Linie in der Bucht schnitt. Der einzige Kance-Kutter, der die Bucht mit dem großen Schiff teilte, wirkte winzig, wenn auch schön, aber keine Schönheit konnte sich mit einem Dschungeltag messen, sodass die Aufmerksamkeit für dieses kleine Schiff gering war.

Stattdessen beobachtete Sawi, wie Najahn-Soldaten das Takelwerk des großen Schiffes abnahmen, die Segel einholten, einen Anker warfen und das massive Schiff festmachten. Sawi zählte ganze vier Decks von oben bis unten, mit drei monströsen Masten, die so hoch wie ein Dschungelbaum in den Himmel ragten. Was wollte so ein Schiff an einem Ort wie Kitaye?

Die Antwort kam nicht mit denen, die von Bord gingen, obwohl sich sicherlich mehr Fragen ergaben. Mehrere Wachen in voller Montur, die gebogenen Voulgen und Klingenringe auf ihren Rücken ergänzten die lila, schwarze und goldene Rüstung. Schwere Ausrüstung, genug, dass Sawi vermutete, das Trio müsse trotz der kühleren Abendluft schwitzen. Ihr Deckhand machte dem Star des Schiffes Platz, der sich durch seinen Abstieg zum Dock als solcher ankündigte, gefolgt von mehreren in Roben gekleideten Gelehrten, die Bücher, Taschen und eine große Truhe trugen.

Die Wachen fächerten sich am Rande des Piers auf und sagten kein Wort zu den Ältesten von Kitaye, die darauf warteten, sie zu begrüßen. Stattdessen standen sie schweigend, herrisch und unantastbar, während ihr Anführer den Holzweg zum Land beschritt.

Der Mann schien für ein Leben in Muße gebaut zu sein. Trotz seiner Roben sah Sawi wenig Schnelligkeit in der stattlichen Gestalt des Mannes. Svarde, der Foti-Wächter, war ähnlich groß gewesen, trug seine Masse aber, als warte er auf eine Gelegenheit, damit etwas zu treffen. Dieser hier, dieser erwartete, dass das Schicksal zu ihm kam.

Als die Ältesten endlich die Chance hatten, mit dem Mann zu sprechen, wischte der Najahn-Anführer sie mit beschwichtigenden Worten beiseite. Eine Hand auf dem Arm, ein höfliches Nicken seines Kopfes, und die Ältesten traten zurück, gaben dem Najahn-Mann die Gelegenheit, die versammelte Menge zu betrachten.

Und Sawi, die sich näher an die Front geschlängelt hatte, in der Hoffnung und zugleich Furcht, dass dieses Najahn-Schiff Neuigkeiten von Wax haben könnte, passte sich an.

Dieser Najahn-Anführer war nicht weich, trotz seines Aussehens. Der Mann, die Hände vor sich gefaltet, die faltigen Augen hart, als er seinen Blick umherschweifen ließ, war definitiv ein Jäger, wenn auch anderer Art, als Sawi es kannte.

»Ein großartiger Empfang«, begann der Mann und ließ die Worte beim Sprechen wie Marmor klingen, »von einem großartigen Volk. Reisen sind ermüdende Angelegenheiten, und ich bedaure, dass ich keine besonderen Neuigkeiten zu teilen habe, nur einen Zwischenstopp auf meinem Weg zu unserem Außenposten etwas weiter. Bitte, macht weiter und lasst uns euren Abend nicht länger stören.«

Enttäuschtes Gemurmel ging durch die Menge, laut genug, dass der Najahn-Mann es bemerkte, obwohl er kein

Zeichen gab, sondern nur seinen Wachen und seinem Gepäck zunickte, ihm zu folgen.

Keine besonderen Neuigkeiten? War das eine gute Sache? Sawi quetschte sich aus der Menge, wurde hin und her gestoßen, als die Schaulustigen zu ihren Kochfeuern zurückkehrten, ihre Handelsstände schlossen oder zu den endlosen anderen Aufgaben zurückkehrten, die nötig waren, um ein Zuhause in diesen düsteren Zeiten am Laufen zu halten.

Sawi ließ ihre eigene Familie zurück, verzichtete auf den Hain ihrer Nachbarschaft und dessen Abendessen, um dem Najahn-Mann zu folgen. Seine Wachen verscheuchten Kinder und andere wie Sawi, Menschen, die Fragen stellten oder Schätze zum Verkauf anboten. Ihr Ziel schien davon keine Notiz zu nehmen, außer die Anfragen wegzuwinken, während er vorwärts stapfte. Vorbei, so schien es, an Kitayes Hauptgasthäusern.

Beabsichtigte der Mann, jetzt zu Fuß den ganzen Weg im Dunkeln zurückzulegen?

Die Frage verlangsamte Sawis Schritte und zwang sie, darüber nachzudenken, was sie da tat. Der Mann sagte, er habe keine Neuigkeiten, und sie hatte einen vollen Erntetag vor sich. Dem Najahn zu folgen, würde ihr vielleicht nichts als weniger Schlaf und mehr Frustration einbringen. Selbst wenn er sagen könnte, dass kein Renewal gestorben war, reisten Nachrichten langsam zwischen den Inseln. Alles, was er anbieten könnte, wäre alt, bevor es seine Zunge verließe.

Und dennoch.

Der Dschungel wurde dichter, als der Najahn tiefer in die Stadt eindrang, Sawi tappte hinterher und mischte sich unter die Menge, während sie ging. Die großen Blätter über ihnen, schwarze Schatten in einer sich bewölkenden Nacht, brachten vergangene Fragen, vergangene Gespräche mit sich.

Wie oft hatten sie und Wax über Abenteuer zwischen diesen Blättern, diesen Ästen gesprochen? Wie oft hatten sie einander versichert, dass sie gehen würden, der Action hinterherjagen und ihre Tage auf dem schwingenden Bogen einer Liane verbringen, ins Unbekannte springen?

Wax hatte es getan. Obwohl, wie Sawi sich erinnern musste, er von Pan dorthin gedrängt worden war. Trotz der Tragödie machte Wax weiter. Er bestieg das Kance-Boot und segelte davon, auf dem Weg zu einem neuen Ort, während Sawi an jenem Morgen erfuhr, welche Felder und Bäume die ihren sein würden, die es zu erhalten galt.

Welche Versprechen zählten mehr, die, die sie ihrem jüngeren Selbst gegeben hatte, oder die gegenüber ihrer Stadt, ihrem Stamm?

Fünfzehn Najahn bildeten den Zug, Gelehrte und Wachen, letztere doppelt so viele wie die Wissenssuchenden, die um ihren Anführer herum brodelten und schwatzten. Die Gruppe erreichte den Rand von Kitaye, die letzten Flackern des Fackellichts zwangen zum Halt.

Sawi wartete, beobachtete hinter einem Baum. Mehrere andere Vis klammerten sich ebenfalls in der Nähe fest, einer bot weiterhin Essen und Wasser an, notwendig für die Reise der Najahn, und verdiente sich etwas Handel aus den Vorräten der Reisenden.

»Wir lagern hier«, sagte der Najahn-Anführer und ließ seinen Blick umherschweifen. »Die Unholde machen das Reisen bei Nacht gefährlich, und jegliche Schwierigkeiten heute Nacht werden uns die Unterstützung der Stadt einbringen.«

»Es gab Gasthäuser nicht weit zurück?«, meldete sich ein Gelehrter zu Wort. »Sicherlich könnten wir-«

»Es wird wenig Annehmlichkeiten auf dem Weg zu unserem Außenposten geben, mein Freund«, erwiderte der Anführer. »Wir werden alles brauchen, was wir haben, um dorthin zu gelangen. Ich werde es jetzt nicht für unnötigen Luxus ausgeben.«

Der Gelehrte breitete die Arme aus: »Wir sind die reichste Insel, sicherlich können wir-«

»Wenn Sie in meine Position aufsteigen, Noctia bewahre, können Sie ihren Reichtum nach Belieben ausgeben«, antwortete der Anführer. »Unsere Zeit hier mag kurz sein, sie mag lang sein. Ich plane für Letzteres. Wenn das für Sie zu schwer zu verstehen ist, schlage ich vor, Sie kehren zum Boot zurück und warten mit den Seeleuten.«

Daraufhin gab der Gelehrte seine Argumentation auf und begann, wie die anderen, eine Schlafmatte auszurollen. Die Najahn-Soldaten entfachten ein Kochfeuer und verscheuchten die restlichen Händler, sodass Sawi allein zurückblieb und ihre Gruppe beobachtete, während sie sich einen Ruck gab.

Andererseits, was war das Schlimmste, was sie tun konnten?

Sie trat vor, das kleine Lager war in seine Essenszubereitungen vertieft. Ein Wächter sah sie zuerst, erhob sich und winkte sie weg, erklärte, dass heute Nacht keine weiteren Geschäfte gemacht würden.

»Ich bin nicht an Handel interessiert«, erwiderte Sawi. »Ich habe eine Frage.«

»Dann stell sie.«

»Habt ihr Neuigkeiten von den Renewals? Meine Freunde vertreten Vis, und sie reisten vor Wochen nach Foti. Ich habe nicht-«

Der Wächter wurde weicher, schenkte ihr ein Fackellicht-Lächeln: »Dann sei beruhigt. Bisher hat nur der Tamas Renewal aufgegeben, und das aufgrund einer Verletzung beim Erklimmen der Kance-Kämme, nicht wegen des Todes. Soweit Noctia weiß, lebt dein Freund noch.«

»Eine glückliche Sache, nicht wahr?«, meldete sich der Najahn-Anführer zu Wort und blickte von seiner Suppenschüssel auf. Die Gelehrten folgten seinem Blick, ihrem Anführer gleich wie Babys ihren Müttern. »Bei den Unholden, so wild wie sie sind, dass so viele Renewals noch am Leben sind.«

Der Tonfall drängte nicht auf eine Abweisung, und der Blick des Anführers schien Sawi zu durchsuchen, als könne er tief in ihr Herz sehen.

»Das ist es«, sagte Sawi und zögerte. Früchte und Getreide. Erntetaschen warteten auf sie. Und doch lag hier eine andere Möglichkeit, eine weitere Chance für eine frühere Wahl. Der Gedanke drehte ihr den Magen um, ein kalter Verrat, selbst als ihre Stimme die Frage stellte. »Wenn Ihr einen Führer braucht, stünde ich zu Euren Diensten.«

Der Najahn-Anführer lachte leise, blickte um das Feuer zu den anderen. »Von all den Angeboten, die wir seit unserer Landung hier gehört haben, war nicht eines, uns den Weg zu zeigen. Wenn ich raten müsste warum, ist es die Angst vor Unholden, die euer Volk zurückhält. Warum bist du anders?«

Die geronnene Angst löste sich bei der Frage des Najahn auf. Sie hatte den ersten Schritt getan. Jetzt musste Sawi nur noch weitergehen.

»Weil ich diese Angst gut genug kenne, um ihr erneut zu begegnen.«

»Tatsächlich?« Die Augen des Najahn glitzerten,

schwarze Gruben gegen den Schatten des Feuers. »Dann würde ich, Gladdring, Tenet von Noctia, deine Dienste willkommen heißen. Führe uns gut, und du wirst belohnt. Versage, und ich bin mir ziemlich sicher, dass du nicht überleben wirst, um die Konsequenzen zu erleiden.«

5
DIE WACHEN DER KÖNIGIN

Was Pläne anging, begann Wax, den Sprung auf das Floß zu seinen schlechtesten zu zählen. Klar, es hatte die aufregenden Sprünge über die Dächer gegeben, die Sprünge, das Ausweichen vor den Wachen, aber es war schwer, sich über all das gut zu fühlen, während Torny im Wasser zappelte und der Roller weiter tuckerte.

Bliss' Finger flogen schnell, nicht dass ihre Zeichensprache irgendeinen Einfluss auf die Kance-Soldaten hatte, die so hübsch in ihrer Rüstung und so streng in ihrer Stimmung waren. Harte Augen, harte Seelen. Sie ignorierten auch Wax' Bitte und standen einfach mit gezogenen Klingen da, auf ein verborgenes Signal wartend.

In ein paar Sekunden würde Torny zu weit zurück sein, als dass dieses Signal noch etwas ausmachen würde.

»Sie ist unsere Erneuerung«, sagte Wax und nickte in Richtung der plätschernden Gestalt, die jetzt mehr ein verschwommener Fleck war, während das Licht sich entfernte. »Wenn ihr sie ertrinken lasst, gehen Vis' Hoffnungen mit ihr unter.«

Der Wächter vor ihm zuckte, sein Gesicht vom spitzen Helm verschattet. Doch die Kontrolle siegte, und sein Rapier blieb stetig, die Spitze direkt auf Wax' Bauch gerichtet.

»Bitte«, echote Quik, der mit Bliss am Boden lag, Schwerter an ihren Brüsten. Die Emotion seines Bruders wirkte nicht ganz so echt wie Wax' eigene, aber zumindest versuchte er es.

»Helft dem Mädchen.«

Der Befehl kam von unten, von einer Treppe, die zum Hauptdeck führte. Von dort erschien die Kance-Erneuerung, jene eisige Königin, die jetzt nicht weniger frostig wirkte, selbst in dünner Kleidung, die von einem hastig übergeworfenen blau-weißen Umhang umhüllt war.

Sie wiederholte die Worte, als sich kein Wächter bewegte. Diesmal trat derjenige mit dem Rapier an Wax' Brust beiseite, obwohl die Klinge weiterhin bereit blieb.

»Tu, was du kannst«, sagte der Wächter, die dünne Stimme vor höhnischer Boshaftigkeit triefend. »Mach eine andere Bewegung, und ich werde dafür sorgen, dass deine Eingeweide das Deck besudeln.«

»Das wäre ein Albtraum zum Saubermachen«, murmelte Wax, riss das Seil los, das sie gerade benutzt hatten, um auf das Boot zu gelangen, und stürmte zum Heck des Rollers. Als er an der Königin vorbeilief, schenkte Wax ihr das kleinste Nicken, das er zustande bringen konnte.

Zumindest hatte der Roller im Vergleich zu den seefahrenden Schiffen nicht so viel Länge. Ein paar lange Schritte brachten Wax zum Heck, das Seil schlängelte sich wie eine sandfarbene Schlange hinter ihm her.

»Fang das!«, rief Wax, holte mit dem Seil aus und warf es in einem weiten Bogen.

Das Ende verschwand jenseits des Lichts, aber Wax kannte Seile, kannte seine eigene Kraft und machte sich bereit, als der erste harte Ruck zurückkam.

»Sie hat es«, sagte Wax, ohne sich umzudrehen. »Könnte etwas Hilfe beim Reinziehen gebrauchen!«

Die Geschwindigkeit des Rollers und Tornys nasses Gewicht stellten Wax' Muskeln vor eine schwierige Aufgabe, bei der ihm ein Tag Arbeit mit Kistenschleppen wenig half. Seine Arme brannten schon nach einem einzigen Zug, die frischen Schwielen drohten aufzubrechen und zu bluten.

Und sie hätten es getan, wäre da nicht ein frischer Ruck hinter ihm gewesen. Das Seil spannte sich, glitt durch Wax' eigene Finger. Immer noch schwer, aber mit der Hilfe machbar. Wax hatte seine Füße gegen die hintere Kante des Floßes gestemmt, eine stabile, goldverzierte Planke, seine Augen nach vorn gerichtet, beobachtend, suchend nach irgendeinem Zeichen.

»Danke«, sagte Wax und versuchte, seine Stimme nach hinten zu werfen. »Ich bin sicher, es war nicht Ihre Idee.«

»All meine Ideen sind meine eigenen«, kam die Antwort, im gleichen gemessenen, völlig stählernen Ton, der eben noch den Wachen Befehle erteilt hatte. »Halt fest, verdammt nochmal.«

Wax klammerte sich wieder an das Seil, die trockenen Fasern rutschten ihm fast aus den Händen, nachdem er die Stimme der Königin gehört hatte. Was machte sie hier hinten? Und wie fragte man danach?

Besser, er blieb bei dem, was er kannte, wer er war.

Vis hatte keine Royals. Ihm war nie beigebracht worden, wie man mit einem umging.

»Tut mir leid, ich hatte nicht erwartet, Sie wissen schon-«

»Konzentriere dich auf deine Freundin.«

Richtig. Torny. Wax lehnte sich nach vorn, das Einholen ging jetzt schneller, da der Erfolg ihre Bemühungen beflügelte. Die Banditin tauchte nach ein paar weiteren Momenten im nachlaufenden Lampenlicht des Rollers auf, am Seil klammernd, ihr Kopf mal über, mal unter der Wasseroberfläche. Ihre Arme bewegten sich nicht, sie sagte kein Wort.

»Sie ist da«, sagte Wax. »Obwohl ich nicht sagen kann, ob sie noch lebt.«

»Eine Frage, die wir zu gegebener Zeit beantworten werden.«

Hätte Quik diese Worte gesagt, hätte Wax etwas Sarkastisches zurückgeworfen. Jetzt schluckte er seine Zunge runter und konzentrierte sich aufs Ziehen. Ein weiterer Körper kam von hinten, löste die Königin mit einem leisen Befehl ab, während ein zweiter, dieser nicht in Kance-Rüstung, aber genauso wütend aussehend wie die Wachen, ihren Platz neben Wax am Heck des Bootes einnahm.

»Ihr werdet sie retten«, sagte die Kapitänin des Rollers, »und dann werde ich euch alle wieder in den Fluss werfen.«

»Macht die ganze Sache ziemlich sinnlos, oder?«, sagte Wax. Zurückzuschnappen bei der Idiotin von einer Kapitänin fühlte sich viel vertrauter an. »Wie wäre es, wenn Sie uns einfach mitfahren lassen, und niemand erfährt, dass Sie eine Erneuerung über Bord geworfen haben, während Unholde uns alle verschlingen?«

Die Kapitänin errötete, legte ihre Hände auf das Heckbrett und beobachtete, wie Tornys Gestalt den Roller einholte und aus dem Wasser zu steigen begann.

»Es wird niemanden interessieren, weil keine Erneuerung, die sich keine Fahrt leisten konnte, jemals bis zum Ende überleben wird«, sagte die Kapitänin, bevor sie über die Seite griff, Torny packte und mit einem Fluch die Banditin hochhob und ihre durchnässte Gestalt auf das Deck fallen ließ.

Tornys Augen flatterten, als ihre vier Retter – Wax und die Königin, ihr Wächter und die Kapitänin – sich über die Banditin beugten.

»Nehme an, ich bin gerettet, ja?«, prustete sie, Wasser spritzte aus ihrem Mund.

»Nein, du hast nur ein anderes Problem gefunden«, antwortete die Kapitänin.

»Du lässt sie sich säubern«, sagte die Königin und formulierte die Worte, als wären sie eine Tatsache und kein Befehl. »Dann bringst du sie hierher zurück, und wir werden alle gemeinsam über den richtigen Handlungsweg entscheiden.«

»Weise Worte, meine Königin«, murmelte der Wächter, während Wax Torny auf die Beine half. »Ich werde Akido sie beobachten lassen, während wir diskutieren.«

»Wer ist Akido?«, fragte Wax, während Torny hustete.

Die Königin nickte nur.

Akido entpuppte sich als der erste Wächter, der Bliss gefunden hatte, und er behandelte seine Rapiere weniger wie Schwerter, sondern eher wie seine eigenen Arme: immer ausgestreckt, immer bereit.

Das verschlagene Quartett versammelte sich am Bug des Floßes unter Akidos wachsamem Auge. Wax hatte nicht viel zu tun, außer zu bestätigen, dass seine Tasche und die Foti-Klinge die Überfahrt unbeschadet überstanden hatten. Torny brauchte die meiste Aufmerksamkeit, wobei Bliss der Banditin half, ihre durchnässten Kleider gegen trockene

Leinensachen zu tauschen. Eine schwierige Aufgabe, wie Torny sagte, wenn einem jeder Knochen taub war.

»Was denkst du, werden sie mit uns machen?«, fragte Quik und bewegte seine Finger in Wax' Richtung.

»Die Königin scheint nicht geneigt, uns zu töten«, antwortete Wax. »Obwohl die Kapitänin uns ins Wasser werfen will.«

»Behaltet eure Worte offen, wo ich sie hören kann«, sagte Akido und richtete ein Rapier auf Wax' Finger. »Hier wird es keine Geheimnisse geben.«

»Oh, wir haben dich nur hässlich genannt«, erwiderte Wax.

Diese Augen verengten sich erneut. Jetzt waren sie nur noch Schlitze.

»Kannst du überhaupt noch sehen, wenn du so wütend bist?«, fragte Wax und sah Akido direkt an. »Wirklich, ich bin beeindruckt.«

»Bruder«, warnte Quik.

»Nein, ich meine es ernst. Er kneift die Augen jetzt so zusammen«, lachte Wax und zeigte auf Akidos rechte Hand. »Schau, er zittert sogar.«

Mit seiner Linken sendete Wax eine einfache Nachricht an Quik.

»Sei bereit.«

Akido schüttelte den Kopf und richtete das Rapier in seiner rechten Hand auf Wax' Brust. Kein Zittern mehr zu sehen. »Du wirst mich nicht provozieren, Junge.«

»Wenn ich ein Junge bin, muss jemand mit deinem emotionalen Ungleichgewicht wohl, was, ein Baby sein?«

Akido machte einen Schritt auf Wax zu, seine rechte Hand schwang nach oben für einen Rückhandschlag. Das linke Rapier des Wächters blieb auf Wax gerichtet und ließ keine Möglichkeit zum Ausweichen. Torny und Bliss hinter ihm blockierten einen Rückzug.

Nichts hinderte Quik an einem freien Zugriff. Der Vis-Jäger packte Akidos Handgelenke, drückte den rechten Arm des Mannes um dessen Hals und pinnte den linken an Akidos Taille. Wax zog seine Foti-Klinge und richtete das Saphirschwert auf die Öffnung in Akidos Helm.

»Sieh mal einer an«, sagte Wax. »Scheint, als hätte der Junge die Kontrolle.«

»In einer Minute seid ihr tot«, konterte Akido, während Quik ihn gegen die Seite des Rollers drängte.

»Wie lange kannst du in all dieser Ausrüstung schwimmen?«, fragte Quik. »Ich habe gehört, Kance kann auf dem Wind schweben. Ich bin gespannt, das zu sehen.«

Akido versteifte sich, seine Beleidigungen erstarben bei Quiks Worten. Wax wedelte mit seiner Foti-Klinge vor dem Wächter.

»Lass deine Rapiere fallen, dann können wir richtig verhandeln.«

»Er wird nichts dergleichen tun.«

Die Königin, flankiert von den beiden verbliebenen Wächtern und der Kapitänin des Rollers, schritt auf sie zu. »Du wirst meinen Mann jetzt loslassen, Vis.«

»Was bringt uns das außer einem Rapier im Bauch?«, fragte Wax und kam Quik mit einer Antwort zuvor.

Manche Menschen wussten, wie man einen Krieg mit Worten führt. Quik zog es nach Wax' Erfahrung vor, seine Kämpfe auf physischem Terrain auszutragen.

»Es bringt euch eine Passage auf diesem Schiff«, sagte die Königin. »Etwas, das ich euch ohnehin gewähren wollte. Zusammen mit der Nutzung einer Kabine unter Deck. Jetzt denke ich, ihr werdet die Reise hier an Deck verbringen.«

Wax warf einen Blick zurück zu Torny und Bliss. Sie waren noch dabei, sich zu sammeln. Nicht bereit für einen Kampf.

»Euch ist schon klar, dass wir diesen Kerl immer noch gegen ein Geländer drücken, oder?«, fragte Wax. »Wir könnten ihn über Bord werfen.«

»Dann würdet ihr sterben.« Die Königin verengte nicht ihre Augen, wurde nicht rot, tat nichts außer die Tatsache zu konstatieren und es dabei zu belassen.

»Wir verhandeln wohl nicht, oder?«

»Wax«, sagte Quik, »nimm verdammt nochmal das Angebot an.«

»Dein Freund-«

»Bruder«, schnappte Wax.

»Bruder, dann«, die Königin nickte Wax kurz zu. »Er gibt dir einen guten Rat. Nimm ihn an.«

»Bekommst du jemals nicht das, was du willst?«

Dort, für den flüchtigsten Moment im gelblichen Laternenlicht, erhaschte Wax einen Bruch in der eisigen Haltung der Königin. Ein Zittern der Lippen, ein Beben in den Pupillen.

»Öfter als du ahnst«, sagte die Königin. Sie ließ eine Hand in ihren Umhang gleiten. Sie kam mit einem einzigen, glitzernden Stilett wieder hervor. »Lass ihn los, oder dein Leben ist verwirkt.«

Die Diamantspitze, lang und schmal, zeigte zum Boden, aber in ihrem Griff sah Wax den Kance-Windmeister von seiner ersten Reise, denjenigen, der geschickt genug im Schwertkampf war, um jeden Mord zu vollbringen, den der Mann wollte.

Vielleicht, nur vielleicht, könnte Wax das hier klären und alle lebend davonkommen lassen.

»Abgemacht«, sagte Wax und machte einen Schritt zurück hinter Quik, als sein Bruder Akido losließ.

Der Wächter schien jedoch mit den Bedingungen nicht einverstanden zu sein. Befreit richtete er sein Rapier auf Quik und setzte zum Stoß an, nur um den Schlag haarscharf vor Quiks Bauch einzufrieren.

Der Grund schimmerte wie eine helle Linie in der Dunkelheit. Das Stilett der Königin, dessen Spitze direkt unter Akidos Helm an seinen Hals führte.

»Wir haben eine Abmachung, dieser Kampf ist vorbei«, sagte die Königin. »Kapitän, lasst sie am Bug. Wir werden die Tür zu den unteren Decks verriegeln. Sollten sie sie aufbrechen, habt Ihr meine Erlaubnis, mit ihnen zu verfahren, wie Ihr wollt. Akido, komm mit mir.«

Die Königin zog ihre Klinge zurück und Akido folgte ihr, nachdem er ein letztes Mal vor Quiks Füßen ausgespuckt hatte. Nur die Kapitänin blieb zurück, mit einem beeindruckenden Stirnrunzeln.

»Ich mag es nicht besonders, wenn Blinde Passagiere eine kostenlose Fahrt bekommen«, sagte die Kapitänin, als die Königin und ihr Gefolge verschwunden waren. »Also, so werdet ihr dafür bezahlen. Jeden Tag werde ich Aufgaben für euch haben, ob es nun Fische fangen oder meinen Roller reinigen ist. Macht ihr es gut genug, lasse ich euch unsere Reste essen. Wenn nicht, und verdammt, was sie sagt, seid ihr bei der ersten Gelegenheit von diesem Schiff runter.«

Als die Kapitänin fertig war, zuckte Wax mit den Schultern. »Du hättest mir dieses Angebot heute Nachmittag machen können und uns allen eine Menge Ärger erspart.«

»Ärger?« Die Kapitänin lachte, obwohl keine Fröhlichkeit darin lag. »Es kommt viel Schlimmeres als Ärger auf uns zu, Junge. Die Königin hat diese Fahrt nicht mit ihrer Tasche bezahlt. Diese Wächter von ihr haben mir die gleiche Wahl gelassen wie ihr. Ein schneller Tod oder eine Reise nach Norden.«

»Sie konnten dich nicht bezahlen?«

Die Kapitänin warf einen Blick zurück, vergewisserte sich, dass die Kance-Gruppe gegangen war.

»Sie könnten reichlich bezahlen, aber die Gerüchte, die von dort kommen, wohin wir jetzt gehen? Man sagt, keiner von uns wird zurückkommen. Keine verdammte Seele.«

6

IN DIE GRUBEN

Barten hatte immerhin den Anstand, entschuldigend auszusehen und zu klingen, als er sie aus ihrer Zelle führte. Er hatte behauptet, es würde einige Tage dauern, um sie wieder zu Kräften und auf Trab zu bringen, aber das waren Behauptungen, die er nicht durchsetzen konnte. Die Gruben, so schien es, brauchten ihre Neulinge schnell sortiert.

»Das«, sagte Barten, während er die Gruppe durch breite, fackelbeleuchtete Tunnel führte, »und die Hauptveranstaltungen des Nachmittags endeten früh.«

»Warum?«, fragte Maena, die nach ihrer kleinen Ansprache an der Spitze ging.

»Der große Gewinner ist ausgerutscht und hat nach weniger als einer Minute seinen Kopf verloren.« Barten schüttelte seinen eigenen. »Enttäuschend. Hatte ein paar Mahlzeiten auf ihn gewettet.«

»Wie hat er seinen Kopf verloren?«

»Oh, das wirst du zu gegebener Zeit selbst herausfinden. Wenn du Glück hast.«

Jenseits der Fackeln verloren die Tunnel ihre kerkerähnliche Atmosphäre. Gelegentliche Einschnitte in der Oberfläche boten fensterartige Ausblicke auf den sinkenden grauen Nachmittagshimmel, schlammige Linien liefen die Wände hinunter und die Tunnelränder zeigten grobe Abflussarbeiten.

Ein Rana-Konstrukt würde dieses Wasser irgendwohin Nützliches ableiten.

Gefangenenzüge passierten sie in die andere Richtung, einige so lang wie ihr eigener, während andere nur einen oder zwei Gefangene enthielten. Joichi, der Kriegsherr, der am Ausgang des Dunklen Unten gewartet hatte, behauptete, er hätte alle Rana gefangen, die ihre Dämonenmord-Expedition verlassen hatten, aber Maena hatte hier noch keine alten Freunde gesehen. Andererseits schienen die meisten der vorbeiziehenden Gefangenen so zerschlagen, schlammbedeckt und weltmüde, dass sie unkenntlich waren.

So würde sie bald auch aussehen.

Als ob wir das nicht gewohnt wären.

Es gab eine Zeit, da waren wir sauber. Auf dem Wasser.

Hatte nie die Chance herauszufinden, wie sich das anfühlt.

Vielleicht wirst du es noch.

All der Fatalismus, der während der Wagenfahrt in Maena gekrochen war, verblasste während des Tunnelgangs und der Mahlzeit davor. Sie hatte Tage mit wenig zu tun und wenig Hoffnung verbracht, aber jetzt brachte die Aussicht auf Aktion etwas Leben in ihre wunden, schwachen Glieder. Maena hielt den Kopf hoch, anstatt ihn in ihre Arme sinken zu lassen.

So war ich, als wir zurück zum Dämon gingen. Rate mal, wie das ausgegangen ist.

Bartens Ziel jedoch beherbergte keine Dämonen. Eine in die Erde geschnittene Arena, die Erdwände geglättet, um

Handhaben schwierig zu machen. Tiefer roter Lehm bedeckte den gesamten Raum. An den Wänden hinauf und über den Rand saßen Holzbänke. Eine spärliche, pelzbedeckte Menge hatte sich versammelt, schüttete Getränke und Essen in ihre Münder, während die Show einmarschierte.

Um den Rand der Arena standen acht Kisten, genauso viele wie Gefangene. Jede Kiste entsprach Maenas Schulterbreite und reichte ihr bis zu den Schienbeinen. Keine Griffe, und ihre tiefen Eindrücke im Lehm deuteten darauf hin, dass sie seit einiger Zeit nicht bewegt worden waren.

In der Mitte der Grube lag ein Steinhaufen, jeder Stein ein grober Ball nicht größer als Maenas Kopf. Grau und schwarz, gesprenkelt mit Schmutz und Zeit, waren die Steine zu einem losen Haufen aufgestapelt. Anders als die Kisten sah keiner von ihnen fest platziert aus.

Maena spürte das Ziehen an ihren Händen, das Seil, das sie fesselte, fiel wieder ab. Sie rieb ihre Handgelenke und brachte volles Gefühl in ihre Finger zurück, während Barten die Anweisungen ausrief.

»Begebt euch zu einer Kiste, jeder von euch. Kein Teilen«, sagte Barten, lauter als für die Gefangenen nötig. Das Publikum bekam die Geschichte auch mit. »Ihr werdet davor stehen, eure Fersen berühren die Kante der Kiste. Kein Schummeln jetzt.« Barten lachte und zeigte auf den Mann, der sein Essen in den Mund geschaufelt hatte. »Ich weiß, dass du schon mal hier warst, also verderb nicht die Überraschung.«

Jemand ist schlau genug, um hier rauszukommen, aber dumm genug, sich wieder erwischen zu lassen?

Die Sieben Inseln haben alle Arten.

»Mit mir«, murmelte Svarde und kam an Maena vorbei,

gab ihr einen leichten Schubs. »An einem Ort wie diesem ist es am besten, wenn wir zusammenbleiben.«

»Ich dachte, du wärst ein Einzelgänger?«, entgegnete Maena, obwohl sie mit Svarde zur gegenüberliegenden Seite der Arena ging.

»Hab's versucht. Hat nicht funktioniert. Meine Mission ist noch nicht vorbei.«

Ihre auch nicht. Trotz des Kampfes, der in ihrem Kopf tobte, konnte Maena die Dämonen nur allzu deutlich sehen, diejenigen, die genommen hatten-

»Hier ist das Spiel«, rief Barten wieder, als sie alle vor ihren Kisten standen, die Fersen gegen das weiche, verrottende Holz gedrückt. »In einer Minute werde ich pfeifen. Dann ist es ein freies Spiel. Die ersten zwei, die drei Steine in ihre Kisten bekommen, kriegen den einfachen Ausweg. Wird von da an rauer.« Barten zog sein Ausschlachtmesser, gestikulierte zum Publikum hinauf. »Wer versucht rauszuklettern, den sticht mein Freund da oben mit einer fiesen Pike. Versucht es gar nicht erst. Ansonsten tut, was ihr müsst. Es lohnt sich.«

Barten trat zurück an den Rand der Arena und steckte das Messer in seinen Gürtel.

»Wir schlagen hart zu«, sagte Svarde. »Ich werde sie beiseite stoßen, du schnappst dir deine Steine.«

Barten führte seine Hand zum Mund, zwei Finger darin. Ein tiefer Atemzug.

»Du spielst dein Spiel, ich spiele meins«, erwiderte Maena, als der schrille Pfiff des Mannes ertönte.

Svarde stürmte vor, brüllte irgendeinen Foti-Schlachtruf und verstreute mit seinen nackten Füßen überall kalten Lehm. Maena machte einen Schritt und blieb dann stehen, starrte.

Was machst du? Versuchst du zu verlieren?

Schau zu.

Die anderen sieben, einschließlich Rasslebeck und Pennifer, machten einen wilden Sprint zu den Steinen in der Mitte. Sie stießen gegeneinander, Hände kratzten, schoben und drängten. Pennifer wurde das Bein weggezogen, ihr Kopf krachte in den Schmutz. Der Vielfraß traf auf Svardes Schulter bei einem unüberlegten Sprung nach einem Stein und sank benommen zu Boden.

Maena behielt die kichernde Frau im Auge, deren Kiste rechts von Maenas stand, beobachtete, wie die hinterlistige Dame einen Stein vom Rand des Haufens ergriff und damit zu ihrer Kiste zurücklief.

Wir werden verlieren, wenn du dich nicht bewegst.

Maena ignorierte ihr einfacheres Selbst. Sie sah, wie Svarde mit einem Stein in jeder Hand aus dem Haufen auftauchte. Der Foti-Wächter kämpfte sich frei und stampfte langsam zu seiner Kiste zurück. Rasslebeck und der andere Gefangene, den Maena nicht kannte, hatten auch Steine, je einen auf dem Weg nach Hause.

Maenas Zielobjekt erreichte ihre Kiste, stöhnte, als sie den Stein hineinhob. Die Frau drehte sich zur Mitte zurück und rannte los, die Arme wild schwingend, das vertraute Kichern stieg von ihren Lippen auf.

Und jetzt gehen wir.

Die Rana-Kapitänin kam in Bewegung, ging aber nicht zum Haufen, sondern zur Box der anderen Frau. Mit beiden Händen griff Maena nach unten, zog den Stein heraus, drehte sich um und schleppte ihn den kurzen Weg zu ihrer eigenen Box. Sie legte ihn hinein.

Oh, das ist ein hinterhältiger Zug.

»Woher hast du den?«, fragte Svarde, und Maena bemerkte, dass er zu ihrer Box gekommen war, bevor er zu seiner eigenen ging.

»Leg diese Steine in deine eigene Box, Svarde. Ich brauche dein Mitleid nicht.«

Svarde sah aus, als wollte er widersprechen, also schubste Maena den Mann. Das gab dem Foti-Kämpfer einen Hinweis, und Svarde stolperte in die richtige Richtung.

Das erlaubte Maena, das Feld zu überblicken. Die kichernde Frau und Pennifer waren ineinander verheddert, ein unbeabsichtigtes Durcheinander, als sie nach demselben Stein griffen. Rasslebeck hatte seinen zweiten fast aus dem Haufen befreit, ein Zug, der blockiert wurde, als der Vielfraß, der wieder zu sich kam, auf den Rana-Kämpfer sprang. Der dritte Gefangene, frei, seinen zweiten Stein zu holen, hob ihn auf und ging zurück zu seiner Box, zwei Boxen von Maenas entfernt.

Warum kämpfen sie alle, anstatt einfach die Steine zu schnappen?

Aus demselben Grund, aus dem ich meinen gestohlen habe. Die Konkurrenz verlangsamen, sich selbst retten.

Maena sprintete nach links, schnitt Svarde den Weg ab, als der schwerfällige Barbar zurück zur Mitte ging. Der Gefangene, der seinen zweiten Stein schleppte, warf ihn in seine Box, drehte sich bei Maenas Annäherung um und hob die Hände in einer feigen Abwehr.

Trotz all ihres Geredes darüber, lebend herauszukommen, ließ Maena sich nicht von Schuldgefühlen bremsen. Barten hatte klargemacht, dass die Gruben kein Teamspiel waren.

Mit einer Finte zum Gesicht des Gefangenen lockte Maena die dünnen Arme nach oben und ließ einen weiten Ellbogenstoß in den Bauch des Mannes zu. Er beugte sich vor, und Maena schwang ihren rechten Arm über den

Gefangenen, drückte ihn nach unten und über ihr Bein, sodass er im Lehm landete.

Ohne anzuhalten, griff sie in die Box und hob den Stein. Er war schwer genug, um beide Hände zu benötigen; die Box des Mannes völlig zu leeren, war nicht drin. Maena drehte sich auf den Fersen im Lehm und ging den Weg zurück, den sie gekommen war.

Links hatte Rasslebeck seinen Kampf gewonnen und ließ den Vielfraß erneut benommen im Dreck zurück. Sein zweiter Stein war fast zu Hause. Pennifer und die kichernde Frau hatten sich getrennt, wobei Pennifer den Kampf um ihren ersten Preis gewonnen hatte. Die andere Frau ging tiefer, hob ihren Stein auf und machte sich auf den Rückweg.

Svarde, immer methodisch, hatte wieder zwei Steine in seinen Armen und schleppte sich heimwärts.

Maena schoss wieder an ihm vorbei und ließ die weiche Oberfläche des Lehms sie mehr gleiten als laufen. Sie beugte sich vor, ließ den zweiten Stein in ihre Box fallen und warf einen Blick auf Svarde.

»Weißt du was? Ich habe meine Meinung geändert. Kann ich einen haben?«, fragte Maena.

Svarde rollte den Stein in seinem linken Arm, hob ihn an, als seine Handfläche die Kante fand, und schickte den Stein auf einen kurzen Flug, der in einem Platschen im Lehm auf halbem Weg zwischen ihren Boxen endete.

Eine kurze Reise für einen Sieg.

Maena überbrückte die Distanz, als Svarde seine eigene Box erreichte und den dritten Stein hineinwarf.

»Wir haben den ersten Sieger!«, rief Barten über den anhaltenden Tumult hinweg. »Die Foti-Bestie beansprucht einen Sieg!«

Die Foti-Bestie? Klingt ungefähr richtig.

Maena erreichte Svardes geworfenen Stein, hob ihn auf. Sie machte sich auf den Weg zurück zu ihrer Box, als sie hörte, wie Svarde ihren Namen rief.

Der Ton des Mannes sagte Maenas Instinkten, was zu tun war, und sie duckte sich, den Stein umklammernd, als die kichernde Frau, nun Flüche spuckend, Maena traf. Verkrustete Fingernägel, beißende Zähne, tretende Füße griffen Maena wie ein fauliger Wirbelwind an, den Maena lange genug ertrug, um den Stein zu schwingen.

Sicher, die Steinbälle konnten benutzt werden, um das Spiel zu gewinnen, aber die Dinger hatten Gewicht, hatten Masse, und als Maenas zweihändiger Schlag die angreifende Frau am Kinn traf, brach sie regungslos im Dreck zusammen.

Mit blutenden Kratzern und einem blauen Schienbein stolperte Maena zu ihrer Box, rollte den dritten Stein hinein. Setzte sich in den Lehm.

Sie bemerkte zum ersten Mal das wütende Geschrei aus der Menge. Flüche, Spott, der zornige Speichel von Wetten, die in letzter Minute schiefgegangen waren.

»Halt!«, rief Barten und pfiff dann wieder. »Halt, meine Freunde, meine eifrigen Wettkämpfer. Das Spiel ist vorbei. Die Foti-Bestie war die erste mit drei, aber was den zweiten Platz angeht, haben wir einen Streit.« Barten zeigte mit einer Hand auf Maena, mit der anderen auf Rasslebeck. Der andere Rana-Kämpfer stand wie Maena über seiner Box, drei Steine ruhten darin. »Wir alle wissen, wie Unentschieden in den Gruben entschieden werden, nicht wahr?«

Die Menge brüllte zur Antwort.

»Genau, genau«, sagte Barten. »Immer eine Freude. Alle anderen, räumt die Arena. Ja, du auch, Foti. Dieser Wettkampf betrifft dich nicht mehr.«

Zwei weitere Whent-Wachen erschienen mit Seilen in

der Hand am Ausgang. Lange Messer an ihren Gürteln machten klar, was passieren würde, sollte jemand auf dumme Gedanken kommen. Pennifer und die anderen drei Gefangenen, wobei die Frau, die Maena niedergeschlagen hatte, von Svarde geschleift wurde, machten sich auf den Weg aus der Arena.

Rasslebeck warf Maena einen fast entschuldigenden Blick zu und zuckte mit den Schultern.

Oh, das wird langsam interessant.

Maena teilte das Gefühl nicht. Die Menge brach in einen stetigen Sprechgesang aus, der an Lautstärke zunahm, als Barten zur Mitte der Arena schritt und dabei den Steinen auswich. Der Mann hob beide Hände, wackelte mit den Fingern, als wolle er das Publikum in einen Rausch versetzen.

»Also gut, meine geschätzten Freunde«, sagte Barten. »Es ist Zeit, unser Spiel zu entscheiden. Wie bei jedem Wettkampf in den Gruben werden Unentschieden in einem Kräftemessen entschieden, in physischem Talent und geistiger Schärfe.«

Bartens Arm ging zu seiner Hüfte, zog das dort gescheitete Häutungsmesser. Er ließ es in die Mitte fallen, die Spitze ragte aus dem Lehm.

Ihr werdet euch gegenseitig töten müssen, nicht wahr?

Maena schluckte, mäßigte ihren Atem. Behielt Rasslebeck im Auge. Wie viele Überfälle hatten sie zusammen durchgestanden, wie viele Jahreszeiten waren sie gemeinsam über die Inseln gesegelt?

Jetzt das, das kann ich unterstützen. Reiner Kampf. Lass den Besten gewinnen. Zeig mir, was wir können, Kapitän.

Barten legte dann eine Hand an sein Ohr, nickte. Die Menge wurde lauter. Ein neuer Klang schlängelte sich jenseits von ihnen, verstärkte sich, als etwas Neues gegen den oberen Rand der Arena geschoben wurde. Eine Kiste, und darin eine Kreatur.

Eine, die Maena kannte.

»Genau, ein seltener Fund in der Tat. Ein Ferrit, direkt aus Foti!«, heulte Barten. »Sobald es freigelassen wird, gewinnt derjenige von euch, der den tödlichen Schlag ausführt.« Barten verfiel in ein Kichern. »Hoffen wir, dass es einer von euch schafft.«

Barten machte eine weitere leichte Handbewegung und die Tür des Käfigs schwang auf. Jemand hob die Rückseite des Käfigs an und kippte den Ferrit vorne heraus in einen rollenden Sturz auf den Boden der Arena.

Kivi, Svardes Freundin und ihre treue Führerin in der Dunkelheit, schüttelte sich, schnaubte und fand Maena mit ihren neugierigen saphirblauen Augen.

7

DER UNWAHRSCHEINLICHE GEFANGENE

Frei. Wenn Bliss ein Wort hätte wählen müssen, um ihr Leben vor dieser Reise zu beschreiben, wäre es das gewesen. Oder zumindest nahe dran. Torny jedoch zerpflückte diese Idee und schien Gefallen daran zu finden, all die Wege aufzuzeigen, wie Kitaye, ihre Familie und ihre Gesellschaft Bliss gefesselt hatten.

Die beiden saßen am Bug des Rollers, der von dem riesigen Vorderrad dominiert wurde, während die Dämmerung heraufzog und Sichis Licht sich orangefarben mit dem Tag vermischte. Ein wolkenloser Tag kündigte sich an, frisch und hell. Um sie herum war Rirocas Stadtbild längst in die Wildnis des Flussufers übergegangen. Kiefern erhoben sich entlang der Ufer, ihre nadeligen Äste streckten sich über das rauschende Wasser. Kleine Nagetiere liefen umher, aufgescheucht von krächzenden schwarzen Vögeln. Wesen, die der Kapitän Okam nannte, hielten mit ihrem Fortschritt Schritt, vierbeinige, dickgeschwänzte Kreaturen mit zahnbewehrten Mäulern. Ab und zu stürzte eines zum Wasser, tauchte sein spitzes Maul hinein und tauchte mit einem zappelnden Fisch wieder auf.

»Zäh und trocken«, sagte der Kapitän, als sie auf das erste hinwies. »Wenn man am Verhungern ist, tun sie's. Ansonsten ist alles andere besser.«

»Klingt, als wüsstest du das aus Erfahrung«, hatte Torny erwidert.

»Eine Erfahrung, die ihr vielleicht bald teilen werdet.«

Der Kapitän bot nichts weiter an, außer sich wieder ihrem Steuerruder und dem Fluss vor ihnen zuzuwenden. Wax und Quik waren nach achtern gerufen worden, wo sie die Fischernetze des Rollers bedienen mussten, deren Stangen den Köder durchs Wasser zogen.

Laut dem Kapitän hatten sie keine Zeit gehabt, das Schiff ausreichend für die Reise zu bevorraten, geschweige denn für vier zusätzliche Mäuler. Nahrungssuche würde nötig sein.

»Als ob es keine Städte auf dem Weg gäbe«, gebärdete Bliss.

Sie und Torny hatten trotz der frühen Stunde ihre eigene Aufgabe: das große Rad vorne von Ästen und anderem Schmutz zu befreien, während es sich unermüdlich drehte. Bliss war sich nicht sicher, wie es funktionierte, was es antrieb, obwohl Torny erklärte, dass es einen Kessel benötigte und warum die beiden anderen Crewmitglieder des Kapitäns es selten nach oben schafften.

»Wir haben uns die besten Jobs auf dem Schiff geschnappt«, sagte Torny, während sie mit ein paar Holzstangen mit Besen am Ende Treibgut abfischten. »Wette, die sind nicht glücklich mit uns.«

»Warum sollte der Kapitän uns nicht die schlimmsten Jobs geben?«

»Weil wenn wir das hier vermasseln, bekommt das Rad höchstens einen Kratzer. Vergeigst du den Kessel, explodiert der ganze Roller.« Torny, wie Bliss in dicke Foti-

Leinen gehüllt, sah ein bisschen aus wie ein grauer Haufen, aus dem ein Stock herausragte. »Wir drehen uns jetzt schon die ganze Nacht und den Tag. Der Kapitän könnte ohne unsere Hilfe nicht so weitermachen.«

Irgendwie gab es Bliss Auftrieb zu wissen, dass sie nicht bloß Schmarotzer auf dieser Reise waren. Bei all Wax' Selbstvertrauen bei ihrem Versuch, sich auf das Floß zu schleichen, hatte Bliss in ihrem Leben nicht viel gestohlen.

Wie der Kapitän sagte, es funktionierte zum Überleben, aber wenn es nicht nötig war?

»Ihr Vis müsst euch wirklich im Dunkeln halten«, fuhr Torny fort. »Du hast noch nie Dampfkraft gesehen? Ich gebe zu, es ist ziemlich selten, aber wenn du dich auf irgendeiner zivilisierten Insel aufhältst, wirst du es bemerken.«

»Nennst du Vis wirklich unzivilisiert?«

Torny hatte den Anstand, ihr Gesicht verlegen zu verziehen. Ihr Haar, wie das von Bliss zurückgebunden, um zu verhindern, dass der Wind ihnen die Ponyfransen in die Augen schlug, zeigte die Stirn der Banditin, glatt bis auf eine leichte rote Linie, die sich von einem Ohr bis zur Kopfhaut zog. Eine weitere Narbe mit einer weiteren Geschichte, die Bliss sich noch nicht verdient hatte.

»Du weißt, was ich meinte. Nicht modern.«

»Das wird ja immer schlimmer.«

Torny seufzte: »Hör mal, ich war noch nie auf Vis, okay? Alles, was ich habe, sind Gerüchte. Was ich gehört habe. Sie sagen, eure Insel sei ein Paradies, aber ihr seid alle seltsam. Nicht wie der Rest von uns.«

»Wie der Rest in welcher Hinsicht?«

Torny starrte angestrengt auf das Rad. »Sie sagen, ihr interessiert euch nicht für Macht.«

»Das macht uns seltsam?«

»Euch und Tamas, ja.«

»Interessierst *du* dich für Macht?«

Torny nickte. »Nicht so, dass ich Königin oder so werden will. Aber ich will mein Leben kontrollieren. Mich selbst schützen. Meine Freunde.«

Die Banditin warf Bliss einen bestimmten Blick zu, als sie fertig war. Da sie nicht wusste, was sie mit der plötzlichen Stille und dem seltsamen Blick anfangen sollte, schwang Bliss ihre Stange nach rechts und klopfte Torny auf die Schulter.

»Hey, was soll das?«, jaulte Torny auf und ließ ihre eigene Stange fallen, um sich die Stelle zu reiben.

»Tut mir leid, ich versuchte, ein Blatt zu erwischen, das du übersehen hast.«

»Danke, du Blödmann.«

Bis zum Mittag wich der Kiefernwald sanften, mit Disteln bewachsenen Hügeln und sich windenden Wasserläufen, wobei sich der Fluss mit anderen verband und wieder teilte. Manchmal schien er breit genug, um Kitaye zu verschlucken, dann wieder zwängte sich das Floß durch so enge Kanäle, dass Bliss unwillkürlich den Atem anhielt, während der Kapitän um eine enge Kurve manövrierte.

Ohne das Treibgut, das das Rad verstopfte, gingen Bliss und Torny zurück, um Quik und Wax bei der Versorgung zu helfen, einer Aufgabe, die Quik mit begeistertem Eifer anging. Der Jäger hatte Wax die Verantwortung für die Stangen übertragen und sich selbst für eine Speerpistole entschieden.

»Hat ein paar Versuche gebraucht, aber jetzt hab ich's raus«, sagte Quik. »Schau zu.«

Bliss stand neben Quik, als er die Waffe an seine Schulter hob, das Seil lose, aber geordnet zu seinen Füßen. Mit zusammengekniffenen Augen und einem Auge nahe am Lauf der Waffe, visierte Quik in das dunkle Wasser. Nach kaum ein paar Sekunden drückte der Jäger ab und schickte den Speer blitzschnell ins Wasser flussabwärts.

Etwas platschte und zappelte, während Quik die Pistole absetzte, das Seil aufnahm und zu ziehen begann.

»Fühl dich frei zu helfen, wenn du schon da stehst«, sagte Quik mit einem breiten Grinsen im Gesicht.

Bliss wusste warum. Dies war Quiks Element, was er liebte, was er geplant hatte zu tun, seit er zum ersten Mal durch den Dschungel laufen konnte. Die beiden zogen den Fisch gemeinsam ein und warfen ihn in eine dicke Truhe in der Nähe des Hecks, die mit frischem Rana-Eis gefüllt war.

Das zumindest hatte der Kapitän vor ihrer Abreise am Tag zuvor noch besorgen können.

»Fühlst du dich besser?«, gebärdete Bliss, während sie begannen, die Speerpistole neu zu laden.

»Was?«, fragte Quik, dann sah er, wohin Bliss blickte. Die Stelle nahe seinem Bauch, wo Eggrad, der Anführer der Banditen, Quik vor gar nicht allzu langer Zeit gestochen hatte. »Ja. Eine kleine Linie ist übrig geblieben, aber die Narbe war unglaublich.«

»Wir haben Glück«, gebärdete Bliss und nickte dann in Richtung Wax. Ihr Bruder und Torny beschäftigten sich mit einem Leinendurcheinander, das geradezu alptraumhaft aussah. »Ohne die Narbe hättest du-«

»Ohne sie? Wir wären nicht hier, wenn Wax das nicht versuchen würde.«

»Ich dachte, du wolltest Abenteuer?«, Bliss hob eine Leine auf, eine zerzauste Feder.

»Das will ich. Aber das alles ist so zufällig«, antwortete Quik. »Wir kommen nach Foti, wissen nichts, und werden dann entführt. Dasselbe wiederholt sich hier, und jetzt sind wir Bodenfresser auf einem Boot, das von einer anderen

Erneuerung angeheuert wurde.« Quik seufzte. »Vielleicht bin ich es einfach leid, herumgeworfen zu werden. Wir sollen die Welt retten, nicht Fische aufspießen.«

»Folge den Spuren, nicht dem Traum.«

Quik kicherte: »Okay, Älteste. Ich glaube nicht, dass sie von Erneuerungen sprachen.«

»Woher weißt du das?«

»Ich schätze, ich weiß es nicht. Trotzdem. Erinnerst du dich an diese Najahn, mit denen wir zusammen waren? Sie verstanden. Sie gaben uns, was wir brauchten, halfen uns. Mehr noch, niemand machte ihnen Ärger.«

»Ja, weil sie Najahn sind. Jeder hat Angst davor, was sie tun könnten.«

»Nicht Angst, Bliss. Sie glauben, die Najahn seien ihre einzige Hoffnung. Das sollten wir sein. Hoffnung. Stärke. Die Zukunft.« Quik, die Harpune wieder geladen, stand mit Bliss auf und reichte ihr die Waffe. »Ist es nicht das, was du sein willst?«

»Ich würde mich damit zufriedengeben, Wax lebend durch das hier zu bringen. Scheint, als könnte das schon schwer genug sein.«

»Da bin ich ganz bei dir. Jetzt, halt es so, und du spürst den Schaft hier ...«

Schlaf war in dieser Nacht für die meisten von ihnen nicht schwer zu finden. Torny und Wax fielen zuerst um. Quik brauchte länger und lag auf dem Deck. Der Kapitän gab ihnen ein paar grobe Decken und schlug vor, ihre eigenen Beutel als Kissen zu benutzen. Bliss jedoch lag als Letzte wach und beobachtete die Sterne.

Abgesehen von der Kälte fühlte sich alles gut an, und dieses Gefühl schien fremd. Das letzte Mal, dass Bliss sagen konnte, sie sei in Frieden gewesen, war zurück auf Kitaye, bevor die Unholde je zu Besuch kamen. Vor der Erneuerung,

Pan und ihrem eigenen kaum überlebten Versuch, diese Monster auszuschalten.

Aber hier, mit dem Rad, das hinter ihr mahlte, sein Grollen, das sich mit dem Fluss zu guten Vibrationen vermischte, konnte Bliss ihren Stab loslassen, konnte sich ausstrecken, ohne wissen zu müssen, wer für die Wache eingeteilt worden war. Keine Banditen würden hier angreifen, und der Kapitän sagte, sie seien noch ein paar Tage von wirklich heiklem Gebiet entfernt.

Also nehme sie den Moment. Lasse sich entspannen.

Oder sie hätte es getan, wären da nicht Schritte auf dem Deck gewesen. Leise, aber mehr als zwei. In Richtung Heck.

Bliss setzte sich auf, schaute hinüber und sah, dass keiner der anderen drei wach war. Wax' sanftes Schnarchen verlor sich im Geräusch des Flusses. Torny hatte ihr Gesicht in ihren Beutel gedrückt, während Quik den Schlaf eines Jägers hatte, den schnellen Ein-und-Aus-Schlaf für jemanden, der das Wenige aus kurzen Schlummerzeiten herausholen musste.

Ein Wort durchschnitt den Lärm. Nicht klar genug, um es zu verstehen, aber der Ton kam durch. Wut, Irritation. Vielleicht etwas Härteres. Die Schritte gingen weiter zum Heck.

Weggehen und es sein lassen?

Bliss schaute wieder zu Torny. Auf keinen Fall würde die Banditin das durchgehen lassen. Sie würde sagen, dass jede Information über die anderen nützlich sei.

Nun, Bliss konnte verdammt leise sein, wenn sie wollte.

Sie rollte sich auf ihre nackten Füße und blieb in der Hocke. In der vorderen Kabine brannte eine Laterne, der Nachtcrewman am Ruder, aber der Mann hatte seine Augen aufs Wasser gerichtet, nicht auf Bliss, als sie sich um die Ecke zur Backbordseite des Floßes bewegte.

Der schmale Gehweg entlang der Floßseite bot Bliss nicht viel Deckung, also nahm sie eine andere Haltung an. Sie stand gerade, setzte einen verschlafenen Gesichtsausdruck auf. Bereit zu argumentieren, sie suche nur einen Platz zum Pinkeln, falls jemand sie fände. Trotzdem hielt sie ihren Gang leise, bemerkte, dass die Tür zur Treppe nach unten geschlossen war.

Aber die Worte kamen wieder, schneidend, vom Heck. Und jetzt, mit dem Rad gedämpft durch die Entfernung und die Masse des Floßes, konnte Bliss sie verstehen.

»Ich sagte, ich brauche Luft.« Die eisigen Töne der Königin. Nur jetzt fehlte ihnen der eiserne Befehl, den Bliss zuvor gehört hatte. Frustrierter, unsicherer. »Du kannst mich nicht den ganzen Tag da unten festhalten.«

»Es ist zu Ihrer eigenen Sicherheit«, hier eine andere Art von eiserner Rede. Eine Mutter, die zu einem Kind spricht, Töne, die Bliss vom Aufwachsen her gut genug kannte. »Sie werden tun, was wir brauchen, und die Aegis wird Ihnen gehören.«

»Und Kance wird ihr gehören.«

Bliss erreichte das Heck, hielt sich an die innere Wand des Floßes gepresst. Lauschte.

»Seid vorsichtig mit dem, was Ihr sprecht, Hoheit«, sagte die Wache. »Ihr seid weit weg von zu Hause.«

»Töte mich jetzt, Silvrin, und du besiegelst dein eigenes Schicksal.«

»Wie wäre es dann, wenn wir uns beide darauf einigen, nett zu sein, und niemand muss verletzt werden.«

Bliss ging einen Schritt zurück. Sie würde sich nicht als Expertin für Kance, deren Politik oder wie viel von allem abseits von Vis funktionierte, bezeichnen, aber es schien seltsam, dass eine Wache so mit der Königin sprach.

Und die Königin hatte töten gesagt? Als ob die Wache sie töten würde?

»'Tschuldigung, Bliss.«

Hinter ihr drängte sich Wax vorbei und zwang Bliss um die Ecke ins Offene. Die Königin und Silvrin wandten ihre Blicke in ihre Richtung, ignorierten aber beide Wax, als er seinen Wasserschlauch am Fass auffüllte, und behielten ihre Augen auf Bliss gerichtet.

»Was machst du hier drüben?«, fragte Wax sie, seinen Schlauch gefüllt.

»Du bist ein Idiot«, gebärdete Bliss, drehte sich auf dem Absatz um und stampfte nach vorne zurück.

Rechne immer mit Narren, sagten sie zu Hause. Etwas, woran sich Bliss erinnern musste, wann immer Wax in der Nähe war.

8

DSCHUNGELZÄHNE

Lärm: Das Einzige, was Sawi über die Najahn nach ihrem ersten gemeinsamen Reisemorgen sagen konnte. Trotz des freigeräumten Pfades nach Südosten, einer mehrtägigen Reise zum Najahn-Außenposten und dem Großen Sana, packte Gladdrings Trupp, als würden sie sich auf eine monatelange und gefährliche Expedition vorbereiten.

Jeder Schritt übertönte das Lied des Dschungels mit Klirren und Scheppern, Rüstungen und Ausrüstung, die aneinander schlugen. Auch die Gespräche der Najahn trugen dazu bei, harte Silben und Stadtslang vermischten sich mit der üppigen Tierwelt um sie herum. Sawi zuckte jedes Mal zusammen, wenn sie sah, wie ein Soldat eine Pflanze beiseite trat oder eine störende Ranke abhackte.

Die Sammler, die diese Wege pflegten, taten dies mit Respekt, indem sie Pflanzen dorthin verlegten, wo sie ohne Störung wachsen konnten, und nicht gedankenlos töteten.

Die Najahn waren nur allzu glücklich, auch zu nehmen und akzeptierten Sawis angebotenes Essen, frisch gebackenen Fisch und Obst zum Frühstück, mit kaum einem Dank und ohne Angebot, sich zu revanchieren. Die Kinder, die Sawi gefolgt waren, um die Najahn beim Aufbruch zu beobachten und auf ein oder zwei Mitbringsel hofften, gingen mit leeren Händen davon.

Gladdring und seine Gelehrten taten zumindest ihren Teil, um ihre Aufmerksamkeit zu fesseln. Sie überhäuften Sawi mit Fragen über dies und das, alles von Vis-Bräuchen bis zu den Namen von Pflanzen und Tieren, die sie auf ihrer Reise sahen. Die Gelehrten notierten alles, was sie sagte, auf seltsamen Papierrollen.

Die ganze Kombination heilte Sawi von jeglicher Schüchternheit, verwandelte Faszination in plumpe Neugier und säuerliche Arroganz, was Sawi dazu veranlasste, Gladdring während ihrer Mittagspause unter der warmen Sonne in einem Hain unter gefleckten rosa und weißen Blüten zu fragen, was sie wollten.

»Jeder hier hat unterschiedliche Ziele«, sagte Gladdring, jetzt freundlicher als am Vorabend. Schweiß durchnässte sein Gesicht, aber Gladdring schien es nicht zu stören. Seine schwarz-violetten Roben, jetzt schmutzig, blieben an. »Einige dieser Wachen werden den Außenposten verstärken oder sich mit denen abwechseln, die bereits dort sind. Diese Gelehrten gehören verschiedenen Lehren an, einige zeichnen Informationen auf, um sie zu Hause zu teilen, während andere nach Möglichkeiten suchen, sie zu nutzen.«

»Sie zu nutzen?«

»Genauso wie Sie es in Kitaye tun würden, Sawi.« Gladdring nahm etwas getrocknetes Fleisch von einem Wächter an und bot Sawi ein Stück an, das sie ablehnte. »Sie mögen nur Ihre eigenen Speisen?«

»Es ist das, was ich kenne.«

»Und über das hinauszugehen, was Sie kennen, ist eine beängstigende Sache?«

Mit Wax hätte Sawi das nicht so gesagt. Gemeinsam hatten sie im Unbekannten einen Ort zum Erforschen und Erobern gefunden. Allein?

»Ich bin hier«, sagte Sawi. »Lassen wir es vorerst dabei.«

»Natürlich. Obwohl, wenn Sie es schon schwierig finden, auch nur ein bisschen etwas Neues zu probieren, werden Sie es sehr schwer finden, Vis zu verlassen.«

»Wer sagt, dass ich vorhabe zu gehen?«

Gladdring gluckste, ein froschartiges Gurgeln. »Vielleicht werden Sie mich überraschen, Sawi, indem Sie am Tag der Abreise nicht an unserem Boot erscheinen, aber ich glaube es nicht.«

Der Nachmittag verlief ähnlich wie der Morgen, eine stetige Wanderung, die sich verlangsamte, als die Sonne sank und ein früher Winterregen einsetzte. Der Weg wurde matschig, die Stimmung der Najahn verschlechterte sich. Sawi wies auf die dichteren Baumkronen hin, unter denen man Schutz suchen konnte, stellte aber fest, dass die meisten Najahn zu stur und abweisend waren, um ihren Rat anzunehmen.

Gladdring jedoch folgte ihren Schritten genau.

Am Abend ließ der Sturm nach, ein Lager wurde in der düsteren, mückenreichen Dunkelheit aufgeschlagen. Feuer zu entzünden erwies sich als schwierig, nur rauchende, spuckende Dinger. Sawi wäre einfach auf einen Baum geklettert, hätte sich an einen Ast gebunden und ein paar Früchte und eine frühe Nachtruhe genossen. Stattdessen half sie den Eindringlingen, auf dem nassen, moosigen Waldboden etwas Komfort zu finden.

»Was ist das denn?«, fragte ein Najahn-Wächter, laut genug, um die Aufmerksamkeit aller auf sich zu ziehen.

Der Mann hatte seine Hellebarde gezückt und richtete den gebogenen Speer durch die Bäume. Sein Ziel: sechs kleine flackernde Kugeln, die sich gut verteilt bewegten, weit zurück und in Dunkelheit gehüllt.

Bevor Sawi sprechen konnte, gab ein anderer Najahn-Soldat einen scharfen Pfiff von sich, der das Lager in Aufruhr versetzte. Gladdring und die Gelehrten begaben sich in die Mitte, die Najahn-Wachen zogen ihre Waffen und bildeten einen Ring.

Sawi, die während des ganzen Vorgangs die Augenbrauen hob, schaute zu und lachte, als die Formation abgeschlossen war und sie außerhalb ließ.

»Geh hinter unsere Speere, Mädchen«, schnauzte der Wächter, der den Befehl gegeben hatte. »Wir können dich nicht vor den Ungeheuern schützen, wenn du da draußen bist.«

»Ungeheuer?«, fragte Sawi und behielt das Lachen in ihrer Stimme. »Seltsam, nicht wahr, dass die Einheimische nicht besorgt zu sein scheint?«

»Sag uns dann«, verkündete Gladdring aus der Mitte. »Wenn wir uns keine Sorgen machen müssen, warum?«

»Diese Dinger werden euch nicht verletzen«, antwortete Sawi. »Mehrere Hanoko. Eine Mutter und ihre Kätzchen. Dies ist ihr Revier, zumindest den Winter über, bis die Kätzchen ihre eigenen Wege gehen. Hanokos werden keine Gruppe wie uns jagen.« Sawi ließ ein schlaues Grinsen aufblitzen. »Obwohl ich empfehle, zu zweit zu gehen, wenn ihr nachts das Feuer verlassen müsst.«

»Wenn es gefährlich ist, sollten wir sie vertreiben«, sagte der Najahn-Wächter, die Worte an Gladdring gerichtet. »Wir können nicht hier bleiben, wenn die Gefahr besteht, dass sie angreifen.«

»Werden diese Hanokos auf eine Bedrohung reagieren?«, fragte Gladdring Sawi.

»Dies ist ihr Zuhause«, antwortete Sawi. Sie griff ein Dutzend verschiedener Ideen auf und verwarf sie wieder, da sie jede für diese städtischen Soldaten als zu weit hergeholt erachtete. »Ihr werdet sie nicht verscheuchen. Ihr werdet sie eher in einen Kampf erschrecken, den ihr nicht wollt.«

»Dann glaubst du, wir sind sicher?«

»Es gibt hier leichtere Beute als uns. Ihr werdet in Ordnung sein.«

Gladdring, der groß über seinen Wachen stand, nickte Sawi zu. »Wir werden der Einheimischen vertrauen, Hauptmann. Entspannt eure Arme, obwohl der Wachmann wachsamer sein sollte.«

»Ich werde selbst die erste Schicht übernehmen.« Der Hauptmann, der wie alle anderen aussah, abgesehen von einer kreisförmigen goldenen Anstecknadel auf seinem Brustpanzer, stampfte seine Hellebarde in den Boden, als er sprach, als ob ihn das einschüchternd machen würde.

Sawi versuchte nicht zu lachen und hatte damit größtenteils Erfolg.

Während der Rest des Lagers sich einrichtete, näherte sich Gladdring Sawi, die gerade versuchte zu entscheiden, welcher Baum ein bequemeres Bett abgeben würde.

»Können Sie mich zu ihnen führen?«, fragte Gladdring. »Zu diesen Hanokos?«

Die Augen waren kurz nach dem panischen Pfeifen des Kapitäns verschwunden. Die Spur der großen Katzen in der Dunkelheit zu finden, wäre selbst für einen erfahrenen Vis-Jäger nicht einfach.

»Das ist keine gute Idee«, antwortete Sawi. »Wir würden wahrscheinlich im Nassen herumstolpern, bis wir gelangweilt, erschöpft und schmutzig hierher zurückkämen, ohne etwas vorzuweisen.«

Enttäuschung überkam Gladdrings Gesicht, der dringende Funke in seinem Schritt erstarb in einem Seufzer. »Das ist also ein Nein?«

»Wir haben morgen einen langen Marsch vor uns, Tenet. Und übermorgen auch. Besser, wir ruhen uns aus, solange wir können.«

Gladdrings Augen verengten sich, seine Hände, die Finger fest ineinander verschränkt und, wenn Sawi richtig riet, ein kleiner Gegenstand dazwischen.

»Sie trauen mir da draußen in der Dunkelheit nicht«, sagte Gladdring. Keine Frage. »Sie halten mich nicht für fähig.«

Sawi blinzelte. Der Mann sprach die Wahrheit aus, wenn auch eine, die sie sich selbst nicht bewusst gemacht hatte, bis er sie aussprach.

»Sie und Ihre Leute gehören nicht hierher«, sagte Sawi. »Sie sind im Dschungel nicht zu Hause. Für mich, die jeden Tag ihres Lebens darin verbracht hat, ist es nicht so gefährlich, aber für Sie? Ein gebrochener Knöchel, ein Stich von einem Giftdorn-«

»Geht Sie nichts an«, sagte Gladdring. »Was auch immer Sie von den Najahn, von mir, denken mögen, wissen Sie, dass wir mehr als fähig sind, mit Ihren Pflanzen und Tieren umzugehen.«

»Warum nehmen Sie mich dann überhaupt mit?«

»Dafür, genau hierfür.« Gladdring nickte hinter Sawi in die Dunkelheit. »Bitte, wenn auch nur für kurze Zeit. Ich würde sehr gerne eines dieser Geschöpfe sehen.«

Sawi wollte erneut ihren Einwand vorbringen, merkte

aber, wie der Widerspruch verblasste, noch während er sich in ihrer Kehle formte. Wenn der Mann also einen törichten Spaziergang im Dunkeln machen wollte? Was war schon dabei? Sich von all dem Najahn-Gemurre, ihren Flüchen und Beschwerden, zu entfernen, könnte vor einer Nachtruhe eine gute Sache sein.

»Ein kurzer Spaziergang«, stimmte Sawi zu.

Der Najahn-Kapitän machte seine Missbilligung deutlich, aber Gladdring winkte ab. Er erklärte, dass er und die Vis auf sich aufpassen könnten, dass sie nah genug bleiben würden, damit der Kapitän eine Rettung durchführen könnte, sollten irgendwelche Unholde vorbeischleichen.

So machte sich Sawi, mit dem tropfenden Regen, bewaffnet mit ihrem Seil und Gladdring hinter ihr, auf den Weg in die Dunkelheit.

Ein bewölkter Himmel bedeutete, dass Sichi und die Sterne wenig Licht spendeten, was die ersten Momente weg vom Najahn-Feuer zu einer vorsichtigen Übung machte. Mit bloßen Füßen – die Kletterschuhe in ihrer Tasche verstaut – nutzte Sawi ihre Zehen, ihre Finger, ihre Nase zur Orientierung. Gladdring folgte, und Sawi stellte fest, dass ihre Einschätzung des Mannes wuchs, als er ihr fast lautlos folgte.

Kein Metallklirren, keine Flüche, keine lauten Atemzüge. Nur ein ruhiges Selbstvertrauen, das vom Tenet ausging.

Nicht alle Najahn waren also gleich. Etwas, das man sich merken sollte.

Das Feuer hinter sich lassend, wagten sich Sawi und Gladdring dorthin, wo die flackernden Augen der Hanoko zuletzt gesehen worden waren. Die Katzen konnten sich leise bewegen, wenn es nötig war, aber Sawi fand ihre Pfotenabdrücke leicht genug im schlammigen Boden. Plattgedrückte Blätter, Farne und der klebrige Geruch von Hanoko-Urin markierten den Weg deutlich genug. Als sich ihre Augen anpassten, wurde die absolute Dunkelheit zu einer schattigen Welt, in der sich graue Linien miteinander vermischten. Einige Insekten eilten herbei, um das Paar zu untersuchen, ihre Zahl schrumpfte für den kommenden Winter.

»Hier«, sagte Sawi, erkannte ein Unkraut zu ihrer Linken und griff danach, um dessen Blütenblätter in ihren Handflächen zu zerdrücken. Winzige Pusteln in den Blättern brachen auf und hinterließen einen kleinen Schleim. »Reiben Sie das auf Ihr Gesicht, und Sie werden von den schlimmsten Bissen verschont bleiben.«

Gladdring protestierte nicht, nahm das Angebot an und verteilte es.

Ein weiterer Pluspunkt für ihn.

Der Mann sammelte weitere Punkte, indem er nicht sprach, während Sawi sie entlang der Spur führte. Sie blieb tief und leise, Gladdring passte sich an, und die beiden pirschten den Katzen länger nach, als Sawi beabsichtigt hatte, die Hinweise waren zu deutlich, um sie zu ignorieren.

»Die Höhle«, flüsterte Sawi, fast hauchte sie es, als sie auf den riesigen umgestürzten Baum stießen. Er war in einen anderen gekracht, die beiden waren zusammengesackt und bildeten einen Unterschlupf, der mehrere Jahreszeiten oder länger halten würde. »Sie werden dort drin warten.«

»Warten?«, fragte Gladdring. »Nicht schlafen?«

»Hanokos jagen genauso oft nachts wie tagsüber«, antwortete Sawi. »Die Mutter könnte schon hinter uns sein und abwarten, ob wir einen Zug gegen ihre Kinder machen.«

»Aber Sie haben keine Angst.«

Sawi richtete sich auf. »Wenn wir sie nicht angreifen, werden die Hanoko uns in Ruhe lassen. Nochmal, es gibt leichtere Beute.«

»Bedauerlich«, sagte Gladdring. »Ich hätte gerne eines aus der Nähe gesehen.«

Jetzt drehte sich Sawi um. »Warum?«

In der Dunkelheit konnte sie die feineren Konturen von Gladdrings Gesicht nicht ausmachen, aber sie las den Tadel in seinem Ton.

»Meine Gründe sind meine eigenen, Sawi. Ich schätze Ihre Bemühungen, mich hierher zu bringen, aber ich fürchte, sie reichen nicht aus.«

»Ich verstehe nicht-«

»Die Inseln sind in Gefahr. Eine Erneuerung wurde ausgerufen, und die Najahn haben die Aufgabe, uns alle am Leben zu erhalten, bis eine neue Aegis errungen ist.« Gladdring legte eine Hand auf Sawis Schulter. Gab den leichtesten Schubs zurück in Richtung der Hanoko-Höhle. »Um meinen Teil dazu beizutragen, muss ich eine dieser Katzen von Ihnen aus der Nähe sehen. Jetzt, wenn Sie so freundlich wären.«

Die Argumente gegen Gladdrings Idee waren zahlreich. Sie spielten sich ab, eine hektische Litanei, als Sawi den ersten Schritt auf die Hanoko-Höhle zu machte. Wenn die Katzen sie als Bedrohung ansahen, würden sie sich auf das Paar stürzen, sie würden angreifen und sie und Gladdring in Stücke reißen.

Doch Gladdring hatte angedeutet, dass eine einzige Provokation, ein einziger Hanoko aus der Nähe, helfen könnte, die Inseln zu retten. Könnte Wax eine bessere Chance auf Erfolg geben.

Wie konnte Sawi da nein sagen?

Bei ihrem zweiten Schritt öffnete sie den Mund, gab

einen tiefen Jägerruf von sich, den klassischen Ruf, wenn eine Beute gefunden wurde. Ein Geräusch, das diese Hanoko gehört haben mussten, gelernt haben mussten zu fürchten.

So war Sawi überhaupt nicht überrascht, als sich die Schatten vor ihr bewegten, schnell und leise, bis auf ein Knurren, laut und grollend, von den Bäumen über ihnen.

9
SPEERSPIELE

Als Bliss den dritten Schuss in Folge verfehlte, wusste Quik, dass etwas nicht stimmte. Seine Schwester, die gestern mit ihm am Heck des Rollers geschmort und sich zu Experten mit dem Speergewehr entwickelt hatte, verpatzte ihre Zielgenauigkeit nicht so.

Seit sie diesen Stab heben und einen Hauch in ein Blasrohr pusten konnte, um dessen Nadel in den Baum zu schießen, hatte Quiks eigener Vater ihn damit aufgezogen, dass Bliss dazu bestimmt sei, die wahre Jägerin in der Familie zu werden.

»Bei all diesen Muskeln«, sagte sein Vater, »würde sie dich in Sekundenschnelle auf den Rücken legen und erledigen.«

Wie jedes Geschwisterkind musste Quik lernen, mit den Sticheleien umzugehen, meist indem er sich der nächsten Jagdgruppe anschloss und seinen Frust am nächsten Abendessen ausließ. Bald genug lachte er mit seinem Vater mit, und beide bewunderten ihre Fortschritte, als sie zuerst mit Ungeziefer, dann mit Wildvögeln und schließlich mit den begehrten schwerfälligen Bestien nach Kitaye zurückkehrte, die auf Vis immer schwerer zu finden waren.

»Ich hab's«, signalisierte Bliss, als Quik ihr beim Nachladen des Speergewehrs helfen wollte. Verärgerung zeigte sich in ihren Fingern. »Das habe ich verdient.«

Diese Verärgerung zeigte sich jedoch nicht in ihrem Gesicht oder ihren Augen. Bliss' Fokus wanderte ständig nach links, über die Heckplattform zu den Fischernetzen, die von Wax und der Kance-Königin bedient wurden. Einer ihrer Wachen stand in der Nähe und beobachtete das Paar mit einem scheinbar dauerhaften finsteren Blick.

Die Najahn sahen nie so wütend aus. Quik fragte sich, ob die Königin einfach die schwierigsten Schläger für den Job aussuchte. Andererseits, wer würde schon gerne mit diesem Haufen Idioten durch alle Sieben Inseln schippern wollen?

Wax schien es nichts auszumachen, sein Bruder tat, was er immer tat: Er stürzte sich mit unerschrockener Begeisterung in die Dinge. Wenn Quiks Eltern Bliss zur wahren Killerin der Gruppe erklärt hatten, wussten sie nicht, was sie mit Wax anfangen sollten. Er war frei gelassen worden, um die Dinge selbst herauszufinden, während er die Tage damit verbrachte, von einer Liane zur nächsten zu schwingen.

Quik gab Bliss Raum und warf einen längeren Blick auf seine beiden Geschwister. Ein leises Lächeln huschte über sein Gesicht. Vor nicht allzu langer Zeit waren sie beide noch so winzig gewesen, Quik hatte sie im Baumhaus herumgetragen und zum Baden an die Bucht gebracht. Und jetzt waren sie hier, gemeinsam auf einem Abenteuer.

Wie viel Glück konnte eine Familie haben?

»Willst du das ganze Boot blockieren?«

Quiks Lächeln verschwand, als Torny vorbeihuschte,

einen Vormittagssnack in den Armen. Ein Tablett mit kleinen Reisschüsseln, gekocht über derselben Hitze, die den Roller auf seiner stampfenden Reise nach Norden antrieb.

»Der Kapitän sagt, ihr bekommt jeder eine, und ihr sollt euch darüber freuen«, fuhr Torny fort und hielt das Tablett reihum jedem hin. Selbst der mürrische Wachmann nahm eine entgegen und murmelte ein knappes Dankeschön. Holzlöffel, nicht größer als Quiks Finger, genügten, um die weichen braunen Körner in seinen Mund zu schaufeln.

Der Reis passte zum Geschmack des Tages: fade und harmlos. Graue Wolken, die bei rauherem Wetter vielleicht Schnee ausgespieen hätten, verdeckten die Sonne, aber zum ersten Mal schien der Wind nicht geneigt, sie wegzublasen. Quik führte das auf die breiten Reisfelder zurück, die zu beiden Seiten und weiter hinten aufstiegen.

Die Erzeuger eben jenes Reises, den sie jetzt aßen, und Ranas Hauptanbauprodukt, wenn man dem Kapitän Glauben schenken durfte. Das letzte Stück gutes Gebiet, durch das sie sich quälen würden, bevor sie Ranas nördliche Weiten, seine wilderen Flüsse und schließlich den Strudel erreichten.

»Schmeckt's?«, fragte Wax, und Quik dachte, er sei das Ziel, hörte aber stattdessen die Stimme der Königin antworten.

»Geht so«, erwiderte die Königin. »Ich werde aber kein Wort gegen das Essen des Schiffes sagen, das ich brauche.«

»Hast du Angst, dass der Kapitän dich über Bord wirft?«, lachte Wax.

»Das wird sie nicht«, warf der Wachmann humorlos und ohne jeden Zweifel ein. Der Mann löffelte mehr Reis und zermahlte ihn zwischen den Zähnen. »Sie ist bezahlt worden. Sie wird liefern.«

Die Königin erstarrte bei diesen Worten, starrte ihren eigenen Mann unverwandt an, bis Wax einen schlechten Witz darüber riss, einen Erneuerung wie ihn zum Strudel zu liefern.

»Ein richtiger Komiker, der Kerl«, sagte Torny und leerte ihre eigene Schüssel in der Nähe von Quik. »War er schon immer so?«

»Sobald er einen Mund hatte, benutzte er ihn, um uns zum Lachen zu bringen«, sagte Quik.

»Oder zum Stöhnen«, signalisierte Bliss. Fertig mit dem Speergewehr, lehnte sie es gegen das Heck des Bootes. »Habt ihr zwei einen Moment?«

»Wo sollen wir denn sonst hingehen?«, fragte Torny, und Quik musste zustimmen.

Die Größe des Rollers blieb etwas mysteriös, da die Königin der Vis-Gruppe und Torny verbot, ins Innere hinabzusteigen. Nur Glück hatte das Wetter bisher schön genug gehalten, um das Problem nicht zu erzwingen, und die wunderschönen Ausblicke hielten Quiks Fernweh in Schach, aber dennoch verweilte er oft an der Treppe. Der alte Drang zum Abenteuer, zum Erkunden. Das Einzige, was er mit Wax gemeinsam hatte.

Bliss warf einen weiteren Blick auf den Wächter, der seinen Reis kaute. Der Mann aß langsam, angesichts seiner ständigen Blicke zur Königin. Beschützend, aber dann hieß es ja immer, dass die Kance-Royals zu Gewalttätigkeit neigten.

»Letzte Nacht waren sie hier oben«, signalisierte Bliss und deutete unauffällig auf die Königin, Wax und den Wächter.

»Wax?«, sagte Quik, nur um einen strengen Blick von seiner Schwester zu ernten.

»Ich glaube, sie meint, das soll geheim bleiben«,

murmelte Torny. »Obwohl wir eine gewisse Scharade aufrechterhalten müssen.«

»Sprecht über Foti«, signalisierte Bliss. »Den Tolkat und den Unhold.«

Für eine gar nicht so alte Geschichte legte Torny ordentlich los, stieg ein in die Entdeckung, die Lavagrube, den anschließenden Kampf und die Wiedervereinigung zwischen Bruder und Schwester. Schon verwebte Torny Teile der Legende, beugte Beschreibungen der Realität und brachte Magie und Entzücken hinein. Eine natürliche Ausschmückung.

Die ganze Zeit über beobachtete Quik Bliss' fliegende Finger und stellte selbst Fragen. Torny, noch eine Anfängerin in der Zeichensprache, konzentrierte sich hauptsächlich auf ihre Geschichte und gab Quik gelegentlich Zeichen zum Lachen.

Bliss' Erzählung entbehrte zwar Tornys Fantasie, des Monsters und des mörderischen Triumphs, hatte aber den absoluten Vorteil, für ihre unmittelbare Situation wichtig zu sein.

»Du glaubst, die Königin wird gegen ihren Willen festgehalten?«, gebärdete Quik. »Bist du dir sicher?«

»Auf keinen Fall. Ich habe nur einen Streit gehört, das ist alles.«

Zurück auf Foti, als Quik mit ihrer misslichen Lage zum Najahn-Kommandanten gegangen war, hatte der Lila-Schwarze nicht einen Moment gezögert, bevor er ihre Absicht erklärte, Wax zu retten. Noch in derselben Nacht war die Schaluppe beladen worden, hatte abgelegt und riskierte schlechte Beleuchtung, um das Leben seines Bruders zu retten.

Nicht weil Wax ein Vis war, der Hilfe brauchte, sondern

weil er ein Erneuerter war und die Welt seine Chance brauchte.

Wenn Bliss Recht hatte, dann könnte die Königin eine Geisel sein, so unglaublich das auch erscheinen mochte.

Und was genau würden sie mit dieser Information anfangen?

»Sie ist immer noch hier«, gebärdete Quik. »Sie versucht nicht wegzukommen.«

»Weil diese Wachen sie komplett umzingeln«, antwortete Bliss. »Was sollte sie tun, gegen sie kämpfen?«

Das wäre ein Fehler. Quik vermutete, dass die Gewänder der Königin ein oder zwei Messer verbergen könnten, und Kance hatte einen Ruf mit kleinen Klingen, aber gegen ihre drei Wachen? Ohne Unterstützung?

Quik richtete sich auf. Tornys Geschichte näherte sich dem Ende, und sie müssten eine Entscheidung treffen.

»Wir wissen nicht genug«, gebärdete Quik. »Die Najahn würden nicht wollen, dass irgendein Erneuerter hierzu gedrängt wird.«

Torny schnaubte mitten im Satz. »Die Najahn scheren sich einen Dreck um uns alle«, murmelte sie, bevor sie ihre Stimme wieder anhob für den Höhepunkt des Tanzes mit dem muschelartigen Ungeheuer.

Quik runzelte die Stirn über die Banditin, schob es dann beiseite. Torny war unwichtig, unbedeutend, außer dafür, wie sie Wax helfen konnte. Und Bliss schien ihre Gesellschaft zu genießen, also würde Quik sie ertragen.

Vorerst.

»Können wir sie also fragen?«, gebärdete Bliss. »Einen Weg finden, um sicher zu sein?«

Quik blickte zur Wache, zur Königin und zu Wax, die nun zu ihren Fischernetzen zurückgekehrt waren. Der Blick der Wache schien nicht mehr ganz so beschützend. Stattdessen schien er zu erwarten, dass die Königin einen Sprung wagen würde, bereit auf seinen Füßen, um sie aufzufangen.

»Ablenkung«, sagte Torny und stellte die Schüsseln zurück auf das Tablett. »Das ist es, was dieser Roller braucht. Eine gute alte Ablenkung.«

Die Banditin zwinkerte Quik zu, als sie ging, die Geschirre zum Abwaschen mitnehmend.

»Eine Ablenkung?«, fragte Bliss. »Wie?«

Quik hatte jedoch eine Ahnung. »Ich habe eine Idee. Wenn es passiert, sorgst du dafür, dass Wax sie fragt. Ihr werdet nicht viel Zeit haben.«

»Was hast du vor?«

Quik grinste nur. Er sagte Bliss, sie solle zur Seite treten, und nahm die Harpune. Er hielt sie in einer Hand. Leichter als die vollen Speere, die er zu Hause benutzte.

Einfach.

»Siehst du, Bliss, du hältst sie falsch«, verkündete Quik. »Du musst beide Hände an den Lauf legen, über Kimme und Korn zielen, und dann, egal wohin du zielst ...« Quik schwenkte die Harpune herum, Bliss duckte sich, als der Pfeil über sie hinwegflog.

Der Roller war kein instabiles Schiff, aber er schaukelte und schwankte mit dem Lauf des Flusses. Stromschnellen, Felsen und das einfache Getöse, das jedem Wasserlauf innewohnt, hielten den Roller in einer leichten Bewegung, die Quik jetzt ausnutzte, um sich aus dem Gleichgewicht zu bringen.

Er kippte nach hinten, stieß einen Schrei aus und drückte den Abzug. Die Harpune feuerte, streifte die Kance-Rüstung des Wachmanns und flog über die andere Seite des Bootes hinaus.

»Pass verdammt noch mal auf, wo du hinzielst«,

knurrte der Wachmann, als Quik wieder auf die Beine kam. »Ich bin kein Fisch, du Vis-Blumenküsser.«

Der Jäger hielt seinen Ärger zurück. Schlechter Schuss hin oder her, die Beleidigung war nicht nötig. Dennoch gaben die Worte Quik Schwung, als er zum Wachmann rannte, ganz nah an ihn herantrat und untersuchte, wo der Speer gestreift hatte.

Nichts zu sehen außer einer leichten Delle in der silbernen Schulterplatte des Wachmanns, aber Quik schüttelte trotzdem demonstrativ den Kopf.

»Sieht schlimm aus«, sagte Quik. »Wir sollten besser beim Kapitän nachfragen, ob sie etwas hat, um dir zu helfen.«

Der Wachmann versuchte sich zu wehren, als Quik seinen rechten Arm auf den linken des Wachmanns legte und den Mann in Richtung des Rollergangs drehte.

»Wird nicht länger als eine oder zwei Minuten dauern, da bin ich sicher«, sagte Quik. »Und natürlich werde ich dafür aufkommen. Meine Schuld.«

»Absolut ist es das«, sagte der Wachmann und versuchte, Quiks Arm abzuschütteln. »Wenn du mein Kettenhemd beschädigt hast, werde ich-«

Der Wachmann redete weiter, Quik schob weiter, und Bliss ging direkt an ihnen vorbei, als Quik den Wachmann um die Ecke führte.

Hoffentlich konnte seine Schwester einige Antworten bekommen.

Quik grinste. Natürlich konnte sie das. Bliss war die Beste. Das wussten sie alle schon seit langem.

10
WILDE STEINE

Ein guter Kapitän kennt die Gedanken seiner Crew, ohne dass ein Wort ihre Lippen verlässt. Ein einziger Blick, wie der, den Maena quer durch die Arena zu Rasslebeck warf, verriet ihr, dass der Mann nicht vorhatte, sie aufzuspießen. Er sagte ihr auch, dass der Ferrit zwischen ihnen ebenfalls ungefährlich war. Rasslebeck würde zweifellos dasselbe in Maenas Augen sehen.

Nicht dass Barten das interessierte. Der Wächter brüllte weiterhin seine groben Lobpreisungen, stellte Kivi als menschenfressendes Monster dar, das ebenso wahrscheinlich aus der Grube springen und die Menge verschlingen würde wie die beiden Kämpfer zu fressen. Mit nur Bartens altem Messer in der Mitte der Grube, welche Chance hatten diese beiden wirklich?

Unerwähnt blieben die Chancen, dass Barten selbst, der mit wedelnden Armen am Rand der Arena entlangschlenderte, als Snack enden könnte.

Wenn es ihn zum Schweigen bringen würde, wäre ich dafür.

Maena stürmte los, sprintete über die Arena zum gefallenen Messer. Staub wirbelte auf, als sie in der Nähe der Klinge rutschend zum Stehen kam. Kivi schien nicht im Geringsten beunruhigt, schnaubte einmal und nahm einen Bissen von einem der Steinbälle, die in der Mitte der Arena verblieben waren. Rasslebeck blieb, wo er war, nahe dem einzigen Ausgang der Arena, die Arme an den Seiten, das Gesicht verengt und zusammengekniffen.

»Ein kühnes Risiko, die Waffe deinem Feind zu überlassen«, rief Barten, als Maena das Messer aufhob und es in einen Rechtshändergriff drehte. »Vielleicht denkt er, die Echse würde sie jetzt fressen?«

»Bleib bei mir«, murmelte Maena zu Kivi. »Ich habe einen Plan.«

Kivi schnaubte. Rasslebeck las ihr zuckendes Messer und rückte näher an die Arenatür.

»Die Echse scheint friedlich«, sagte Barten. »Vielleicht ist jetzt die Chance für einen tödlichen Schlag!«

»Jag mich«, murmelte Maena.

Kivi legte den Kopf schief, streckte ihre gespaltene Zunge heraus, um die Luft zu schmecken.

»Jetzt.« Maena schnellte wieder nach vorne, stürzte auf Rasslebeck zu und setzte das wütendste Stirnrunzeln auf, das sie zustande bringen konnte.

Kivi las die Absichten richtig, brach hinter Maena her, trabte über den staubigen Boden. Rasslebeck bewies, dass er kein Narr war, und wich nach rechts gegen die Tür aus.

Barten, der bewies, dass er einer war, rief, dass es kein Entkommen gäbe, die Tür würde sich nicht öffnen, außer um den Sieger hinauszulassen.

Ihn jetzt schon ausschlachten? Scheint grausam, bei all der Hilfe, die er uns gegeben hat.

Du weißt nicht, wovon du redest.

Hey, ich bin erst seit ein paar Wochen am Leben.

Maena prallte in Rasslebeck hinein, dessen Augen sich weiteten, als er erkannte, dass sie nicht anhalten würde. Die beiden fielen zu Boden, lehnten sich gegen diesen vergitterten Ausgang. Kivi holte sie ein, blieb kurz vor dem Haufen stehen.

»Brich die Gitter«, schnappte Maena den Ferrit an.

»Das ist dein Plan?«, flüsterte Rasslebeck, während Barten ein imaginäres Erstechen, einen Kampf auf Leben und Tod herausschrie. »Ferrite fressen Steine, nicht Eisen.«

Kivi schien jedoch entschlossen, Rasslebeck zu widerlegen. Sie ging um ihre Füße herum zur Ecke des vergitterten Tores, öffnete ihr Maul und schnappte nach dem schwarzen Schmiedeeisen. Ihre Steinzähne schlugen Funken, als sie aufeinanderprallten, und das Tor erzitterte.

»Wir müssen sie ablenken«, sagte Maena, drehte sich und warf Rasslebeck von sich, zurück in die Arena. »Komm auf mich zu.«

»Käpt'n, früher wär ich für 'ne Schlägerei zu haben gewesen«, erhob sich Rasslebeck und hob die Fäuste. »Jetzt fühl ich mich nicht danach.«

»Zum Teufel mit deinen Gefühlen.« Maena hob das Messer, richtete es auf Rasslebeck. Barten heulte, ein tödlicher Stich sei nahe. »Mach es echt, oder wir sterben heute beide.«

Hinter ihr ein weiteres Knirschen. Etwas Hartes knackte. Eine Chance also.

Sie stürzte sich auf Rasslebeck, führte mit dem Messer, ließ dessen Spitze knapp an der Taille des Mannes vorbeizielen, während Rasslebeck ihre Schultern packte und sie zurück gegen das Gitter stieß.

Das Eisen grub sich ein, raue Schrauben kratzten über

Maenas Rücken. Kivi biss erneut zu, ein flüchtiger Blick bestätigte, dass die Ecke nachgab. Viel mehr Arbeit war nötig, um genug Platz für eine Flucht zu schaffen, es sei denn, einer von ihnen plante, sich hinauszuquetschen.

Rasslebeck lockerte seinen Griff beim Aufprall, vielleicht in der Sorge, er hätte seiner Kapitänin tatsächlich wehgetan. Stattdessen nutzte Maena die Öffnung, rammte ihre linke, freie Faust in Rasslebecks Magen und ließ ihn zusammenkrümmen.

»Tu so, als wärst du erstochen worden«, sagte Maena, schob das Messer in Rasslebecks zerlumpte Tunika, schnitt in den Stoff und kratzte vielleicht, nur vielleicht, seine Haut.

Der Rana-Räuber kannte seine Rolle jedoch gut und spielte sie überzeugend, presste die Klinge an seine Seite und taumelte einen Schritt zurück.

Kivi knackte durch ein weiteres Gitter.

»Was ist das? Ein tödlicher Stich zum Finale?«, krähte Barten. »Eine überraschende Wendung, der Stich nicht der Kreatur, sondern ihres ehemaligen Freundes!« Barten winkte Maena vorwärts, die Kapitänin nahm das Angebot für einen langsamen Gang an. »Ja, ihr habt richtig gehört. Sie war die Anführerin ihres Opfers, eine Rana-Kapitänin, jetzt eine niedere Mörderin zu eurer Unterhaltung. Doch zu solchen Dingen müssen wir werden, wenn wir in den Gruben die Freiheit gewinnen wollen.«

Maena verlangsamte ihre Schritte bei Bartens zusammengewürfelter Biografie. Ihre Whent-Entführer hatten ihnen allen während der Nächte auf dem Weg zu den Gruben oberflächliche Gespräche abgepresst, Hintergrunddetails, die harmlos genug erschienen. Fast angenehm war das Interesse, das diese Schreiber an den schmutzigen Gefangenen gezeigt hatten.

Natürlich führte alles zurück zum Profit, zur Show.

»Komm schon, komm schon«, fuhr Barten fort, Maena anzuflehen. »Nimm deinen Ruhm an, Kapitänin, denn du hast ihn verdient. So bitter er auch sein mag, es ist sicher besser, als im Staub zu liegen, deine Eingeweide in den Dreck blutend?«

Ein weiteres Knirschen, ein weiteres Knacken. Kivi kaute weiter. Barten runzelte zum ersten Mal die Stirn über den Ferrit.

»Scheint so, als hätte die Echse Geschmack an unserem Metall gefunden«, sagte Barten und winkte den Wachen am Rand der Arena zu, sie sollten schärfer aufpassen. »Am besten stecken wir das Ferrit wieder in ihren Käfig, meine Freunde, sonst müssen wir diese Grube noch für Reparaturen schließen.« Barten zwinkerte dem Publikum übertrieben zu, das daraufhin lachte. »Als ob wir das je tun würden. Ein Tor lässt sich leicht durch Speere ersetzen. Wir haben genug Wachen, um sie zu führen, und sollten uns die ausgehen, würdet ihr sicher alle die Chance ergreifen!«

Maena erreichte seine Seite und nahm Bartens Hand an, als er ihr Handgelenk hochhielt. Die Menge reagierte mit einer Mischung aus Applaus, Stöhnen, Beleidigungen und Komplimenten. Spucke und Bier flogen, einiges landete auf dem Paar. Barten nahm es mit einem Grinsen hin. Maena schloss die Augen und wandte sich ab.

Du bist für all das zurückgekommen. Bist du nicht glücklich?

Ich habe mich nicht dafür entschieden, zurückzukommen.

Maenas andere Seite hatte darauf keine Antwort. Stattdessen zog ein weiteres Knacken Maenas Blick vom Abfallregen weg, zurück zum Tor. Ein weiterer Schlitz war verschwunden, die Öffnung jetzt groß genug, um gebückt hindurchzuschlüpfen. Rasslebeck lag still da.

Beweg dich. Maena versuchte, den Befehl zu senden, ihn über eine ätherische Verbindung zu Rasslebeck weiterzuleiten, aber der Mann rührte sich nicht. Er wartete also auf irgendein Signal, eine Erlaubnis, seinen Hauptmann im Stich zu lassen und zu fliehen.

Sie konnte ihm das geben.

Maena holte tief Luft, legte die Finger an den Mund und pfiff. Scharf und laut erhob sich das Kommando über den Lärm. Für die Menge schien es ein Siegeszeichen zu sein. Für Rasslebeck, der im Staub lag, bedeutete der Pfiff nur eines: Angriff.

Der Räuber rollte sich nach vorne, vom Boden weg und tauchte durch Kivis Öffnung. Maena sah, wie Kivi einen letzten Blick in ihre Richtung warf, bevor er Rasslebeck nachjagte, die beiden verschwanden in den Gängen unter den Gruben.

Die Menge brach dann in anderes Geschrei aus, Barten drehte sich um, um ihren Hinweisen zu folgen und erwischte die letzten Momente von Rasslebecks Flucht.

»Ein starker Mann, dieser!«, rief Barten. »Täuscht den Tod vor, nur um dann zu fliehen.« Ein lautes, gezwungenes Lachen, während sein Griff um Maenas Handgelenk fest blieb. »Nicht, dass es etwas ausmachen würde. Niemand entkommt den Gruben.« Ein tiefer Atemzug. »Das war's für diese Runde und für den Tag in dieser Arena. Genießt eure Zeit in den Gruben, und möge das Blut immer dick fließen!«

Mit einer letzten Welle, während die Menge davoneilte, um neue Ereignisse, neue Getränke und neue Steine zum Werfen zu finden, zerrte Barten Maena zur Seite.

Aus der Nähe zählte Maena die knorrigen, abgesplitterten Zähne des Mannes. Seine gebrochene Nase. Sein

Atem war stark genug, um jemanden allein durch den Gestank zu töten. Doch Bartens trockene Augen hielten eine vorsichtige Bedrohung.

»Glaub nicht, dass wir nicht wissen, was du da getan hast, Hauptmann«, sagte Barten, der Narrentonfall war verschwunden. »Dein Freund wird stecken bleiben, entweder vom Speer einer Wache oder vom Messer eines anderen Gefangenen. Ein Fluchtversuch bringt dich auf einen Weg, von dem es kein Entkommen gibt.«

»Wir waren sowieso tot. Jetzt hat er wenigstens eine Chance.«

»Eine Chance?« Barten schüttelte den Kopf, falsche Trauer in der Bewegung. »Ihr hattet eine Chance. Ihr beide, genau hier. Die Gruben sind kein Verlies, wo der Tod auf jeden wartet, Hauptmann. Es gibt hier Hoffnung. Eine echte Möglichkeit, sich zu befreien und sich ein neues Leben zu geben.« Barten stieß Maena weg, zurück zum Tor. Er folgte ihr, redete weiter. »Ich bin kein Monster, das andere ins Elend verdammen will. Das ist Gerechtigkeit, ganz einfach. Wer seine Unschuld beweisen will, kann das tun. Jetzt hast du deinem Freund ein Loch gegraben, aus dem er nie entkommen wird.«

Gut gemacht.

Ich hab dich keine Ideen vorschlagen hören.

Ich habe jetzt eine. Hast du den Mut dazu?

»Und ich, Barten? Bekomme ich den Siegerpreis?«, fragte Maena und drehte sich wieder zu dem Mann um.

»Den Siegerpreis? Dafür müsstest du gewonnen haben. Weder das Biest noch dein Gegner sind tot.« Barten griff aus, stieß Maena erneut zurück. Die Hauptfrau stolperte nicht, ließ die Schritte kommen. Stand still. »Was du bekommst, ist das Urteil eines Versagers. Die härteste

Strafe, die ich geben kann. Die, die wir für diejenigen reservieren, die es nicht versuchen, die schon so viel von sich selbst aufgegeben haben, dass sie keine Versuche zur Wiedergutmachung unternehmen.«

Barten kam erneut näher, zielte darauf ab, Maena einen weiteren Stoß zu versetzen. Maena wartete, bis sich die Arme näherten, dann schnellte sie vorwärts, unter seine Reichweite. Sie riss ihren Kopf hoch, rammte dessen Dach gegen Bartens Kinn. Sein Kiefer klappte hart zu, der Mann taumelte zurück. Maena schnellte mit einem Tritt ihres rechten Fußes vor, traf Bartens Knöchel und schickte ihn zu Boden.

Keine Seele schrie auf, kein Speer noch Pfeil flog in ihre Richtung. Die Wachen, die Wache standen, waren mit der Menge gegangen.

Barten stotterte etwas, als Maena näher kam und dem Mann einen weiteren Tritt versetzte, der ihn zusammengekrümmt liegen ließ. Einige Schritte hinter ihm bückte sich Maena und hob eine Steinkugel auf.

Tu es. Jetzt.

Maena drehte sich um, hielt den Ball mit beiden Händen. Schwer. Barten stöhnte.

Sei still. Du weißt gar nichts.

Das Einzige, was ich weiß, ist, dass es dich teuer zu stehen kommen wird, wenn du deine Feinde am Leben lässt.

Sie hob den Stein. Barten rollte sich, stemmte die Hände auf den Boden, zog die Knie unter sich. In einem weiteren Moment würde er aufstehen.

Sei jetzt nicht barmherzig. Bei mir warst du es auch nicht. Bring es zu Ende, einmal.

Als Maena ging, sich durch dasselbe Loch zwängend, das Kivi Minuten zuvor gefressen hatte, ließ sie eine stille Arena zurück. Ihre Hände staubig, ihre Füße rot und nass.

Sie schaute nach rechts, schaute nach links. Lauschte, hörte Schritte und Flüche von links kommen. Also brach Maena, unbewaffnet, nur mit ein paar Leinenfetzen bekleidet, nach rechts auf, allein ihrem Instinkt folgend.

Zum ersten Mal war die Stimme in ihrem Kopf verstummt.

11

DAS FLÜSTERN DER NACHT

Die Königin packte Wax' Arm, als die Harpune losging. Zum Glück: Der plötzliche Knall, das grelle Aufblitzen, als der Speer vorbeiflog und von der Schulter des Wächters abprallte, ließ Wax an die hintere Kante des Rollers zurücktreten. Er verlor das Gleichgewicht und wäre über Bord gegangen, wenn die Königin ihn nicht mit ihrer schnellen Hand und überraschenden Kraft zurück auf das Boot gezogen hätte.

»Bewahren Sie die Ruhe«, sagte sie, als Wax sich fing und hinter ihnen Bewegung ausbrach. »Ich bin nicht Ihre Aufpasserin.«

»Meine Aufpasserin?«

Quik unterbrach die Frage mit einer absurden Bemerkung an den Wächter über dessen Schulter und eine mögliche Verletzung. In all seinen Jahren hatte Wax Quik als fürsorglichen Mann kennengelernt, aber auf eine grobe, distanzierte Art. Niemals würde er sich um irgendeinen zufälligen Kance-Wächter scheren.

Und genauso wenig würde Quik, wenn Wax die Situation richtig einschätzte, so schlecht zielen.

»Sie hören mir nicht zu, oder?«, sagte die Königin und verschärfte ihren Ton genug, um durchzudringen.

»Entschuldigung«, sagte Wax, während er weiter beobachtete, wie sein Bruder den murrenden Wächter wegzog. »Ich versuche herauszufinden-«

Bliss tauchte zwischen den beiden auf, ihre Finger flogen. Wax konzentrierte sich und fing die Zeichen auf, während die Königin, deren Fassung endlich bröckelte, die Augen verengte und den Mund zusammenkniff.

›Ich habe letzte Nacht einen Wächter gehört, ihren Wächter, der ihr gedroht hat‹, gebärdete Bliss in Wax' Richtung. ›Du musst sie fragen, ob es ihr gut geht.‹

Eine Frage. Den ganzen Morgen über hatte Wax der Königin Fragen an den Kopf geworfen und kaum mehr als Ausflüchte als Antwort erhalten. Entweder schwieg sie oder konterte mit einer eigenen Frage, wich einer Antwort aus und ersetzte sie durch eine milde Erkundigung über Vis, über Wax' Heimat, welches Essen er am liebsten mochte. Wax parierte diese mit freundlichen Antworten und versuchte immer, das Gespräch wieder auf seine Sondierungen zu lenken, aber die Königin erwies sich bisher als geschickter im Wortspiel und ließ Wax Bliss' Anweisung weniger als Option und mehr als verzweifelte Gelegenheit sehen.

Ohne den Wächter hier, mit etwas so Direktem, konnte sich die Königin vielleicht nicht verstecken.

»Sind Sie eine Geisel?«, fragte Wax und senkte seine Stimme.

Das Wasser, der wolkige Morgenwind voller Vogelrufe und der Motor des Rollers erzeugten genug blubbernde Geräusche, um Lauscher abzuhalten, aber Wax sah wenig Sinn darin, laut zu sein.

Nach Sledge, nach Foti, hatte die Gruppe eine neue Philosophie angenommen: Feinde waren überall.

Die Königin nahm die Frage auf, wie Wax sein viertes Bier des Abends aufnahm, mit einer Art sanfter Benommenheit, als ob sie, mit dieser Realität konfrontiert, keine schnelle Antwort, keine geschickte Erwiderung parat hatte.

Sie sagte nichts.

Bliss, die Stirn runzelnd, gebärdete erneut zu Wax.

»Meine Schwester sagt, sie hat Sie letzte Nacht gehört«, sagte Wax, dann blinzelte er. »Warte, Bliss, ist das das, was du gemacht hast, als ich in dich hineingestolpert bin?«

Bliss verdrehte die Augen. ›Hör auf, ein Idiot zu sein, Wax, und konzentriere dich.‹

»Ich bin keine Geisel«, antwortete die Königin und taute aus ihrer Erstarrung auf. »Ich bin eine Kance-Königin. Meine Wächter passen lediglich auf mich auf. Das ist alles.«

Wax warf einen Blick auf Bliss, deren Stirnrunzeln sich nur vertiefte. ›Sie lügt.‹

»Ich will Sie nicht beleidigen, äh...«

»Eure Majestät wird genügen«, sagte die Königin und trat einen Schritt zurück, ein festes Stirnrunzeln brach über ihr Gesicht. »Und ich akzeptiere eine gemeine Bemerkung, aber nicht zwei. Behaltet eure Verdächtigungen für euch. Blinde Passagiere, egal wer sie sein mögen, dürfen mein Schiff nicht stören. Fragt noch einmal, und ich lasse euch von meinen Wächtern über Bord werfen.«

Mit einer steifen Drehung, die trotz des auf dem Fluss schaukelnden Schiffes dennoch perfekt war, stampfte die Königin davon und verschwand um die Ecke des Bootes.

›Na, das lief ja nicht so gut‹, gebärdete Bliss und presste die Lippen zusammen. ›Quik hat seine Rolle perfekt gespielt.‹

»Ich war beeindruckt«, murmelte Wax, starrte dorthin,

wo die Königin gewesen war, und versuchte vergeblich, ihr Rätsel zusammenzusetzen.

Den ganzen Morgen über, während sie seinen Fragen ausgewichen war, hatte sie die Stangen und Netze wie eine Fischerin ausgeworfen, die ihr Leben lang auf Booten verbracht hatte. Ohne ihren Umhang, ersetzt durch saubere Kance-Hosen und ein Arbeitshemd, hatte sie Muskeln gezeigt, die nicht in irgendeinem königlichen Hof geschult worden waren, von dem Wax je gehört hatte.

Wie man in Vis sagte: Je aufgeblasener dein Titel, desto mehr Luft steckt drin. Die Königin widerlegte all das.

Und mehr noch, sie hatte echte Lächeln gezeigt, während sie den Fang einholte, die Leinen festzog und ihre Belohnungen sah. Als ob die Königin die einfache Aufgabe genoss, trotz der vielen Beschwerden ihres Wächters, dass sie unter Deck gehen und die Pflichten denen überlassen sollte, die dafür bestimmt waren.

›Verlierst du den Verstand, Bruder?‹, gebärdete Bliss und schnippte dann mit den Fingern vor seinem Gesicht. ›Steigt dir die Sonne zu Kopf?‹

»Es ist bewölkt«, sagte Wax und zuckte zurück.

›Ja, aber bei dir würde es mich nicht überraschen.‹

Wax schüttelte den Kopf. Er spürte den Zug, als eine Stange verkündete, dass sie einen weiteren Fang gemacht hatte. Egal wie sehr er es sich wünschte, der Roller ließ wenig Zeit zum Nachdenken.

Der Nachmittag brachte eine Veränderung. Nicht im Wetter, das weiterhin trüb und kühl blieb, und nicht in den Gewässern, die unaufhörlich weiterflossen. Das Land um sie herum allerdings brach seine sorgfältig gepflegten Reisfelder auf. Die Hügel flachten ab zu verstopftem Sumpfland, mit kurzen Bäumen, die herausragten und weite, dünne Äste in alle Richtungen ausstreckten. Wie stoppelige Pilze.

Diese Äste boten allerlei seltsamen Pflanzen Schutz, ihre vertrockneten Stängel und Knollen gaben Hinweise darauf, was für ein wilder Ort dies im Frühling und Sommer sein mochte.

»Jetzt besser«, murmelte der Kapitän und gesellte sich zu Wax und Torny vorne am Steuerrad des Rollers.

Wieder einmal mussten zwei ständig in der Nähe des sich drehenden Ungetüms bleiben und den Schmutz entfernen, während es sich vorwärts bewegte. Die Kapitänin sah so nervös aus wie immer, obwohl Wax bemerkte, dass sie ihre Ausrüstung geändert hatte. Nicht mehr nur warme Kleidung, sondern Rana-Leder. Ein Säbel ruhte an ihrem Gürtel.

»Wärst du vor ein paar Monaten hergekommen, hättest du einen Kopf voller Insekten gehabt und wärst dann von den Vögeln belästigt worden, die hinter ihnen her waren«, fuhr die Kapitänin fort, ohne sich auf Wax oder Torny zu konzentrieren, sondern einfach in den Wind hinein zu sprechen. »Auch mehr Schiffsverkehr. Fischer, Taucher, Erntearbeiter, die ihre Runden machten. Jetzt ist alles vorbei, es wird nicht wieder anfangen, bis wir einen neuen Aegis haben, Sommer hin oder her.«

»Zu verängstigt?«, bot Torny an, eine Frage, die ihrem Ziel ein Zähneknirschen entlockte.

»Eher zu vernünftig. Der Strudel ist ein Tor. Er geht so tief hinunter wie nirgendwo sonst auf den Inseln, und er schöpft genauso viel auf, wie er ertränkt. Wenn die Unholde kommen, werden sie um den Strudel herum sein.«

»Moment«, sagte Wax. »Ist der Strudel nicht da, wo die Skars sind?«

Die Kapitänin nickte: »Jede Insel hat ihre Herausforderung, so habe ich gehört. Rana, da muss man in das Biest hinein und mit seinem Juwel wieder herauskommen. Die schwerste, würde ich wetten.«

»Beschützen die Najahn es nicht?«

»Dahin fahren wir, Vis.« Die Kapitänin zeigte zum Horizont. »Noch ein Tag und wir sind da. Obwohl wir uns über Nacht nicht bewegen werden, nicht hier. Zu viele Hindernisse im Weg.«

»Also sind die Najahn hier?«

Die Kapitänin lachte, wie immer mit ihrem grimmigen Unterton. »Du solltest besser hoffen, dass sie nicht schon alle tot sind.«

Die düstere Stimmung schien den Roller zu umhüllen, als die Sonne, die ohnehin versteckt war, die Welt in Dunkelheit versinken ließ. Ein Anker wurde geworfen, der Motor abgestellt, und zum ersten Mal seit Tagen spürte Wax das Rumpeln des Rollers nicht mehr, hörte es nicht. Alle schienen als Reaktion darauf still zu werden. Die Königin und ihre Wachen zeigten sich nicht, blieben unten. Die Kapitänin öffnete die Türen nach innen nur, um das Abendessen auszuteilen.

»Haltet eure Waffen heute Nacht griffbereit«, warnte die Kapitänin. »Und stellt eine Wache auf.«

»Sie helfen nicht mit?«, fragte Quik.

»Wenn ihr dieses Schiff sinken lasst, kommt ihr auch nicht dahin, wo ihr hin wollt. Lasst nicht zu, dass ihr etwas zustößt, dann kommt ihr morgen lebend hier weg.«

Wax bot an, die erste Schicht zu übernehmen, und setzte sich mit seiner Foti-Klinge hin. Er vermisste das Messer, das seit dem Kampf mit den Ferriten auf Fotis Lavafeldern nicht mehr gesehen wurde. Die beiden Waffen hatten sich gut ergänzt. Jetzt, im Schein der Schiffslaterne, drehte Wax seine blaue Klinge und beobachtete das Licht.

Er hatte das Schwert kaum benutzt, seit er es damals

auf Vis eingetauscht hatte. Was für eine Idee das gewesen war. Schutz. Er hatte damit nur einen Schlag ausgeführt, gegen den Käfer in der Lavaröhre auf Foti. Alles andere waren Misserfolge gewesen.

Wax grinste. Keine Misserfolge, nein, nur verpasste Gelegenheiten. Vielleicht würde Rana ihm eine Chance geben. Obwohl, wie konnte man einen Strudel erstechen?

Der Sumpf hielt keine Antworten bereit. Ohne das Rumpeln konnten die wenigen Insekten es nicht ausgleichen und ließen Wax größtenteils in Stille zurück. Auch die Wolken blieben, was der Nacht ein beengtes Gefühl verlieh. Wäre Wax jemand, der an Geister glaubte, hätte er vielleicht behauptet, sie in der Dunkelheit treiben zu sehen.

Stattdessen ließ er seine Beine über den Rand des Rollers baumeln, die Klinge ruhte in seinem Schoß. Er richtete seine Aufmerksamkeit auf die beiden Skars und lauschte ihrem Flüstern. Sie wurden lauter, als Wax sich konzentrierte, wie ein Gespräch, das sich öffnete, um ihn einzubeziehen. Der Skar von Vis sprach in ruhigen, gelassenen Tönen, während der von Foti, ähnlich wie sein Geburtsort, seine Gedanken in harten, kurzen Sätzen verkündete.

Was diese Gedanken waren, wusste Wax nicht. Aber vielleicht konnte er heute Nacht versuchen, sie herauszulocken.

Fang mit der Heimat an.

Wenn Wax eine Rede erwartet hatte, gab der Vis-Skar ihm keine. Stattdessen sprach er in wiederholten Zeilen, immer wieder die gleichen zwei oder drei Sätze in einer Sprache, die Wax nicht kannte. Zuerst nahm Wax an, die Worte seien zufällig, seine Hände ruhten auf der Foti-Klinge. Er hörte zu, fand nichts, woran er sich festhalten konnte.

Bis irgendein Insekt sein Abendessen an seinem Ohr fand. Als Wax seine linke Hand hob und das Insekt wegwischte, änderte der Skar sein Lied und leuchtete auf. Der Skar wurde lauter, aufgeregter, wie Sawi, wenn sie Wax erzählte, dass sie eine neue Sana zum Klettern gefunden hatte.

Und mit seiner Begeisterung schien der Skar seine seltsame Magie zu wirken und den Schmerz des Bisses zu lindern, obwohl die Stelle selbst noch Zeit brauchen würde.

Andere Worte, Emotionen, wenn der Skar seinen Zweck fand. Das ergab einen gewissen Sinn, obwohl Wax nicht sicher war, was er mit diesem Wissen anfangen konnte.

Speichere es für später. Vielleicht, wenn er jemals der Aegis wurde, könnte jemand es gebrauchen.

Bis dahin würde er dem Plaudern der Skars lauschen, die Wolken beobachten und auf die Gelegenheit warten, auf dem harten Deck des Rollers zu träumen.

12

MESSER UNTER FREUNDEN

Sawi streckte ihre Arme aus und stieß einen Ruf aus, keinen Schrei. Entschlossen, selbstsicher trotz Gladdrings Dummheit. Sie machte keinen einzigen Schritt näher an das Hanoko-Lager heran, und die großen Katzen kamen ihr auch nicht näher. Diese glitzernden Augen blieben in ihrem baumbedeckten Unterschlupf, auch die Mutter hielt Abstand.

Keine Schwäche zeigen, keine Bedrohung provozieren, und die Hanokos würden sie in Ruhe lassen.

»Ruhe angesichts der Katastrophe«, murmelte Gladdring. »Sind alle Vis wie du?«

»Wenn du dich nicht umdrehst und zum Lager zurückgehst, lass ich dich hier draußen«, sagte Sawi, ohne sich umzudrehen.

»Und bereit, mir zu drohen. Nun, das war zwar nicht das, was ich zu lernen versuchte, aber ich werde trotzdem zufrieden von dannen ziehen. Entschuldige den Hinterhalt, Sawi, aber ich musste es wissen.«

»Was musstest du wissen?«, fragte Sawi und trat einen

Schritt zurück, als sie Gladdrings Rascheln durch die Farne und den Schlamm hörte.

»Ob du eine Spionin bist.«

Sawi versuchte, Gladdring zu einer Erklärung zu bewegen, aber der Tenet weigerte sich und sagte nur, dass Sawi bestanden habe. Die Antwort tat nichts, um Sawis aufkeimende Wut zu besänftigen, verdammt gerechtfertigt, nachdem sie der Gnade der Katzen ausgeliefert worden war. Sie brodelte den ganzen Rückweg zum Lager vor sich hin, woraufhin sie auf ihren ausgewählten Baum kletterte, auf einen hohen, stabilen Ast.

So gemütlich wie der weiche Boden? Wahrscheinlich nicht, aber hier oben würde Sawi kein Messer im Rücken finden.

Der Ast hatte einen weiteren Vorteil: Seine knorrigen Auswüchse waren unbequem genug, um Sawi vor den meisten Najahn zu wecken und ihr die Chance zu geben, genau das zu tun, was Gladdring sagte, dass sie es nicht sei: spionieren.

Der Tenet hatte trotz des frühen Sonnenlichts seine Gelehrten aufgeweckt und versammelt. Er schien sie in einer lebhaften Diskussion anzuführen, seine Arme fuchtelten wild, zeigten hierhin und dorthin. An einem Punkt erhob ein Gelehrter seine Stimme – Sawi schnappte das Wort 'Skar' auf –, nur damit Gladdring den Mann mit einer heftigen Verneinung zum Schweigen brachte.

»Diese Reise dient nur der Forschung«, sagte Gladdring, seine Stimme wurde laut genug, dass Sawi es hören konnte. »Wir wollen wissen, ob sich die Unholde auf Vis versammeln, ob sie sich zum Großen Sana begeben. Ihr alle habt eure zugewiesenen Studien. Darüber hinaus kümmert euch um nichts außer euer eigenes Überleben.«

Als er fertig war, blickte Gladdring nach oben, bemerkte Sawi und winkte sie mit einer Handbewegung zu sich.

»Schön, dich wach zu sehen, Sawi. Noch ein Tagesmarsch, und ich glaube, wir werden ankommen, ja?«

»Wenn ihr ein gutes Tempo vorlegt«, rief Sawi hinunter und löste ihr Seil.

»Dann verlasse ich mich darauf, dass du es einhältst«, erwiderte Gladdring. »Führ uns.«

Trotz Gladdrings Worten schauten oder hörten die Najahn nicht auf Sawi, als sie die Straße zum Großen Sana weitergingen. Gladdrings Einschätzung ihres Fortschritts erwies sich auch als falsch, denn trotz des forcierten Tempos war eine weitere Nacht auf der Straße wahrscheinlich. Wax und Pan hatten ein paar Tage gebraucht, um sich durch den Dschungel zu schwingen, und keine Marschgruppe konnte es mit einem Paar Vis an Geschwindigkeit aufnehmen.

Sawi behielt diese Meinung jedoch für sich. Sie hielt auch ihre Worte und Gedanken für sich, und Gladdrings Gruppe schien damit einverstanden zu sein, sie schmoren zu lassen. Zumindest bis zur Mittagspause, als Gladdring wieder einmal seine Anhänger verließ, um Sawi allein in dem sonnigen Hain abseits der Straße sitzend zu finden.

»Magst du dich nicht zu uns gesellen? Uns mehr über deine Insel erzählen?«, fragte Gladdring, bevor er einen seltsamen Keks hervorholte und ihn ihr reichte. »Ein Zimtkeks. Auf Noctia gebacken, aber ich schwöre, das Rezept stammt von zu Hause.«

Sawi beäugte den Keks. Hart und weiß, bedeckt mit braunem Staub. Zimt war kein Wort, das sie kannte, aber Gladdring würde sie nicht ängstlich oder zögerlich erleben. Sie nahm ihn, biss kräftig hinein und musste nach ihrem Wasserschlauch greifen, um nicht zu husten.

Der Zimt vermischte sich mit dem Keks auf eine brennend süße Art, eine nussige Wärme breitete sich aus, als der Keks in ihrem Mund zerschmolz.

»Ich gebe zu«, sagte Gladdring, der Sawis Gesichtsausdruck las und zum falschen Schluss kam, »diese eignen sich besser für kältere Gefilde.«

»Der Keks ist in Ordnung«, sagte Sawi, das hastig getrunkene Wasser tropfte von ihrem Kinn. »Was nicht in Ordnung ist, ist, dass du versuchst, mich umzubringen.«

»Wie ich schon sagte –«

»Du bist nicht der erste Mensch, dem ich begegnet bin, der Geheimnisse hat«, sagte Sawi und erinnerte sich an Svarde und die vielen Halbwahrheiten des Foti-Mannes. »Du bist nicht der erste, der mich, meine Freunde ansieht und denkt, wir seien einfache Leute, die nichts zu bieten haben außer etwas Obst und einer warmen Sonne.« Sawi stand auf und klopfte die Krümel des Kekses ab. »Ich muss dir nichts beweisen. Ich bin gekommen, weil ich neugierig war, und ich bleibe, weil ich gesagt habe, ich würde euch führen, aber ich bin nicht dein Spielzeug. Ich bin nicht dein Beispiel, dein Forschungsobjekt.«

Gladdring schien während Sawis Rede in sich zusammenzuschrumpfen, die Wärme des Mannes wich einer steifen Haltung. Sie ging vom Insekt zum Feind über, und für einen Moment fragte sich Sawi, ob Gladdring den Najahn befehlen würde, sie in Stücke zu schneiden.

Stattdessen streckte Gladdring die Hand aus und ergriff Sawis Hand mit einer Schnelligkeit, die sie nicht erwartet hatte. Der Griff war nicht aggressiv, sondern sanft, der Händedruck eines Freundes.

»Meine Welt ist eine Welt der Absichten, Motive und Verwünschungen, Sawi«, sagte Gladdring und neigte den Kopf gerade genug, um Aufrichtigkeit zu zeigen. »Wenn man so lange in solche Dinge eingetaucht ist, beginnt man überall Intrigen zu sehen, selbst an Orten, wo sie überhaupt keinen Sinn ergeben.« Gladdring nickte zum gegenüberliegenden Ende der Lichtung, noch weiter weg von den Najahn. »Bitte, ich möchte dir etwas mitteilen.«

Sawi runzelte die Stirn und wollte gerade fragen, was den kurzen Spaziergang erforderte, als Gladdrings Augen eine andere Geschichte erzählten. Sprich nicht, sagten sie, und folge mir.

Soweit Sawi wusste, befassten sich Kitaye und Vis nicht mit Täuschung. Hinterhältigkeit, Intrigen, das Untergraben und Überrumpeln von Feinden mit Lügen und Überraschungen ... das gab es einfach nicht. Die Ältesten leiteten die Städte und Dörfer der Insel durch Erfahrung und Willen. Keine Wahlen, nur der Wunsch, zu erscheinen und zu helfen. Keine Herrscher, nur vernünftige Menschen. Als Gladdring also andeutete, dass etwas Geheimes vor sich ging, nahm Sawi dies mit der Naivität eines Neulings auf.

Während sie die Lichtung überquerte, verbrachte sie die Schritte damit, zur Najahn-Gruppe zurückzublicken und zu versuchen ... ja, was genau zu identifizieren? Einen Feind? Aber war es nicht Gladdring gewesen, der versucht hatte, sie umbringen zu lassen?

Was würde sie nicht dafür geben, wieder unter ihren Sanas zu sein, den Früchten und Gräsern.

»Bist du jemals auf eine Reise gegangen?«, fragte Gladdring, als sie sich an einen anderen Baum lehnten, dessen Rinde erdig braun war und in dessen Rissen es von wuselnden Ameisen wimmelte.

»Nicht die Art, die du meinst.«

Gladdring zeigte ein Lächeln, »Ich bin aus einem bestimmten Grund hier und habe mich entschieden, einige dieser Gelehrten mitzubringen. Doch nachdem ich sie eingeladen hatte, fand ich die doppelte Anzahl am Boot wartend vor, um abzulegen. Und noch mehr Najahn-Soldaten dazu.«

Gladdring wartete, und Sawi hatte das Gefühl, sie sollte etwas aus seinen Worten schließen.

»Was, das soll nicht passieren?«, fragte sie.

Das Offensichtliche, und selbst für Sawis frische Erfahrung mit Spionage war es so, war, dass einige dieser Mitreisenden Ziele hatten, die Gladdrings eigenen zuwiderliefen. Was Sawi dagegen tun sollte, blieb unklar.

»Die Najahn, selbst Gelehrte, aber besonders Soldaten, reisen nicht umsonst«, sagte Gladdring. »Ihre Glefen, ihre Loyalität, sind käuflich. Und es gibt einige, die mich sehr gerne beseitigt sähen.«

Mehrere Möglichkeiten boten sich an. Sawi wählte keine davon, sondern kam stattdessen auf den Punkt. Das hatte sie so oft bei Wax tun müssen, einem Mann, der zu wilden Abschweifungen von seinen Zielen neigte. Wenn man mit Wax vor Sonnenuntergang fertig reden wollte, musste man ihn direkt steuern.

Gladdring, so schien es, war nicht anders, wenn auch in seinen Motiven vielleicht weniger unschuldig.

»Warum erzählst du mir das?«, fragte Sawi. »Du sagtest, du hättest dort Freunde?«

Gladdring zuckte mit den Schultern, »Freunde? Für eine Zeit, zu einer Zeit, vielleicht. Noctia ist auf wechselnden Steinen gebaut, Sawi. Jetzt, denke ich, ist es Zeit, sie hinter uns zu lassen.«

»Was meinst du damit?«

Als Gladdring es ihr erklärte, nahmen seine Augen einen vertrauten Glanz an. Der Mann ragte auf, aber nicht auf bedrohliche Weise, Eifer und Abenteuer strömten aus seinen Worten, Möglichkeiten und Potenzial hallten in seinen Versprechungen wider.

Wenn sie diese Dinge täte, könnte Sawi ihr Leben verwandelt sehen. Wenn sie sie gut machte, würde sie sich wieder im Zwiespalt mit ihren Verpflichtungen finden: Vis zu wählen oder einen gefährlicheren Weg?

Als sie wieder das Lager aufschlugen, wies Sawi die Najahn von der Straßenseite weg zu einem dichteren Hain. Baumstümpfe und umgestürzte Bäume kennzeichneten diesen, genug beschädigtes Laub, um zu zeigen, dass hier vor nicht allzu langer Zeit etwas Raues geschehen war.

Sawi sah die roten Markierungen, die Spritzer, die unter Blättern und Farnen verborgen waren. Eine Spur, der sie schon seit einiger Zeit gefolgt war, den ganzen Weg hierher entlang des Pfades.

Ein Reisender oder ein Tier, gefangen, geschleift und verschlungen. Die Najahn, kein Jäger unter ihnen, sahen die Zeichen nicht. Sie bemerkten, ja, die abgeschabte Rinde, die zertrampelten Blätter, aber als Sawi sagte, dies sei ein häufiger Haltepunkt, hinterfragte die Truppe es nicht. Sie zündeten Feuer an, breiteten ihre Decken aus und wehrten neugierige Insekten ab.

Gladdring sah nicht einmal in ihre Richtung.

Sichi kam früh heraus, der rosafarbene Schimmer verteilte sich unter ihnen, wo er den Blättern über ihnen ausweichen konnte. Als die Najahn ihr Abendessen aßen, schlich sich Sawi davon und folgte noch mehr Markierungen, wissend, was sie verfolgte, und ihre Ängste unterdrückend.

Kein auf Vis heimisches Raubtier würde eine solche Spur hinterlassen.

Gladdring hatte um eine Ablenkung gebeten, und er

würde sie bekommen. Andernfalls, so sagte er, so vermutete Sawi, würden die Najahn die Verfolgung aufnehmen.

Während sie ging, sich zwischen Bäumen und Farnen windend, spielte Sawi mit einer anderen Idee, einer Möglichkeit, die zunächst abstoßend in ihrer Brutalität war, aber attraktiv wurde, je tiefer sie in den Wald eindrang: Wenn die Falle zufällig Gladdring tötete, könnte Sawi vielleicht eine andere Belohnung ernten, indem sie seine Habseligkeiten zurückbrachte, als Beweis für das, was mit dem Najahn-Außenposten geschehen war. Mehr Gunst für Kitaye, für sie, und keine Notwendigkeit, ihr Leben zu riskieren.

Zu düster? Sawi blickte zum schattigen Blätterdach hinauf. Die Inseln erlaubten in diesen Tagen keine Unschuld mehr. Nicht seit Pan. Nicht seit Wax und Bliss gegangen waren, unwahrscheinlich zurückzukehren.

Sie hatte eine Entscheidung getroffen, diesen Weg zu gehen, Gladdring zu folgen. Was als Nächstes geschah, nun, sie würde sehen, wie Vis es haben wollte.

Die Insel ließ Sawi nicht lange warten. Jenseits der nächtlichen Musik des Dschungels unterbrach ein hartes, knirschendes Mahlen Sawis Fluss. Sie kauerte sich nieder, jeder Schritt ein behutsames Ding, ihre Finger leiteten Blätter und Zweige lautlos beiseite. Ihr Atem kam und ging langsam, Blinzeln war selten, bis sie es erblickte.

Das Ungeheuer bot reichlich Arme, passende Münder an einem langen und dünnen Körper. Ein Tausendfüßler, nur dass er statt Greiffüßen Finger und Daumen hatte. Kugelige Augen baumelten entlang seines Körpers an federnden Antennen, jedes glitzerte, wenn es Sichis Licht einfing. Das Ungeheuer lag im Teich, seine Hände schöpften Wasser zu den Mündern, die seine Unterseite säumten. So groß wie zwei nebeneinander stehende

Männer war das Ungeheuer nicht so erschreckend wie einige, die Sawi gesehen hatte – diese Ehre würde für immer dem riesigen Biest gehören, das Kitaye angegriffen hatte –, aber es sollte, würde Gladdring geben, was er wollte.

Mit ihrer rechten Hand tastete Sawi herum, fand einen Stein. Leben balancierten auf entscheidenden Momenten. Sie hatte ihres in eine Richtung fallen lassen, als sie Wax nein gesagt und ihn hatte gehen lassen.

Diesmal wählte Sawi die Jagd.

13
LIANEN-BISS

Der Sumpf war gnädig genug zu warten, bis Wax seine Schicht beendet hatte und in einen tiefen und angenehmen Traum von Lianen und dem Schwingen an ihnen gefallen war. An diesem Punkt, so stellte Wax in den panischen ersten Momenten fest, als Schreie und Rufe ihn aufschreckten, beschloss der Sumpf, dass er genug Pause gehabt hatte.

Tornys Stimme durchbrach Wax' Schlafschale zuerst, eine wahrhaft scharfe Fluchlitanei, bei der Wax sich aufrichtete und sich fragte, und bedauerte, wer auch immer eine solche Schimpftirade verdient haben könnte.

Das Ziel war nicht schwer zu finden. Die Frage war jedoch, ob es überhaupt ein einziges Ziel war.

»Das Unkraut greift uns an?«, sagte Wax, seine Frage ging sofort im Getümmel unter.

Zu seiner Linken hackten und schlugen Torny und Bliss, die Wax um mehrere Sekunden aus ihren Decken geschlagen hatten, auf sich teilende tiefgrüne Stränge ein. So dick wie Äste und scheinbar der üblichen Schwerkraft trotzend, die Dinge in der Luft zu Boden zieht, erhoben sich die Ranken über den Rand des Rollers und fegten, scheinbar schwebend, auf sie zu. Ein Spinnennetz, das sich in Echtzeit ausbreitete, jeder Faden mit feinen Borsten überzogen.

Er würde verdammt sein, wenn eine ihn berühren würde. Ein Schwertkämpfer mochte Wax nicht sein, aber er konnte ein paar Pflanzen schneiden.

Wax führte einen Hieb durch das nächste Bündel, wobei die Teile auf das Deck des Bootes fielen, während der Rest, der sich von Wax weg und über den Bug des Rollers ausbreitete, mit seinem Nachwachsen begann.

»Dieses Ding ist hartnäckig«, knurrte Quik zu Wax' Linken, die Handschuhe an und hin und her schlagend.

Jeder Schwung verzögerte das Wachstum nur einen Moment oder zwei.

»Das ist kein Kampf, den wir gewinnen werden«, sagte Wax und sah nach links, während er weitere Pflanzen wegschlug. »Wo ist der Kapitän?«

»Du fragst den Falschen«, antwortete Quik.

Torny und Bliss kauerten sich hinter Wax zusammen und lehnten sich mit dem Rücken an die mittlere Kabine des Bootes. Der herannahende Feind knurrte an den Seiten und am Boden hoch und drohte, Quik und Wax neben das Paar zu drängen. Einmal dort, wären sie gefangen, vielleicht in der Lage, das Wachstum in Schach zu halten, bis ihre Energie erschöpft wäre.

Nicht die Art, wie Wax sterben wollte.

»Deck mich«, sagte Wax und schnappte sich links hinter Quik entlang der überwucherten Seitenreling des Rollers.

»Wie soll ich dich decken?«, rief Quik. »Ich kann mich selbst nicht decken!«

Wax antwortete nicht, seine Aufmerksamkeit wurde

von breiten Schnitten durch die Pflanzen vor ihm in Anspruch genommen. Zwei Schwünge mit der Foti-Klinge brachten Wax zur Tür, die nach unten führte. Vor ihm sah das Heck des Rollers verloren aus, bereits mit Ranken überzogen. Hinter Wax würde bald genug sein Rückweg genauso aussehen.

Es würde keine Rettung für den Roller geben. Flucht dagegen?

Darin lag eine Möglichkeit.

»Quik«, rief Wax, die arbeitenden Handschuhe seines Bruders waren sichtbar. »Bring Torny und Bliss vom Boot runter. Macht euch zu den Untiefen auf der Backbordseite.«

»Was ist mit dir?«

»Ich treffe euch dort.«

Wax wollte etwas Inspirierenderes hervorbringen, aber die herannahenden Ranken gaben ihm nicht viel Zeit. Dringender war wirklich die Frage, warum niemand die Stufen des Rollers heraufgestürmt kam. Sicherlich würden bei all dem Lärm, all dem Geschrei, der Kapitän, ihre paar Crewmitglieder und die Kance-Gruppe wissen, dass das Unheil sie gefunden hatte.

Warum waren sie also alle noch unter Deck?

Andererseits, warum sollte es Wax kümmern? Er könnte umkehren, über die Pflanzen mit seinen Wächtern davoneilen. Lass diesen Unhold eine Erneuerung von Wax' Liste streichen, besonders eine, die ihn im Narbensammelrennen schlug.

Ach ja. Der Aegis zu sein, war ein Scheißpreis. Die Königin gewinnen zu lassen, bedeutete, sich selbst von diesem schrecklichen Steinthron fernzuhalten.

»Aufwachen!«, brüllte Wax, als er durch die schmale Tür ging.

Zu seiner Linken lag die Kabine des Kapitäns leer. Ihre

Kugellaterne war dunkel, aber das Glühen von draußen zeigte eine zerwühlte Koje. Der Motor des Rollers war aus, das Steuer still. Zu Wax' Rechten erschienen die Mannschaftsquartiere ähnlich leer, zwei Kojen verlassen, aber Taschen und Ausrüstung noch in den Fächern verstaut.

Also waren sie aufgewacht und hatten beschlossen, nach unten zu gehen?

Die Treppe lag vor Wax, polierte Holzstufen, die in pure Dunkelheit führten. Keine Lampen leuchteten dort unten, wenige Geräusche auch. Nur unheimliches Knarren, Krachen, als die Bretter versuchten, ganz zu bleiben.

Wax, die Klinge vor sich haltend, ging langsam hinunter und gab seinen Augen Zeit, sich anzupassen, so viel wie möglich von dem mutigen Licht aufzunehmen, das es bis hierher schaffte. An ihrem Ende stieß die Treppe gegen die Steuerbordseite des Rollers, eine T-förmige Gabelung.

Nackte Füße gaben Wax den ersten Hinweis, als seine Zehen etwas berührten, das definitiv kein Holz war. Er sah nur Schatten, hörte nur Knarren, aber die Ranken zitterten bei Wax' Berührung. Neue Triebe sprossten hervor und testeten Wax' Füße auf eine geeignete Oberfläche.

Schnell eine Richtung wählend, um nicht verschlungen zu werden, stürzte Wax nach rechts, in Richtung Heck. Der schmale Gang bog nach einem Schritt scharf ab, Wax' Foti-Klinge schwang in vorsichtigen Schnitten vor ihm her. Ranken hingen von der Decke, streckten sich von den Wänden aus, zupften an seinen Zehen. Wax rief, hörte keine Antwort.

Doch er konnte nicht wild um sich schlagen, aus Angst, er könnte einen verirrten Wächter oder ein Crewmitglied des Rollers treffen.

Ein Signal, wenn man es so nennen konnte, kam aus dem ersten Raum, an dem Wax links vorbeiging. Wax konnte verdammt nochmal nicht erkennen, wo er war, außer dass die Foti-Klinge bei einem Querschnitt keine Wand traf, was Wax einen Hinweis auf den Türrahmen gab. Eine Drehung, ein Lauschen, und ein gedämpfter Kampf drang hervor, der sich mit dem Knarren des Rollers vermischte, als er erstarb.

»Wer ist hier drin?«, fragte Wax und trat vor.

Seine Füße landeten in mehr Ranken, aber auch in Wasser, der brackige Sumpf kalt und schleimig bei der Berührung.

Also hatte der Unhold den Rumpf des Rollers aufgebrochen. Wunderbar.

Der Kampf verstärkte sich, und Wax verfolgte die Ranken zur Mitte des Raumes, nahe dem schmalen Bett.

»Ich kann nichts sehen, also entschuldige, wenn ich dich schneide«, murmelte Wax, während er seine Füße schlurfend bewegte und die erste Form ertastete.

Die Beine, Arme und Rüstung verrieten, dass der Gefangene einer der Wachen der Königin war, und Wax hätte den Mann vielleicht dort gelassen, wäre die Situation nicht so verzweifelt gewesen und hätte sie nicht Verbündete erfordert.

Die Foti-Klinge schnitt sauber und präzise, führte einen schrägen Hieb das Bein der Wache hinauf, nahe der Brust des Mannes, und Wax hätte weiter geschnitten, wäre da nicht mehr Bewegung zu seiner Rechten gewesen. Ein zweiter, vielleicht ein dritter Körper, alle zusammen, um das Bett geschart.

Wachen, die ihre Königin beschützten, oder sie töteten?

Der Mann, den er geschnitten hatte, nutzte die Hilfe und stemmte sich mit genug Kraft hoch, um die ihn umhüllenden Ranken zu zerreißen.

»Befreit sie«, krächzte die Wache, als Wax gerade dabei war, genau das zu tun. »Es ist keine Zeit.«

»Bin mir dessen bewusst«, sagte Wax. »Habt Ihr zufällig ein Licht?«

»Die Laternen sind alle kaputt.«

Trotzdem befreiten die beiden blind arbeitend eine zweite Wache, gefolgt von, ja, der Königin als Letzte unter ihnen. Ranken drangen von außen, von unten ein, aber die Wachen fanden ihre Form, tauschten ihre Rapiere gegen präzisere Messer und nutzten sie, um eine Öffnung freizuhalten und sich zum Ausgang des Raumes vorzuarbeiten.

»Bleibt mit der Königin hinter uns«, sagte Akido, die zweite befreite Wache. »Wir haben noch einen der Unseren zu retten.«

»Wir werden zum Ausgang gehen, vielen Dank«, erwiderte Wax, während die Vierergruppe sich hackend, stolpernd und tastend aus dem Raum bewegte.

»Ihr werdet mit uns kommen-«, begann die Wache.

»Er wird tun, was ihm beliebt, und ich werde mit ihm gehen«, sagte die Königin. »Rettet die Mannschaft und folgt uns.«

In einer anderen Situation, ohne die greifenden und schnappenden dunklen Ranken, ohne die unter ihren Füßen brechenden Planken, hätte Akido die Königin wahrscheinlich überstimmt, vermutete Wax. Sein scharfes Einatmen sagte so viel, aber jede Erwiderung erstarb, als die andere Wache die zunehmende Ausbreitung und Dicke der Ranken verfluchte.

»Kommt«, sagte Wax und zog die Königin zurück zur Treppe. Gerade genug Licht, ein einzelner rosa Strahl von Sichi, gab ihnen die Richtung vor. »Sie werden schon klarkommen.«

»Daran habe ich keinen Zweifel.«

Zur Treppe zu gelangen, erwies sich als einfach genug. Sie zu erklimmen jedoch würde unmöglich sein. Die Ranken waren von innen und außen die Stufen hinaufgewachsen, die Reben brachen durch und zerstörten das Holz, sodass vor ihnen nichts als ein zerbrochener Rankenwald übrig blieb.

»Wir sitzen in der Falle«, murmelte die Königin.

»Nicht mit einem Vis«, entgegnete Wax und reichte dann den Griff der Foti-Klinge der Königin. Beide wippten dort, hielten ihre Füße in Bewegung, damit die Ranken keinen Halt finden konnten. »Ihr schneidet, ich laufe.«

Wax wünschte, es wäre genug Licht gewesen, um das Gesicht der Königin bei seinem Kommentar zu sehen, aber die Schatten gewährten ihm nicht so viel. Er spürte jedoch, wie sie das Schwert nahm.

»Und danach?«, fragte die Königin.

»Schneidet einfach weiter. Jetzt.«

Die Königin schwang die Klinge vor ihnen, schnitt Ranken von ihren Gesichtern weg und öffnete einen verzweifelten Pfad nach vorn. Wax griff nach der Königin und hob sie hoch. Kein vollständiges Tragen - das Treppenhaus bot dafür nicht genug Platz, selbst ohne die verstopfenden Pflanzen -, aber Wax hielt ihre Füße vom Boden fern, die Königin leicht nach vorne geneigt, damit sie die Klinge weiter einsetzen konnte.

»Los geht's«, sagte Wax, und der Vis begann zu klettern.

Die Königin schnitt hängende Ranken weg, und Wax folgte, vertraute darauf, dass seine Füße landen und das Gleichgewicht von einer zerbrochenen Stufe zur nächsten halten würden, genauso wie beim Springen von Ast zu Ast in seiner Heimat. Bei jedem Ruck murmelte die Königin Flüche, aber sie stiegen weiter hinauf, einen Satz nach dem anderen.

Bis der Roller in zwei Teile zerbrach.

Die Heck- und Bugseiten, die dem kletternden Paar am nächsten waren, rissen weg, kippten zum Himmel und stürzten ihren behelfsmäßigen Fortschritt in das sumpfige Meer. Ranken fielen und peitschten um sie herum, verfingen sich in Wax' Haar, zerrten an seiner Kleidung.

»Schwimmt«, schnappte die Königin, als sie auf das Wasser aufschlugen, dessen Kälte sofort bis in Wax' Knochen drang.

Der Strand, der Foti-Strand. Das letzte Mal, dass er eine so schreckliche Kälte gespürt hatte, eine solch muskelbetäubende Eiseskälte. Wax erstarrte, sein Geist taumelte zurück zu jenem Moment, zu jenen Minuten, in denen er unter solch blanker Qual gelitten hatte.

Etwas schlug ihn. Spritzte ihn nass. Sichis Licht ergoss sich um Wax, der Roller war verschwunden. Vor ihm, die Foti-Klinge in einer Hand und ihre Augen ein rosa beleuchtetes grünes Feuer, war die Königin.

»Ich sagte, schwimm, Wax«, wiederholte die Königin, ihre Stimme noch kälter als das Wasser. »Jetzt.«

Seine Beine fanden ihren Schwung, paddelten der Königin hinterher, während die Ranken unter und um sie herum versuchten, ihren Griff zu behalten. Kleidung riss, einige Pflanzen hinterließen Kratzer und Abdrücke auf seinen Armen, aber gemeinsam bewegten sich die beiden durch den Schleim.

Keine Worte, nichts außer Atmen, ihre Arme und Beine strampelnd. Voraus erhoben sich Gras und schlammige Hügel aus dem Wasser. Gestalten bewegten sich darauf, ein Trio, das Wax erkannte und das ihm weitere Hoffnung gab.

»Hier«, rief Quik, als sie sich näherten, die Kälte in Wax' Knochen vermischte sich mit einem schwachen Feuer, als sein Körper sich anstrengte, ihn in Bewegung zu halten. »Hab euch.«

Das Seil kam heraus. Geborgen mit ihren Beuteln aus dem Roller, und sowohl Wax als auch die Königin nutzten es für die letzten paar Längen, bevor sie auf die schlammigen Ufer kletterten.

Torny und Bliss, die trockenes Gras, Blätter und Zweige zu einem Haufen zusammenschoben, hatten bereits ein kleines Feuer am Wachsen, an dem sich Wax und die Königin niederließen. Gemeinsam beobachtete die ganze Gruppe, wie der Roller sein Leben beendete, die Ranken sich erhoben und das ganze Schiff in ein Pflanzengeflecht einhüllten. Die brennenden Laternen an den Seiten des Schiffes zerbarsten eine nach der anderen in rauchende Funken, bevor das Ganze im Wasser versank.

»Eure Wachen«, sagte Wax. »Ich sehe sie nicht.«

»Unterschätzt niemals eine Kance-Königinnenwache«, erwiderte die Königin, ihre stählernen Züge zeigten keine Spur von Trauer. »Es sind der Kapitän und seine Mannschaft, um die ich stattdessen trauern würde.«

Wahr genug. Wax nickte langsam. Hinter ihnen hörte er Quik, Bliss und Torny, wie sie ihre nächsten Schritte planten. Etwas, um das er sich kümmern würde, nachdem er noch etwas mehr Zeit in der Wärme des Feuers verbracht hatte. Bis dahin streckte Wax die Hand aus und nahm seine Foti-Klinge von der Seite der Königin zurück. Sie beobachtete ihn.

»Danke, dass Ihr das gerettet habt«, sagte Wax, dann zögerte er. Konnte er sie nach all dem wirklich 'Königin' nennen? Gab es so etwas wie Adel, wenn sie in schlammigem Wasser durchnässt waren, mit wenig mehr als ein paar Skars zu ihrem Namen?

»Du kannst mich Eujo nennen«, sagte die Königin, die sein Zögern zu erkennen schien.

Das Lächeln dann, so klein es auch war, machte Eujo realer als ihre Worte.

14
DER PREIS DES SIEGERS

Maena hatte kein Ziel, keinen Fokus, nachdem sie Bartens Leiche in der leeren Arena zurückgelassen hatte. Ein schwacher Teil von ihr spielte mit der Flucht, mit dem Versuch, aus diesen Tunneln zu entkommen und, nachdem sie sich unter die Verkommenen gemischt hatte, die auf die elenden Leben hier wetteten, frei in die Whent-Tundra zu gehen.

Frei und allein.

Sie war nach rechts abgebogen. Hinter ihr, um die Biegung des Tunnels herum, würden Rasslebeck und Kivi ihren eigenen Versuch unternehmen. Die Wachen, die sie verfolgten, würden das Paar zweifellos umzingeln und sie mit vorgehaltenen Speeren zurück in die schmutzige Zelle treiben, die sich jetzt zu Maenas Linken näherte, während die Rana-Kapitänin langsam vorwärts ging. Pennifer und Svarde waren vielleicht schon dort, zusammengekauert im Dreck, wartend auf eine weitere Mahlzeit, eine weitere Herausforderung. Die anderen, die ihre Wagenfahrt geteilt hatten, die in den Wettkampf geworfen worden waren?

Vielleicht tot oder in ein noch schlimmeres Spiel geworfen.

Ist es das, was dich so verwirrt?

Nein. Die Whent-Gruben waren bekannt. Nichts hier überraschte Maena. Aber ...

Du dachtest nicht, dass du hier landen würdest? Willkommen zu meiner kleinen Party.

Sie hatte so viele Jahreszeiten damit verbracht, willige Plünderer zu finden, hatte sie von ihren Schiffen geholt, selten von ihren Familien - die Typen, die in die Dunkle Tiefe gingen, waren nicht die mit tiefen Verbindungen - und am Ende nichts erreicht. Die meisten ihrer Crew waren wahrscheinlich hier, zusammengepfercht mit Whent-Verbrechern und anderen Gefangenen, warfen Schlamm aufeinander, bis sie darin ertranken.

Wie konnte Maena so kläglich versagt haben?

Nicht alles schlecht, oder? Ich bin jetzt hier und voller Ideen.

Eine Stimme in ihrem Kopf. Sie selbst, anders geschnitzt.

Maena blieb stehen. Zu ihrer Linken führte eine Abzweigung im Tunnel aufwärts zur Oberfläche. Ein Tor dort wäre die einzige Barriere zwischen ihr und möglicher Freiheit. In ihren Lumpen würde Maena nicht weit kommen, bevor jemand Interesse an ihr zeigen würde, aber dennoch ...

Schau. Ich habe dich nicht zurückkommen lassen, um all dieses Selbstmitleid zu ertragen.

Du hattest keine Wahl.

Ich hätte härter kämpfen können. Du bist eine Rana-Kapitänin, Maena. Benimm dich auch so.

So einfach, ja? Das mulmige Gefühl im Magen überwinden und vorwärts drängen, den Säbelgriff finden und zuschlagen. Metaphorisch gesprochen, jedenfalls.

Jetzt verstehst du's. Ein bisschen mehr vergossenes Blut und dir geht's wieder gut.

Um das zu tun, musste Maena einen anderen Plan finden. Keine zusammengekauerten Massen, keine weinerliche Flucht. Ein Ausbruch, mit Waffen und Leuten. Die Gruben stürzen. Es würde Wachen geben, aber sie wären fett und faul in ihrem Privileg, einfach umzustoßen, genau wie Barten. Sie würden-

»Rana«, dröhnte eine tiefe Stimme von den Tunnelwänden. Maena drehte sich halb um und spannte ihre Beine an, falls sie rennen musste. »Es wird Zeit, dass wir ein Wörtchen miteinander reden.«

Der Mann, der das Treffen verlangte, stand mit zwei Wachen hinter sich. Diesen folgten Rasslebeck und Kivi, ein weiteres militantes Duo mit Speerspitzen an ihren Hälsen.

Kriegsherr Jochi, derjenige, der sie bei ihrer Rückkehr an die Oberfläche zusammengetrieben hatte. Maena erinnerte sich an den Namen aus der großspurigen Rede des Mannes, seine geschichteten Tierfelle bedeckten jede Oberfläche eines finster dreinblickenden dunklen Gesichts. Fast schwarze Augen, die zwischen Schlitzen und Kreisen schwankten. Von dem Mann ging eine Hitze aus, die gleiche Art, die Maena bei den brutalsten Kriegern auf ihren Reisen gesehen hatte.

Ein Körper, geboren für die Eroberung.

Eine schwere Zeit für ihn, dann. Mit der Erneuerung, den Najahn, die Frieden erzwingen.

»Du hast Barten getötet«, fuhr Jochi fort und näherte sich. Die Wachen, die ihn flankierten, hoben ihre Speere und richteten sie auf Maena, aber ohne Bosheit. »Ein cleverer Schachzug. Ich werde seine Spielkunst vermissen, aber er hätte dich nie so nah herankommen lassen dürfen.«

»Nein«, erwiderte Maena.

»Ich werde nicht denselben Fehler machen.« Jochi verschränkte die Arme und zeigte dabei verschiedene Armbänder, die mit Edelsteinen besetzt waren. »Siehst du diese, Rana? Weißt du, was sie sind?«

Maena spuckte vor Jochis Füße. Sie wusste verdammt gut, was das war.

»Gut, etwas Kampfgeist ist noch in dir«, sagte Jochi. »Ich wäre enttäuscht gewesen, wenn du alles bei Barten gelassen hättest. Du wirst ihn brauchen, wo du hingehst.«

»Ich spiele kein weiteres Spiel«, sagte Maena und gab ihre halbe Drehung auf, um Jochi direkt anzusehen. Wenn sie sie hier erstechen wollten, dann würde sie mit Würde sterben. Hinter Jochi fing sie Rasslebecks Blick auf und sah, dass sie sein Gesicht übel zugerichtet hatten. Der ältere Mann schaffte ein Nicken, das geschwollene Durcheinander konnte nicht mehr tun.

»Keine Spiele. Stattdessen Erlösung«, sagte Jochi. »Eine Chance, dieser Insel alles zurückzuzahlen, was sie durch deine Hände erlitten hat.«

Oh, das wird schrecklich, nicht wahr? Oder köstlich?

»Ihr verdient keine Rückzahlung.«

»Du wirst sie mir trotzdem geben«, erwiderte Jochi. »Denn ich kenne euch Rana-Kapitäne. Alles Geschwindigkeit und Finesse auf euren Schiffen. Herumtollend, Leben kostend und den ganzen Weg lachend. Aber wenn es um den schrecklichen Schmerz geht, seid ihr alle Feiglinge.«

Maenas Augen verengten sich. »Diese Armbänder.«

Jochi grinste nicht so sehr, als dass er Maena ein wissendes Nicken gab. »Verliehen für Tötungen, Kapitän. Die meisten davon langsam. Qualvoll.« Ein schwerer Seufzer. Diese Wachen hielten ihre Speere weiterhin waagerecht. »Nicht weil ich es mag. Nein. Das wäre sadistisch.

Sondern weil ich es meinem Volk schuldig bin, sie vor euch zu schützen.«

»Indem ihr uns foltert? Kein Rana würde dasselbe tun-«

Jochi hob einen einzelnen Finger. Die Wache zu seiner Linken trat vor, schien Maena erstechen zu wollen, bis der Mann den Speerschaft über sein Handgelenk drehte und stattdessen das stumpfe Ende in Maenas Schulter rammte und sie zurückstieß.

Eine Prellung, nichts weiter. Sie gab ihnen keine Genugtuung.

»Stattdessen gebe ich euch, was ihr wolltet«, sagte Jochi. »Genau das, wonach ihr in diesen Höhlen gesucht habt.« Er nickte über Maenas Schulter. »Zurück in deine Zelle mit den anderen jetzt. Geh, oder sie müssen diese Prüfungen ohne dich bestehen, und das wäre nicht sehr fair, oder?«

»Fairness ist ein Konzept, das du nicht kennst, Steinfresser.«

»Seht, wie sie mich beleidigt, und ich, in meiner bescheidenen Zurückhaltung, tue nichts?«, sagte Jochi, sein Blick glitt von einem Wächter zum anderen und entlockte beiden ein Grinsen. »Warum sollte die Fliege das Biest stören?«

Diesmal, als der Wächter Maena vorwärts stieß, hatte er die Spitze an ihrer Haut. Als sie sich bewegte, als sie nachgab, war die einzige, die sich darüber freute, die Stimme in ihrem Kopf, die behauptete, dass Opfer jetzt in Zukunft grimmige Dividenden zahlen würde.

Svarde und Pennifer warteten in der Zelle. Ihre Gefährten, die Gruppe, die bei der Prüfung versagt hatte, waren in ein anderes Zuhause verschwunden, zweifellos genauso verfallen und dreckig. Frischer Fraß wartete auf sie, zog bereits Fliegen an, obwohl sein Inhalt von einem grünlich-grauen Ton war, der selbst für die Insekten zu eklig schien.

Der Foti-Wächter stand auf, als Maena hereinstolperte. Er musterte langsam ihre blutbespritzten Kleider, einen Körper, der anfing, so ranzig zu riechen, wie sie sich fühlte. Anstatt es zu hinterfragen, gab Svarde Maena nur ein langsames Nicken, als sie an ihm vorbeiging und sich auf der anderen Seite der Zelle setzte. Der Mann zeigte jedoch etwas Zuneigung für Kivi, eine enge Umarmung, die das Frettchen erwiderte, als es hinter Rasslebeck hereinlief.

Die beiden Rana-Plünderer verfielen in ihr eigenes Gespräch und ließen Maena allein sitzen, mit nichts als ihrer anderen Hälfte, die ständig in ihrem Kopf präsent war.

Bin ich so schlimm? Ich bin doch du, oder?

Ich, wie ich früher war, vielleicht. Bereit mit einem Witz und einem scharfen Wort. Ein boshaftes Herz.

Nicht mehr?

Sieh, wo wir sind. Welchen Geist fördert das?

Du hast gewonnen. Du solltest glücklich sein.

Svarde kam herüber, hielt ein gefülltes Wasserbecken. »Ich habe den Wächter gefragt, bevor sie gingen. Er sagte, wir würden uns alle übergeben, wenn wir diese Eingeweide nicht von dir abbekommen.«

Maena blinzelte, musterte sich selbst. Eine Übung in der Kunst des Grauens war sie. Auf einem Rana-Plünderer hätten sie sie für eine Stunde ins Meer geworfen, um sich zu waschen.

»Ich schätze, es wurde etwas chaotisch. Haben sie dir ein Tuch gegeben?«

»Das haben sie nicht, aber Jochi versprach, dass neue Lumpen unterwegs sind.«

»Wie nett.«

Svarde schnüffelte, riss einen Teil seines grauen

Hemdes ab. Tauchte es ins Wasser. Maena streckte einen Arm aus. Die kühle Flüssigkeit kam fast wie ein Schock, lief über ihre Haut, spülte Schmutz und Schlimmeres ab. Svarde hätte selbst ein Bad gebrauchen können, aber der Mann sparte keinen Tropfen für sich selbst.

»Du hast die Gruben also noch nie gesehen?«, fragte Svarde, während er zwischen ihren Fingern säuberte.

»Ich hatte Whent nie betreten bis zu unserer Expedition.«

»Nicht bei all deinen Überfällen?«

Maena schüttelte den Kopf. »Seefahrerin, erinnerst du dich? Das Wasser ist mein Zuhause. Nur wenn es keinen anderen Weg gab.«

Das Tuch war zerfetzt, Svarde riss einen weiteren Ärmel ab, wandte sich Maenas anderem Arm zu. Sanft, aber gründlich. Eine seltsame Eigenschaft für einen rauen Foti-Kämpfer. Svarde bemerkte ihre unausgesprochene Frage.

»Ami, Catya und ich sind einen langen, harten Weg gegangen. Mehr als einmal mussten wir einander durch schwierige Situationen helfen. Mehr als einmal konnte ich meine Äxte nicht benutzen, um das Problem zu lösen.«

»Auch wenn du es wolltest.«

Svarde hielt für einen Moment inne, den tropfenden, schmutzigen Ärmel in den Händen. Seine Augen wurden unfokussiert, dann kehrte er zum Schrubben zurück.

»Nein, es gab viele Male, da verließen die Äxte meinen Sinn«, sagte Svarde, jetzt leiser.

»Man macht keine solche Reise, ohne enge Freunde oder bittere Feinde zu werden.«

Svarde antwortete nicht. Er beendete den Ärmel und warf ihn zu dem anderen Lumpen. Er griff nach seinem Hemd, aber Maena riss zuerst ihren eigenen Ärmel ab.

»Schon ruiniert, ich weiß, aber du könntest mehr daraus machen«, sagte Maena.

Svarde nickte, tauchte ihn ein, wandte sich ihren Beinen zu. Maena hätte das selbst tun können, und noch vor wenigen Wochen hätte sie Svarde auf ihrem Säbel aufgespießt, weil er annahm, sie könne sich nicht selbst sauber halten. Aber vielleicht, nur vielleicht, würde nach so viel Trauma, nach so viel Verletzung, Tod und Schmutz, ein wenig Fürsorge ihnen beiden helfen.

Der Wächter kam nicht viel später mit den versprochenen Kleidern. Svarde und Maena hatten kaum mehr als Fetzen übrig, die sie bereitwillig mit Rasslebeck und Pennifer tauschten. Der Wächter, nachdem er mit einem weiteren angeforderten Wasserbecken zurückgekehrt war, stampfte mit seinem Speer auf den Boden, um ihre Aufmerksamkeit zu erregen.

»Es gibt einen Grund, warum Jochi euch all diese Gefallen tut«, sagte der Wächter, praktisch vor Aufregung zitternd, als er sprach. »Wenn die Sonne morgen ihren Höchststand erreicht, werdet ihr die Arena mit einem anderen Quintett teilen. Es wird ein Wettkampf vor unserem besten Publikum sein, einer, der eures Rufes ebenso würdig ist wie derer, gegen die ihr antreten werdet. Der Gewinner wird seine Freiheit erlangen. Seid dankbar, macht euch sauber und esst gut.« Der Wächter kicherte. »Es könnte euer letztes Abendessen sein.«

Rasslebeck schleuderte eine Rana-Beleidigung gegen den Mann, und der Wächter grinste nur zur Antwort, bevor er davonstampfte, um eine andere arme Seele zu schikanieren.

»Noch ein Wettkampf?«, sagte Pennifer und machte sich an das neue Becken, um sich selbst zu schrubben. »Was, mehr Steine zum Stapeln?«

»Ich wette, sie lassen uns Rennen laufen«, sagte Rasslebeck. »Kivi wird es für uns gewinnen.«

Das Frettchen schnaubte, ging zur Felswand und nahm einen Bissen.

»Deine stämmigen Beine werden uns keine Vorteile bringen, wenn das die Linie ist«, sagte Maena. Die Säuberungsaktion, das ständige Drängen ihrer anderen Hälfte, sich zu entspannen, das gewalttätige Leben zu genießen, das sie bekommen konnte, stieß Maena aus der Dunkelheit. »Vielleicht kann Svarde dich tragen.«

»Ich werde niemanden tragen.« Svarde starrte auf den Boden, knetete seine Hände ineinander, wenn auch nicht aus Nervosität. Ein Krieger, der seine Waffen schärft. »Der Wächter sagt nicht die ganze Wahrheit. Morgen ist kein Wettkampf um die Freiheit. Es wird ein Kampf auf Leben und Tod sein. Die einzige Frage ist, wie.«

15
SUMPFWANDERUNG

Der Sumpf fühlte sich wie zu Hause an. Bliss wiederholte den Gedanken für sich, während sie im Schlamm lag und das kleine Geschöpf beobachtete, das durch das Schilf und die Tümpel trampelte.

Das Moor auf Vis war nicht gerade einer ihrer Lieblingsorte gewesen, mit seiner stickigen Hitze und den unendlich vielen Insekten. Aber es hatte das gleiche Leben, die erdigen Gerüche und Geräusche, die zu einem natürlichen Ort gehörten. Etwas, das Foti verdammt nochmal nicht gehabt hatte, und Rana bis jetzt auch nicht, bis zu dem Punkt, an dem die fünf vom Roller geworfen wurden und sich mit nichts als ihrem Mut, ihrer Entschlossenheit und ihrem Glück nordwärts durchschlagen mussten.

Zumindest nannte Torny es so. Bei der Banditin schien alles auf Glück hinauszulaufen. Als ob Können und Zähigkeit nur Zufälle wären und das Schicksal der wahre Schiedsrichter des Glücks sei.

Nun, Torny würde nach dieser Sache wohl anders denken müssen.

Das Geschöpf, etwa so lang wie Bliss' Arme aneinandergelegt und von einer pelzigen Schnauze dominiert, wühlte sich durch die Pflanzen und hielt gelegentlich inne, um hier im Schlamm und dort in einem Grasbüschel zu graben. Auf der Suche nach Insekten.

Unglücklicherweise für das Tier schien es nicht den geringsten Verdacht zu hegen, dass es selbst Gegenstand einer Jagd sein könnte. So unschuldig, dass Bliss für einen Moment Mitleid mit dem Ding empfand.

Aber nur für einen Moment. Eine Jägerin, besonders eine, die eine Mahlzeit brauchte, um den harten Marsch des nächsten Tages zu überstehen - und ein Sumpfmarsch hatte die Angewohnheit, die Beine brennen und den Geist vor Anstrengung vernebeln zu lassen - konnte es sich nicht leisten, aus Mitgefühl mit leerem Magen dazustehen.

Bliss spannte sich an. Sie zog einen Fuß in die Nähe ihrer Hüfte und drückte ihn in den flachen Schlamm, spürte, wie er unter ihren Zehen aufquoll. Nicht viel Halt, aber genug, genug für einen Sprung nach vorn.

Als das Geschöpf in Reichweite ihres Stabes kam, stieß Bliss vor und stach mit dem Metallende zu. Ein Treffer am Kopf sollte das Tier bewusstlos schlagen und der Jagd einen einfachen Erfolg bescheren.

Stattdessen versagte ihr der Schlamm den Dienst. Bliss' rechter Fuß rutschte beim Tritt zu weit weg, sodass der Schwung ihres Stabes kläglich kurz vor einem tödlichen Stoß verpuffte und stattdessen im Gras landete. Das Geschöpf sprang auf, warf seine Beine aus und hüpfte tatsächlich in die Luft. Vier Beine strampelten, gestützt von Schwimmhäuten, und bei der Landung flitzte die Mahlzeit von Bliss weg.

Und direkt in Quiks Handschuhe.

Eine weitere Regel der Jagd: Wenn möglich, einen Hinterhalt legen.

»Ich glaube, wir sind jetzt quitt«, sagte Quik, als sie dreckig, aber glücklich mit ihrer Beute zum Lager zurückkehrten, eine Tasche voller Preise.

Nicht nur Tiere übrigens. Im Sumpf wuchsen noch immer Pilze, obwohl der Winter dem Schilf alle Früchte und anderen Snacks geraubt hatte.

»Nur weil ich dich den letzten habe fangen lassen.«

»Lassen? Du hast daneben geschlagen.«

Bliss zuckte mit den Schultern. »Vielleicht ja, vielleicht nein.«

Quik lachte. Ein guter Klang. Einer, den Bliss in den paar Tagen seit dem Roller-Desaster öfter gehört hatte. Als ob der Marsch durch die Wildnis die Gruppe wiederbelebte; es gab mehr Witze als auf dem Boot und definitiv mehr als damals in Riroca. Lächeln tauchten auf, sogar auf Eujos Gesicht, was Bliss' Vermutung bestätigte, dass sie keine Liebe für ihre vermissten Wachen hegte.

Am Morgen nach dem Sinken des Rollers hatte Quik ein kurzes Gebet an Vis für die anscheinend ertrunkene Besatzung und den Kapitän gesprochen. Er hatte auch die Kance erwähnt, nur damit Eujo wieder warnte, dass sie wahrscheinlich nicht tot seien. Wax hatte sie in diesem Punkt bedrängt, aber Eujo wollte nicht mehr sagen, nur dass es viel brauche, um einen Kance-Königinnenwächter zu töten.

Aber diese mythischen Bedrohungen waren bisher nicht aufgetaucht. Stattdessen füllten graue Tage, kalter Wind und kräftige Wanderungen die Stunden. Nach Norden, durch einen Sumpf, der glücklicherweise an seinem niedrigsten Punkt der Saison war. Sie hatten niemanden aus Rana dabei, der es mit Sicherheit sagen konnte, aber auf Vis fielen die Regenfälle tendenziell im Frühling, und wenn Rana dem entsprach, dann wären die matschigen Wege, die sie jetzt benutzten, zu jeder anderen Zeit unter Wasser gewesen.

Das Land gab ihnen auch die Möglichkeit, mit Feuerstahl Feuer zu machen. Die Erdhügel boten wenig Platz für Schlafsäcke, aber die Vis-Crew konnte ohne Probleme auf weichem Boden schlafen. Torny passte sich an, obwohl ihr Gemurre jede Nacht zunahm, wenn sie sich zwischen dem Unkraut zum Schlafen zusammenrollte.

Eujo hatte nach Bliss' Meinung kaum geschlafen. Sie meldete sich immer freiwillig für die erste Wache, und mehr als einmal hatte Bliss die Königin während ihrer eigenen Schicht wach erwischt, wie sie in den Himmel oder zum Horizont starrte, als ob dort im nebligen Dunkel irgendeine Antwort läge.

Nicht, dass es eine Rolle spielte. Die Königin war eine Rivalin, und obwohl Bliss nichts dagegen hätte, wenn sie von der Belästigung der Wachen befreit würde, schien es der beste Plan zu sein, Eujo in der nächsten Stadt abzusetzen, damit sie sich um ihre eigenen Krisen kümmern konnte.

Deshalb runzelte Bliss die Stirn, als sie und Quik erneut ins Lager zurückkamen und Wax und Eujo mit zusammengesteckten Köpfen vorfanden, wie sie besprachen, wie man das Feuer am Brennen halten könnte.

»Wow, das sieht gut aus«, sagte Torny und sprang vom Schleifen ihres langen Messers auf. »Kann ich jetzt schon was davon essen? Ich verhungere.«

»Besser, wir kochen es erst«, antwortete Quik und stellte die Tasche ab. »Man weiß nie, womit diese Dinger in Berührung gekommen sind.«

»Gute Arbeit, ihr zwei«, fügte Wax hinzu und blickte auf, als Eujo ein paar schwache Funken in die Feuerstelle schlug. »Wahre Wächter.«

»Hätte nicht gedacht, dass es zur Aufgabe eines Wächters gehört, dir das Abendessen zu machen«, sagte Quik.

»Tja, da hast du wohl falsch gedacht.«

Bliss überließ Quik die Vorbereitung des Fleisches zum Braten und ging zu Wax und Eujo hinüber. Die Königin schien darauf konzentriert zu sein, ihre Feuersteinarbeit zu perfektionieren, also widmete Wax Bliss seine Aufmerksamkeit, als sie ihn anstupste.

»Seid ihr jetzt beste Freunde?«, gebärdete Bliss und nickte an Wax vorbei zu Eujo.

»Sie versucht zu überleben, genau wie wir.« Wax runzelte die Stirn, während er gebärdete. »Wo liegt das Problem?«

»Sie ist deine Rivalin, das ist das Problem.«

»Du warst diejenige, die auf ihre Schwierigkeiten mit den Wachen hingewiesen hat.«

»Ich wollte damit nicht, dass sie sich uns anschließt.«

Wax wollte antworten, aber Eujo hustete und zog ihre Aufmerksamkeit auf sich.

»Wenn ihr über mich redet, würde ich es gerne hören«, sagte Eujo und legte den Feuerstein beiseite.

»Tolle Arbeit«, signalisierte Wax Bliss, als ob das Ganze ihre Schuld wäre. »Tut mir leid, Bliss versucht mir zu sagen, dass wir erbitterte Rivalen oder so sein sollten.«

»Die Skars? Die Aegis? Ist es das, was euch Sorgen bereitet?«, fragte Eujo.

Wieder erwischte sich Bliss dabei, wie sie mit den Schultern zucken wollte, hielt sich aber zurück. Nein. Dies war nicht der richtige Moment, hier draußen in diesem versumpften Dreck, um auf halbem Wege stehenzubleiben. Stattdessen nickte sie und verschärfte ihren Blick.

»Es wird mir gehören«, sagte Eujo, so nüchtern und

sicher, als würde sie das Wetter beschreiben. »Ich habe die Führung, laut meinen Informanten-«

»Informanten?«, fragte Torny vom anderen Ende des aufkeimenden Feuers. »Du hast Informanten?«

»Aus eurer eigenen Gruppe, wenn ich mich nicht irre«, erwiderte Eujo. »Obwohl es eine eigene Antwort verdient, warum einer von euch hier draußen mit diesen dreien unterwegs ist.«

Tornys spöttische Frage brannte bei Eujos Worten, ein so vernichtendes Stirnrunzeln, wie Bliss es noch nie im Gesicht der Banditin gesehen hatte.

»Wovon redet sie?«, signalisierte Bliss Torny. Quik, neben der Banditin, zeigte seinen eigenen Skeptizismus, aber der Jäger wandte sich wieder der Mahlzeit zu, nachdem er Bliss' Zeichen gesehen hatte.

Genau, lass die Schwester reden. Sie konnte Antworten von Torny bekommen, ohne erstochen zu werden, was ihr Bruder nicht konnte.

»Wir alle haben eine Vergangenheit«, antwortete Torny und machte einen Drei-Finger-Schnitt in Bliss' Richtung. Keine Antwort auf diese Frage. »Ich rede von der Zukunft. Glaubst du, du wirst ohne Wächter gewinnen?«

»Sobald Kance von ihrem Verlust erfährt, wird eine andere Gruppe geschickt«, sagte Eujo, ohne Traurigkeit in diesen Worten. »Falls sie weg sind.«

»Und dann was, du kannst fröhlich deinen Weg fortsetzen und Skars ohne jegliche Anstrengung einsammeln?«, fragte Torny.

»Hey«, warf Wax ein. »Sie versucht es. Sie ist hier bei uns.«

»Durch Zufall«, schnappte Torny. »Ohne diesen Angriff des Ungeheuers wäre sie einfach mit dem Roller direkt zum

Skar gefahren, hätte einen ihrer Wächter es aufheben lassen und wäre zum nächsten getänzelt.«

»Du redest, als würdest du mich kennen«, sagte Eujo, das Eis in ihrer Stimme wurde zu Stahl. »Du, Diebin, kennst mich nicht. Spuck noch mehr Verleumdungen aus und ich werde es mit dir ausfechten. Genau hier.«

»Adel gegen einen Raufbold?«, grinste Torny. »Ich mag diese Chancen.«

»Aber ich nicht«, sagte Wax.

Ihr Bruder war immer der Friedensstifter. Er war oft auch derjenige, der Streit anfing, aber Wax schien Gewalt so weit wie möglich zu vermeiden. Der Kerl scherzte immer darüber, ein Jäger zu sein, aber allein, dachten Quik und Bliss, wären die Sammler genauso wahrscheinlich, ihn mitzunehmen.

Nicht, dass solche Dinge jetzt noch wichtig waren.

»Du solltest voll dafür sein, Wax«, sagte Torny. »Das ist Teil des Erneuerungsspiels. Schaff die anderen aus dem Weg. Ich bin dein Wächter, lass mich das für dich tun.«

Bliss bewegte sich, bevor Wax reagieren konnte. Sie stand auf, zog Torny mit sich und marschierte mit der protestierenden Banditin weg vom Feuer und in die flachen Gewässer dahinter. Weit genug, wo die wenigen summenden Insekten und das Plätschern des Wassers ein gewisses Maß an Privatsphäre boten.

»Was machst du da?«, signalisierte Bliss, als die beiden einander gegenüberstanden, das kühle Wasser bis zu ihren Schienbeinen reichend.

»Erstens, ich war dabei zu trocknen, aber das ist jetzt ruiniert«, sagte Torny.

Bliss warf einen Blick auf Tornys Hände. Die Banditin kannte genug Zeichen, um sie zu benutzen. Torny schien sich jedoch nicht darum zu kümmern.

»Sie stichelt gegen mich«, fuhr Torny fort, verschränkte die Arme und sah weg. »Als ob sie tun könnte, was immer ihre Hoheit will.«

»Das kann sie nicht. Du benimmst dich wie ein Kind.«

»Ja, na und, wenn schon?«, fragte Torny, immer noch Bliss' Blick ausweichend. »Das bin ich. Das ist, wer ich bin.«

»Ist es das?«

Torny zögerte bei der einfachen Antwort. Bliss wollte seufzen. Die Banditin wirkte so zerbrechlich, hauchdünn, trotz ihrer Ideen, ihrer Gadgets, ihrer breiten Palette an Fähigkeiten, die auf Vis alle nahezu nutzlos wären.

Moment mal.

»Schau«, sagte Torny und ließ ihre Hände an ihre Hüften fallen. »Ich werde mich entschuldigen. Die Dinge glätten. Eujo weitermachen lassen, wie sie ist. Keine freche Torny mehr, okay?«

»Eujo ist mir egal«, signalisierte Bliss. »Ich frage dich, ob es dir gut geht?«

Torny zögerte, dann zauberte sie ein schiefes Grinsen hervor. »Natürlich geht's mir gut. Riechst du, was Quik da kocht? Scheint besser zu sein als dieses Tolket.«

»Und was ist mit der anderen Sache, die Eujo erwähnt hat?«

Wieder ein Zögern, aber Torny fand danach ihre Fassung. Diese Arme kamen hoch und legten sich auf Bliss' Schultern.

»Du willst wissen, wer ich war, Bliss, ich werd's dir sagen. Aber nicht jetzt, nicht ohne etwas Bier, richtiges Essen und trockene Schuhe.«

»Versprochen?«

»Versprochen«, sagte Torny. »Und hey, es könnte nicht mehr lange dauern.«

Bei Bliss' fragendem Blick zeigte Torny nach Norden, wo der Himmel sich verdunkelte, aber nicht so sehr entlang einer sichelförmigen Linie.

»Das ist kein natürliches Leuchten, wenn ich raten müsste«, sagte Torny. »Ich wette eine ganze Nacht Runden, dass da eine Stadt und eine Taverne sind, reif für unseren Besuch. Wie wär's, wenn wir die anderen dafür gewinnen? Wette, es ist nur ein paar Stunden Fußmarsch.«

Im Dunkeln, durch einen Sumpf, von dem bekannt war, dass mindestens ein böses Ungeheuer darin hauste. Bliss sagte Torny so viel, brachte die Diebin zur Vernunft, und gemeinsam kehrten die beiden zum Lagerfeuer zurück, zu Quiks köstlicher Mahlzeit, und erwähnten die Stadt mit keinem Wort.

Sie würden früh genug dorthin kommen, und bis dahin würde Bliss den Fröschen lauschen, dem Wind, der durch die Gräser raschelte, und den Geruch des Lagerfeuers mit einem Lächeln einatmen.

Sie waren weit weg von zu Hause, aber manchmal tauchte doch ein kleines Stückchen Vis auf.

16

TRICKWAHRHEIT

Oh, was ein einziger Stein bewirken konnte.

Der kleine, raue Stein traf den Unhold, als er in den Teich platschte. Für ein so großes Wesen war es nur ein unbedeutender Stoß, aber manche Tiere nahmen eine Beleidigung nicht auf die leichte Schulter. Einige rasteten aus, andere machten Lärm, wieder andere stürzten sich auf ihren Angreifer.

Dieser Unhold tat alles drei und noch mehr dazu.

Seine Tausendfüßlergestalt schoss aus dem Wasser empor, als Sawis Stein ihn traf. Er schlängelte sich auf sie zu, seine Antennenaugen fanden sie in Sekundenschnelle. Sawi winkte dem Monster kurz zu, bevor sie auf dem Absatz kehrtmachte und durch das Gras davonrannte. Sie wartete, bis sie das verräterische Rauschen, Plätschern und Knurren hinter sich hörte, bevor sie eine Warnung ausrief.

Einfache Worte: Unhold im Anmarsch, laut und hell in den Abend gerufen.

Hoffentlich hörten die Najahn zu. Hoffentlich verstand Gladdring.

Der Sprint in der Höhle kam Sawi wieder in den Sinn,

als sie unter Ästen hindurchtauchte, an Baumstämmen vorbeischlitterte, über umgestürzte Baumstämme und wucherndes Gestrüpp sprang. Damals war sie im Fackelschein gelaufen, ein waghalsiger Aufstieg über Felsen ohne jede Ahnung, was hinter ihr lag, Terror schnürte ihr die Kehle zu, ihre Hände und Füße taub vor dem Wissen, dass ihr Tod unmittelbar bevorstand.

Jetzt, jetzt lief Sawi mit Entschlossenheit, einer felsenfesten Gewissheit, dass sie ihren Weg gewählt hatte. Sie würde jetzt nicht mehr abweichen, egal was als Nächstes käme. Obwohl sie hoffte, dass die Najahn sich gut genug verhalten konnten, um nicht zu sterben.

Und wenn nicht?

Sawi brach in die ausgewählte Lichtung durch und sah eine Wand aus Hellebarden vor sich, während die Wachen streng in den Wald starrten. Hinter ihnen standen die Gelehrten, mehr als ein paar mit dünnen Messern. Einer hielt eine Armbrust und fummelte am Lademechanismus herum. Hinter ihnen allen stand die Person, die Sawi suchte, keine Angst in seinem Gesicht, nur Erwartung.

Gladdring war bereit.

»Es ist direkt hinter mir!«, rief Sawi und bog nach links zum äußeren Rand des Schutzschildes ab. »Ein schlangenartiges Ding!«

»Geh einfach hinter uns!«, knurrte der Najahn-Hauptmann.

Das konnte sie tun.

Ohne auch nur einen weiteren Blick auf sich zu ziehen, schlüpfte Sawi hinter die Najahn-Formation und glitt an den Gelehrten vorbei an Gladdrings Seite. Als sie langsamer wurde und nach Luft schnappte, drängte der Unhold durch die Lichtung, Blätter und Gestrüpp flogen mit ihm.

»Jetzt«, sagte Gladdring und wandte sich ab, als der Najahn-Hauptmann einen Angriffsbefehl brüllte.

Die Armbrust des Gelehrten unterstrich den Befehl mit einem Klicken. Der Unhold brüllte. Gladdring schob Sawi zur Seite und folgte ihr. Ihre Taschen, bemerkte Sawi, lagen genau auf ihrem Weg, ein leichtes Mitnehmen auf dem Weg nach draußen.

Gladdring bewies erneut seine Beweglichkeit, indem er Schritt für Schritt mit Sawi mithielt, seine Roben flatterten in der kühlen Abendluft, als sie den Pfad erreichten. Hinter ihnen gurgelte der Unhold weiter, und obwohl Sawi auf Schmerzensschreie lauschte, hallten keine hinter ihnen her.

»Deine Soldaten sind gut«, sagte Sawi nach ein paar keuchenden Atemzügen, während das Licht um sie herum zu schwinden begann.

»Die allerbesten«, erwiderte Gladdring, Schweiß rann durch die Falten seines Gesichts. »Die Najahn haben ihren Ruf zu Recht.«

»Bist du sicher, dass sie uns nicht finden werden?«

»Sie werden zum Außenposten gehen und annehmen, dass ich dorthin gegangen bin.«

»Ist das nicht, wo wir hingehen?«

»Nicht mehr.«

Täuschung, laut Gladdring, kam in Schichten. Jede sollte das Ziel testen, sehen, wie viel weiter sie gehen konnten. Zuerst musste Gladdring wissen, ob Sawi überhaupt kompetent war, ob sie sie führen konnte, oder ob sie nur mitlaufen und eine Najahn-Patrouille in Aktion sehen wollte.

Dann kam der Reflextest, ob Sawi es in der Wildnis schaffen würde, was sie wirklich wollte. Sawi war sich nicht ganz sicher, wie Gladdring auf diesen letzten Teil gekommen war, aber was auch immer seine Überlegung war, sie hatte bestanden, was sie zum nächsten Schritt brachte: der Flucht.

»Wem hast du vertraut«, sagte Gladdring, als sie sich feuerlos zu einer kurzen Pause abseits des Weges niederließen. Die wahre Nacht war nun hereingebrochen, vereinzelte Wolken und ein dichtes Blätterdach machten alles zu einem verschwommenen Grau und Schwarz. Gladdring verbot jegliche Fackeln und vertraute stattdessen auf Sawis nächtliche Navigation. »War ich es, oder meine Wachen, einer der Gelehrten?«

»Wenn ich zu ihnen gegangen wäre, meinst du?«

»Ich hätte den Plan natürlich abgestritten. Dich beschuldigt, versucht zu haben, mich zu entführen, oder etwas ähnlich Dummes. Du wärst auf der Stelle getötet worden.«

Gladdrings Gesicht war kaum mehr als ein verschwommener Fleck, als er die Worte sagte, ein Schatten in Sawis Reichweite, aber die gefühllose Tatsache ließ sie trotzdem erschaudern. Niemals, musste Sawi sich erinnern, konnte sie diesem Mann wirklich vertrauen, egal was er sagte.

Pläne in Plänen, und die meisten schienen ihren Tod als frühen Ausweg zu haben.

War das, was Abenteuer wirklich war? Hatte Wax sich ähnlich gefangen gefunden, jeden Moment auf Messers Schneide, seit er von zu Hause weggegangen war?

»Aber wieder hast du dich mit Bravour bewährt. Dieser Unhold, was für ein brillanter Fund. Nicht einer wird bezweifeln, warum wir davongelaufen sein könnten, eine sichere Flucht angesichts der Katastrophe.« Gladdring gluckste, ein tiefes, rollendes Geräusch. »Und wenn wir nicht vor ihnen am Außenposten ankommen, werden sie annehmen, wir seien gestorben oder hätten uns verirrt.«

»Sie werden nach dir suchen.«

»Natürlich, und uns sogar finden, wenn die Zeit reif ist.« Gladdring streckte sich, massierte seine Beine. »Ich muss zugeben, die Flucht war das eine, aber die Aussicht auf einen nächtlichen Marsch ist etwas, worauf ich mich nicht freue.«

»Wir könnten versuchen, auf einen Baum zu klettern, um zu schlafen.«

»Nein.« Endgültigkeit lag in seiner Stimme. Keine Verhandlung in seinem Ton. »Eine zufällige Entdeckung durch meine alten Freunde, und das alles wäre ruiniert. Wenn eine schlaflose Nacht nötig ist, damit dies funktioniert, dann werden wir das tun.«

»Damit was funktioniert?«

»Ach, Sawi. Ausnahmsweise graben Sie nach besseren Antworten, und ich bedaure, dass ich sie Ihnen nicht geben kann. Noch nicht. Schichten, erinnern Sie sich?« Gladdring musste lächeln, obwohl Sawi es nicht sehen konnte. »Ich kann Ihnen jedoch unser nächstes Ziel nennen. Mottilan. Ihre östliche Stadt. Bringen Sie mich dorthin.«

Weitere Warums brachen hervor, obwohl Sawi sie unterdrückte, bevor sie ihren Mund verließen. Gladdring hätte direkt nach Mottilan segeln können. Der Landweg von Kitaye würde mehrere Tage länger dauern und ihre Ausrüstung in den kälteren Bergen zu Winterbeginn strapazieren. Tausend andere Einwände stiegen auf, wurden aber von Gladdrings nächsten Worten zunichte gemacht.

»Wenn Sie Einwände haben, Sawi, kommen Sie zu spät«, sagte Gladdring. »Ich habe keinen Zweifel daran, dass Sie mich hier in der Dunkelheit zurücklassen könnten, aber wenn ich überlebe, würde ich die Najahn schicken, um Sie zu finden und zu vernichten. Wenn sie stattdessen meine Leiche finden, werden sie dasselbe tun. Es gibt kein Entkommen, außer zu tun, worum ich Sie bitte.« Ein weiterer Atemzug. »Das wird sich am Ende alles lohnen, das verspreche ich Ihnen. Ein Najahn-Tenet stellt keine Forderungen leichtfertig und tut dies nicht ohne angemessene Entschädigung für diejenigen, die ihm helfen. Sie werden belohnt werden, und zwar gut.«

»Womit?«, fragte Sawi. »Was könnte ich wollen, das Sie mir geben könnten? Ich habe-«

»Sie wissen es bereits, oder haben zumindest eine Ahnung, sonst wären Sie uns nicht beigetreten.« Gladdring stand auf, wobei mindestens ein Knie bei der Anstrengung knackte. Nach Mottilan zu gelangen war eine Sache, ob Gladdring so lange überleben würde, eine andere. »Kommen Sie, ich bin bereit für eine weitere Etappe.«

Sie marschierten weitere zwei Stunden. Ein schneller Spaziergang, immer auf dem Pfad bleibend. An der richtigen Abzweigung, einer größeren Lichtung, wo die Kitaye-Straße auf eine andere traf, fragte Sawi Gladdring, ob er sich sicher sei, was er wolle.

»Wir gehen hier links, es ist ein weiter Weg«, sagte Sawi. »Ich bin nur einmal gegangen, als ich viel jünger war. Eine Handelsreise.«

»Erinnern Sie sich gut genug daran?«

»Es ist eine Straße. Ich muss mich nicht erinnern.« Ein wenig Gift in ihre Worte zu legen, fühlte sich gut an. Gladdrings Befehle, seine Manipulation begannen sich erdrückend anzufühlen, als wäre sie in einen Käfig ohne Ausweg gesperrt worden. »Es wird keine einfache Reise sein, und es wird zu dieser Jahreszeit keine Reisenden geben, die uns helfen können.«

»Umso besser. Geheimhaltung ist unser Freund, Sawi.«

Sie führte ihn nach Westen, in Richtung des Dschungelrandes, mit einem stetigen Anstieg zu den östlichen Bergen von Vis. Zahmer als der Westen, aber immer noch eine wilde Gegend.

Sawi versuchte, sich die Karte der Insel ins Gedächtnis zu rufen, die verstreuten Punkte, die die wenigen Städte jenseits der beiden Städte der Insel markierten. Die meisten lagen westlich und südlich von Kitaye, wo der Dschungel dicht und reich an Früchten, Heilpflanzen und mehr war. Einige waren entlang der Nordküste verstreut, wo Fisch und die wenigen feldtauglichen Ebenen der Insel für lebensfähige Heimstätten sorgten.

Aber entlang dieser Straße? Wenig zu bieten. Der Abfluss von den Bergen machte den Boden weich, nicht ganz ein Sumpf, aber nicht weit davon entfernt. Bäche durchbrachen oft den Weg, jetzt trocken, sonst wäre die Route zu Fuß allein kaum passierbar gewesen. Hanoko-Spuren folgten kleinerer Beute, und Sawi spürte oft Augen auf sich, Kreaturen, die darauf wetteten, ob das Paar leben oder sterben würde.

»Was könnte es wert sein?«, fragte Sawi laut, als die Nacht in den frühen Morgen überging. Sichi hatte jetzt mehr Einfluss, dominierte den Himmel und strahlte sein Rosa entlang ihrer Straße aus. »All diese Mühe?«

»Macht«, antwortete Gladdring. »Einfach Macht, Sawi. Sowohl sie zu erwerben als auch sie denen vorzuenthalten, die sie schlecht nutzen würden.«

»Macht, um was zu tun?«

»Die Zukunft zu gestalten. Die Geißel der Unholde zu beenden. Eine Zeit des Überflusses, des Glücks, der Freude und des Friedens herbeizuführen.«

»Sie wirken nicht wie ein Mann, der Frieden will.«

»Urteilen Sie schon über mich?« Gladdring lachte, diesmal lauter, obwohl es von der gleichen Erschöpfung gefärbt war, die ihr Tempo in letzter Zeit verlangsamt hatte.

»Warten Sie bis zum Ende, Sawi, und entscheiden Sie dann. Es gibt da draußen viele, die finsterer sind als ich, seien Sie versichert.«

»Das bin ich nicht.«

»Dann sind Sie weise«, sagte Gladdring. Er hielt an, Sawi blickte zurück. »Glauben Sie, wir sind weit genug für die Nacht gekommen?«

»Kommt darauf an, wie tatkräftig Ihre Soldaten sind.«

»Sie werden zuerst die Gelehrten absetzen. Keine verlorene Liebe zwischen einem Soldaten und den Menschen, die sie beschützen sollen.«

Sawi runzelte die Stirn. Gladdring hatte die Angewohnheit, solche Verkündigungen zu machen, Erklärungen, als wüsste er solche Dinge mit Sicherheit.

»Dann werden wir etwas Zeit haben«, sagte Sawi. »Ruhen Sie sich ein paar Stunden abseits aus, dann geht es weiter.«

»Wenn der Tag seinen heißesten Punkt erreicht hat, zweifellos.«

»Nicht zu dieser Jahreszeit. Es wird kühl genug sein.«

»Für Ihr warmes Blut vielleicht. Manche von uns bevorzugen echte Kälte.«

»Sie sind auf der falschen Insel gelandet, Gladdring.«

»Nein, nein, Sawi. Ich bin genau da, wo ich sein will.« Gladdring ließ sich neben Sawi in einer chaotischen Farnsammlung am Straßenrand nieder. Weich genug zum Liegen, die Wedel verbargen sie gut genug vor flüchtigen Blicken. »Und, wenn ich mich nicht täusche, Sie auch.«

Sawi verbrachte Stunden damit, dort zu liegen und in den Himmel zu starren, wissend, dass Gladdring recht hatte.

17
ZERBROCHENE FLÖSSE

Halte dich fern und lächle. Stelle keine Fragen. Lehne nichts ab. Respektiere sie, aber vor allem, halte dich fern.

Die Worte einer Mutter an Wax über die Najahn. Wiederholt jedes Mal, wenn eines ihrer Schiffe an Kitayes Küste anlegte. Ihre purpur-schwarze Rüstung im Widerspruch zu Vis' grüner Lebendigkeit. Ihre finsteren Mienen ein schlechtes Gegenstück zum jubelnden Lied in der Luft der Insel.

Er und Pan lachten oft genug über die Warnungen und taten die Najahn als bewaffnete Arroganz und nicht viel mehr ab. Und doch konnte man das Geheimnis nicht auflösen. All dieser Glanz, all dieser Schimmer. Eine Ordnung, die von Wax' eigenem Leben so weit entfernt war, dass sie auf ihre Art verlockend wirkte.

Eine andere Version von Perfektion.

So wurden Wax' Beine etwas schwach, sein Mund klappte auf, als die Gruppe sich dem Najahn-Außenposten näherte. Wie alle anderen überwachte angeblich auch dieser Ranas Skars und bot einen Zufluchtsort für Erneuerungen, eine Versicherung, dass Skars da sein würden, wenn ein neuer Aegis nominiert werden musste.

Dieser hier, wenn er überhaupt etwas überwachte, würde viel verpassen.

Sie erreichten den Außenposten am Vormittag eines frischen, blauen Tages, recht heiteres Wetter für ein Sumpfgebiet. Wax hasste es aufzuwachen und zu sehen, dass das Feuer heruntergebrannt war und sich eine Kälte in seine Knochen setzte, aber solche Morgen schienen im Norden üblich zu sein. Eujo, in der Nähe, gab sich stoisch, als sie aufstand und sich fertig machte, also tat Wax sein Bestes, um mitzuhalten.

Erneuerungen mussten miteinander Schritt halten.

Aber nicht einmal die Königin konnte ihre Verwirrung angesichts der schiefen, zerbrochenen und geradezu sinkenden Floßansammlung verbergen, die den Najahn-Stützpunkt bildete. Riesige Quadrate, mit dicken Seilen und Ketten verbunden, schaukelten am nördlichen Rand des Sumpfes gegeneinander, stetige Wellen schwappten gegen ihre Seiten. Kleiner als der Außenposten auf Vis, verliehen die Najahn diesem mehr Pep, indem sie ihre verschiedenen Hütten mit Ranas fließenden, vergoldeten Kunstwerken schmückten. Purpur-schwarze Fahnen wehten, obwohl einige abgebrochene Masten hatten oder ganz zu fehlen schienen. Einige Floßhütten trieben umher und hielten sich nur noch mit einem einzigen dünnen Seil an der Hauptbasis fest.

Schlimmer noch, nur wenige Leute liefen herum, um sich um die offensichtliche Katastrophe zu kümmern. Stattdessen drang Geschrei und Flüche in verschiedenen Sprachen aus der Mitte des kleinen Clusters, wo mehrere zusammengebundene Flöße ihre Hütten zu etwas verschmolzen, das wie eine zerzauste Scheune aussah.

»Dieser Ort ist eine Beleidigung«, sagte Quik, als sie einen flachen Steg erreichten, der von der nächsten grasbewachsenen Erhebung zu den Flößen führte. »Wer auch immer dafür verantwortlich ist, sollte rausgeworfen werden. Die Najahn sollten besser sein.«

»Ich bin sicher, sie lassen dich übernehmen, wenn du fragst«, sagte Torny. »Du hast auf jeden Fall die richtige Einstellung dafür.«

»Quik hat aber recht«, sagte Eujo, als das Quintett, mit Bliss am Schluss, die Rampe hinaufstieg. So gut sie als Kundschafterin auch war, die meisten Menschen, denen sie begegneten, würden mit einem Gruß beginnen, den Bliss nicht beantworten konnte. »So sollte ein Najahn-Außenposten nicht aussehen. Sie leiden.«

Niemand musste fragen, was diese Art von Schaden verursachen könnte, also tat es auch niemand. Stattdessen gingen sie angesichts des anhaltenden Geschreis, das jetzt eine ganze Menge anzog, schweigend weiter, schritten über durchnässte Bretter mit verrosteten Bolzen, vorbei an ramponierten Häusern und behelfsmäßigen Schmieden, Werkzeugschuppen und Gewächshäusern. Alles, was man für eine lebendige Stadt braucht, alles sah aus, als würde es bei einem kräftigen Stoß zusammenbrechen.

Wenn Wax das, was er sah, mit irgendetwas vergleichen wollte, ähnelte die schwimmende Katastrophe Kitaye nach dem Angriff des Unholds. Als die Stadt nur einen schlimmen Sturm, einen gebrochenen Willen vom Zusammenbruch entfernt schien.

»Nicht gerade beruhigend«, sagte Wax, als sie sich dem Zentrum näherten, immer noch keine Menschenseele in

Sicht. »Was passiert, wenn ein Unhold angreift, während sie alle in einer Versammlung sind?«

»Ich vermute, sie haben entschieden, dass sie größere Probleme haben«, murmelte Quik. »Wie auch immer, wie wäre es, wenn du und Eujo die Führung übernehmt? Wir werden Ausschau halten.«

»Willst du dir nicht die Hände schmutzig machen?«

»Er ist schlau«, sagte Eujo. »Das Ziel ist der Skar. Wenn diese Leute uns nicht helfen können, dann nehmen wir, was wir kriegen können, und machen uns auf zum Strudel.«

Wax lachte: »Klar, weil wir alle wissen, was wir dort tun sollen. Es sei denn, du hast irgendein Geheimwissen, das ich nicht habe, Eujo?«

»Vielleicht habe ich das.«

Wax warf der Königin einen fragenden Blick zu, der unbeantwortet blieb, als sie an die schiefe Tür kamen, die in das zentrale Gebäude führte. Ein großes Bauwerk mit rundem Dach, die Wände durch Schlamm auf schwimmenden Platten gestützt, das Dach aus Stroh und gewundenem Seil, der Ort griff, wie der Rest des Außenpostens, nach dem glitzernden Glamour Ranas und verfehlte ihn.

Eine einzige, schwache Najahn-Flagge flatterte oben auf dem Dach, Purpur und Schwarz ein schlechter Kontrast zum eisigen Blau des Himmels.

Hitze strömte aus der offenen Tür, nicht in Temperatur, sondern in Gesprächen, aufgebrachte Stimmen nahmen ihre Streitereien wieder auf. Wax und Eujo, Quiks Anweisung folgend, stellten sich an die Spitze der Gruppe und führten die ersten Schritte nach innen.

Was eindeutig der Schankraum eines Gasthauses gewesen war, war umgestaltet worden, Tische und Stühle waren in der Mitte zusammengeschoben worden, wo die spärlichen Bewohner des Außenpostens – Wax zählte nicht mehr als zwanzig – um einen zentralen Ring saßen oder standen. Dort, über einem erhöhten Metallofen, in dem heiße Kohlen orange glühten, stritten ein Mann und eine Frau, beide in purpur-schwarzer Najahn-Rüstung. Waffen lagen über die gewölbten Außenwände des Gebäudes verstreut, einige sorgfältig gestapelt, andere achtlos hingeworfen. Im hinteren Teil des Gebäudes standen wackelige Regale voller Gläser und Säcke. Mehrere Hängeleinen zeigten geräucherten Fisch.

»Anscheinend mangelt es ihnen nicht an Nahrung«, murmelte Eujo.

Ob das Paar in der Mitte Eujo gehört oder einfach die Neuankömmlinge bemerkt hatte, konnte Wax nicht sagen, aber ihr Streit brach abrupt ab. Ihre Augen und, ihnen folgend, die der Menge wandten sich zunächst furchtsam, dann anhaltend misstrauisch dem Duo und den Schatten hinter ihnen zu.

»Wer seid ihr?«, rief der Mann und ließ seine Hände zu seiner Hüfte sinken, wo irgendein einfacher Dolch lauerte.

»Erneuerungen«, antwortete Eujo vor Wax und legte ihren königlichen Tonfall auf, der keine Beleidigungen oder Widersprüche duldete. »Wir sind gekommen, um zu tun, was wir müssen. Einen Weg zum Strudel zu finden und Anleitung zu seiner Navigation zu erhalten, damit wir unsere Skars bekommen und weitermachen können.«

Die beiden in der Mitte warfen sich einen Blick zu, bevor der Mann sich wieder zu ihnen wandte.

»Und ihr habt Wächter? Wie viele?«

Seine Stimme verriet verzweifelte Hoffnung, genug, um Wax nervös zu machen. Er hatte diese Hoffnung schon einmal gehört, damals bei den Banditen auf Foti.

»Genug, um uns zu schützen«, erwiderte Eujo und ging weiter in den Raum hinein.

»Genug vielleicht, um uns zu helfen?«, fragte die Frau. »Falls ihr es noch nicht bemerkt habt, dies sind dunkle Zeiten.«

»Überall sind dunkle Zeiten«, antwortete Eujo. »Könnt ihr nicht nach Noctia um Hilfe schicken, wenn ihr sie braucht?«

»Bis sie ankommt, wenn sie über-« Die Frau brach ihre Rede ab und zeigte auf Wax, Eujo und ihre Gruppe. »Wie seid ihr angekommen? Wir hätten einen Roller gesehen, der in den Hafen einfährt.«

»Nicht, wenn ihr alle hier drin gesessen habt«, murmelte Quik hinter Wax.

»Unser Roller ist gesunken. Ein Unhold hat angegriffen und ihn versenkt. Wir sind entkommen.« Eujo, obwohl sie nicht groß war, setzte ihren herrischen Blick auf und ließ ihn durch den Raum schweifen. »Ihr werdet uns also nicht helfen? Auch wenn unser Erfolg euch von euren eigenen Kämpfen befreien würde?«

»Hier wird keine verdammte Seele lange genug leben, damit ihr die anderen Inseln überqueren könnt«, sagte der Mann. »Mein Name ist Castilan, sie ist Reathe. Wir sind alles, was von den Najahn übrig ist. Alle anderen, die ihr hier seht, sind Einheimische von Rana, Bauern und Fischer, die entweder hier gelebt haben oder hergelaufen kamen, um Schutz zu suchen.« Nun wanderten die Blicke ab, zum Boden, zu den Wänden, zu den heißen Kohlen. Jeder in seinen eigenen Erinnerungen versunken. »Ihr seid zu unserem tiefsten Punkt gekommen, das stimmt. Aber Reathe und ich werden uns an unsere Eide halten, wenn ihr uns drängt. Wir können euch führen, auch wenn es den Tod aller hier bedeuten wird.«

»Okay«, unterbrach Wax, als Castilan die Arme hob, als wolle er weiterschwafeln. »Die Zeit läuft uns davon, wir sind alle hungrig. Ich bin so interessiert daran, die Geschichte zu hören wie jeder andere, aber wie wäre es, wenn wir das Mittagessen auspacken und ihr uns dann erzählt, was los ist?«

Hinter ihm lachte Torny.

Der gesalzene Fisch erwies sich als so lecker, wie er aussah, besonders gemischt mit Reis und köstlich gerösteten Schilf. Die Gruppe, die sich in dem Gebäude versammelt hatte, schien von Wax' Vorschlag ein wenig erleichtert zu sein. Die meisten nutzten die Gelegenheit, um aufzubrechen, ihre Ausrüstung zu holen und hinauszugehen. Es gab noch Tagesarbeit zu erledigen, sagte Castilan, und das morgendliche Treffen war weit über die Zeit hinausgegangen.

»Jeder will seinen Senf dazugeben, wenn es um sein Leben geht«, sagte Reathe, als die sieben auf Stühlen um die glimmenden Kohlen saßen. »Sie waren zufrieden genug damit, uns Najahn unser Leben wegwerfen zu lassen, um sie zu beschützen, aber jetzt, wo wir sie bitten, dasselbe zu tun, protestieren sie.«

»Ihr bittet sie, ihr Leben wegzuwerfen?«, sagte Quik. »Ich würde auch protestieren.«

»Sie drückt sich harsch aus.« Castilan legte seine Hand auf Reathes Arm, ein zärtlicher Griff, der ihr einen Seufzer entlockte. »Was wir sagen, ist, dass das, was uns plagt, keine Schwäche zu haben scheint. Der Unhold belästigt und bricht unseren Geist, widersteht jedem unserer Versuche, ihm zu schaden, und wenn mehr Leichen mit dem Gesicht nach unten zurücktreiben, könnt ihr euch die Reaktion vorstellen.«

»Wie lange schon?«, fragte Eujo.

»Fast einen Monat«, antwortete Castilan. »Die Rana-Erneuerung kam durch, erreichte ihren Skar ohne Probleme. Die von Foti folgte nicht lange danach, schaffte es kaum lebend heraus. Wenn er noch lebt, vermute ich, haben sie unsere Insel nicht verlassen.« Er starrte finster auf die Kohlen. »Seitdem ist der Unhold nur noch aggressiver geworden. Ich denke, dass die Erneuerungen die Skars nahmen, hat ihn aufgebracht, und je mehr von euch ankommen, desto gefährlicher wird es nur werden.«

»Ihr scheint eine Menge über diesen Unhold zu wissen«, sagte Wax.

»Natürlich wissen wir das«, erwiderte Reathe. »Er lebt seit der letzten Erneuerung im Strudel und hat uns größtenteils in Ruhe gelassen.«

»Dann ist es Zeit, sich darum zu kümmern.« Eujo verkündete. »Die Frage ist, wie?«

Reathe blinzelte die Königin an: »Glaubt Ihr, wir sind nicht zur selben Erkenntnis gekommen?«

Eujo hatte für einmal keine schlagfertige Antwort parat. Errötend wandte sie sich ohne ein Wort wieder ihrem Fisch zu.

»Jedenfalls bewegt sich der Unhold zwischen hier und dem Strudel. Wenn ihr den Skar wollt, müsst ihr durch ihn hindurch«, sagte Castilan. »Wir haben alle Arten von Angriffen versucht, von direkten Stürmen bis zu vorsichtigen Vorstößen. Alles, was wir erreicht haben, ist der Tod.«

»Er wartet nicht mehr«, sagte Wax nickend.

»Nein.« Castilan sagte, und als er sprach, begann eine Glocke zu läuten, scharf und klar. »Und da ist es. Jemand hat den Unhold gesichtet. Vielleicht wird er uns diesmal alle von unserem Elend erlösen.« Castilan warf ein mattes Lächeln in die Runde. »Es tut mir leid, Wächter, Erneuerungen, dass ihr an diesen verdammten Ort gekommen seid,

Aber ich will nicht leugnen, dass ihr mir etwas Hoffnung gebt. Vielleicht ist einer unter euch mit der Fähigkeit, dem Genie, uns einen Weg aus diesem Schrecken zu zeigen.« Castilan erhob sich, Reathe tat es ihm gleich. »Oder wir finden uns auf dem Grund des Wassers wieder, wo uns keine dieser Sorgen mehr kümmern müssen.«

Das Läuten der Glocke wurde schneller, und wieder hörte Wax Schreie und Rufe in der Luft aufsteigen.

18

KÄFERJAGD

Ein kalter Tag. Ein Blizzardtag. Nicht dass Maena und die anderen, gestärkt durch ein Frühstück aus Haferkuchen und warmer Ziegenmilch, es wussten, bis sie die fackelerleuchtete Wärme des Tunnels verließen und in die beißende Kälte ihrer Arena traten.

Wie der mit den Steinen war der weite Kreis nach oben hin offen, seine Grenzen durch die ringsum gepackten Tribünen noch erhöht. Ein Unterschied zeigte sich gegenüber ihrem Eingangstor, wo eine versiegelte schwarze Barriere zwei Abschnitte der glatten Erdwand zu verbinden schien. Auch die Tribünen in der Nähe dieses Bereichs beendeten ihren gebogenen Aufbau und erstreckten sich gerade über ihre Sichtlinie hinaus. Das Publikum, so schien es Maena, schaute hin und her.

Mehrere Spiele zu beobachten also.

Zu ihrer Linken wartete ein zweites Tor, kleiner und vergittert wie das, durch das sie gekommen waren. Davor stand ein Wächter, in mehr Schichten gerüstet als Barten und mit einem nicht weniger lüsternen Grinsen. Die Freude an Blutlust hatte hier jeden infiziert.

Bier schwappte um Maenas Kopf, als sie und Svarde ihre Gruppe in die Grube führten. Die honigwarme Flüssigkeit klebte in ihrem Haar und dampfte, wo sie den schneebedeckten Boden traf. Immerhin hatten sie jetzt Schuhe, eigentlich geflickte Sandalen, um ihre Zehen vor dem Erfrieren zu bewahren.

Ist es nicht etwas früh für einen Drink?

Winter in Whent. Keine Feldarbeit zu verrichten. Nur Unterhaltung von Sonnenaufgang bis, nun ja, bis zum nächsten Sonnenaufgang.

Und du hast diese Insel überfallen, anstatt dich ihr anzuschließen?

Falls du noch nicht gesehen hast, warum, könnte dich der heutige Tag davon überzeugen.

Der grinsende Wächter begann bei ihrem Eintritt, als das Ausgangstor hinter ihnen zuschnappte, mit der Erklärung des Tagesablaufs. Es entsprach zunächst Jochis Beschreibung.

Der Kriegsherr bot ihnen einen Wettkampf an, einen um die Freiheit gegen eine andere Gruppe, die sich ihren Weg bis zu diesem Punkt verdient hatte. Die Unstimmigkeit begann bei dieser Erwähnung, die ohne Beweise zu sein schien, da keine andere Gruppe vor den fünfen stand. Doch der Wächter verkündete, sie seien da, und die Menge jubelte, als stünde ein solcher Kampf bevor.

Nicht dass Maena und die anderen unvorbereitet waren.

Sie hatten die Nacht um ihr schwaches Feuer damit verbracht, Taktiken zu besprechen, wobei Svarde und Rasslebeck zunächst den Dialog führten, bevor Maena sich nicht mehr zurückhalten konnte. Die Rana-Kapitänin in ihr biss an und übernahm, isolierte die Stärken ihrer Gruppe und teilte Rollen zu. Svarde und Rasslebeck an vorderster Front, um die ersten Unholde abzuwehren, während Maena und Pennifer auskundschaften und nach Gelegenheiten zum Hinterhalt suchen würden.

Kivi würde umherstreifen, jeden in Schwierigkeiten Geratenen retten, bevor sie sich zurückzog und das Gleiche wiederholte. Einfach genug, aber ohne weitere Details war das das Beste, was die Gruppe entwickeln konnte. Nach einigem Feinschliff – Svarde ganz vorne, Rasslebeck weiter hinten, um nach Überraschungen Ausschau zu halten – drängte Maena sie alle, so viel Schlaf wie möglich zu bekommen.

Sie hatte tatsächlich tief geschlafen, abgesehen von den gelegentlichen Wiederholungen von Bartens Ende, die sich durch Maenas Träume zogen.

Der wahre Preis der Brutalität.

Die Grube bot ihnen wenige Waffen. Steine in der Mitte, mehrere grobe Stäbe, die schon lange nicht mehr aktiv genutzt wurden. Eine verwitterte Schleuder und ein Steinhaufen dazu.

»Deins«, sagte Maena zu Pennifer, während der Wächter weiter predigte, über Quoten, wo Wetten platziert werden konnten und den sicherlich günstigen Preis für mehr Bier.

»Was nimmst du dann?«, fragte Pennifer.

»Ein Stab wird zum Anfang reichen«, antwortete Maena. »Dann nehme ich den ersten Zahn, den ich ausschlage.«

»Kapitän, es ist gut, dich zurück zu haben.«

Bist du zurück?

Maena grinste nur, gezwungen, aber echt genug für Pennifer, um über die Grube zu laufen und ihre Schleuder zu holen. Svarde und Rasslebeck nahmen je einen Stein, wobei der große Foti-Wächter einen für jede Hand auswählte. Die Griffe des Stabs waren so eisig, dass Maena das Ding bei der ersten Berührung fast fallen ließ, bevor sie ihren Schmerz hinunterschluckte und die Taubheit ihre Handflächen überziehen ließ.

Ein bisschen Kälte war nichts im Vergleich zur langen Kälte des Todes.

Er ist fertig mit Reden.

Der Wächter hatte in der Tat seine Rede beendet und sich zu dem Tor zurückgezogen, durch das Maena und die anderen eingetreten waren. Das Grinsen des Mannes war nun in eine konzentrierte Grimasse übergegangen, die von einer irgendwo in der Nähe klingenden Glocke beantwortet wurde. Bei diesem Geräusch öffneten sich beide Tore.

Der Wächter schlüpfte durch das eine hinaus, sein Abgang wurde durch mehrere andere ersetzt, die am oberen Rand der Grube erschienen, jeder bewaffnet mit einer Armbrust. Sicherheit also, sowohl für die Gefangenen als auch für die Unholde.

»Da kommen sie«, warnte Svarde. Kivi schnaubte, das Frettchen machte sich auf den Weg zur linken Seite der Grube. »Seid bereit.«

Die Menge, diese delirierenden, betrunkenen, verzauberten Menschen, brüllte über ihnen. Jemand warf einen halb zerkauten Hammelknochen in ihre Grube und beschmutzte den Schnee mit dem ersten Rot.

Die Unholde folgten.

Vier, und schnell. Wie schwirrende, flügellose Wespen. Sechs skelettartige Beine, in tiefem Rubinrot, verbunden mit segmentierten Körpern. Doppelte Stachel erhoben sich von den Hinterenden der Monster, ragten in den Himmel, als die Kreaturen ihren Tunnel verließen, getrieben von irgendeinem verfolgenden Feuer.

Jedes von ihnen war annähernd so groß wie Svarde, und

alle vier fixierten den Foti-Mann, gestapelte Mandibeln, umgeben von glänzenden Augen, schnappten in Richtung des Wächters.

Pennifers Schleuder feuerte zuerst, ein Stein flog an Maenas Schulter vorbei und klatschte gegen den ersten Unhold, als er in die Grube sprang. Der Stein prallte am Panzer des Käfers ab, ohne eine Delle zu hinterlassen, lenkte aber die Aufmerksamkeit der Kreatur von Svarde ab, der Foti-Mann stieß irgendeinen Gesang über Eisen und Stein aus.

Erster Zug des Tages.

Seit wann bist du so fröhlich?

Wenn du einmal gestorben bist, erschüttert dich ein zweites Mal nicht mehr.

Maena umfasste den Stab mit beiden Händen, als Pennifers Opfer den Schnee um Svarde aufwirbelte. Der Unhold schien Maena nicht zu bemerken, zumindest nicht, bis die Rana-Kapitänin den Stab in einem weiten, hämmernden Bogen direkt in die Mandibeln des großen Käfers schwang.

Wenn der Panzer an seinen Beinen und dem Körper einen Treffer aushalten konnte, erwiesen sich die Mandibeln als weniger robust. Maenas Schlag, eine Vibration, die durch den Stab in ihre Arme, Schultern und Beine drang, schlug den sichelförmigen Stachel glatt vom Gesicht des Insekts und warf ihn in den Schnee, wo er zitternd, schwarz und sickernd liegen blieb.

Das Ungeheuer gurrte, ein flatterndes Geräusch wie ein Vogel inmitten eines Herzinfarkts, und erhob sich auf seine Hinterbeine.

»Ziel auf das Maul!«, rief Maena, als Pennifers zweiter Stein flog und das Ungeheuer genau dort im Gesicht traf, wo Maenas Stab gerade eben zugeschlagen hatte.

Unglaublicher Schuss.

Das ist es, was sie macht.

Das Ungeheuer taumelte, stolperte über seine Beine zur gegenüberliegenden Seite der Grube, unbekannter Ichor spritzte vom Aufprall des Steins.

»Kivi, der gehört dir«, sagte Maena, während sie sich nach rechts drehte und den Drei-gegen-zwei-Kampf zwischen Svarde, Rasslebeck und den anderen Käfern beobachtete.

Svarde selbst hatte schon bessere Kämpfe erlebt. Der Mann benutzte seine Steine, um zwei Ungeheuer abzuwehren, zu schlagen und zu vertreiben, während Rasslebeck vor einem dritten davonrannte, ausrutschte und stolperte. Svardes Erfolg schien mäßig, da der Mann bereits aus mehreren Stichen blutete. Als Maena sich ihm näherte, stürzte sich Svarde auf den zu seiner Linken und verpasste ihm einen Hieb, kassierte aber gleichzeitig einen weiteren klaffenden Schnitt von dem Ungeheuer zu seiner Rechten.

Ob diese Stiche Gift enthielten, wusste Maena nicht. Sie wollte es sich nicht ausmalen.

Svarde stolperte, sein Ziel erholte sich von dem Schlag des Mannes und setzte zu einem mandibel-geführten Biss auf Svardes Bauch an.

Glücklicherweise hatten Stäbe eine lange Reichweite.

Maena stürmte vor, verlagerte ihren Griff ans Ende des Stabs, um ihm den weitesten Vorwärtsstoß zu geben. Der Biss des Käfers traf zuerst den Stab, zermalmte das vordere Holz und zerbrach es, sodass Maena mit einem kürzeren, aber viel schärferen Pfahl zurückblieb.

Der Käfer spuckte, schüttelte die Holzsplitter ab. Richtete seine zu vielen Augen auf Maena und-

»Vorsicht, Kapitänin!«, rief Pennifer, und Maena rollte sich nach links, wobei sie ihre Kleidung im Schnee tränkte.

Das Ungeheuer von rechts, dasjenige, das Svarde gerade eben aufgespießt hatte, stieß beide Stachel in den Boden, wo Maena gerade noch gewesen war. Seine Belohnung, statt einer durchbohrten Kapitänin, war ein weiterer von Pennifer geschleuderter Stein in seine knusprigen Augen.

Die Menge tobte.

Maena stemmte ihre Hände auf den Boden, zog ein Knie hoch, als das Ungeheuer seine Stachel zurückzog und auf Pennifer zustürmte. Zu schnell für die Schleudererin, um nachzuladen. Zu schnell für jeden, um dorthin zu gelangen.

Maena warf ihre Scherbe. Sie lehnte sich in den Wurf, als sie sich erhob, das gesplitterte Ende flog direkt in den größten Punkt, den sie anvisieren konnte: die fetten Stachelsäcke am Rücken des Käfers. Die gefleckten Fettsäcke erhoben sich wulstig vom Hintern des Käfers und boten ein verlockendes, leicht zu treffendes Ziel, das Maenas Geschoss aufnahm wie weicher Käse einen Zahnstocher.

Der rechte Stachelsack platzte, ein Druckknall ließ ihn aufplatzen und schickte das Ungeheuer in ein linksseitiges Taumeln. Der geplatzte Stachel hing schlaff zu Boden, während Pennifer zurückwich und einen weiteren Stein in ihre Schleuder einlegte.

Kümmere dich mal für einen Moment um dich selbst.

Stimmt, Maena hatte keine Waffe. Svarde torkelte zu ihrer Rechten vorbei, aus noch mehr Schnitten blutend, obwohl seine Hände immer noch beide Steine hielten, deren Enden rau von gewonnenen Schlägen waren. Zu ihrer Linken schien Rasslebeck ein verlierndes Fangspiel mit seinem eigenen Käfer zu spielen, wobei das Insekt ihn in eine Ecke drängte, ohne nennenswerten Schaden davonzutragen.

Der einzige klare Gewinner schien Kivi zu sein, dessen

Eins-gegen-eins-Kampf zugunsten des Ferrits auszugehen schien: Beide Stachelpunkte des Käfers lagen verbogen und gebrochen da nach gescheiterten Versuchen, den felsigen Panzer des Ferrits zu durchbohren, und nun zog sich das Ungeheuer zurück, an die Wand der Grube gedrängt, während der Ferrit mit Klauen und Kiefer den Kampf zu einem sicheren Ende brachte.

»Geh nach links«, knurrte Svarde, der wieder Fuß fasste und zurück zu Maena stürmte, auf den Käfer hinter ihr zu.

Maena stieß sich in diese Richtung ab und drehte sich dabei um. Svarde prallte gegen den Käfer, schloss schnell genug auf, dass die Stiche nur über seine Schultern streiften, und ließ den Foti-Barbaren die Steine in eine bereits zermatschte Mandibelmasse rammen.

Wieder dieses flatternde Geräusch.

Maenas Fuß stieß gegen einen anderen Stab, einen von dreien, die noch übrig waren. Sie hob ihn in einer Bewegung auf und ging auf Rasslebeck und seinen siegreichen Käfer los.

Das große Ungeheuer, ein hässliches Braun, Rot und moosiges Grün, drängte Rasslebeck zurück. Es biss und trat mit seinen Vorderbeinen, zog Blut entlang Rasslebecks Armen und Oberschenkeln, während der Rana-Plünderer versuchte, mit dem Stein zurückzuschlagen. Rasslebeck hatte weder Svardes Stärke noch dessen blinden Mut, was seine Schwünge bestenfalls zu einer Belästigung machte.

Aber sie hielten die Aufmerksamkeit des Käfers, und das war genug.

Maena hob den Stab über ihre Schulter, während sie angriff, bevor sie ihn mit all ihrem Schwung auf den linken Stachelsack des Käfers niedersausen ließ. Der Panzer quetschte sich ein, gab unter dem Schlag nach.

Brach aber nicht.

Der Käfer wirbelte herum, diese Stacheln stießen auf Maena zu, als sie von ihrem Schwung zurückprallte. Sie ging in eine Rolle, rutschte etwas auf dem Schnee aus und landete auf dem Rücken. Der Käfer hob seine Vorderbeine, stampfte sie auf Maenas eigene, sein Gewicht drückte sie in den Schnee. Die Stachel kamen herunter.

Glühend heißer Schmerz flammte in Maenas rechter Schulter auf. Links hätte es genauso sein sollen, aber der Stachel traf nie. Stattdessen platzte, genau wie bei dem, der Pennifer verfolgt hatte, der Stachelsack, der Grund dafür war klar genug, als der Käfer wegfiel.

Dahinter stand Rasslebeck, bedeckt mit einer grünlich-klaren Flüssigkeit, den scharfen Stein in der Hand.

»Lass ihn sich nicht erholen«, sagte Maena und schob den Schmerz beiseite.

Ihr linker Arm wollte sie nicht lassen, eine brennende Blüte breitete sich von dem klaren Loch aus, wo der Stachel seinen Platz gefunden hatte.

Sind wir jetzt tot? Bin ich schon wieder tot, so schnell?

Gib uns noch nicht auf.

Die Menge tat es auch nicht, die Jubelrufe wurden lauter. Mehr Müll flog in die Arena, fertig gegessenes Essen, irdene Krüge zerbrachen beim Aufprall. Oben blieben die Bogenschützen stoisch, beobachteten ohne Gefühlsregung.

Maena fand ihre Füße, fand auch, dass Kivi seine Mahlzeit beendet hatte, das Ungeheuer zuckte träge in der Ecke. Der Ferrit ging als Nächstes zu Svarde, sprang auf den Käfer, als dieser Svarde in einen schrecklichen Nahkampf verwickelte. Mandibeln und Fäuste flogen schnell, Brocken und Blut ruinierten den Schneefall.

Die Stachelsäcke schienen jedoch der Schlüssel zu sein. Zitternd, versuchend das Gift wegzublinzeln, sah Maena, wie Pennifer sich dem von Maenas Stab verwundeten Käfer näherte. Das Ungeheuer konnte nicht gerade stehen, konnte kaum mehr als mit einem Bein oder zweien um sich schlagen. Pennifer wich diesen aus, wirbelte ihre Schleuder und versetzte aus nächster Nähe einen tödlichen Schlag.

Rasslebecks eigener Siegesschrei ertönte hinter ihr. Svardes folgte Momente später, als Maena feststellte, dass ihr das Atmen schwerfiel, die Luft konnte nicht durch einen Hals dringen, der plötzlich dazu neigte, sich zu verschließen.

Sie lag jetzt auf den Knien, die Hände in den Schnee gepflanzt. Ihr linker Arm zitterte, Maena rollte sich auf die Seite und blickte nun auf die große schwarze Kluft in der Erde.

Eine Glocke läutete, laut und hell. Die Menge brüllte, irgendwie noch lauter, oder vielleicht war das ein Heulen in Maenas eigenem Kopf, ihr anderes Selbst starb ein zweites Mal.

Zwei Armbrustschützen ließen ihre Waffen hängen, erreichten jene große Trennung und zogen an unsichtbaren Seilen. Das Tuch fiel wie ein großer Vorhang und enthüllte eine zweite Arena, in der, von ihnen durch ein weiteres Gittertor getrennt, ein anderer Kampf stattgefunden hatte.

Einer, der ebenfalls beendet war.

Maena spürte Hände unter ihrem Kopf, die sie anhoben und ihre Augen von den Unholden und ihrer Mahlzeit abwandten, von jenen Kämpfern, die der Freiheit so nahe gewesen waren.

19
BLASE

Obwohl Bliss nie sagen würde, dass sie den Kampf bei Nacht dem Tag vorzog, hatte die Dunkelheit doch einen Vorteil, der unter dem klaren Himmel von Rana schmerzlich fehlte: Die Schwärze bedeutete, dass sie das ganze Monster nicht auf einmal sehen musste.

Bliss, gefolgt von allen anderen, verließ das Lagerhaus mit ihrem Stab in der Hand. Es war nicht schwer zu entscheiden, wohin sie gehen sollten, da die Schreie aus einer Richtung kamen: Norden. Als sie sich dorthin wandte und auf dem schaukelnden Floß stolperte, schlug Bliss ihren Stab in beide Handflächen. Bereit zuzuschlagen, zu verteidigen, zu tun, was getan werden musste.

Was das war, nach dem zu urteilen, was sie sah, war einen Weg zu finden, etwa tausend weitere Leute hierher zu bringen. Vorzugsweise bewaffnet und schussbereit.

Der Unhold erhob sich vor dem Floßaußenposten wie eine Welle, eine gelatineartige Form, deren Haut, soweit Bliss erkennen konnte, dem Schimmer einer treibenden Seifenblase ähnelte, strahlend im Licht und ihre blendenden Prismen überall hin werfend. Wegzuschauen erwies sich schnell als schlechte Lösung, da das schmatzende Ungeheuer mit dem Zischen von tausend Schlangen Wasserspritzer auf die Gebäude schleuderte, mit dem Enthusiasmus eines Vis-Kindes, das am Strand im Wasser planscht. Die Fontänen trafen und spritzten, der Film fing das Sonnenlicht auf und schien es direkt in Bliss' Augen zu werfen.

Tornys farbenfrohe Flüche, die sie schrie, als die Banditin zurück ins Lagerhaus flüchtete, beschrieben die Situation verdammt gut. Torny konnte wegrennen, wenn sie wollte. Bliss war eine Lira, und Lira flohen nicht, schon gar nicht vor Unholden.

Stattdessen steckte Bliss den Stab in seine Rückenhalterung und machte sich auf den Weg zum Monster. Sie nutzte die Gebäude als Deckung und duckte sich hinter dünne Wände und gestapelte Kisten, wann immer der Unhold etwas in ihre Nähe spritzte. Die Wasserfontänen erhoben sich einfach und schossen von der Wasseroberfläche aus, ohne irgendwelche Ziele zu zeigen.

Das bedeutete aber nicht, dass die Leute hier es nicht versuchten. Pfeile und Wurfpfeile, Steine und zufälliger Schutt flogen von den Verteidigern und Verzweifelten auf den Unhold zu. Die meisten prallten ab. Einige Pfeile, scharf genug, durchdrangen den Film nur, um dort stecken zu bleiben, zappelnde braune Fehler im ansonsten perfekten Bild des Unholds.

»Wie können wir es verletzen?«, fragte Quik und überraschte Bliss damit, dass er dicht hinter ihr blieb.

Sie blickte zurück und sah, dass sie beide allein waren und die anderen überholt hatten. Wax und Eujo, zusammen mit Torny, schienen zurück nach drinnen gegangen zu sein. Es war verständlich, dass die Renewals sich nicht in Gefahr brachten, obwohl Bliss sich nicht sicher war, was das Verstecken bringen würde: Wenn dieser Unhold die Stadt zerstören wollte, konnte er das definitiv tun.

'Wir müssen einen näheren Blick darauf werfen', gebärdete Bliss.

»Okay«, sagte Quik, als ein weiterer rasselnder Sprühregen die Hütte traf, hinter der sie sich versteckten, »ich verstehe, was du meinst, aber das wird nicht funktionieren.«

'Sei kreativ.'

Quik runzelte die Stirn. Bliss rollte sich weg und rannte an der Hütte entlang, die dünnen Bretter endeten ein paar Schritte zu ihrer Linken im Wasser. Vor ihr endete dieses Floß in einem vorspringenden Steg, ein einsames Fischerboot kämpfte darum, am aufgewühlten Dock festgebunden zu bleiben. Dahinter, viele Bootslängen weiter, lag die ausladende Masse des Unholds.

Könnte sie so weit springen?

Bliss' Berechnung endete, als eine gerundete, schlammig rote Klappe vor ihr aus dem Wasser auftauchte, das Ding schöpfte das Wasser zurück zum Körper des Unholds. Als es das tat, prallte die Flüssigkeit gegen den Faden, bevor die Klappe sich fest zusammendrückte und einen bogenförmigen Sprühnebel in Richtung des Außenpostens schleuderte.

Der Film landete und Bliss hörte einen Schrei zu ihrer Linken, sah einen Bogenschützen, der von dem Zeug bedeckt war. Es drückte den Mann zu Boden, der Film versiegelte sich um ihn herum und bahnte sich seinen Weg in seinen Hals, seine Nase.

Die Art und Weise, wie dieses Monster tötete, wurde nur allzu deutlich.

»Ich kümmere mich um ihn«, rief Quik, als Bliss sich auf den Weg zu dem gefallenen Mann machte. »Du kümmerst dich um das Monster.«

Oh, das würde sie. Das tat sie. Sie wechselte zurück zur Aufgabe, die vor ihr lag, und rannte wieder los, nach links und rechts schwankend mit dem Schaukeln des Floßes.

Als sie über den letzten Abschnitt sprintete, übersät mit umgestürzten Werkzeugen, sich ausbreitenden Seilen und anderem Unsinn, der vorsichtige Schritte erforderte, drückte der Unhold das Wasser erneut zu einem Sprühnebel zusammen, diesmal ein kurzer Bogen, der direkt auf sie zielte.

Bliss wechselte ihren Stab in die linke Hand und sprang, ihr Sprung trug sie über das Ende des Floßes hinaus und in die aufgewühlten, kalten grünblauen Gewässer. Sie tauchte ein und tauchte unter die Oberfläche, als der Sprühnebel des Unholds über ihr auf das Wasser klatschte. Bliss hielt ihre Augen offen, sah, wie der Film des Unholds sank, die schweren Blasen zum Sumpfboden hinabsanken.

Eine Strömung erfasste Bliss und riss sie mit sich, zog sie in den Unhold hinein, ein Vakuum, gegen das Bliss keine Chance hatte. Sie presste ihren Mund zu, versuchte, Luft anzuhalten, und schaute in Richtung des Dings, das sie einsaugte.

Breiter als das Hauptgebäude des Floßes hatte der riesige Unhold einen Körper, der weit unter die Wasseroberfläche reichte. Die Kurven oben erstreckten sich nach unten, abgesehen von den Abschnitten, die sich in diese wasserschiebenden Flossen teilten. Die Unterseite des Monsters krümmte sich nach innen, pulsierend wie die

Quallen, die manchmal in Kitayes Bucht angeschwemmt wurden. Dieses Pulsieren musste die Strömung erzeugen, die Bliss weiterhin hinunterzog, hinunter und immer tiefer, bis der sonnige Tag oben nichts mehr war als schwache Lichtstrahlen, die durch eine elende wirbelnde Dunkelheit fielen.

Ihre Lungen schmerzten, als Bliss spürte, wie die Strömung ihre Richtung änderte und sie nicht mehr nach unten, sondern nach oben schickte. Sie hatte die äußere Blase des Unholds unterquert, und jetzt brachte das Monster sie zu welchem Ende auch immer in seinem Zentrum wartete.

Soweit Bliss erkennen konnte, ihre Sicht verschwommen durch das nun schlammige Wasser, da das Pulsieren des Unholds allen Schmutz von unten aufsaugte, sah ihr Ziel verdächtig nach einem Beerenbusch aus, der zu faulen begann.

Aber angesichts der Tatsache, dass ihre Optionen eine Wahl zwischen diesem faulenden Beerenbusch und dem Ertrinken zu sein schienen, trat Bliss hart mit den Füßen nach oben zur Oberfläche. Sie durchbrach das Wasser in eine stickige Blase, erfüllt von tropfendem, schwebendem Rot. Apfelfarbene Kugeln und Fäden ballten sich zusammen und zerbrachen, trieben an langen Fäden zusammen, die an der Blasenhülle des Unholds befestigt waren, die Enden spinnennetzartig gegen die Haut ausgebreitet.

Um sie herum spürte Bliss, wie das Wasser gerann und sich zu diesen befestigten Massen hochzog. War das die Art, wie der Unhold fraß? Irgendwie trinkend--

Der Schmerz kam schnell, plötzlich und überall. Vis hatte mehr als nur ein paar stechende Insekten, einige Wildtiere, die, wenn man sie reizte, eine fiese Säure auf die

Haut spucken konnten, und genau das fühlte Bliss jetzt. Überall.

Sie erblickte die nächste rote Masse, kirschähnliche Kugeln, die in einem pulsierenden Organ zusammengeballt waren, und schwamm darauf zu. Ihr Haar begann sich aufzulösen, ihre Nase schrie, als Wasser hineinschwappte, dickflüssig und heiß. Bliss hielt ihren Mund geschlossen, weil sie nicht wusste und auch nicht wissen wollte, was passieren würde, wenn das Zeug in ihren Hals gelangen würde.

Der Stab bahnte ihr einen Weg. Sie streckte sich mit seinem metallenen Ende aus, stieß es in die rote Masse und spürte, wie die weiche Substanz nachgab. Der Stab blieb stecken, das Organ – wenn es denn eins war – bog sich darum. Mit einer Hand zog sich Bliss am Stab nach oben, während sie mit der anderen nach einer Kirsche griff. Warm bei der Berührung, weich und glitschig, grub Bliss ihre Finger hinein. Sie stellte fest, dass derselbe Schmodder, der ihre Haut auflöste, gut genug war, um sie am Organ fest-zukleben.

Ein weiterer Zug, und Bliss fand sich ein oder zwei Längen über dem tödlichen Wasser klebend wieder, von dem ihr eigener Tod herabtropfte.

Eine ätzende Kälte folgte, Bliss klammerte sich an ihre Rettung und atmete, einfach nur atmete. Ihre Haut war übersät mit wütenden Blasen und Schlimmerem, aderige Bänder zogen sich über jede freiliegende Stelle und, wie Bliss vermutete, auch überall darunter.

Ihre Augen, ihr Mund funktionierten. Ihre Arme und Beine konnten sich bewegen, obwohl jede Bewegung einen brennenden Schmerz verursachte. So war das Leben für eine Lira.

Doch Leben hatte sie, und Bliss hatte vor, es zu nutzen.

Im Inneren des Ungeheuers bekam der Schall einen Echo-Effekt. Das Plätschern des Wassers, gelegentliche Rufe von außen, das Gurgeln und Rauschen der Eingeweide des Dings, alles prallte in einem akustischen Wirrwarr umher. Das Licht von außen tauchte alles in ein seltsames Glühen.

Wenn das Leben auf Vis angenehm ruhig gewesen war, so wetteiferten ihre Tage seit dem Verlassen der Insel miteinander um den Titel des Absurdesten. Bisher gewann dieser hier.

Okay. Denk wie eine Jägerin. Um eine Bestie zu töten, die größer und stärker war als sie selbst, musste sie deren Schwachstelle finden. Diese tödliche Stelle zu finden, könnte Bliss im Prozess das Leben kosten – die Vorstellung, dass die große Blase über ihr zusammenfiel, ließ sie zusammenzucken –, aber das würde bedeuten, Wax zu retten, Quik zu retten, Torny zu retten.

Das zitternde Rot, an dem sie sich jetzt festhielt, schien sich auf das Wasser unter ihr zu konzentrieren und tauchte darin ein, um Dinge aufzusaugen, die von der säureartigen Substanz des Ungeheuers aufgelöst wurden. Schläuche, orange-gelbe Dinge, die sich von dem Organ, an dem sie hing, zu mehreren anderen verzweigten, erstreckten sich in verschiedene Richtungen.

Wie ihr eigener Magen, der seine Schätze im ganzen Körper verteilte. Bliss verfolgte die Adern und fand zwei, die zu kleineren pulsierenden Teilen führten, die in Form, Größe und Farbe ähnlich waren. Eines davon zu zerstören, wäre dann wohl nicht der tödliche Schlag, den sie sich wünschte.

Weiter oben jedoch wartete ein viel größeres, fast würfelförmiges Organ. In der Mitte der Blase schwebend, dort von sich windenden Adern gehalten, bedeckt mit seltsamen Auswüchsen, wie ein von Pilzen und Moos überwucherter Baumstamm, schien das Organ das Herzstück des Ungeheuers zu sein. Dort hinaufzukommen und ihm einen guten Treffer zu verpassen, das würde das Ungeheuer spüren.

Wer wusste schon, ob das Monster sterben würde, aber wenn Bliss nur eine Option hatte – und das hatte sie definitiv –, dann würde es diese sein.

Die Jägerin bewegte sich mit ihrer Hand und dem Stab vorwärts, trieb Letzteren jedes Mal in das Organ, wenn sie einen besseren Halt brauchte, eine Chance, um wieder zu Atem zu kommen. Die aufwärts führende Ader zu erreichen, dauerte Minuten, unterbrochen von Pausen, in denen Bliss die Augen schließen, langsam atmen und die Kraft für den nächsten Aufstieg finden musste.

Sie schlang den Stab auf ihren Rücken, hätte ihn fast verloren, als die Waffe durch einen Holster rutschte, der nicht mehr da war. Nur in schwachen Fäden hatte das Leder die Säure überlebt.

Also eine neue Taktik.

Bliss versuchte, den Stab in die Ader zu rammen. Anders als das Organ gab die steifere Haut nicht nach, der Stab prallte ab. Härter zuzuschlagen könnte das Gefäß zum Platzen bringen, und Bliss wollte nicht, dass ihr einziger Weg nach oben zerstört würde, geschweige denn, dass eine Explosion sie zurück in das tödliche Wasser treiben würde.

Wenn sie also nicht beide Hände benutzen konnte, dann mussten eben ihre Füße genügen. Bliss streifte ihre ruinierten Schuhe ab, wackelte mit ihren verbrühten Zehen und machte den ersten Sprung. Die Ader war nicht glatt, sondern hatte wie alles andere im Ungeheuer eine Oberfläche, die mit Wülsten und seltsamen Auswüchsen bedeckt war. Die Griffe halfen, gaben ihren Zehen etwas, um das sie sich wickeln konnten. Mit ihrer linken Hand drückte Bliss den Stab gegen die Ader, nutzte jeden Hebel, den sie finden konnte, und kletterte.

Ein Fuß, eine Hand nach der anderen, auf dem Weg zum riesigen Organ im Zentrum des Ungeheuers, auf dem Weg zur Hoffnung.

20
GESCHÄFTE AN DER KLIPPE

Der Pass und die bittere Kälte verschwanden gleichzeitig, als Mottilan in Sicht kam. Zottige Klippen, oben wo Sawi stand bewaldet und weiter unten zu einem Gewirr aus Ranken, Gräsern und Bäumen auftauend, fielen vor ihnen zum Meeresufer ab, einem breiten, felsigen Strand, der von Fischerbooten übersät war, die auf die Untiefen geschoben waren, obwohl sie bald zum morgendlichen Fang aufbrechen würden.

Gladdring bestand darauf, früh aufzubrechen, und behauptete, seine eigene Ausdauer ließe nach, wenn die Sonne ihn ermüdete, und er bevorzuge späte Nachmittage und Abende für Gespräche. Diese Worte, die sie an Lagerfeuern und bei dem Essen teilten, das Sawi in den Wäldern, in den Nischen und in den spärlichen Städten, die sie in den Tagen passierten, die sie brauchten, um über die Berge zu kommen, sammeln konnte, umfassten Dinge, die Sawi nie gekannt, nie hinterfragt, nie sich gefragt hatte.

Als sie den Aussichtspunkt erreichten, glaubte Sawi, sie müsse eine ebenso große Expertin für Noctia- und Najahn-Politik sein wie jeder andere auf der Insel. Mehr noch, sie wusste, dass Gladdring sie auf irgendeine Weise als an ihn gebunden betrachtete, eine Art, die sie noch nicht entdeckt hatte.

Diese Schuld, diese Verbindung hielt ihn in ihrer Nähe, während die imposante Gestalt des Tenets die Aussicht dominierte und im aufgehenden Sonnenlicht glitzerte.

»Ich habe es noch nie aus diesem Blickwinkel gesehen«, murmelte Gladdring. »Deine Insel ist wahrlich ein Augenschmaus.«

»Sie haben das und wenig anderes«, erwiderte Sawi.

»Immer noch diese beiläufige Abneigung gegen deine Schwesterstadt. Sind alle in Kitaye so abweisend gegenüber ihren Brüdern?«

»Sie sind genauso abweisend wie wir.«

»Also seid ihr verwöhnte Kinder, nicht bereit, euch zu einigen?«

Sawi biss sich eine schärfere Bemerkung ab. Wax und ihre Freunde hätten es ohne Worte verstanden. Gladdring vielleicht auch, wenn sie Pans Tod durch die Hände dieser seefahrenden Barbaren erwähnt hätte. Bisher hatte sie diesen Teil jedoch geheim gehalten und Gladdring mit seinen eigenen Geschichten dominieren lassen. Es sei besser, nach den Worten des Mannes selbst, zuzuhören, als anderen Gelegenheiten zu bieten.

Wie könnte Pans Tod gegen sie verwendet werden? Sawi war sich nicht sicher, aber wenn sie etwas aus den Spaziergängen mit Gladdring gelernt hatte, dann, dass alles irgendwie genutzt werden konnte.

»Es ist noch ein weiter Weg hinunter in die Stadt«, sagte Sawi. »Wir sollten uns auf den Weg machen.«

»Wenn auch nur, um dorthin zu kommen, wo es wärmer ist«, erwiderte Gladdring. »Winter sind immer meine am wenigsten geschätzte Jahreszeit. Was natürlich der Grund ist, warum ich gerade jetzt beschlossen habe, auf deine wunderschöne Insel zu kommen ...«

Die Worte des Mannes flossen während des Gehens unaufhörlich, breiteten sich über ein Thema nach dem anderen aus, während Sawi ihre Füße und den Weg beobachtete und sich fragte, was Gladdring mit dieser Fischerstadt vorhatte.

Zumindest war es leicht zu erkennen, was die Stadt von Gladdring wollte. Während Sawi selbst kaum mehr als finstere Blicke erntete - ihr Gewebe und ihre Tätowierungen machten deutlich, dass sie aus Kitaye kam - erhielt Gladdring Angebote für Handel, Geschichten und Gelegenheiten. Der Tenet, ganz wie in Kitaye, winkte die Anfragen mit höflichen Antworten ab, zog aber dennoch eine Gefolgschaft an, die sich ausbreitete und aus Stein-und-Holz-Gebäuden zusah, als das Paar das Zentrum von Mottilan erreichte.

»Nun«, sagte Gladdring, »ich glaube, ich habe die Aufmerksamkeit des ganzen Dorfes auf mich gezogen.«

»Wahrscheinlich.« Sawi nickte dem Mann zu. »Du bist nicht unauffällig. Niemand trägt solche Roben, egal zu welcher Jahreszeit.«

»Mode ist etwas, das Noctia durchaus exportieren könnte«, Gladdring zupfte an seinen weiten purpurschwarzen Säumen. »Diese sind wirklich bequem und man kann sich im Notfall gut darin bewegen.«

»Denkst du, wir werden rennen müssen?«

»Sawi, sagen wir so, meine Geschäfte hier sind delikater Natur. Ich würde dir raten, die Augen offen zu halten.«

Doch trotz allem war das Erste, was Gladdring tun wollte, eine frische Mahlzeit zu finden und einen Ort, um ihre Taschen abzustellen. Ein Bad zu nehmen. Diese Erledigungen zogen sich bis in den Vormittag, danach sagte Glad-dring Sawi, sie solle sich bis zum späteren Abend die Zeit vertreiben, während er sich auf die Suche nach diesen soge-nannten Geschäften machte.

Mit Stunden vor sich, betrachtete Sawi die Aussicht, in Motillan zu bleiben, und schauderte. Die feindseligen Blicke hatten ihr bereits gesagt, sie solle gehen, also tat sie das, zumindest für eine Weile. Sie ging zu dem felsigen Strand und wanderte an der Küste entlang, spürte gele-gentlich die warme Berührung des Wassers.

Wie seltsam es war, von der Kälte dort oben zu etwas so Angenehmem hier unten zu kommen.

Möwen markierten ihren Fortschritt in der Luft, während Krabben und andere Kreaturen vor Sawis Annähe-rung flohen, ihre Füße, barfuß, genossen die weichen Steine und den Sand. Gröber als Kitayes Bucht, aber weniger überfüllt.

Zu Hause wären an einem blauen Tag wie diesem viele Kinder hier draußen gewesen. Erwachsene auch, die ihre Entspannung an den Strand trugen. Motillan hingegen hallte vom Lärm der Arbeit wider. Fischer riefen einander zu oder kamen mit Fängen zurück, die filetiert werden mussten, der Hafen summte, als Kance-Schiffe kamen und gingen. Ein einzelnes Tamas-Schiff, mit seinem breiten Rumpf und gefärbten Segeln, bot einen farbenfrohen Kontrast zum übrigen Verkehr.

Sawi beobachtete alles. Versuchte, diesen Funken zu finden, der Wax und Quik dazu getrieben haben musste, in See zu stechen. Gladdring regte etwas in ihr, mit all seinem Gerede, obwohl Sawi noch keinen Satz, keine Beschreibung, keinen Vorschlag gefunden hatte, der sie wirklich von Vis weggezogen hätte.

Alles klang düsterer, grauer, wahrscheinlicher, mit

einem Messer im Rücken zu enden oder mittellos, einen schlechten Tag vom Rinnstein entfernt.

Ihre Augen schweiften zum Gebirgspass. Ein langer Weg allein, aber sie könnte jetzt aufbrechen. Kurz nach Sonnenuntergang wäre sie zurück bei der letzten kleinen Herberge, könnte ihre übrigen Vorräte gegen eine Nacht am Feuer eintauschen und dann weiter. Zurück nach Hause.

»Seltsam, einen Kitaye hier zu sehen, der nicht seine Waren anpreist.«

Die spindeldürre Frau, deren Haar mit glitzernden Muscheln durchsetzt war, näherte sich von der Hafenseite. Sie schenkte Sawi ein freundliches Lächeln und entblößte dabei Zähne, die auf die Art der Mottilaner Ältesten mit Tinte überzogen waren.

»Ich wäre nicht hier, wenn es nicht wegen eines Auftrags wäre«, erwiderte Sawi.

»Der Noctia-Mann.«

Sawi ließ jegliche Überraschung in die Brandung sickern, die ihre Zehen kitzelte. Mottilan war zwar groß, aber es dehnte sich nicht so aus wie Kitaye. Nachrichten würden sich hier schnell verbreiten, und jeder, der sich die Mühe machte, den ganzen Weg hierherzukommen und mit ihr zu sprechen, würde etwas wollen und wahrscheinlich fast alles wissen, was es zu wissen gab.

»Verstehst du, wer er ist?«, fragte die Frau, als Sawi nicht antwortete.

»Er hat es mir erzählt.«

Die Frau lachte, so müde und uralt wie die Wellen, die um sie herum brachen.

»So misstrauisch uns gegenüber. Als ob Mottilan dir je etwas angetan hätte.«

»Eure Leute haben meinen Freund getötet.«

Ha. Sawi genoss das kleine zufriedene Aufblühen, als sich die Augen der Frau weiteten.

»Es gab reichlich Tode durch die Unholde«, sagte die Frau vorsichtig, »aber ich kann mich an keine Kämpfe zwischen Vis' Leuten erinnern. Und die sollte es auch nicht geben.«

»Das hätte ich auch gesagt.«

»Also jemand, der dir nahestand.«

Sawi nickte und hielt ihren Blick aufs Meer gerichtet. Die Sonne stand nun hinter ihr und warf goldene Schatten vom Berg aufs Wasser.

»Was willst du?«, fragte Sawi.

»Hat er einen Deal mit dir gemacht? Mit Kitaye?«

»Ich bin nur seine Führerin, sonst nichts.«

»Führerin bis hierher? Nicht weiter?«

»Das muss er entscheiden.«

»Er besitzt dich also?«

Sawi wirbelte herum und stützte ihre Hand auf den Felsen. »Er besitzt mich nicht.«

»Klingt aber so, Mädchen, nach deinen Worten«, sagte die Frau und entblößte wieder ihre Zähne. »Oder hast du etwas dazu zu sagen?«

»Warum interessiert dich das?«

Ein Schnauben. »Weil meine Stadt diesen Mann braucht, so sehr es mir auch weh tut, das zu sagen.«

Sawi zögerte. Das waren nicht die Worte, die sie erwartet hatte.

»Die Najahn haben uns ignoriert. Noctia hat sich nicht gekümmert«, fuhr die Frau fort, »bis er auftauchte. Jetzt werden wir besucht. Nicht oft, aber mehr, viel mehr, und der Handel bringt neues Leben an diese Küste.«

»Klingt toll.«

»Es ist überlebenswichtig«, fuhr die Frau fort. »Aber

nicht jeder sieht das so. Es gibt diejenigen, die eine Schuld gegenüber den Najahn als Falle betrachten, die glauben, sie müssten um jeden Preis frei sein.«

»Jeder Gefangene würde so fühlen. Ich auch.«

»Dennoch ist Gladdring es wert, beschützt zu werden.«

»Vor wem, diesen Leuten?«

Ein schwaches Lächeln. »Niemand beachtet die alten Damen, Mädchen. Niemand kümmert sich darum, wo wir hingehen. Ich sage dir, Gladdring hat einen Fehler gemacht, hierher zurückzukommen. Wenn du willst, dass er überlebt, bring ihn aus der Stadt. Heute Nacht. Jetzt.«

Sawi setzte zu einem Achselzucken an. Die Frau stoppte sie mit einer kalten Hand auf ihrer Schulter.

»Es geht dich nichts an, was der Mann mit seiner Zeit, mit seinen Geschäften macht, oder?«, fragte die Frau. »Du bist nur seine Führerin, und so sei es?«

Was für eine Antwort könnte Sawi darauf geben? Jedenfalls schien die Frau nicht an einer interessiert zu sein und holte erneut Luft zum Sprechen.

»Dann denk an deine Insel und Kitaye. Denk daran, was er dafür bedeutet. Lass nicht zu, dass die unbesonnenen Taten einiger Ängstlicher uns zu Asche werden lassen. Die Najahn werden den Fall eines Tenets nicht auf die leichte Schulter nehmen.«

»Warum hältst du sie dann nicht auf?«

»Weil ich eine Stimme gegen viele bin. Zu viele, die nicht sehen können, dass unser einziger Weg zu Gladdrings Füßen liegt, so sehr es uns auch schmerzt, dort zu sein.«

Sawi lachte. »Also bin ich eure einzige Hoffnung?«

»Die Einzige, der Gladdring vertrauen wird.«

Gladdring war allerdings nirgends zu finden. Als die Nacht hereinbrach, erleuchtete Mottilan seine Straßen mit Ölfackeln, doch Sawi gelang es nicht, den Najahn-Tenet in den Schatten um ihr gewähltes Gasthaus zu entdecken. Er war auch nicht drinnen, wo er hätte Abendessen können und die Gäste unterhalten, eine Aktivität, die Gladdring in den kleinen Städten entlang des Weges zu genießen schien. Niemand hatte ihn gesehen, als Sawi vorsichtig herumfragte.

Das führte sie, mit einem Ausrutscher und einem Klettermanöver, auf das Dach des Gasthauses. Sie hockte sich auf das starke Holz, ein Rahmen, der gemauerte Steinwände bedeckte, und schaute sich um.

Die erste Überraschung kam, als sie merkte, dass sie nicht allein war. Zwar auf dem Dach des Gasthauses, ja, aber um sie herum, auf Dächern in der ganzen Stadt verteilt, hatten sich Mottilans Bewohner auf ihre Dächer begeben, um die aufgehenden Sterne zu beobachten. Viele ruhten auf Decken, griffen nach Gläsern und Fruchtdesserts. Eine kühle Brise trug die Wärme des Tages davon, und die Sterne eroberten tatsächlich die Nacht auf eine Weise, die Kitaye und sein Dschungel nicht zuließen.

Es war jedoch schwer, etwas Schönes zu genießen, wenn man jemanden finden musste.

Sawis Hinweis kam durch ein Geräusch. Hinter dem Rauschen der Brandung, über einigen Instrumenten und unter dem gedämpften Gespräch aus dem Gasthaus unter ihr, waren Risse zu hören, stimmliche. Eine Stimme, die sich erhob und wieder senkte, als würde sie eine Rede halten.

Sawi drehte sich um und blickte die Klippe hinauf. Mottilans Hauptteil lag nahe am Hafen, bevor er weiter oben am Klippenhang wohlhabenderen Wohnungen Platz machte. Eines dieser Häuser schien heller erleuchtet als die anderen, der Weg von der Hauptklippe hinauf war mit glühenden Feuern gesäumt. Vielleicht wurden Gäste erwartet.

Sawi glitt vom Dach des Gasthauses und bahnte sich ihren Weg durch die ruhiger werdende Stadt und die Klippe hinauf. Sie spürte die ganze Zeit über Augen auf sich, sowohl feindselige als auch neugierige, aber der Versuch, sie zu ertappen, ließ sie nur in Schatten blicken.

Sie würde sie wie hanoko behandeln müssen. Immer da, aber selten eine Gefahr, es sei denn, sie tat etwas Dummes.

Es dauerte eine Weile, bis sie in die Nähe des großen Hauses kam, und die Stimmen veränderten sich, verschwanden und kehrten in unterschiedlichen Tonlagen und Farben zurück. Einige hitzig, andere nicht. Streitgespräche also. Diskussionen. Und dazwischen, ab und zu, doch deutlicher, als Sawi sich näherte und die honigsüßen Worte entschlüsselte, eine gewisse Noctia-Sprechweise.

Sie mied den beleuchteten Pfad und sprang stattdessen auf die Felsen, wobei ihre Hände jeden Zug mit vorausgreifenden Bewegungen auswählten und ihre Zehen vorsichtig tasteten. Die Route führte sie unter das Haus, und sie stieg erst dann auf dessen Ebene, als keine Fackel mehr nahe genug schien, um den Schleier der Nacht zu durchbrechen.

Sichi, entweder abwesend oder von der Klippe verdeckt, tat alles, um ihr zu helfen.

Jeder auf Vis lernte, wie man sich anschleicht, um ahnungsloses Wild zu erwischen oder einem aufgebrachten Raubtier zu entkommen. Diese Instinkte beruhigten Sawi, als sie sich dem losen Grasfleck näherte, kaum mehr als ein paar Schritte vom Haus entfernt. Offene Fenster blickten in ihre Richtung, und für einen Moment dachte Sawi, sie wäre entdeckt worden.

Ein Augenblick verging in Stille, als sie erkannte, dass

die Stimmen und das Licht im Inneren vom anderen Ende des Hauses kamen. Von der Seite, die zum Felsen zeigte, von wo aus niemand hineinsehen konnte.

»Gladdring«, brummte ein Mann, der Sawis Vater ähnlich klang, aber nicht ganz sein Alter hatte, »du hast jetzt stundenlang versucht, dich herauszuwinden. Wir haben zugehört, aber keiner von uns stimmt dir zu. Dein Wort bedeutet nichts. Dein Tod, oder vielleicht dein eingetauschtes Leben, könnte uns alles geben.«

21
FOTIS GESCHENK

Quik und Bliss stürmten aus der Lagerhallentür und bogen rechts in Richtung des riesigen Blasenungeheuers ab. Torny folgte ihnen, ihre Füße schleppten, ihre Augen suchten. Eine Diebin auf der Suche nach einem Überraschungsangriff, nach irgendeiner Möglichkeit, am Leben zu bleiben.

Zumindest sah es Wax, der Vierte in der Reihe, so. Er wäre auch schneller gewesen, wenn Eujo nicht von hinten nach seinen Kleidern gegriffen und ihn sanft zurückgezogen hätte. Sie verzögerte noch mehr, bis Castilan und Reathe sich an ihnen vorbei drängten.

»Du bist die Erneuerung. Lass deine Wächter ihre Arbeit machen«, sagte Eujo.

»Sie sind meine Familie, nicht nur meine Wächter.« Wax befreite sich aus ihrem Griff und ging zur Tür. Ihm wurde klar, dass Eujo nicht folgte. »Du willst hier bleiben? Wirklich?«

»Du hast es selbst gesagt, Wax. Was ist wichtiger? Wir oder ein einzelnes Ungeheuer?«

Wax wollte am liebsten die Hände heben und verkünden, dass es verdammt wahrscheinlich war, dass keiner von ihnen sowieso die Aegis sein würde. Dass er nicht jahrelang auf einem Steinthron sitzen und bereuen wollte, heute und jetzt kein Leben gerettet zu haben.

Stattdessen sagte er nichts, denn Eujo sah nicht aus wie jemand, der umgestimmt werden konnte. Ihre Hände ruhten an ihren Seiten, ihre Füße gruben sich fest in die Holzdielen, ihr Gesicht zeigte den eisigen Blick, den sie so gut beherrschte. Sogar ihre zerzausten und verwirrten Haare schienen sie wie eine dornige Mauer zu umrahmen.

»Du weißt, dass ich Recht habe«, wiederholte Eujo.

»Ich werde nicht hier bleiben«, erwiderte Wax und versuchte, eine Idee zu finden. »Ob du Recht hast oder nicht. Ich gehe da raus, um zu helfen. Zum Teufel mit deinem Zweck.«

Bevor sie noch etwas sagen konnte, drehte sich Wax um und stürmte durch die Tür. Er blieb kaum einen Meter draußen stehen, als filmiger Sprühnebel den Boden vor ihm traf und die sich langsam bewegende Reathe erwischte. Die ölige Flüssigkeit zog Reathe zu Boden, wo sie sich um sie zu falten schien und die Najahn einfing.

Ihrem Gesicht nach zu urteilen, schrie die Frau. Doch kein Laut drang durch die Blase.

Wax zog die Foti-Klinge, eilte über das Floß an Reathes Seite und schnitt mit der Schneide der Klinge durch die Blase. Wie eine sich schälende Frucht öffnete sich die Blase und fiel in sich zusammen zu einem klebrigen Chaos, das an Reathe haftete.

»Es verbrennt mich«, keuchte Reathe und tauschte ihre Schreie gegen etwas Nützlicheres ein. »Hol es runter!«

Wax sah sich um und entdeckte einen Lumpenhaufen, der für Fischinnereien und Schlimmeres gedacht war. Er nahm einen dieser schrecklichen Fetzen und begann damit, über Reathe zu wischen, während sie sich mit behandschuhten Händen abrieb. Reathes Bemühungen erwiesen sich als sinnlos, ihre Handschuhe lösten sich auf, während sie rieb. Wax' Lappen, vielleicht geschützt durch dieselben Fischinnereien, die er zuvor aufgenommen hatte, schnitt besser ab und saugte die Blasensubstanz auf.

»Hier«, sagte Wax, reichte Reathe den Lappen und griff nach einem zweiten.

Gemeinsam machten die beiden weiter, wischten Reathe so weit sauber, dass sie aufstehen konnte. Sie schüttelte den Kopf, ihre Haut war von Brandmalen gezeichnet.

»Es hätte uns wieder treffen müssen«, sagte Reathe und lenkte sowohl ihren als auch Wax' Blick auf das Ungeheuer.

Die blubbernde Masse stand immer noch da, ihre Flossen bewegten sich, um immer wieder zu sprühen, aber die Bögen jagten jetzt jemand anderen, eine größere Gestalt, die sich zwischen Deckungen hindurch bewegte und immer näher kam.

»Quik«, murmelte Wax. »Obwohl ich nicht weiß, was er machen will, wenn er nah dran ist ...«

Obwohl er suchte, konnte Wax Bliss nirgendwo entdecken. Castilan hatte sich auf einem Dach mit einer Armbrust positioniert und schoss gelegentlich einen Bolzen auf das riesige Ungeheuer ab. Eine so nutzlose Aktion wie alles andere auch.

»Was habt ihr sonst noch hier?«, fragte Wax Reathe, während sie hinter zerschlagenen Kisten kauerten. »Wir haben keine Waffe, die diesem Ding etwas anhaben kann.«

»Wir sind ein Fischereiposten, ein Wegpunkt für Erneuerungen, keine Militärbasis«, entgegnete Reathe. »Noctia erinnert sich zwischen den Erneuerungen kaum an unsere Existenz.«

»Nichts? Ihr habt das Ungeheuer jahrelang in der Nähe gehabt und nie darüber nachgedacht, wie man es töten könnte?«

Reathe seufzte. »Okay, das stimmt nicht ganz. Wir haben Öl gesammelt, es aus Fett hergestellt, und es ist alles in diesem Gebäude.« Reathe zeigte nach Süden, nahe dem Stadtrand. »Wo es nicht viel Schaden anrichten wird, wenn es Feuer fängt. Die Idee war, wir würden es über das Ungeheuer verteilen, es unter dem Öl einfangen und eine Fackel draufwerfen.«

»Und warum habt ihr das nicht versucht?«

»Weil die Leute, die das immer wieder machen wollten, jetzt alle tot sind, deshalb.« Mehr Sprühnebel traf in der Nähe auf, zischend, als er auf die Kisten klatschte. Reathe fluchte. »Sie haben etwas davon genommen und es vor Tagen versucht, nachdem die Foti-Erneuerung verletzt wurde. Jetzt kommt das Ungeheuer, um sich zu rächen.«

»Ungeheuer sind dumm. Sie denken nicht so«, widersprach Wax. »Jetzt, wo es hier ist, wie wäre es, wenn wir dein Öl ausprobieren?«

Reathe lachte und duckte sich noch weiter hinter die Kisten. »Besser, wir warten, bis es weggeht. Einen weiteren Tag überleben.«

»Wax«, sagte Eujo, die in der Lagerhallentür stand. »Ich bin bei dir.«

Das Paar erreichte Reathes ausgewähltes Gebäude schnell, stieß die unverriegelte Tür auf und fand einen kargen Raum vor, leer bis auf zehn oder elf gedrungene Fässer. Jemand hatte einen schwarzen Tropfen, den Umriss einer Flamme, auf die Seiten gemalt.

»Da sind sie also«, sagte Wax. »Und jetzt?«

»Ich dachte, du hättest eine Idee?«

»Nun, ich bin eher ein spontaner Typ«, erwiderte Wax stirnrunzelnd. »Wie schwer sind sie?«

Ein einziger Versuch, Eujo mit skeptischem Blick, zeigte, dass Wax sich allein erschöpfen würde, wenn er versuchte, eines davon den ganzen Weg zum Ungeheuer zu bringen, geschweige denn die ganze Anzahl.

»Okay, neuer Plan«, murmelte Wax, ging zurück zur Tür und erspähte seine Lösung, die in der Nähe im Kanal lag. Ein Fischerboot, das in den Wellen schaukelte. »Da haben wir's.«

»Du willst was, das hier mit Öl beladen und in das Ungeheuer rammen?«

»So kompliziert ist es nicht.« Wax hob das erste Fass an, trug es aus dem Haus und setzte es ins Boot. »Brauche nicht mal alle.«

»Und wie willst du es anzünden? Angenommen, du kommst überhaupt bis zum Ungeheuer.«

»Du wirst Castilan sagen, er soll es mit seiner Armbrust machen. Ich springe ins Wasser, schwimme weg. Ganz einfach.«

»Dein Selbstvertrauen ist unwirklich.«

»Dein Mangel an Hilfe bei den Fässern ist es nicht.«

Eujo verstand den Wink, und gemeinsam schleppten die beiden fünf Fässer ins Boot und verstauten sie nebeneinander. Während sie arbeiteten, schaute Wax immer wieder zum Ungeheuer zurück, beobachtete dessen Sprühnebel und Castilans anhaltenden Beschuss.

Quik und Bliss waren nirgends zu sehen. Einige Dorfbewohner rannten umher, trugen Lappen und wischten andere ab, die von der Sprühwolke getroffen worden waren. Vielleicht hatte Reathe die Nachricht verbreitet. Dennoch erschütterte jeder aufprallende Strahl weiterhin den Floßaußenposten. Mehr als ein Gebäude war bereits zusammengebrochen, als der säurehaltige Schleim das Holz zerfraß, und das Ungeheuer zeigte keinerlei Anzeichen zu verschwinden.

Vielleicht würde es nicht ermüden, bis hier alles zu Staub geworden war.

»Weißt du, was zu tun ist?«, fragte Wax.

»Castilan. Schieß mit etwas Feuer auf das Boot«, sagte Eujo. »Verstanden.«

»Siehst du?«, Wax stieß das eingeölte Boot von seiner Vertäuung los, den Kanal hinunter in Richtung des Ungeheuers. »Ist das nicht viel amüsanter?«

»Stirb einfach nicht, Wax.«

»Das würde dir nur bessere Chancen geben.«

Eujo runzelte daraufhin nur die Stirn und rannte dann los. Wax hob ein einzelnes Ruder, drückte dessen Blatt gegen den Rand des Kanals und stieß sich ab. Er würde Geschwindigkeit brauchen, jede Sekunde, die er erübrigen konnte, um dieses Ding zum Ungeheuer zu bringen und zu überleben.

Das Monster schien zumindest abgelenkt zu sein. Wax erkannte den Grund, als sein ölbeladenes Boot sich dem nördlichen Rand der Floßstadt näherte. Quik tanzte am Dock entlang, hob auf und warf, was er greifen konnte, auf das Ungeheuer. Er hob Kisten hoch und benutzte sie, um die Sprühwolke des Ungeheuers abzuwehren. Ein ablenkendes Spiel, aber eines mit einer definitiven Uhr: Der breite Steg, auf dem Quik lief, war fast leer.

»Wax!«, rief Quik. »Was machst du da?«

»Geheimer Plan«, rief Wax zurück. »Halte seine Aufmerksamkeit.«

»Hast du Bliss gesehen?«

»Hast du sie nicht?«

Wax wandte sich wieder dem Ungeheuer zu. Er schob

das Boot vom Ende des Stegs. Nun frei im Wasser, wirbelnde Wellen und verstreutes Unkraut zwischen ihm und dem riesigen Blasenmonster. Das Ungeheuer war wirklich riesig, ragte höher auf als ein Kitaye-Baumhaus. Und doch verspürte Wax nichts von der Angst, die sich damals in Kitaye während jenes denkwürdigen Angriffs in ihm zusammengerollt hatte.

War er jetzt einfach so viel mutiger?

Oder war es der Foti-Skar an seiner Halskette, der mit hungriger Energie summte und Wax mit seinen unsinnigen Worten vorwärts trieb?

Wasser schwappte über die Seiten des kleinen Bootes, als es in die wellenmachenden Wildnis des Ungeheuers raste. Wax, der in seinem Leben noch nie ein Ruder geführt hatte - Kitayes Seerosenblätter wurden mit langen Stangen durch die Bucht geschoben - ruderte wild, um das Boot auf Kurs zu halten.

Nicht allzu schwierig, wenn das Ziel den gesamten Horizont einnahm.

Eine massive Flosse fegte rechts an Wax vorbei und warf das Boot nach links. Als die Gliedmaße das Wasser gegen die Seite des Ungeheuers drückte, schoss die Sprühwolke hoch und kurz auf. Direkt auf ihn zu.

»Also hast du mich jetzt bemerkt«, murmelte Wax und sprang.

Das Eintauchen ins kalte Wasser brachte einen klaren Schub, der Wax an die Oberfläche trieb. Die Sprühwolke des Ungeheuers krachte um ihn herum und zwang Wax, unter die Wellen zu tauchen. Das durch das Wasser gefilterte Licht zeigte, wo sich in seiner Biegung die Sprühwolke des Ungeheuers an der Oberfläche festklammerte. Wax schwamm davon weg, folgte dem Boot und hoffte, hoffte, dass Castilan nicht zu schnell am Abzug war.

Ein breiter Zug brachte Wax wieder an die Oberfläche, nahe genug, um seine Hand auf das Boot zu legen, das nun von selbst auf das Ungeheuer zutrieb, da die Bewegungen des Monsters die Strömung nach innen zogen.

Wax riskierte einen Blick zurück auf das Dach, wo Castilan sein sollte, und sah niemanden. Keine verdammte Seele.

Was machte Eujo?

Das Boot schaukelte und trieb Wax unter Wasser. Er schwamm und drückte sich zur Backbordseite des Bootes, tauchte wieder auf und hakte seinen Arm über eine Seite. Sein Kopf folgte, obwohl Wax den Anblick sofort bereute.

Die blubbernde Masse des Ungeheuers dominierte, so nah jetzt, dass Wax hinter dem Regenbogenschimmer seiner Haut einen roten Wald ausmachen konnte, seltsame Dinge, die sich schlängelten und miteinander verbunden waren. Und in diesem Wald bewegte sich eine dunklere, verschwommene Gestalt.

Ein Monster in einem anderen?

Das spielte keine Rolle. Das Boot war kurz davor aufzuprallen, und Castilan hatte das Signal nicht erhalten. Zeit, was, den Plan aufzugeben?

Während Wax sich abmühte, wurden die in seinem Kopf flüsternden Skars zu einem Brüllen. Der Foti-Skar übernahm Wax' Verstand, drängte ihn vorwärts zu schwimmen, das Boot in die Kreatur zu treiben. Was dann passieren würde, versank in tierischen Trieben, einem Verlangen, das Wax nur beim Abendessen nach einem Tag des Schwingens durch die Bäume verspürte. Ein wahnsinniger Hunger, der gestillt werden musste.

Jetzt.

Das Boot traf auf die Seite des Ungeheuers und drückte sich in die Blase, was wie ein wirkungsloser Aufprall aussah. Ein perfekter Aufprall allerdings, wenn Castilians feuergespickter Bolzen jetzt treffen würde, wenn das Boot Feuer fangen würde, wenn-

Die Halskette brannte, selbst als sie ins Wasser tauchte und wieder auftauchte. Wax' Brust wurde heiß, so heiß, dass er einen Fluch begann, ihn aber abwürgte, als sich die Hitze ausbreitete, durch seinen Körper, seine Arme, seine Finger und in das Holz schoss.

Wie ein Sonnenaufgang explodierte das Boot in fantastischen Flammen. Das Licht war so hell, die folgende Kraft, als diese Flammen die Ölfässer erreichten, schleuderte Wax über das Wasser und wirbelte ihn über die Oberfläche.

Jemand - Quik? - schrie, eine Stimme, die das Brüllen des Skars, den blendenden Schmerz und die Verwirrung seines Körpers durchschnitt. Wasser umspülte Wax von allen Seiten, drehte ihn immer wieder um, die Strömung zog ihn nach unten.

Treten. Das musste er tun, treten. Mit den Armen paddeln. Atmen, wenn er Luft fand. Wax wiederholte das Mantra, die einfachen Bewegungen, verband sie durch verbrannte Muskeln zu Aktionen, rollte sich, als er die Oberfläche fand und starrte in einen plötzlichen Himmel.

Kein Ungeheuer. Keine Blase. Nur Schreie.

Nein, keine Schreie. Jubel.

Quik fand ihn, nahm Wax in seine Arme und begann zurück zu den Flößen zu schwimmen. Castilan, in einem anderen Fischerboot, nahm sie auf halbem Weg auf und half Wax über die harte Holzplanke. Das Ungeheuer, anscheinend tot, fiel weiter in sich zusammen, das Feuer verbrannte das Filament und alles im Inneren, wie eine Laterne, die ihr Glas verliert.

Wax beobachtete alles und wunderte sich über das Flüstern in seinem Kopf. Der Foti-Skar war jetzt ruhig geworden, ersetzt durch das aktive Murmeln des Vis. Sein Heimat-Skar tat seine Arbeit, langsam und stetig reparierte er Wax' aufgerissene Haut, seine verkohlten Hände und Haare.

»Bliss?«, fragte Wax, als das Boot gegen die Floßstadt stieß. »Eujo? Wo sind sie?«

Quik, der als Erster ausstieg und sich umdrehte, um eine Hand anzubieten, holte tief Luft.

»Verloren, Wax. Oder tot.«

22

DAS WORT DES KRIEGSHERRN

Der Trubel kam schnell. Pfeile flogen herab und trafen die zuckenden Unholde, beendeten das Leben der Käfer. Jochi, von seinem ganzen Gefolge begleitet, marschierte in die Arena, ergriff Svardes blutigen Arm und hob ihn hoch, damit die Menge erneut jubeln konnte.

Während all dem lag Maena im Dreck. Sie hatte einen Panzer dafür, eine Verteidigung bereit, um all die Schrecken unter dem Deckmantel einer notwendigen Aufgabe abzublocken. Eine Voraussetzung, um Rana-Kapitänin zu sein, um ihre Mission zu verstehen, Reichtum für ihre Heimatinsel zu erbeuten, um den Ruf der Rana gegen andere Inseln mit mehr Menschen und mehr Land aufrechtzuerhalten. Bei schlechten Chancen musste man grausam, kompromisslos, ein Schrecken sein.

Drei Rana waren in die Arena getreten, und mit Hilfe eines Foti und eines Ferriten hatten sie, verdammt noch mal, gewonnen. Sie hatten gewonnen.

Aber du bist nicht glücklich.

Wie könnte sie? Die Narren auf der anderen Seite des

Tores, diese armen Gefangenen, denen man gesagt hatte, sie würden für ihre Freiheit kämpfen, waren massakriert worden. Hätte Jochi dasselbe getan, wenn Maena Barten ermordet hätte?

Das ist eine Falle. Selbst ich weiß, dass man da nicht zu tief graben sollte.

Dann brauchte sie etwas anderes, worauf sie sich konzentrieren konnte. Wenn man nicht in den Untiefen stecken bleiben wollte, musste man sein Tempo halten. Die Segel setzen.

»Steh auf«, knurrte ein Wächter und unterbrach Maenas Konzentration, als er einen Arm unter ihren schob und sie auf die Füße zog. »Du hast gewonnen, also benimm dich auch so.«

Maena hätte den Mann angespuckt, aber ihr Mund war trocken. Also tat sie, was der Wächter verlangte, stand da und nahm den Jubel entgegen. Die Menge blieb, klatschte und kassierte ihre Gewinne, bis eine entfernte Glocke einen weiteren Kampf ankündigte. Die Bänke leerten sich dann schnell. Verlorene Leben waren vergessen.

Aber nicht für Jochi.

Der Kriegsherr versammelte die fünf, schien ihre verschiedenen Wunden mit seinen Augen zu katalogisieren. Der Bart des Mannes sah frisch geölt aus, der Schnee schmolz zwischen seinen geglätteten Haaren.

»Glückwunsch zu eurem Sieg«, sagte Jochi. »Ich denke, ihr möchtet euch waschen, eure Wunden versorgen lassen und einen Moment Ruhe haben. Das werdet ihr bekommen, aber nicht hier.« Jochi verschränkte die Arme, und zum ersten Mal sah Maena Unsicherheit in dem kräftigen Mann. »Ihr habt eure Zeit in den Gruben abgesessen, verdammt noch mal, und ich habe ein Angebot für euch.«

»Was könnte Fleisch wie du uns schon anzubieten

haben?«, brummte Svarde. Kivi schnaubte zur Unterstützung.

»Fleisch wie ich kann eine Menge anbieten«, erwiderte Jochi, diesmal ohne zu lachen. »Es verbreitet sich das Gerücht über einen Feind, der auf dem Weg zu einem Ort ist, den wir uns nicht leisten können zu verlieren. Whent ist dünn besetzt. Ihr seid fett genug, um zu helfen.«

»Warum hat Whent Probleme?«, fragte Rasslebeck. »Zu viele, die sich hier betrinken und Menschen zum Spaß sterben sehen?«

»Bauern und gebrochene Leute sind hier, die ihren Verstand in einem oder zwei Krügen suchen«, antwortete Jochi. »Der wahre Grund geht euch nichts an, Rana. Was euch angeht, ist, dass ich euch frei lasse, wenn ihr mir hier helft.«

Jetzt war es an Maena zu spotten: »Wir sind nur zu fünft? Was für einen Unterschied werden wir schon machen?«

»Aber ihr seid nicht irgendwelche Fünf, oder?«, sagte Jochi. »Champions, Unholde-Töter. Ihr werdet meine Flagge hochhalten und andere werden kämpfen. Sie werden denken, sie hätten eine verdammte Chance. Vielleicht haben sie die mit euch sogar.«

»Und wenn wir nein sagen?«, fragte Svarde.

»Ihr werdet hier einer nach dem anderen sterben. Keine fairen Wettkämpfe mehr. Nur blutiges Opfer. Das Letzte, was ihr sehen werdet, ist Spucke und altes Bier von einer Menge, die zu glücklich ist, eure Eingeweide herausfallen zu sehen.« Jochi sprach ohne Grinsen, ohne Prahlerei.

»Der Mann meint es ernst«, sagte Maena. »Wir sollten annehmen.«

»Unseren Entführern zu helfen, fühlt sich falsch an«,

Rasslebeck trat in den Dreck. »Andererseits fühlt sich auch Sterben für nichts falsch an.«

»Ich bin persönlich ein Fan davon, am Leben zu bleiben«, warf Pennifer ein.

Sie ist nicht die Einzige.

»Wir werden gehen«, verkündete Svarde, nachdem er Zustimmung von der Gruppe erhalten hatte. »Deine Stadt retten.« Als Jochi nickte, fuhr Svarde fort: »Deine Späher sagen, ein Angriff kommt. Welcher Art?«

»Unholde. Welches andere Übel ist es wert, gefürchtet zu werden?«

Sie reisten wieder mit dem Wagen, rollten über die Tundra. Diesmal waren Maenas Hände nicht gefesselt und sie konnten sich frei in ihrem mit Plane bedeckten Gefährt bewegen. Jeder, der versuchen würde, aus dem Heck zu fliehen, würde jedoch Bogenschützen vorfinden, die bereit wären, ihn niederzuschießen.

Nicht dass Weglaufen etwas anderes bringen würde als einen langsamen, eisigen Tod inmitten der gefrorenen Ebenen der Insel.

Mehr Wagen schlossen sich ihnen unterwegs an, kreuzten den Zug aus vorbeiziehenden Städten oder holten weitere Bekehrte aus den Gruben ein. Jochi hatte in diesem Punkt Recht gehabt: Wie auch immer der Mann es ausdrückte, ihre Legende zog mehr Schwerter, Fäuste und Körper an.

Was ihren eigenen Körper betraf, heilte Maena langsam, ebenso wie die anderen. Verbände wurden gewechselt, und die Geschichten darüber, wie jeder von ihnen unter den Käfern gelitten hatte, begannen stark und wichen weiteren Schrecken, der Verzweiflung, der Angst. Rasslebeck behauptete, er könne sich nicht mehr so gut bewegen, dass was auch immer in dem Giftsack des Unholdes gewesen war, seinen Muskeln ihre Kraft geraubt hätte. Svardes neue Narben leuchteten in wütendem Weiß an seinen Händen und Armen, der Mann verbrachte mehr Zeit in stoischem Schweigen.

Nichts mehr von dem ruhigen und fürsorglichen Foti, der Maena zuvor geholfen hatte, ihre eigenen Wunden zu reinigen.

Nur Pennifer und Kivi schienen inspiriert zu sein, nun, zu inspirieren. Die Rana-Scharfschützin verwandelte ihre Worte öfter in Lieder als nicht, schmetterte eine Reihe von Seemannsliedern und Trinkliedern, während Kivi zwischen ihnen umherhuschte und ihre Schuppen entlüftete, um sie warm zu halten. Sie schien die Gesündeste zu sein, mit reichlich Steinen, die auf der Straße zur Verfügung standen.

Und was ist mit dir? Treibe ich dich schon in den Wahnsinn, Diebin?

Aus welchem Teil von mir bist du gekommen?

Teil? Ich bin ganz du.

Dann würdest du wissen, wann du still sein sollst.

Ausnahmsweise tat die Stimme es. Ausnahmsweise konnte Maena ihre Augen schließen und die Minuten, die Stunden in Frieden vergehen lassen. Oder zumindest so weit wie möglich, mit diesen unsichtbaren Augen, die sie immer beobachteten, warteten und beurteilten.

Tallwren's Hearth wartete an der Südküste von Whent. Eingebettet in sanfte Hügel, die mit zotteligen Schafen überzogen waren, wimmelte die Stadt vor geschäftiger Betriebsamkeit. Nicht nur die Felle und das Fleisch der Tiere, sondern, wie Jochi sagte, auch Technologie.

Der Kriegsherr bewegte sich während der Reise zwischen den Wagen, nahm sich in jedem Zeit, um, wie er sagte, die Gefangenen für ihre bevorstehende Mission zu inspirieren.

»Hier geht es nicht nur darum, ein paar Bauern zu retten«, sagte Jochi, »obwohl das schon genug sein sollte. Tallwren's Hearth ist Whents Bestes, unser Herz, unser Verstand, unsere Macht. Nehmt das zur Kenntnis.«

Maena hatte von der Universität gehört, die nur dem geheimnisvollen Palast des Najahn auf Noctia in Sachen wahrer Gelehrsamkeit nachstand. Rana und die anderen Inseln hatten natürlich Handelsschulen. Orte, um wirklich nützliche Talente zu erlernen. Nur Inseln mit zu vielen Menschen und zu wenigen Möglichkeiten konnten sich mit so etwas wie diesem befassen, einem Ort, um über Dinge nachzudenken, die jeder mit halbwegs Verstand selbst entscheiden konnte.

Während Jochi weiter von Innovationen und zweifelhaft erworbenen Ehren prahlte, wichen die Schafe gerippten Häusern, Erdwohnungen, die in die Hügelseiten gebaut und mit Felsen verstärkt waren. Diese wiederum gingen in Steinbauten über, geschickt gestapelt und vermörtelt, als ihr Zug die eigentliche Stadt erreichte. Dennoch boten nur wenige ein zweites Stockwerk, und die Straßen, soweit Maena erkennen konnte, blieben festgetretene Erde.

Moderne Gerüche vermischten sich zumindest in der Luft. Feuer, die mehr als nur Nahrung verbrannten. Der kühle Hauch des Meeres. Ein stinkender Unterton, der nur wachsen würde, wenn der gefrorene Boden zu weniger Plätzen führte, um das zu entsorgen, was Menschen hinterließen.

Probleme, die Rana mit entschieden besserer Kanalisation gelöst hatte, indem sie das, was nicht als Dünger verwendet werden konnte, in die tiefen Ozeane spülte.

Whent, so schien es, behielt es als Brennstoff für den

Fall, dass angenehmere Quellen im langen Winter zu sehr schwanden.

Dieses Eingeständnis ließ zumindest Jochi die Stirn runzeln. Nicht viel »Ehre« darin.

»Wir werden es bald lösen«, sagte Jochi. »Ihr könnt es jetzt sehen. Zu unserer Linken.« Der Kriegsherr, der auf der flachen Rückseite des Wagens stand, zeigte darauf, und alle, einschließlich Maena, schauten hin.

Das Flaggschiff von Tallwren's Hearth verdiente kaum den Namen. Von einer Steinmauer umgeben, die kaum höher als Maena selbst war, erstreckte sich die Universität einen Hügel hinauf und machte mit ihren geneigten Strohdächern deutlich, dass ihre Masse im Inneren der Erde und nicht darüber lag. Als hätten Mäuse große Löcher in den Boden gegraben.

»Es ist besser drinnen«, brummte Svarde angesichts des unbeeindruckenden Anblicks. »Was auch immer du von Jochi hältst, die Schule ist es wert, gerettet zu werden.«

»Also bin ich nicht von kompletten Idioten umgeben. Nicht ganz.«

»Wünschte, ich könnte dasselbe sagen.«

Jochi lachte nur.

Der Gefangenenzug stieg nicht an der Universität aus, sondern an den Docks. Ein Handelshafen, aber ein befestigter. Die Piers waren größtenteils leer, bis auf ein paar Whent-Galeonen, die sich auf eine Fahrt zum Saisonende nach Noctia vorbereiteten. Drei Steintürme überwachten das Verladen, ihre Spitzen gekrönt mit schweren Ballisten. Diese Whent-Armbrüste fanden hier ihre riesigen Brüder.

»Hab mich immer gefragt, warum wir diese Stadt nie überfallen haben«, sagte Rasslebeck, als ihre Whent-Wachen die Wagenfahrer in einer langen Reihe aufstellten. »Jetzt weiß ich es wohl.«

»Leichtere Beute auf See«, stimmte Maena zu. Zu ihrer Linken richteten sich Svarde und Kivi aus, während Pennifer und Rasslebeck zu ihrer Rechten warteten. »Whent ist immer besessen von groß und stark, sie übersehen oft schnell und clever.«

»Das ist mir ganz recht.«

Jochis geplante Verteidigung schien einfach genug. Die noch in der Stadt verbliebenen Whent-Soldaten würden die Türme bemannen und die Artillerie nutzen, um die ankommenden Unholde zu verlangsamen oder zu zerstören. Alle Übriggebliebenen, die es ans Ufer schafften, würden von den Gefangenen niedergemacht werden.

»Wenn welche an euch vorbeikommen, kümmern wir uns darum«, sagte Jochi, während er die Reihe abschritt. »Wenn einer von euch einen Feigling im Bauch hat, kümmern wir uns auch darum. Das ist keine Wahl. Das ist eure Freiheit, wofür ihr lebt. Rettet die Stadt, und ihr verdient euch ein Exil, frei von unseren Peitschen, unseren Schwertern. Versagt«, Jochi grinste sein mörderisches Grinsen, »und ihr seid zu tot, um euch darum zu kümmern.«

Die Gefangenen würden während des Wartens keinen Schutz haben, obwohl die Dünen genug Bollwerk gegen die äußeren Stürme boten. Gestrüpp und die Trümmer mehrerer zerstörter Schiffe lieferten Holz für Feuer, mit von Whent geliefertem Hammel und Karotten, Kartoffeln und Krabben. Ein feines Festmahl, verschlungen mit Händen und Dolchen, während das Wasser in der Nähe plätscherte.

Jochis Linie verstärkte sich jenseits der Docks, zog Sandsäcke, die eigentlich zum Abdichten von Überschwemmungen gedacht waren, in die Straßen, blockierte leichte Durchgänge und stellte sicher, dass sein kleines Armbrustschützencorps in der Lage sein würde, alle vorrückenden oder fliehenden Narren niederzumähen.

Nachdem die Befestigungen die Wege blockiert hatten, brüllte Jochi ein Signal und ein Metallregen begann, von den Türmen geworfen, um zwischen dem Sand zu landen. Maena zuckte nicht zusammen wie Rasslebeck, wie so viele andere. Sie hatte das Glitzern im schwindenden Licht gesehen und verstanden.

»Waffen«, rief Rasslebeck, der Erste in ihrer Gruppe, der den aus den groben, kieselgefüllten Körnern herausragenden Schatz erreichte. »Scheint, als würden sie doch nicht lügen.«

»Also erledigen wir ihren Job«, sagte Svarde, der neben Maena blieb und seinen gebratenen Hammel aufaß. »Bekommen Freiheit. Ein fairer Handel?«

»Es ist eine Lüge«, widersprach Maena. »Oder sie werden es irgendwie verdrehen. Whent vergisst nicht. Sie werden uns nicht gehen lassen.«

»Als ich mit Catya und Ami hier durchkam, wurden wir mit Freundlichkeit behandelt.«

Maena biss in ein Krabbenbein, saugte das weiche Fleisch heraus und spuckte die Schale in den Sand. Rasslebeck sammelte mehrere gefleckte Klingen auf, die eine gründliche Reinigung und Schärfung brauchten, bevor sie viel nützen würden. Nicht dass Jochi so etwas zur Verfügung stellen würde.

»Ihr hattet Noctia hinter euch, und ohne Noctias Handel, ohne die Hilfe des Najahn, würde Whent sterben«, erwiderte Maena. »Wir haben jetzt nichts. Wir sind Jochis Spielzeuge, und er wird uns nicht gehen lassen.«

»Dann werden wir ihn zwingen«, sagte Svarde und nahm eine ramponierte Klinge an. »Wenn dieser Kampf vorbei ist, Maena, werden wir uns wieder dem widmen, was wichtig ist.«

»Du glaubst immer noch, dass wir es schaffen können, Svarde? Sogar nach all dem?«

»Es gibt nichts anderes, Maena. Wir zerstören die Unholde, oder diese Welt ist dem Untergang geweiht.«

Und doch, als Maena über die zerlumpte Reihe blickte, die sich beeilte, sich mit Whents Überresten zu bewaffnen, war es nicht schwer sich zu fragen, ob sie nicht sowieso dem Untergang geweiht war.

Nimm dieses Schwert auf, Feigling. Erinnere dich, für wen du kämpfst.

Dich?

Richtig. Vergiss das nicht.

Maena lachte. Zog Blicke von ihrem Team auf sich und schüttelte sie ab.

»Kommt.« Maena stand auf. »Lasst uns sehen, ob Jochi uns ein paar Schleifsteine gibt, bevor die Monster ankommen. Ich habe nicht vor, hier zu sterben.«

23
SCHWEBENDE KLINGEN

Bliss sah das Feuer nicht, bevor es sie fand. Ein plötzlicher Blitz, ein heller Fleck, der auf der gewölbten Haut des Ungeheuers vor ihren Augen aufleuchtete, fast außerhalb ihres Blickfelds, während sie versuchte, eine Schwachstelle in dem kastenförmigen, roten Fleisch vor ihr zu finden. Sie war mit dem Stab hochgeklettert, hatte sich hinaufgekämpft und starrte auf die Masse, spürte deren Vibration in ihren Fersen und versuchte, irgendeinen offensichtlichen Hinweis, eine klare Verletzlichkeit zu erkennen.

Da sie keine fand, schlug sie einmal zu. Sie trieb den Stab hart hinein, die stumpfe Metallkante drückte sich in das Fleisch, verbog und verzerrte es, durchbrach es aber nicht. Eine Spannung, zu stark, als dass sie sie durchstechen konnte.

Das helle Licht kündigte jedoch etwas Neues an, ebenso wie die plötzliche Vibration des Ungeheuers, ein rauschender Sturm, als die tote Luft im Inneren des Ungeheuers in Bewegung geriet. Der Wind blies Bliss von ihrem Kletterpunkt, saugte sie zurück und nach unten, als hinter ihr, über ihr Flammen ausbrachen, die die Blasenhaut des Ungeheuers verschlängen, als wäre es trockenes Gras.

Sie hielt den Stab fest. Hielt ihn fest, während sie fiel, weil es nichts anderes zu tun gab.

Warum das Ungeheuer explodiert war, was es getroffen hatte, das waren nur flüchtige Gedanken und nicht mehr. Als Bliss auf das Wasser aufschlug, hart genug, um ihr trotz des Films die Luft aus den Lungen zu pressen, fielen die ersten Asche- und Glutpartikel, als das Innere des Ungeheuers Feuer fing, mit ihr hinab. Das Wasser leuchtete auf, wo sie es berührten, der ölige Film erwies sich als ebenso brennbar wie klebrig, schleimig und überhaupt scheußlich.

Bliss versuchte nach Luft zu schnappen, irgendetwas einzuatmen, und zappelte und planschte, während die Flammen um sie herum in einer widerlichen Version dessen wuchsen, was hätte passieren können, wäre sie in Fotis Großer Schmiede fehlgetreten. Kein Lava hier, aber fast genauso schlimm, dick und heiß und nah, oh so nah.

Der Stab, der die Haut des Ungeheuers nicht durchdringen konnte, fand ein Ziel, das er durchbrechen konnte. Bliss fuchtelte herum und ließ sein Metallende durch die Flüssigkeit um sie herum peitschen. Das gefleckte graue Eisen durchbrach den Film und enthüllte darunter das dicke grüne Brackwasser des Sees, und Bliss rollte sich darauf zu, die Flammen leckten an ihr, als sie eintauchte.

Untergetaucht erinnerten Bliss' Lungen sie daran, dass sie sich noch nicht von dem Sturz erholt hatte. Kostbare wenig Luft war übrig, ihre Beine und Arme verbrauchten in panischer Bewegung zurück zur Floßstadt zu viel davon. Oder paddelte sie weiter weg? Richtungen schienen unmöglich, die Strömung, die von den Zuckungen des Ungeheuers in seinen Todesmomenten erzeugt wurde, war ein reißender, unaufhörlicher Strudel. Bliss wurde in eine

Richtung gezogen, ihre Zehen und Finger wurden angesaugt, nur um dann von einem Rückstrom in die Gegenrichtung in den Magen getroffen zu werden. Irgendwo in diesem Chaos wurde ihr der Stab entrissen, aus ihrem Griff gerissen, als ihre Finger ihre Kraft verloren, ihre Augen brannten und ihr Körper zu verkrampfen begann.

Nach oben. Das, diese Richtung kannte sie, wenn auch nur, weil sie wie eine glorreiche gelbe Rose über ihr erblühte. Das Werk des Feuers, und eines, auf das sie in letzter Kraft zukickte.

Ein Durchbruch, eine Klarheit, als Wasser von ihren Wangen, ihren Augen, ihrem Mund rann. Ein Atemzug, endlich, wenn auch einer, der mit Rauch überzogen war. Aber nicht mehr, nicht viel mehr als Luft darüber hinaus. Um sie herum brannte der Film, und als er verging, folgte das Feuer, starb überall kurz nachdem es sein Ziel erreicht hatte. Über ihr schälte sich die Blasenhaut nach Norden zurück, eine lodernde Linie, die das Ungeheuer wegbrannte wie die Sonne, die den Nachthimmel vertreibt. Als es weiterging, fand das Feuer dieselben Adern, die Bliss erklommen hatte, und verzehrte sie ebenso wie alles andere, die schwarze Asche rieselte herab.

Alles, was Bliss tat, war jedoch atmen. Atmen, mit den Füßen paddeln und zusehen, wie das Ungeheuer starb.

Torny fand sie zuerst. Sie kam in einem einfachen Kutter, einem zweisitzigen Kanu, das dazu gedacht war, Waren von einem Teil der Stadt zum anderen zu befördern, angetrieben allein durch die Kraft ihrer Arme an den Rudern.

Die Banditin schrie Bliss' Namen wieder und wieder, dort in den treibenden, schwelenden Ruinen, bis sie Bliss' Planschen fand. Ihre heiseren Rufe.

»Du verdammter Idiot«, sagte Torny, stützte Bliss

gegen das Kanu und half ihr hinein. »Was hast du dir dabei gedacht?«

Bliss lehnte sich gegen das Kanu, das raue Holz trocken und zum ersten Mal frei von dem Schleim des Sees, dem Film des Ungeheuers. Ihre Haut glühte fast, so zornig rot, diese Linien, die sich über ihre gesamte Oberfläche kreuzten.

»Ich stelle dir hier eine Frage«, sagte Torny, die Banditin beugte sich über Bliss, nahe genug, dass ihre scharfen Augen, ihr wildes, kurz geschnittenes Haar den Himmel ausblendeten. »Warum. Bist. Du. Allein. Gegangen?«

In dem Gefühl, dass dies einer jener Momente war, die eine Antwort verlangten, aus dem Bliss sich nicht mit einem schläfrigen Davonstehlen herauswinden konnte, versuchte sie zu antworten. Sie wollte ein zuckendes Signal mit ihrer linken Hand geben und stellte fest, dass ihr Arm tot war. Nicht weg, nein, aber zu müde, zu erschüttert, um irgendetwas zu tun.

Also entschied sich Bliss für ein verwirrtes, schmerzerfülltes Lächeln.

Torny fluchte und setzte sich zurück, griff nach den Rudern und begann zu rudern. Bliss lauschte den Vögeln, den Rufen, die aus der Stadt kamen.

Keine Wut, keine Panik, keine Verzweiflung, diese. Nicht mehr.

Der Skar hat sie gerettet, so sagte Wax, aber ihr Bruder konnte seinen Fokus nicht halten. Ein freudiger Ausruf bei Bliss' Rückkehr, gefolgt von der Übergabe des Vis-Skars in Bliss' Hände.

»Hör ihm zu«, sagte Wax. »Es wird dir helfen.«

Quik empfahl dasselbe, sagte, er hätte die Nächte nach Eggrads Erstechen einfach damit verbracht, den Skar ihn in den Schlaf flüstern zu lassen. »Es fühlte sich an, als wollte es mir von jeder kleinen Verletzung erzählen, die ich hatte. Während es das tat, hörten die Wunden auf zu schmerzen.«

Während Torny Bliss half, sich in der einzigen Herberge des Außenpostens einzurichten, einem Ort, der angesichts der zunehmenden Angriffe des Ungeheuers größtenteils in eine Unterkunft umgewandelt worden war, machten sich Wax und Quik nicht die Mühe zu bleiben.

»Eujo wird vermisst«, erklärte Torny, als Bliss es endlich schaffte, die Frage zu stellen. »Sie verschwand, während das Ungeheuer angriff. Anscheinend war sie direkt bei Wax, kam aber nicht mit ihm auf dem Boot mit, um das Monster in die Luft zu jagen.«

Bliss neigte den Kopf und versuchte, mit ihren Augen mehr zu fragen.

Torny, mit einem Krug Bier in jeder Hand – Bliss hatte nach einem gefragt, aber Torny hatte abgelehnt und erklärt, sie brauche beide. Bliss könne Wasser haben, und nur Wasser.

»Was ich gemacht habe?«, sagte Torny als Antwort. »Das einzig verdammt Vernünftige: dir und deinem verrückten Selbst hinterherjagen. Ich sah, wie du untergingest, und machte mich auf die Suche nach einem Boot. Als ich endlich eines fand und herausfand, wie man die Ruder benutzt...« Torny sah sich um, vergewisserte sich, dass zwar ein paar Vertriebene in der Herberge waren, aber niemand zuzuhören schien, und beugte sich vor: »Bliss, ich glaube, ich habe das Schiff etwa zehn Minuten lang im Kreis gedreht, bis ich herausfand, wie die Ruder funktionieren.«

›Du wusstest es nicht?‹ Die Zeichen waren unbeholfen, aber Bliss stellte fest, dass ihre rechte Hand sie machen konnte, wenn sie sich durchkämpfte. ›Noch nie zuvor?‹

»Hallo? Ich bin eine Banditin, kein Fährmann. Wozu sollte ich lernen, wie man ein Ruder benutzt?« Torny runzelte die Stirn, als Bliss versuchte zu grinsen. »Wenn du sagst, dass es dazu dient, dir zu helfen, kippe ich dir jetzt sofort dieses Bier über.«

›Liege ich falsch?‹

»Sieh mal, das ist nicht die Lektion. Dass ich lerne, wie man ein Fischerboot steuert, ist nicht unser Fazit.« Torny seufzte, während sie beide auf der provisorischen Pritsche lagen, die sie für sich beansprucht hatten. Bliss lag unter den Decken, einer warmen Strohdecke, während Torny obenauf mit ihren Bieren blieb. »Nein, nein, die Lektion hier ist, dass du mich mitnimmst, wenn du gehst.«

›Warum?‹

»Damit ich dich beschützen kann, Dummkopf.« Ein weiterer dramatischer Seufzer, lange Züge aus beiden Bechern. »Du bist eine Vis, Bliss. Du hast noch nichts gesehen. Ich muss dich davon abhalten, dumme Fehler zu machen, wie einem riesigen Ungeheuer mit nichts als deinem Stab nachzujagen.«

Der war auch gefunden worden, treibend nahe der Stadt. Aufgefischt und Castilan übergeben, und jetzt ruhte er trocknend unter Bliss' Bett.

›Ich brauche nicht-‹

Torny stieß Bliss' Hand mit einem Bierkrug an. »Hör auf damit. Du brauchst es. Offensichtlich. Denn dein eigener Bruder hätte dich da draußen beinahe in einen knusprigen Pfannkuchen verwandelt. Also, wenn du das nächste Mal solche Ideen hast, gibst du mir Bescheid und wir gehen es gemeinsam an. Oder noch besser, ich sage dir, dass du dich hinsetzen und aufhören sollst, dumm zu sein.«

Bliss lehnte sich in das Kissen zurück. Kratzig, aber trocken. So viel wie sie sich in diesem Moment nur wünschen konnte. Torny plapperte weiter, ging zum Nachspiel über, wie sie aufräumen würden, herausfinden würden, wie sie in ein paar Tagen zum Strudel kämen. Das Abenteuer wieder in Gang bringen.

›Wenn Wax zurück ist, meinst du?‹ gebärdete Bliss mit halb geschlossenen Augen.

»Na ja, klar. Er geht nirgendwo hin«, sagte Torny. »Eujo ist wahrscheinlich ausgerutscht, hat sich den Kopf gestoßen und ist in ein Fass gefallen. Sie wird schon auftauchen.« Torny schnüffelte. »Andererseits wäre es vielleicht gut, wenn nicht. Vielleicht hat das Ungeheuer sie erledigt. Lässt uns eine Rivalin weniger, weißt du, was ich meine?«

Bliss öffnete ihre Augen und warf Torny den Blick zu, den sie für einen solchen Kommentar verdiente.

»Oh, werd jetzt nicht weich«, sagte Torny. »Eujo schlägt uns gerade. Wir sind nicht ihre Wächter.«

›Trotzdem. Sie war nett.‹

»War sie das?«

Tornys Antwort wurde von der anderen Seite des Gebäudes unterstrichen, als die Tür der Herberge, ein wackeliges Holzding, aufknallte. Castilan kam stolpernd herein, Quik in seinen Armen. Bliss setzte sich auf, als Torny fluchte, und sah, wie Quiks zerschlagener und geschundener Körper an den Najahn übergeben wurde, der als einziger Heiler der Stadt fungierte. Der Mann legte Quik vorsichtig auf einen Haufen getrocknetes Unkraut, während Bliss und Torny herüberkamen, wobei Torny einen Bierkrug aufgab, damit Bliss sich an ihrem Arm festhalten konnte.

Quiks Augen flatterten, eine Wange geschwollen. Seine Hände hielten seine Panzerhandschuhe, die scharfen Holzfinger nass von Rot. Rot trug Quik selbst, mit Schnitten an seinen Armen, seiner Brust, seinen Beinen. Schnitte, die zu

sauber und scharf waren, um von der Klaue eines Ungeheuers zu stammen.

»Das ist nicht gut«, murmelte Torny, als Bliss sich
neben ihren Bruder kniete.

Während der Heiler nach Salben und Verbänden bellte,
nahm Bliss das Vis-Skar von ihrer eigenen Hand und legte
es in die ihres Bruders. Sie beobachtete, wie sein Atem
schnell leichter wurde, die Röte um seine Gesichtszüge
abkühlte. Ihr eigener Schmerz kehrte zurück, die verblas-
senden Linien auf ihrer Haut fanden ihr Brennen wieder.

Das konnte sie jedoch ertragen. Konnte es aushalten.

›Gib mir das‹, gebärdete Bliss zu Torny, die zusah,
während sie auf ihrer Unterlippe kaute. ›Das Bier.‹

Torny reichte den Krug herunter, wahrscheinlich in der
Erwartung, dass Bliss einen Schluck nehmen würde. Stattdessen setzte die Vis den kalten Krug an die Schläfe ihres
Bruders, seine Kälte traf auf das, was sich sonst wie der
rasche Ausbruch eines Fiebers anfühlte.

Quiks Augen schossen auf, fanden Bliss' schnell.

»Wax«, sagte Quik, »sie haben ihn mitgenommen.
Nach Osten, Bliss. Du musst sie finden.«

›Wen finden?‹

»Die Wachen der Königin«, sagte Quik, die Worte ein
Rasseln. »Sie sind zurück.«

24
FELSENLAUF

Wie alle Kinder hatten Sawi, Wax und die anderen zwischen den Bäumen gespielt. Sie schlichen sich im Gebüsch an, schwangen sich an einer Liane vorbei und tippten jemandem auf die Schulter, bevor sie davonrannten. Der Spaß ließ die Tage dahinschmelzen. Jeder hatte auch seine Spezialität: Sawis war die Geschwindigkeit. Sie konnte sich zwischen den Bäumen und Lianen mit einer Behändigkeit bewegen, die keiner der anderen erreichen konnte. Wax konnte manchmal eine clevere Route finden, die ihn in Führung brachte und ihm ermöglichte, einen versteckten Schreck zu versetzen, aber wenn man Sawi auf einen Weg zwischen zwei Punkten setzte, war sie vor allen anderen da.

Nicht dass ihr die Geschwindigkeit half, als sie in das große Mottilan-Haus kletterte, das sich an die Klippe schmiegte, mit seinem grasbewachsenen Rasen, der sich zu einem steilen Abhang erstreckte. Die Geschwindigkeit half nicht, nein, aber die Stille schon. Sie setzte ihre Füße mit den Zehen zuerst auf, sodass sie nicht das leiseste Geräusch machten, als sie mit den Steinböden in Berührung kamen.

Der kühle, grob behauene Stein, mit den stumpfen Instrumenten bearbeitet, für die Vis bekannt war, hatte genug Struktur, um Sawi Stabilität zu geben. Als sie sich also vorbeugte und die Ohren spitzte, um nicht entdeckt zu werden, behielt sie ihr Gleichgewicht. Sie pflanzte beide Füße, ihre Arme, ihren Körper in einen kleinen Raum.

Zu ihrer Rechten lag ein leeres, moosiges Bett, auf Brettern zusammengenäht. Nicht die Hängematten aus Kitaye. Vielleicht war es hier zu windig, zu schwer zu machen. Zufällige Beutel und kleine Handarbeiten lagen im Raum verstreut, einige hingen an den geflochtenen Bambuswänden. Stein für die äußere Hülle, einfachere Dinge für das Innere. Zu viele Projekte, zu wenige vollendet.

Typisch Mottilan, die Bemühungen auf halbem Weg aufzugeben.

Die Stimmen wurden wieder lauter. Gladdring war unter ihnen, er protestierte gegen das Argument, das Sawi gehört hatte. Gegenargumente flogen schnell, gefolgt von einem Schleifgeräusch. Etwas Schweres wurde über den Boden gezogen. Sawi ging zum einzigen Ausgang des Raumes und lugte um die Türöffnung. Ein zentraler Flur verlief nach rechts und links, schmal und vollgestopft mit Beuteln, losen Kisten voller Früchte, Gemüse und Forage. Rechts lag die Haustür fast in Sawis Reichweite. Geschlossen, das Holz passte unregelmäßig in den quadratischen Steinrahmen. Gegenüber wartete ein Glühen, das einzige im ganzen Gebäude, von wo die Geräusche kamen.

Was tat sie hier?

Der Gedanke ließ Sawi erstarren, selbst als ein anderes Geräusch aus dem nächsten Raum drang. Ein Schlag, hart und schnell, gefolgt von einem gespuckten Fluch aus Gladdrings Mund. Was tat sie hier in diesem Mottilan-Anwesen? Sie riskierte, was sicher eine Tracht Prügel sein würde, möglicherweise Schlimmeres, wenn ein Mottilan-Gesetz ihr Herumschleichen verbot. Die Vis-Bräuche gingen nicht allzu freundlich mit Verbrechern um: Es war einfacher, sie von einer Klippe zu werfen oder sie einem Hanoko zum Fraß vorzuwerfen, als sich mit ihrer Inhaftierung zu befassen. Und niemand aus Kitaye würde hier eine bevorzugte Behandlung erfahren.

Noch ein Schlag. Noch ein Fluch von Gladdring. Dieser klang feuchter.

Sie war keine Kämpferin. Keine, die ein Schwert aufhob und losstürmte, wie Wax mit dieser Foti-Klinge. Er wusste nicht, was er mit dem Ding anfangen sollte, aber Sawi sah das Selbstvertrauen, das es ihm gab. Die Möglichkeit zur Verteidigung. Hier hatten sie was, ihre Hände? Ihr Seil?

Sawi sah sich um, fand nichts unter dem Kram zu ihren Füßen, das nützlich sein könnte. Am besten also, die Hände frei zu halten, bereit, auf alles zu reagieren, was sich ergeben würde.

Sich ergeben wie sie jetzt. Mut, Sawi. Deshalb war sie hier. Weil sie das letzte Mal abgehauen war, als Wax und Pan ihre Hilfe brauchten, und schau, was passiert war. Nicht noch einmal, nicht noch einmal. Nicht jetzt.

Sie huschte schnell über den Flur. Niemand da, keine Seele, die zusah. So sicher waren sie sich und ihrer Sicherheit, oder dass niemand es wagen würde, zu stören.

Sawi erreichte den nächsten Raum, presste sich an die nahe Wand. Geduckt lugte sie um die Ecke, dem Glühen folgend. Der schönste Raum, den sie bisher gesehen hatte, erwartete sie, zum ersten Mal eingerichtet, als würde jemand mit Seele hier leben. Holzmöbel, schöner als alles, was Sawi bisher in Mottilan gesehen hatte, schöner auch als das meiste, was sie in Kitaye gesehen hatte, waren im größten Raum des Hauses verteilt. Mehrere Stühle, ein

Teakholztisch und ein in eine Steinnische eingebauter Kamin. Gefüllte Kissen – wahrscheinlich Kance-Arbeit – waren im Raum verteilt und boten der Menge darin Plattformen zum Sitzen.

Mindestens sechs Leute, alle mit ihren Augen auf Gladdring fixiert. Ein siebter, ein großer Mann mit wettergegerbtem Aussehen, ragte über dem Tenet auf. Der Mann hatte einen Haken in der Hand, das gebogene Metall für einen Fisch bestimmt. Das Feuer ließ ihn wie einen Stern am dunklen Himmel aufblitzen. Darunter trugen die Knöchel des Mannes eine blutige Farbe, die den Flecken auf Gladdrings Gesicht und seinen verknitterten Roben entsprach. Der Tenet sah aus, als hätte er schon bessere Tage gesehen, sein Körper vor Schmerz zusammengekrümmt, seine Kleidung zerrissen. Rote Perlen tropften von Schnitten an seinen Armen, und Beulen erhoben sich um die Augen des Mannes. Augen, die Sawi hätten sehen können, wenn sie quer durch den Raum geblickt hätten, aber stattdessen hielten sie ihren schmerzerfüllten, zusammengekniffenen Blick auf den Mann gerichtet.

»-in deinem Tod, und nichts anderes, Korrus«, sagte Gladdring gerade, als Sawi zuhörte. »Meine Freunde auf Noctia würden nichts lieber hören, als dass ich tot bin, aber da Noctia nicht schwach erscheinen darf, werden sie Najahn hierher schicken, um dich und deine Stadt zu zerstören.«

»So sagst du«, erwiderte Korrus. »So sagst du es die ganze Zeit, Gladdring. Knoten sind überall um uns herum. Alles, was wir tun, bindet uns an dich und deine Pläne. Du profitierst, wir verlieren.« Korrus schwang eine Hand zurück zur Menge, das Seil peitschte durch die Luft. Mehrere duckten sich oder lehnten sich in ihren Stühlen zurück, um dem Schwung auszuweichen. »Wir sollten die

Erneuerung bekommen, und wir endeten mit nichts. Wir sollten Noctias Handel bekommen, aber er ging stattdessen nach Kitaye. Sogar Kance schickt jetzt Schiffe zu dieser verfluchten Stadt.«

»Nicht meine Schuld, Korrus.«

»Nun, das ist schade, denn es hätte die Sache noch einfacher gemacht.«

Korrus holte erneut mit der Hand aus. Sawi hustete.

Sie musste es nicht tun. Der Atem brannte nicht in ihrer Kehle, und auch nicht der Ruß aus dem Kamin. Nein, Sawi tat es, weil sie nicht wusste, was sie sonst tun sollte, und zögerte zwischen feigem Schweigen und märtyrerhaftem Schreien.

Der Husten erregte die falsche Aufmerksamkeit.

Gesichter und Körper drehten sich wie ein Mann zu ihr um, die immer noch halb um die Tür gekauert war. Münder öffneten sich, Köpfe neigten sich, als ihre Gedanken versuchten, eine Erklärung, einen Grund für die Anwesenheit einer Unbekannten zu finden. Bis einer eine Antwort lieferte.

»Das ist das Kitaye-Mädchen«, sagte eine dunkelhäutige Frau in der Nähe von Gladdrings Stuhl. »Sie ist heute mit ihm hereingekommen!«

»Also bist du nicht allein«, verkündete Korrus, als Sawi aufstand und ihre Beine angespannt hielt. »Gladdring, wenn du je einen besseren Beweis für deinen Verrat wolltest, ist eine Kitaye-Frau die perfekte Wahl.« Er nickte in ihre Richtung. »Nehmt sie. Noch ein Noctia-Haustier als Geisel.«

Sawi drehte sich um, stieß sich von der Steinmauer ab, während Stühle knarrten und Stiefel den Boden trafen. Sie stürmte durch das Schlafzimmer, eine freie Hand erwischte die Tür im Vorbeigehen und schwang sie zu. Das Fenster wurde zu einem schmalen Pfad durch die Bäume, durch den Sawi sprang, den Wänden auswich und mit einer Vorwärtsrolle ins Gras fiel, als wäre es ein riesiges Blatt. Den Schwung beibehalten, in Bewegung bleiben, denn langsamer werden oder fallen bedeutete den Tod.

Ein Gesetz des Dschungels, ein Gesetz von Vis.

Das kühle Gras gab Sawi Halt, und sie stürmte geradeaus über den Hof, direkt zur Klippe. Hinter ihr wurden die Rufe gezielter, als die Verfolger ihren Ausgang, ihren Weg sahen.

Was sie nicht erwarteten, nach ihren Ausrufen zu urteilen, war Sawis Sprung von der Klippe.

Sternenlicht umhüllte ihren Fall, die Luft rauschte um sie herum, als Sawi, deren Hände sich schon bewegten, bevor sie die Klippenkante erreichte, ihr Seil abwickelte. Als Sawi den freien Raum erreichte, folgte das Seil unter ihr, wartend auf einen Ruck. Einen, den Sawi gab, als sie fiel, das Seil zu einem schmalen Baum schleudernd, der von einem tieferen Vorsprung ausging und scheinbar versuchte, den Horizont statt den Himmel zu erreichen. Ein Weg, den sie auf dem Hinweg geplant und nun eingeschlagen hatte, das Seil fing sich und schleuderte Sawi hart nach rechts. Eine Schwingung, die damit geendet hätte, dass sie zurück gegen die Klippenwand geschlagen wäre, wenn nicht ihr zweiter Ruck gewesen wäre, ein leichter Zug nach oben am Seil, der die Haken an dessen Ende löste.

Jetzt flog sie wirklich, peitschte sowohl nach unten als auch nach rechts, ein rasender Pfeil, der auf das eigentliche Mottilan zusteuerte, mit dicht gedrängten Gebäuden und wenigen Bäumen, die eine Rettung ermöglichten. Trotzdem geriet Sawi nicht in Panik, konnte nicht erstarren. Das zu tun, wäre der Tod gewesen, und nicht auf die richtige Art. Stattdessen schnappte Sawi ihr Seil erneut, diesmal schleuderte sie es gegen die Wand zu ihrer Rechten, während sie sich überschlug. Das Seil biss in den Fels, schabte daran entlang und ruckte so hart gegen sie, dass Sawi spürte, wie ihre Schulter knackte, der Schmerz vermischte sich mit dem Brennen auf ihrer Haut vom harten Streifen des Seils. Der Schmerz fand einen Partner, als der Zug des Seils, der sie verlangsamte, Sawi in einen schabenden Lauf entlang der Klippenwand brachte. Ihre Haut stand in Flammen, Sawis rechter Arm wurde taub, aber sie traf das nächste Dach langsam genug, um dem Tod zu entgehen.

Nur ein Aufprall auf dem Reetdach, nur ein Rollen über Stöcke und Blätter, nur ein weiterer Fall auf einen schmalen Vorsprung dahinter. Sawis Seil entglitt ihren zerschundenen Händen, als sie aufschlug und in staubiger Erde, einem abgeernteten Garten, liegen blieb. Mit dem Gesicht gegen den harten Boden gepresst, versuchte Sawi zu atmen, zu sehen, ob es einen Teil von ihr gab, der noch nicht zerschlagen war.

Ihre Füße. Ihre Beine. Zerschrammt, ja, aber nicht zerstört. Ihr linker Arm schien ebenfalls brauchbar genug, um Sawi zum Aufstehen zu bringen. Die Bewegung brachte eine Welle von Schwindel mit sich, Sawis Kopf hatte bei dem wilden Abstieg auch einen Schlag abbekommen. Trotzdem erblickte sie ihr Seil, dessen Ende über dem Dach hing. Ihr Landeplatz war kaum mehr als eine Hütte, in der Größe den kleinsten Kitaye-Baumhäusern ähnlich, aber keineswegs im Stil. Ein einziges Fenster. Kein Auslass für ein Feuer. Und dunkel im Inneren.

Wenn der Besitzer weg war, dann war das wenigstens eine kleine Gnade.

Sawi zog ihr Seil herunter. Versuchte, es mit der rechten Hand um ihre Taille zu wickeln, nur um festzustellen, dass ihre Schulter in zersplitterndem, atemraubendem Schmerz ausbrach. Begnügte sich stattdessen mit einer groben, von der linken Hand geführten Wicklung. Nahm am Ende einen tiefen Atemzug, versuchte, einen Hauch von Hoffnung in ihrem Überleben zu finden. Gladdring, gefangen. Wahrscheinlich eine Geisel oder Schlimmeres.

Was sollte sie jetzt tun?

Sawis Frage nahm schnell eine unmittelbarere Wendung, als Stimmen über die Klippe getragen wurden, die näher kamen. Die Verfolger hatten nicht aufgegeben, und sie waren nah. Sawi warf einen Blick hinter sich, zum Vorsprung. Ein weiterer steiler Abgrund mit wenigen Möglichkeiten für eine Schwingung. Dies war nicht Kitaye. Mottilan war nicht für ihre Fähigkeiten gebaut. Aber sie hatte zwei Füße. Sie konnte rennen.

Und Sawi, selbst verwundet, selbst erschöpft und verängstigt, war schnell.

25
GEFANGEN

Die Spur war nicht schwer zu finden. Ein Spaziergang zurück zu der Stelle, wo Wax Eujo zurückgelassen hatte, als er das Ölboot ablegte, und dort, zurück in die Sümpfe südlich der Stadt: gebogene Schilfhalme und Linien im Schlamm. Stiefelabdrücke, die von der Entführung in den Morast führten. Eine Frage stellte sich dann, als das Licht schnell schwand.

»Ihr jetzt nachzugehen wird gefährlich sein«, sagte Quik und streifte sich bereits die Handschuhe über.

Wax bemerkte es, nickte zu den Armen. »Aber du hast deine Entscheidung getroffen.«

»Ich weiß einfach, was du tun wirst.«

Wax schenkte ihm ein dankbares Grinsen. »Denkst du, ich kann nicht von einem Kampf weglaufen?«

»Nicht, wenn du denkst, du wärst verantwortlich.«

Ah, Quik. Wie seine Schwester, gut und bereit, den Kern der Sache zu treffen, wenn er wollte. Wax vermutete, nein, wusste, dass seine Geschwister ihn besser verstanden als er sich selbst. Ein Glück also, dass sie seine Beschützer und nicht seine Feinde waren.

»Worauf warten wir dann noch?«

Quik zeigte mit den tödlichen Holzhandschuhen, die nun fest an seinen Händen saßen, auf den Sumpf. »Wir gehen langsam, leise. Eine Jagd, Wax. Diese Wachen sind nicht dumm, wären nicht für die Königin verantwortlich, wenn sie es wären. Was bedeutet, dass sie diese Spuren absichtlich hinterlassen haben, oder keine Zeit hatten, sie zu verwischen.«

Ob die Wachen sich nun schnell bewegten oder einen Hinterhalt legten, Quik und Wax gingen in gemäßigtem Tempo, schlüpften ins Schilf und blieben tief. Wax hatte seine Foti-Klinge bereit, die vom Feuer um den Dämon herum noch etwas schmerzte, aber dank des Vis-Skars stabil genug war. Das und der blitzartige Drang, sich weiterzubewegen, weiter nach Eujo zu suchen. Denn Quik hatte Recht: Wax hatte sie dort allein gelassen, und obwohl Eujo alles andere als unfähig schien, hätte er nicht so unvorsichtig sein dürfen.

Wenn das überhaupt seine Entscheidung gewesen war.

Verdammt, das lief genauso wie bei Pan. Sein Freund hatte die Entscheidung getroffen, den Skar zu fangen, nachdem Wax ihn geworfen hatte, den großen Sana hinunterzurennen und bei der Verfolgung eine Verletzung zu riskieren. Eujo hatte ihre eigene Entscheidung getroffen, nicht mit Wax zu gehen, um-

»Da«, flüsterte Quik und tippte Wax auf die Schulter. »Du kannst die Rüstung sehen.«

Diese Kance-Platten, so glasartig und schön, wenn sie sich bewegten, hatten die üble Angewohnheit, das Licht einzufangen und es wie ein Diamant funkeln zu lassen. Wax konnte sich nicht als Experten für Kriegsführung bezeichnen, aber als Jäger hatte alles, was einen so verriet, keinen Zweck. Nun, keinen Zweck außer einem: alles andere zu warnen, sich fernzuhalten.

»Sie umkreisen?«, flüsterte Wax.

»Wir müssen uns erst vergewissern, dass sie alle drumherum sind.«

Quiks Vorschlag bewahrheitete sich Momente später, als das Paar durch hüfttiefes Wasser watete – seltsame Dinge streiften immer wieder an Wax' Beinen und seiner Taille entlang, und er weigerte sich, darüber nachzudenken, was sie waren – und nahe genug herankam, um Blinth und Silvrin, den Wachkommandanten, zu sehen, die eine sich wehrende Eujo zwischen sich zogen. Die Königin, die auf Wax' Gesicht ein wildes Grinsen hervorrief, untergrub jeden ihrer Schritte. Sie rutschte im Schlamm aus, rang bei jeder Gelegenheit mit dem Wächter-Paar. Die beiden Kance-Soldaten bellten Forderungen an sie, zu kooperieren, sich ihrem Stand entsprechend zu verhalten, nur um im Gegenzug Flüche von Eujo zu ernten. Die Königin selbst war mit Schlamm bedeckt, Pflanzen und Dreck in ihrer Kleidung, ihren Haaren und überall sonst.

Kurz gesagt, sie sah aus wie ein Vis-Jäger nach einer Woche im Dschungel.

»Sie hat Kampfgeist«, flüsterte Wax. »Das muss man ihr lassen.«

Quik antwortete nicht. Als Wax nach rechts blickte, wo er seinen Bruder erwartete, sah er stattdessen nichts. Nur das Sumpfwasser, das sich ständig bewegte, geleitet von Kreaturen über und unter der Oberfläche.

»Quik?«

Wax drehte sich einmal im Kreis. Immer noch kein Zeichen. Er zog die Foti-Klinge. Schaute zurück zu der Stelle, wo Eujo und ihre Wachen gekämpft hatten. Sah nichts. Verschwunden? Nein. Nicht einmal ein Kance-

Windmeister konnte sich in Luft auflösen. Was etwas Schlimmeres bedeutete.

Bis zur Brust ins Wasser sinkend, schnupperte Wax, lauschte. Hörte nur das Tropfen und Plätschern des Sumpfes, ein paar entfernte Frösche, die in der kalten Luft vergeblich nach Insekten quakten. Das Wasser selbst war ebenfalls kühl, wenn auch nichts im Vergleich zur eisigen Foti-See. Wax ignorierte es, stieg langsam auf die niedrige Erhebung, wo Eujo einen Moment zuvor gewesen war. Schob sich durch mehrere Schilfhalme. Auf der anderen Seite lag Eujo, mit dem Rücken im Schlamm und scheinbar bewusstlos, die Augen geschlossen und regungslos. Eine Markierung an ihrem Gesicht, nahe der Schläfe.

Die Monster.

»Ich würde sagen, Sie haben eine Wahl«, sprach Blinth, als Wax herumwirbelte und den dritten Wächter hinter sich aus dem Sumpfwasser aufsteigen sah. War der Mann die ganze Zeit dort untergetaucht gewesen? Oder war er einfach ein Phantom? »Aber Sie haben keine. Ihr Schicksal ist das gleiche, wie das Ihres Wächters.«

»Was habt ihr mit Quik gemacht?«

Im schwindenden Tageslicht übertraf Wax' Saphirklinge die schlammbedeckte Kance-Rüstung bei weitem, obwohl Blinth sie gut und aufrecht trug. Behandschuhte Hände ruhten nahe zweier Rapiere an der Taille des Mannes, jedes in einer schlanken Scheide steckend und bereit für einen schnellen Zug. Der Windmeister hatte Wax gezeigt, wie schnell ein Kance von Nichts zu tödlicher Bedrohung werden konnte, eine Geschwindigkeit, die Wax nicht schlagen konnte, selbst wenn er jetzt geradewegs auf Blinth zurennen würde, mit der Spitze voran.

»Er wird leben«, antwortete Blinth. »Eine Warnung an Ihre anderen Freunde, uns oder Ihnen nicht zu folgen.« Der

Mann hielt jeden Ausdruck von seinem Gesicht fern. Kein Triumphieren, keine Verärgerung. Dies war eine ausgeführte Pflicht. Wax hatte das Gleiche bei den Najahn zu Hause gesehen. »Lassen Sie die Klinge fallen, Vis, oder ich werde sie Ihnen abnehmen.«

»Weißt du was? Ich habe diese Klinge schon oft genug verloren, danke.«

Blinth nickte leicht. »Mutig, wie ein Renewal sein sollte. Dumm, wie jeder Vis sein muss.«

Ein jüngerer, dümmerer Wax wäre vielleicht auf die Beleidigung angesprungen. Hätte vielleicht mit seiner Foti-Klinge zu einem alles entscheidenden Schlag gegen Blinths Gesicht ausgeholt. Stattdessen entschied sich Wax für den Schlamm. Er kickte mit dem Fuß, schleuderte die nasse Erde auf den Kance und folgte mit einem alles entscheidenden Schwung. Ein jüngerer Wax hätte vielleicht auch gedacht, er hätte eine Chance, ein offenes Duell zu gewinnen.

Der weisere, ältere Renewal, der sein Spiel machte, wusste, dass er keine andere Wahl hatte.

Blinth wich zurück, als der Schlamm ihn traf, ein zeitgewinnender Zug, der auf ebenem Boden besser funktioniert hätte. Der abschüssige Sumpf tat ihm keinen Gefallen und ließ Blinth rutschen, schwanken und straucheln. Wax' Foti-Klinge kam ihm gefährlich nahe, schnitt in die Kance-Rüstung des Mannes, erzeugte Funken und drang durch, spaltete Blinths Brustpanzer. Der Wächter fluchte, als Wax, die Foti-Klinge mit beiden Händen umklammernd, sein Handgelenk drehte und sie zurückzog, während er weiter vorwärts ging.

Bis er nach links geschleudert wurde, von etwas getroffen, das Wax nicht sah. Er taumelte, die Foti-Klinge flog aus seinen Händen, als Schilf seinen Sturz bremste. Wax' rechte

Schulter schmerzte, Erde drückte sich gegen seine linke Wange, und bevor Wax seine Füße unter sich bringen konnte, drückte sich eine dünne Schwertspitze in seinen Hals.

»Töte ihn einfach und bring es hinter dich«, knurrte Blinth. Wax wollte sich umdrehen und sehen, wer ihn festhielt, aber jedes Mal, wenn er seinen Hals bewegte, drückte sich die Schwertspitze härter hinein. »Er hat meinen Panzer ruiniert.«

»Du hast ihn ruiniert, indem du dich von ihm treffen ließt«, erwiderte Silvrin. »Ein königlicher Kance-Wächter, von einem Vis getroffen? Du solltest auf der Stelle deines Ranges enthoben werden.«

Wenn Blinth eine schlagfertige Antwort hatte, behielt er sie für sich.

»Was, ihr werdet keinen Renewal töten?«, sagte Wax, seine Stimme vom Boden gedämpft. »Zu gemein für euch?«

»Noctia wird es nicht erlauben«, antwortete Silvrin schlicht. »Stirb durch ein Ungeheuer, stirb durch eine Katastrophe, die Welt trauert. Stirb durch unsere Hand, und es sind unsere Hälse, die den Preis zahlen.« Wax spürte, wie das Schwert sich hob, begann sich zu bewegen, nur um eine Hand an seiner Seite zu spüren, die ihn umdrehte und flach in den Schlamm drückte. »Beweg dich noch einmal ohne meine Erlaubnis und du wirst die Nacht bewusstlos verbringen. Es ist nicht dein Tod, den wir wollen. Auch nicht ihrer.«

»Was dann?«

Die Antwort kam mit einer Durchsuchung. Blinth ersetzte Silvrin als Wax' Hauptbewacher und hielt den Vis in den Boden gedrückt. Die Hände des Mannes, befreit von seinen Handschuhen, führten ein schnelles Taschendiebstahl durch, durchwühlten Wax' ruinierte Kleidung und kamen mit der Halskette, dem daran befestigten Foti-Skar, wieder zum Vorschein.

»Wo ist das andere?«, fragte Blinth, sein Atem heiß an Wax' Ohr.

»Hab ich nicht, du Idiot.«

Der Schlag kam schnell, klatschte Wax' andere Seite in den Schlamm. Kalt, aber irgendwie lindernd nach seinem brennenden Angriff auf das Blasenungeheuer.

»Wo?«, fragte Blinth erneut.

»Mein anderer Wächter hat es«, antwortete Wax. »Wisst ihr nicht, was die Skars bewirken?«

Blinth fluchte, legte seine Hand auf Wax' Hinterkopf und drückte ihn tiefer in den Schlamm. »Er sagt, er hat es nicht. Sagt, es sei bei dem anderen Wächter.«

»Der, den Akido hat?«

»Antworte ihr«, zischte Blinth Wax an.

»Er hat nichts, was ihr wollt«, erwiderte Wax. Er hielt seine Ohren offen für eine Chance zu lügen, abzulenken, aber es bot sich keine. Wenn die Wächter das Vis-Skar so dringend wollten, dass sie den Weg zurück zu Bliss und Torny auf sich nehmen würden, nun, das wäre eine großartige Entscheidung für Wax' Überleben. »Bliss brauchte es zum Heilen.«

Blinth wiederholte die Worte.

»Dann geh von ihm runter. Es gibt kein Zurück zu diesem Außenposten. Wir haben die drei von Eujo, sein viertes bringt uns unsere Belohnung. Es ist fast dunkel genug, um sie loszuwerden. Akido wird bald zurück sein. Dann gehen wir.«

»Wo geht ihr hin?«, fragte Wax, als Blinth ihn auf die Füße riss. »Zu einer Party?«

»Gewissermaßen«, antwortete Blinth und blitzte mit

Zähnen, die irgendwie immer noch perfekt weiß waren. »Schade, dass du nicht dabei sein wirst.«

Blinth zog Wax durch den Sumpf, während die Frau die bewusstlose Eujo aufhob. Gemeinsam marschierten sie durch das Schilf nach Westen, weg vom Hauptfluss und parallel zur Floßstadt. Die Dämmerung vertiefte sich zur Dunkelheit, Sternenlicht und Sichi dienten als glücklicher Führer für den Marsch. Wax überschüttete das Paar mit Fragen, aber sowohl Blinth als auch Silvrin verstummten, als der Marsch begann, als fielen sie in einen lange geplanten Plan.

»Alles, was ich wissen will«, sagte Wax schließlich, nachdem er sein Repertoire an Beleidigungen erschöpft hatte, »ist, wie ihr es von der Walze geschafft habt? Mit diesem Ungeheuer und seinen Ranken?«

»Unsere Rüstung ist leicht genug, um uns schwimmen zu lassen«, antwortete Blinth. »Das Schiff zerbrach und wir trieben an die Oberfläche. Schade, dass du nicht den gleichen Luxus haben wirst.«

»Ich bin ein guter Schwimmer.«

Blinth lachte nur. Der Grund dafür zeigte sich bald genug, als sie ein stabiles Boot erreichten, das im Wasser schaukelte. Die lila und schwarze Verzierung sprach von Najahn-Zugehörigkeit, obwohl keine Noctia-Soldaten warteten. Eine kleine Leinwandkabine bedeckte die Mitte, mit Plätzen für Ruder vorne und hinten. Silvrin warf Eujo in die Mitte. Blinth legte Wax zu ihr. Steckte Wax' Foti-Klinge in die Nähe.

Ein kühner Zug, ein leichtsinniger, die Waffe so nah bei ihrem Träger zu lassen.

Die Kance-Wächter holten dicke Seile heraus, die Art, die man benutzt, um ein Boot an seinen Liegeplatz zu binden, und fesselten Wax' Hände mit Eujos zusammen, ihre Rücken zueinander. Blinth führte das Paar zum Bug des Bootes und ging dabei vorsichtig genug mit Eujos Kopf um.

»Ist es das, wie ihr eure Königin behandelt?«, fragte Wax. »Kaum ehrenhaft.«

»Zwei Königinnen«, antwortete Blinth und nahm seinen Platz an den Rudern hinter Wax ein. »Wir wählen, welcher wir dienen.«

Der Mann verstummte wieder, als er sich auf die Ruder konzentrierte, sie ins Wasser tauchte und das Boot vorwärts stieß. Beide Kance-Wächter arbeiteten im Einklang, trieben das Boot durch flache Gewässer, bis es auf einen anderen Fluss traf, dessen Strömung langsam genug war, um dagegen nach Norden zu rudern. Wax konnte nicht erraten, wie viel Zeit vergangen war, außer zu wissen, dass sein Magen knurrte, sein Hals vor Durst juckte und sie alle abwechselnd über die Bootsseite ihre Notdurft verrichtet hatten. Eujo, wieder bei Bewusstsein, hatte nichts als finstere Blicke für die Wächter übrig.

Irgendwann streifte das Boot ein schlammiges Ufer und der dritte Kance, Akido, kam an Bord. Behauptete, er hätte das Skar nicht sichern können, aber der andere Wächter würde als Warnung, als Ablenkung gut genug dienen. Die Ruder setzten wieder ein und der Sumpf fiel zurück, der See wurde immer breiter, als sie nach Norden vorstießen. Hinter jedem Ruderschlag wuchs nun ein rauschendes Geräusch, stetig und endlos.

»Ich weiß, wohin sie uns bringen«, sagte Eujo leise.

»Ich glaube, ich hab's auch raus«, erwiderte Wax und blickte zu Blinth. »Keine Morde, richtig? Nur Katastrophen?«

»Die Erneuerung ist ein gefährliches Unterfangen«, grinste Blinth. »So viele sterben unterwegs.«

26

DER STRANDKÖDER

In der ersten Nacht geschah nichts. Ruhige Wellen und wenig mehr, abgesehen von der Stadt hinter ihnen, die Verteidigungen vorbereitete und einschlief. Die Gefangenen, sich selbst überlassen, rollten sich zusammen und schliefen im Sand oder saßen mit Blick auf den Horizont, beobachtend und gleichgültig, ob etwas auftauchen würde.

Diese Gefangenen sind nutzlos. Töte ein paar und vielleicht wird Jochi dich belohnen.

Maena ignorierte die Stimme. Sie hatte in den einsamen Stunden daran gearbeitet, während Svarde in der Nähe schnarchte. Die anderen um das schwelende Feuer herum. Der kalte Wind, gelegentlich mit Schneeflocken gewürzt, ließ Maena zittern. Doch diese körperlichen Unannehmlichkeiten wurden zu einer Waffe gegen die Stimme, stumpften sie ab und vertrieben sie und ihren wachsenden Wahnsinn.

Sie konnte einen Vorschuss auf ihren Schlaf nehmen. Eine Praxis, die sie lange Zeit auf Rana-Schiffen perfektioniert hatte, die mit wenig Hilfe übers Wasser glitten, keine zweite Chance, wenn eine verirrte Welle oder ein Riff dein Schiff erfasste und zerriss. Schlaf konnte bei ruhiger See kommen, mit einem Dock und einem trockenen Bett.

Für Maena kam dieser Komfort tagsüber, mit einem Tuch über den Augen, um den grauen Himmel abzuschirmen. Svarde hielt Wache. Andere Gefangene spielten Spiele, fanden Wege, ihre Waffen zu schärfen. Jochi warf Vorräte herüber, Schaufeln zum Ausheben von Latrinen.

Er sagte, die Unholde müssten sich Zeit lassen.

Das taten sie, zumindest bis zur zweiten Nacht. Wieder über ihr Feuer gebeugt, diesmal mit Fisch und mehr, immer mehr Kartoffeln, war die Gruppe etwa zur Hälfte durch, als ein Horn vom nächstgelegenen Turm ertönte. Weitere Hornstöße folgten von den anderen, hallten in einer Schallkaskade um die Ausläufer.

»Man kann es sehen«, nickte Svarde über das Feuer hinweg zum Ozean.

Weiße Schaumkronen. Schatten. Gestalten, die sich gegen den Horizont bewegten, Winterwolken verdunkelten das wenige Licht, das es geben würde.

Ein lautes Twang ertönte vom nahen Turm und ein brennender Pfeil schoss in die Dunkelheit. Ein goldenes Leuchten, das heller wurde, je weiter er flog, fast die weißen Schaumkronen erreichte, bevor er in einem Funkenregen explodierte, der breit genug war, um den ganzen Strand zu bedecken.

Und zeigte, dass der Feind, die Dinge, die auf sie zurasten, überhaupt keine Unholde waren.

Die Gefangenen schrien, standen auf, Maena unter ihnen. Die heranrasenden Schatten waren keine Monster, sondern Schaluppen, Kutter, Fregatten, die zu einer Rana-Flotte gehörten. In diesem Blitz wurde auch klar, dass diese Schiffe nicht perfekt waren. Zerrissene Segel, aufgerissene

Rümpfe, einige pflügten tief im Wasser, mit Seilen an größere Schiffe gebunden.

»Wenn es hier einen Angriff gegeben hat, dann auf sie«, sagte Maena. »Das ist eine Falle.«

»Und nicht für uns.« Svarde hob eine breite Metallklinge auf. »Macht euch bereit.«

»Wir kämpfen nicht gegen unsere eigenen Leute«, sagte Rasslebeck. »Auf keinen Fall-«

Rasslebecks Worte wurden abgeschnitten, als ein anderer Gefangener, die Arme hoch und schreiend, zurück in Richtung Jochis Linie rannte und den Kriegsherrn einen Feigling nannte, forderte, er solle den Seeleuten helfen. Diese Worte endeten mit einem einzigen Armbrustbolzen, der Pfeil ragte aus der Brust des Mannes und trieb ihn zu Boden.

»Das Angebot«, donnerte Jochis Stimme, die Wellen und den Tumult mit ihrer schieren Kraft übertönend, »steht. Vernichtet den Feind, gewinnt eure Freiheit. Tut ihr es nicht, sterbt ihr.«

Die Ballisten eröffneten das Feuer, als er endete, die ersten langen Bolzen schossen auf die herannahenden Schiffe zu. Zwei verfehlten ihr Ziel, zwei trafen, schlugen in ein Kutterpaar ein und schleuderten Holz und Körper ins Meer. Beide Schiffe schwankten, neigten sich. Weitere fünfzehn blieben, immer noch heranstürmend.

»Sie können nicht kämpfen wollen«, sagte Rasslebeck, seine Hände hingen schlaff herab. »Es gibt keinen Sieg für sie.«

»Ich glaube nicht, dass sie das vorhaben«, erwiderte Pennifer. »Ich denke, sie fliehen vor etwas Schlimmerem.«

Maena nickte, das kranke Gefühl in ihrem Magen wuchs, als die Schiffe näher kamen, die Verwundeten an Deck wurden selbst im schwachen Licht deutlich sichtbar.

Die Ballisten feuerten erneut, diesmal drei Treffer, der vierte segelte über sein Ziel hinweg ins Wasser. Die Hauptfregatte nahm den Schaden, die riesigen Bolzen hingen von ihr herab wie ein stacheliger Auswuchs.

Die Artillerie würde keinen weiteren Schuss abgeben: Die Rana kamen zu schnell, geschickte Segelkunst trotz der Schäden, ihrer verwundeten Besatzung.

Um sie herum schabte Metall, die Gefangenen sahen ihre Wahl und trafen sie.

»Kämpfen wir, Maena?«, fragte Svarde.

»Du fragst mich?«

Svarde antwortete nicht, gab ihr aber einen ebenen Blick, der genauso gut als Antwort diente. Dies waren ihre Leute, sie war ihr Kommandant.

Ein einfaches Opfer für dein Leben. Svarde sollte sie töten, genau wie er es bei mir getan hat.

Svarde fragte sie aus Ehrgründen, aber das würde nur bis zu einem gewissen Punkt reichen. Der Mann hatte ein Ziel, und er würde tun, was er konnte, um es zu erreichen. An diesem Strand zu sterben, diente nichts.

»Folgt mir«, sagte Maena. »Wir werden es schaffen, mit intakter Seele.«

»Großes Versprechen«, murmelte Pennifer, aber die drei und Kivi folgten Maena, als sie sich von der Linie nach vorne bewegte und dann links nahe der Basis eines Ballistenturms. Die stämmige Tür war verriegelt, versiegelt, aber das war nicht ihr Ziel.

Stattdessen führte Maena sie um die Vorderseite des Turms herum, brachte sie näher an die Wellen, die Schiffe waren nun Sekunden von der Landung entfernt, aber von Jochis Blick verborgen.

»Haltet eure Arme hoch«, sagte Maena, »aber greift

nicht an. Verteidigt euch nur, und vielleicht schaffen wir es durch.«

»Und sehen unseren Freunden beim Sterben zu«, fluchte Rasslebeck.

»Das wusstest du in dem Moment, als du dich für meine Crew angemeldet hast. Das ist der Preis, den du für die Chance auf etwas Besseres zahlst.«

»Stand in keinem Vertrag, den ich gesehen habe.«

Maena zückte ihren rostigen Säbel und stieß die Spitze in Rasslebecks Bauch. Der ältere Mann knurrte sie nur an, bewegte sich nicht, den steinernen Turm im Rücken.

»Dann tu, was du willst, Rasslebeck. Wirf dein Leben weg.« Maena zog den Säbel zurück. Die ersten Rana-Schiffe liefen auf Grund, glitten den Sand hinauf. »Zwing mich nicht, es für dich zu tun.«

Die Worte besänftigten den Plünderer nicht - Maena vermutete, dass nichts außer einem steifen Drink und ein paar toten Felsbeißern das tun würde -, aber Rasslebeck versuchte auch nicht, ihr den Kopf abzuschlagen.

Er schloss sich auch nicht dem Ansturm an, als die verzweifelten Gefangenen den Strand hinunter auf die landenden Rana-Schiffe zustürmten.

Die Rana bewahrten, soweit es ging, ihre Fassung. Maena erkannte die Schiffe und die Leute an Bord. Plünderer, ja, aber sanktionierte, Profis, die die Meere nach Fracht durchkämmten, die sie von jedem finden konnten, mit dem Rana eine Meinungsverschiedenheit hatte.

Das bedeutete hauptsächlich Whent und Kance.

Die Najahn hatten eine lausige Marine, die damit beschäftigt war, Soldaten und Vorräte von ihren Außenposten zu transportieren. Ohne große Präsenz auf den Meeren konnte Ranas winzige Insel nehmen, was sie in vernünftigem Maße brauchte.

Doch Diebstahl hatte die Angewohnheit, den Dieb heimzusuchen, und jene Rana zahlten diese Schuld nun an den verrosteten, vernarbten Händen eines gefangenen Volkes.

Als die Seeleute von den Landungsschiffen sprangen, sahen sie sich von dem bunt zusammengewürfelten Haufen bedrängt. Schnee rieselte, als rotes Blut verspritzte und Waffen ihr Ziel fanden. Rana-Armbrustschützen feuerten in die anstürmende Menge und vergossen ihr eigenes Blut. Gut bewaffnete Plünderer machten kurzen Prozess mit Gefangenen, die nicht überraschend zuschlugen, wehrten minderwertige Waffen ab und setzten ihre Säbel mit verheerender Wirkung ein.

Maenas Gruppe hielt stand. Ob nun, weil sie nicht Teil des Chaos waren oder durch puren Zufall, die Kämpfe brachen um sie herum aus, als die Rana-Profis Fuß fassten und die Gefangenen zurückdrängten. Der erzwungene Pöbel brach hier und da auseinander, arme Seelen, die sich entschieden, den Strand hinaufzurennen in der Hoffnung auf... was, da war sich Maena nicht sicher. Das Einzige, was sie fanden, waren schussbereite Whent-Armbrüste, deren schwarze Bolzen tief in Lumpen und Ruinen einschlugen.

Maena musste die Schüsse nicht einmal sehen. Die Klicks und die Schreie waren genug.

»So eine Verschwendung«, sagte Svarde, der neben ihr stand. »All diese verlorenen Leben, wenn wir doch gegen die Unholde kämpfen sollten, in die Dunkle Tiefe vordringen sollten.«

»Oder einfach leben«, erwiderte Maena. »Wir wissen nicht, was diese Menschen in die Gruben gebracht hat, aber es gibt einen besseren Weg.«

»Was würden sie auf Rana tun?«

Svardes Tonfall verriet, dass er verdammt gut wusste,

was sie auf Rana tun würden. Verbrecher würden verbannt werden, wenn das Vergehen nicht zu schlimm war, auf Foti oder Noctia abgesetzt. Bei viel Schlimmerem kamen die Hinrichtungen schnell, von einem Boot geworfen mit einem Gewicht um die Knöchel.

Stiehlst du etwas zu essen, findest du dich bei Zwangsarbeit auf den Reisfeldern wieder, reinigst Fische für nichts weiter als eine Mahlzeit. Sitzt du deine Strafe ab, würde Rana dich jedoch als rehabilitiert betrachten.

»Foti ist auch nicht besser«, konterte Maena.

Wir sind alle Monster.

»Foti ist eine elende, verfluchte Insel«, erwiderte Svarde. »Tatsache ist, das sind sie alle, außer Vis. Dort zumindest scheinen die Menschen glücklich zu sein.«

»Weil sie kaum wissen, dass wir existieren.«

Die Chancen verschlechterten sich weiter für die Gefangenen. Rana strömten an den Strand, und Maena musste mehr als einmal blinzeln, um zu bestätigen, was sie sah: Verwundete Seeleute wurden eilig von Bord gebracht, die Laderampen hinunter und den Strand hinauf geschleppt, während andere Rana mit schwingenden Säbeln und schwirrenden Armbrüsten den Weg frei machten.

Mehr noch, Rana-Stimmen begannen die Schreie der Gefangenen zu übertönen. Die Seefahrer stimmten keine eigenen Schlachtgesänge an, nein, stattdessen riefen sie, flehten die Gefangenen an zurückzuweichen, riefen den Whent-Bogenschützen im Turm - die, wie Maena bemerkte, noch keine Nahschüsse abgegeben hatten - zu, ihre Bolzen zurückzuhalten.

Rotes Wasser floss den Sand entlang, jetzt mehr von Laternen auf den Booten und Fackeln am Strand beleuchtet als von dem Rosa, das durch die Nachtwolken schimmerte.

»Das ist dann wohl kein Angriff«, murmelte Svarde.

»Es ist ein Gemetzel, das ist es«, fügte Rasslebeck hinzu.

»Warum haben sie sich entschieden, hier zu landen?«, fragte Pennifer. »Das ist das Dümmste überhaupt. Es musste doch eine andere Wahl geben.«

Du weißt warum, nicht wahr?

»Sie werden nicht weit hinter ihnen sein«, sprach Maena leise und festigte ihren Griff.

Svarde nickte, seufzte. Maena hätte dasselbe getan, aber sie hatte keine Emotionen mehr übrig. Nur ein kalter Blick, als die letzten Gefangenen brachen, rannten, starben. Die Rana gingen von Bord, einige beobachteten Maena und ihre Gruppe, machten sich nicht die Mühe anzugreifen.

»Halt!«, wieder Jochi. Diesmal näher. »Keinem Rana ist es erlaubt, diese Insel ohne Erlaubnis zu betreten, und ich habe euch keine erteilt.«

Maena glitt zurück, sah hinter dem Turm den Kriegsherrn, flankiert von vier steingerüsteten Soldaten, vor den Befestigungen stehen. Jochi hielt ein geschmiedetes, vergoldetes Horn an seinen Mund, das seine Stimme verstärkte.

»Ihr werdet zu euren Booten zurückkehren, oder ich werde euch niedermetzeln lassen, wo ihr steht, Verwundete und alle.«

Die Rana hörten jedoch nicht auf. Sie entluden weiter, jetzt schneller, da die Kämpfe vorbei waren. Körper wurden von den Schiffen geworfen, trafen auf den Boden, wo andere Seeleute sie hochschoben, zumindest bis einer der Whent in ihrem Turm einen Bolzen in den Dreck schoss.

»Überquert diese Markierung, und ihr werdet dasselbe Ende finden wie zu viele unserer Verbrecher. Der wertlose Haufen.« Jochi lachte. »Habt ihr eure eigenen Freunde erkannt, als ihr sie niedergemetzelt habt? Die Gruben waren voll von Rana. Wir haben sie alle gesammelt und zu euch gebracht. Ich hoffe, ihr habt das Wiedersehen genossen.«

»Der Bastard«, murmelte Rasslebeck.

»Er provoziert sie«, sagte Maena. »Sie sind müde, verzweifelt. Jochi will, dass daraus Wut wird, damit sie an diesem Strand sterben können.«

»Warum?«, fragte Pennifer. »Was zum Teufel soll das bringen?«

»Weil er sie nicht füttern will, wenn das hier zu einer Belagerung wird«, antwortete Svarde.

»Unholde belagern nicht.«

»Jetzt vielleicht schon.«

Maena schluckte Svardes Worte hinunter, wandte ihren Blick zurück aufs Meer. Die Foti hatten Recht. Kein gewöhnlicher Unhold, nicht einmal eine Gruppe, wäre in der Lage, eine Rana-Flotte wie diese zu besiegen. Wilde Tiere konnten Schaden anrichten, Chaos verursachen, aber sie konnten überlistet, durch diese einzigartige menschliche Eigenschaft zerstört werden.

Kein Rana trat vor, um Jochis Forderung entgegenzutreten. Sie mussten es nicht. Das Meer tat es für sie.

Draußen in der Schwärze wuchs eine stille Linie am Horizont. Langsam und sich aufbauend, stetig auf die Küste zusteuernd. Rufe begannen auf den Rana-Schiffen, den Whent-Türmen, wurden durch die Menge zurück in die Stadt getragen.

Ein einzelner Ballistenschuss, die lange Lanze strich über das Licht hinaus und traf die Welle mit einem knackenden, klirrenden Klang. Ein unnatürliches Geräusch, eines, das Maena und Svarde nur zu gut kannten.

Metall.

Die Welle, jetzt fast so hoch wie die Türme, teilte sich.

Brach und spritzte weg, um einen verkrusteten, abfallenden Bug zu enthüllen, kein Segel in Sicht. Auf seiner durchnässten Schale waren Linien eingeritzt, Muster, die selbst aus dieser Entfernung für Maena in ihren sich windenden Wellenlinien klar wurden, die alle das Wasser zu den beiden Flossen auf jeder Seite leiteten, die sich in rasender Geschwindigkeit auf und ab bewegten und das Schiff, doppelt so groß wie die Rana-Fregatte, zum Ufer trieben.

Kivi schnaubte. Svarde nickte.

»Jetzt beginnt die wahre Schlacht.«

27
VERLORENE SACHE, GEFUNDENE SACHE

Als Bliss und Torny endlich den Rand des Außenpostens erreichten, bereit, in den Schlamm zu treten, durchkreuzten Einbruch der Nacht und drohende Erschöpfung ihre Hoffnungen. Torny reagierte zuerst, packte Bliss' Arm und hielt sie zurück, als sie versuchte, in den Sumpf vorzudringen.

»Dann nehmen wir eine Fackel und folgen ihnen«, sagte Bliss, als Torny ihre Einwände vorbrachte.

»Du willst mit einer winzigen Flamme da rausgehen und rumsuchen?«, fragte Torny. »Du, die du schon zitterst, wo du stehst? Die jetzt eigentlich schon tief und fest schlafen würde? Was passiert, wenn diese Energie nachlässt und wir tief in diesem Schlamm stecken?«

»Das wird nicht passieren. Ich werde nicht nachlassen.«

Bliss glaubte es auch. Quiks schreckliches Aussehen und Wax' Verschwinden vermischten sich zu einem starken Cocktail, und sie würde bis ans Ende dieser Insel und der nächsten rennen, bevor sie für ein Nickerchen zusammenbrechen würde.

»Wie wäre es, wenn wir etwas anderes versuchen?«, fragte Torny und trat noch weiter zurück, als wolle sie Bliss zur Vernunft einladen. »Wir wissen, dass es diese Kance-Wachen waren, die sie mitgenommen haben - übrigens, ein Gebet für den Kapitän und die Besatzung des Rollers.«

Bliss zuckte fast zusammen. Sie hatte nicht an die vier gedacht, die sie den Fluss hinaufgebracht hatten. Kein Lebenszeichen seit dem Angriff des Ungeheuers. War sie so gefühllos geworden, dass sie einfach darüber hinwegging?

Oder war es in einer gefährlicheren Welt zur Notwendigkeit geworden?

»Das dachte ich mir«, fuhr Torny fort und nickte bei Bliss' Gesichtsausdruck. »Wir rennen so schnell, dass wir den roten Faden verlieren.«

»Unseren roten Faden? Was hat das mit der Roller-Besatzung zu tun?«

»Was war der eigentliche Grund, warum wir in diese Richtung gesegelt sind?«

»Die Skar?«

Torny nickte. »Richtig. Wenn diese Wachen die Königin gehasst hätten, was, zugegebenermaßen, berechtigt wäre, aber das tut hier nichts zur Sache.« Bliss runzelte die Stirn, Torny zuckte mit den Schultern. »Jedenfalls ist der Punkt, dass sie sie jederzeit zwischen Foti und jetzt hätten erstechen können. Sie hatten Nächte mit ihr in diesem Roller, wo sie sie hätten umbringen können und niemand hätte es gewusst.«

Bliss blickte zurück zum Sumpf. Torny hatte die Angewohnheit, langatmig zu werden, und jede Minute, die sie damit verbrachte, ihr beim Theoretisieren zuzuhören, war eine, die sie hätten nutzen können, um mit einem Auge nach Wax durch den Morast zu waten.

»Bleib bei mir, Bliss, denn ich entwirre das gerade,

während wir reden, und ich glaube, ich bin einer Sache auf der Spur.«

Bliss verdrehte die Augen, wandte sie aber wieder Torny zu. »Was denn?«

»Ich sage, sie wollen die Skars, genau wie wir. Was bedeutet, wenn sie Eujo haben, gibt es nur einen Ort, zu dem sie unterwegs sein werden. Vielleicht nehmen sie Wax gleich mit.«

»Du meinst, sie gehen zum Strudel?«

»Ich denke, das ist eine bessere Vermutung, als blind durch all das da zu stolpern.«

Eine bessere Vermutung, ein besserer Plan. Bliss schnippte mit den Fingern, als sie an Torny vorbei in die entgegengesetzte Richtung ging. »Das hättest du gleich am Anfang sagen können.«

»Hast du den Teil verpasst, wo ich erwähnte, dass ich es gerade erst herausfinde?«, erwiderte Torny.

Sie rannte Bliss trotzdem hinterher.

In der Nacht herrschte im beschädigten Außenposten reges Treiben, da diejenigen mit noch funktionierenden Gliedmaßen und Lebenswillen darum kämpften, ihre Häuser wieder aufzubauen oder zumindest in einen überlebensfähigen Zustand zu bringen. Die wenigen funktionierenden Feuerstellen brannten, kochten Suppen, und der Geruch erinnerte Bliss im Laufen daran, dass sie einmal mehr eine gemütliche Nacht gegen eine in der Wildnis eintauschen würde.

Der Gedanke brachte sie fast zum Stehen. Wenn die Kance-Verräter die Königin und ihren Bruder zum Strudel brachten, und wenn Bliss und Torny ihnen folgen und sie einholen wollten, brauchten sie eines: einen Führer.

»Keine Chance«, sagte Castilan, halb schlafend in einem Stuhl im zentralen Lagerhaus, das nun, wie jedes noch stehende Gebäude, als Krankenstation und Herberge diente. »Da Reathe sich darauf vorbereitet, mit den Schwerstverletzten nach Süden zu gehen, bin ich der einzige verbliebene Najahn. Ich kann nicht mitten in der Nacht verschwinden, selbst nicht für eure Erneuerung.«

»Ist das nicht dein Job?«, fragte Torny. Die beiden standen mit ihren besten finsteren Blicken vor Castilan. »Ist es nicht der ganze Sinn der Najahn, den Erneuerungen zu helfen, oder bist du ein Feigling?«

»Wir arbeiten für den Kreis, nicht für eure Erneuerungen«, schnappte Castilan, wurde dann aber sanfter. »Nicht, dass ich für das, was ihr getan habt, nicht dankbar wäre. Die Zerstörung dieses Ungeheuers hat unseren Außenposten gerettet. Ich werde ihn jetzt nicht gefährden, indem ich weggehe.«

»Oh, was wird denn passieren, werden all deine Freunde den Ort plündern?«

Castilan schnaubte: »Vielleicht.«

Er hob einen einzelnen Finger, bevor Torny eine weitere sarkastische Antwort abfeuern konnte. »Ich denke, was ihr vorhabt, ist dumm, nachts auf den See hinauszufahren. Aber es gibt jetzt reichlich Boote ohne Besitzer, und der Himmel ist klar, also würde ich sagen, ihr habt eine halbe Chance.« Castilan setzte sich auf. Er lehnte sich vor, wie ein uralter Geschichtenerzähler, der im Begriff war, eine Geschichte zu enthüllen. »Wenn ihr den Strudel finden wollt, schnappt euch eure Ruder und fahrt nach Norden. Ihr werdet ihn treffen.«

»Das ist alles?«, fragte Torny.

»Das ist alles.«

»Kein geheimes Passwort? Keine versteckte Höhle? Kein Schalter, den wir finden und umlegen müssen, bevor uns Ungeheuer in Stücke reißen?«

Castilan warf einen Blick zu Bliss, die mit den Schultern zuckte.

Eine klare Richtung zu haben, steigerte Bliss' Energie nur noch mehr. Torny füllte ihre Wasserschläuche auf und schmuggelte ein paar Suppenschüsseln zum Steg, die das Paar hastig hinunterschlang, bevor sie in ein halbwegs anständiges graues Boot sprangen. Ihr gewähltes Gefährt hatte ein paar Sitzbänke, die sich über die Breite erstreckten, eine Länge, die etwa das Dreifache von Bliss' Körpergröße betrug, und genug Platz, um ein paar weitere Personen unterzubringen, wenn die Rettung, wie unvermeidlich, erfolgreich zurückkehren würde.

»Danke, dass du mitkommst«, gebärdete Bliss, als sie die Schüsseln zurückließen und unter Sichis rosafarbenem Licht ins Boot stiegen. »Ich weiß, es war ein langer Tag.«

»Ja, das weiß ich. Ich habe ihn erlebt.« Torny setzte sich mit den Rudern zurück. »Ich habe erst vor ein paar Stunden gelernt, wie man diese Dinger benutzt, also erwarte nicht zu viel, Käpt'n.«

»Käpt'n?«

»Siehst du sonst noch jemanden auf diesem Boot?« Torny machte eine Show daraus, nach links und rechts zu schauen. »Ich sehe jedenfalls niemanden, und ich bin mir ziemlich sicher, dass ich kein Käpt'n-Material bin.«

Bliss lächelte. Torny hatte manchmal eine Art, das Schreckliche erträglich zu machen.

»Denk nur daran, als Käpt'n bist du schuld, wenn etwas schief geht. Ich bin bei diesem Unternehmen unschuldig.«

»Einverstanden. Jetzt stoß ab und lass uns meinen Bruder retten.«

Ihre Energie ließ nach, bevor der Außenposten und sein gemütliches orangefarbenes Glühen verschwanden. Bliss' Muskeln begannen fast von Anfang an zu schmerzen, jede

Dehnung und Anspannung zerrte an der Haut, die sich einfach nur erholen wollte. Ihr Kopf pochte und sagte ihr, sie solle sich ein Bett suchen, bevor sie ohnmächtig wurde.

Selbst Torny wurde schnell still, die Banditin konzentrierte sich darauf, die Ruder so zu bewegen, dass das Boot nicht ins Trudeln geriet. Bliss fand den Rhythmus schnell genug heraus, nicht so anders als alles andere mit ihren Armen und Beinen. Man musste sie nur synchron halten, um dorthin zu gelangen, wo man hin wollte.

Auch der Strudel verbarg seine Präsenz nicht. Wenn das Licht des Außenpostens schwächer wurde, wuchs ein gewaltiges Geräusch im Norden. Ein monströses Biest, das brüllte wie ein Hanoko in seiner Blütezeit. Der Klang gab ihnen eine Richtung. Auch der See kämpfte nicht gegen sie an, eine Nacht ohne peitschende Winde, als ob der Tod des Ungeheuers die Natur zu einer feierlichen Totenwache veranlasst hätte.

»Weißt du«, sagte Torny, ihr Tonfall passte nicht zu den Worten, fast ein Schrei, um über das Brüllen des Strudels hinwegzukommen, »das Ganze könnte ziemlich cool sein, wenn es nicht den ganzen Tod gäbe.«

Bliss nickte. Mit den Händen an den Rudern hatte sie keine andere Möglichkeit zu antworten, und da ihr Ziel so nah war, keinen Grund, langsamer zu werden.

»Bringt einen zum Nachdenken, vielleicht, wenn der ganze Erneuerungs-Kram vorbei ist, wäre es schön, eine Tour durch die Inseln zu machen. Die Sehenswürdigkeiten ohne die Skars zu sehen. Du könntest mir zeigen, warum Vis die Verleumdung nicht verdient.«

Bliss hätte bei diesem Kommentar etwas Scharfes erwidert, hätte gefragt, welche Verleumdung ihre Heimat verdient hätte, aber Sichis Schein hatte etwas vor ihnen und backbord aufgegriffen, eine Silhouette, wo das Wasser anfing, schneller zu werden und in einem großen Kreis zu fließen.

Bliss ließ ein Ruder los und zeigte darauf, und Torny bemerkte es schnell genug.

»Natürlich fahren sie rein«, sagte Torny. »Wenn das sie sind, und wer sonst wäre so dumm wie wir, hier draußen zu sein, dann müssen wir Gas geben, Bliss.«

Sie versuchten es. Die Ruder klatschten hart aufs Wasser, kämpften gegen den Rand des Strudels und dessen Sog an. Die Schläge waren laut genug, dass das Boot sie bemerken musste, sehen musste, was sie taten. Aber das Paar konnte nicht näher kommen. Konnte den Strudel nicht bezwingen, und Bliss' Arme waren fast tot.

»Hey«, sagte Torny zwischen den Schlägen, »ich glaube nicht, dass wir das schaffen.« Bliss begann ihre Ruder wieder herumzuführen, nur um zu spüren, wie Tornys in die andere Richtung schlugen und die Drehung des Bootes verlangsamten. »Wir müssen etwas Kraft aufsparen, um hier rauszukommen, Bliss, oder dieses Ding wird uns mit runterziehen. Die müssen irgendeinen Anker haben, um so stabil zu bleiben.«

Ihr Ziel hatte sich nicht bewegt, obwohl es reichlich Bewegung gegeben hatte. Zu weit weg, zu düster, um genau zu erkennen, was es war, und das Getöse des Strudels, das Torny nun zwang zu brüllen, um Bliss nur ein paar Armlängen entfernt zu erreichen, machte jedes Lauschen unmöglich.

Aber Bliss konnte gut genug sehen, als zwei Gestalten, zwei kämpfende Gestalten, sich zum Bug des Bootes bewegten.

»Oh, was ist das jetzt? Ist das dein Bruder?«, fragte Torny.

Bliss konnte es nicht sagen, aber ihr Herz, seine plötzliche Enge, sagte ihr, dass er es war. Zwei Gestalten, deren Rüstungen im rosa Licht glänzten, erhoben sich und gingen auf das Paar zu, aber die Gefesselten rissen sich los und fielen über Bord ins Wasser.

Torny fluchte. Bliss wollte schreien. Nicht vor Entsetzen, sondern vor Wut, vor Frustration. Sie hatten Recht gehabt, sie hatten gewusst, wohin sie gehen mussten, und trotzdem, trotzdem waren sie nicht rechtzeitig gekommen.

Das war Wax gewesen. Und jetzt war er irgendwo da oben verloren, begraben im dunklen Wasser.

»Vielleicht wird er in diese Richtung getrieben?«, rief Torny, aber in ihren Worten lag nichts als Mitleid.

Bliss kümmerte sich nicht darum, der Banditin zuzuhören oder sie anzusehen. Sie fixierte ihre Augen auf das Boot, eines mit Rudern, die aus seinem längeren Körper herausragten. Der Anker wurde hart hochgezogen, diese Ruder trafen das Wasser, als das Gewicht frei war, und das Boot schoss auf sie zu.

Bis jetzt hatten Bliss und Torny ihre eigenen Ruder in Bewegung gehalten und ihr Boot gerade genug zum äußersten Rand des Strudels zurückgezogen, wo die wirbelnde Strömung sie noch nicht hineinzuziehen drohte. Von dort aus beobachteten sie die Annäherung, das Glitzern, als Mondlicht auf Kance-Rüstungen und Kance-Klingen traf.

Wenn Bliss und Torny ihr Boot im richtigen Moment wendeten, ihre Ruder drehten, könnten sie vielleicht lange genug einen Schub bekommen-

»Nein«, sagte Torny, leiser, aber die Worte drangen trotzdem durch. »Wir werden es nicht tun, Bliss. Selbst wenn wir könnten, würden wir heute Nacht einfach sterben, und ich werde diesen Tag nicht an der Spitze eines Rapiers beenden. Wir fahren zurück.«

Bliss starrte in Tornys Richtung, versuchte, ein Gegenargument zu finden, einen cleveren Plan, um die Wachen zu besiegen, ihr Boot zu stehlen, ihre Kraft zu nutzen und ihrem Bruder nachzujagen.

Stattdessen sah sie die Wahrheit in den ernsten Augen der Banditin, in ihren eigenen schmerzenden Gliedern.

»Wir drehen jetzt«, sagte Torny, »wir können verschwinden, bevor sie wissen, wer wir sind, was wir gesehen haben. Wir kommen zurück, ruhen uns aus, und morgen tun wir das, was ich am besten kann.«

»Was ist das?«

»Rache.«

28

EINE STADT DER VERRÄTER

Sawi hielt sich an den Gebäuden, als sie ins eigentliche Mottilan hinabstieg. Die Klippen hatten nun Treppen, grob gehauene Stufen, die bei jedem Schritt ihre Füße schmerzen ließen, ihre Beine brannten vom Aufprall an der Bergwand oben. Zumindest verlangsamte sich ihre Verfolgung ebenfalls, als sie die Stadt erreichte, die Rufe der Verfolger erstarben zu einem Murmeln, als würden sie die Nacht respektieren.

Nicht, dass sie das müssten: Mottilan schien dem Schlaf zu trotzen. Der Hafen unten wimmelte von nächtlichen Fischern, die in die Wellen hinausfuhren oder die Küste entlangstreiften. Späte Lieferungen huschten herein, ihr Fang und ihre Ladung wurden eilig in Körbe, Kisten oder zu Kochfeuern gebracht. Diese orangefarbenen Punkte sandten ihren süßen Rauch zu Sawi hinauf, brachten fröhliche Gespräche mit sich, Flöten und Trommeln machten Musik.

Nicht ganz unähnlich Kitaye, dessen Abende oft in eine sanfte Party übergingen. Ein Tag am Leben auf den Sieben Inseln war es wert, gefeiert zu werden.

Eine Einstellung, die Sawi angenommen hätte, wenn sie gedacht hätte, sie würde den nächsten Sonnenaufgang erleben.

Um sie herum bildeten gemütliche Hütten ein ruhiges Labyrinth, eines, das ohne die Baumkronen, an die Sawi gewöhnt war, desorientierend wirkte. Wie konnten diese Menschen es mögen, auf dem Boden zu schlafen, weg von den Bäumen, und sich trotzdem Vis nennen?

Andererseits schien Mottilan, nach dem, was sie gehört hatte, nicht allzu interessiert daran, die Kultur mit den anderen Städten der Insel zu teilen.

Sawis Stolpern trieb sie in eine allgemeine Richtung, ihr humpelndes Hasten über schmale Straßen neigte sich in eine bestimmte Richtung: zum Gasthaus, das sie und Gladdring reserviert hatten.

Ja, Sawi vermutete, dass die Leute, die Gladdring mitgenommen hatten, wahrscheinlich wussten, wo sie untergekommen waren, aber wenn Sawi Hilfe finden wollte, schien das Gasthaus ein guter Ausgangspunkt zu sein.

Reisende würden dort sein, Seeleute von anderen Inseln. Vielleicht sogar ein oder zwei Najahn. Jemand, der nicht auf der Seite dieser Schläger war, der nicht so erpicht darauf wäre, Sawi der Bande auszuliefern.

Wenn nicht, nun ja ... Sawi weigerte sich, darüber nachzudenken. Der Rand der Panik erlaubte nur wenig Planung.

Die helle Holztür des Gasthauses ließ sich leicht aufstoßen, Sawi fiel fast hinein, als sie aufschwang. Ein warmes Knistern des Feuers, ungezwungene Unterhaltung begrüßten sie. Ein flüchtiger Blick erfasste etwa acht Personen, die zwischen den wenigen Tischen umherwanderten, Holzbecher mit Fruchtwein in den Händen. Als Sawi die Tür hinter sich zuschwingen ließ, wandten sich mehr als ein paar dieser Augen ihr zu, bemerkten ihr wohl ziemlich mitgenommenes Aussehen.

»Was ist denn mit Ihnen passiert?«, fragte die Köchin, Wirtin und allumfassende mütterliche Figur, die aus dem hinteren Bereich mit mehreren weiteren Weinbechern herauskam. Zwei stellte sie auf einen Tisch, den dritten behielt sie in den Händen und ließ den eigentlichen Empfänger mit einer unausgesprochenen Frage auf den Lippen zurück. Stattdessen drückte die Wirtin das Glas Sawi in die Hand, die es zusammen mit dem Arm der Frau ergriff. »Kommen Sie mal hier rüber, da ist ein Stuhl, und wir werden uns um Sie kümmern.«

Der Wein ging klebrig und süß hinunter, orange und perfekt kühl, um zur Nacht zu passen. Sawi ließ sich in den Stuhl fallen, einen, der nahe genug am steinernen Kamin stand, um seine Wärme zu spüren. Ein Schauer überkam sie, eine oder zwei Tränen drohten zu fallen, aber Sawi blinzelte sie weg.

Erinnere dich, kam ihr Gladdrings endloses Misstrauen in den Sinn, Vertrauen ist dein Feind.

»Erzählen Sie mir, was passiert ist«, sagte die Wirtin, die mit einem feuchten Tuch an Sawis Seite zurückkehrte, einem, das nach Jahren des Aufsaugens von verschüttetem Wein roch. Trotzdem ließ Sawi zu, dass der raue Stoff das Blut um ihre Schnittwunden wegwischte. »Ich lasse gerade ein Bad für Sie einlassen.«

»Danke«, antwortete Sawi. »Wir können dafür bezahlen.«

»Da bin ich mir sicher. Nun, raus damit. Was ist schiefgegangen, und wo ist Ihre Freundin?«

Bevor sie sprach, bemerkte Sawi die Stille. Die Menge im Gasthaus war fast verstummt, abgesehen von ein paar gemurmelten Worten. Sie würde die Geschichte nicht nur der Wirtin erzählen, sondern dem ganzen Gasthaus.

Dann sollte es besser eine gute sein, wie Wax sagen würde.

Also wob Sawi, was sie konnte, blieb so nah an der Wahrheit, wie sie es wagte. Eine zusammengewürfelte Gruppe war hinter ihr und der Najahn her. Sie war weggelaufen, nachdem ihr Leben bedroht worden war, war ein paar Mal gestolpert und hingefallen, als sie in der Dunkelheit floh, die Wege von Mottilan unvertraut.

Und wo war die Najahn? Immer noch irgendwo da draußen. Sie war losgegangen, um Hilfe zu holen.

»Oben auf dem Weg, sagen Sie?«, fragte die Wirtin, als Sawi geendet hatte.

»Fast ganz oben«, antwortete Sawi. Nah genug an dem Haus, wo Gladdring festgehalten wurde.

»Seltsamer Ort für Banditen«, murmelte die Wirtin. »Seltsame Zeit auch. Schurken hängen ihre Messer an den Nagel, wenn die Unholde kommen. Es wird zu gefährlich, im Dschungel unterwegs zu sein.« Die Wirtin reichte Sawi einen weiteren Becher Wein. »Sind Sie sicher, dass es das war? Diebe?«

»So weit ich das beurteilen konnte.«

Die Wirtin warf einen Blick und ein Winken zu einem Dreier-Tisch, dem sie vorhin den Wein vorenthalten hatte. Die drei Männer dort, die alle etwa so müde aussahen wie Sawi, sprangen trotzdem auf die Füße und machten sich zum Ausgang des Gasthauses auf.

»Sie werden sich umsehen, versuchen, Ihre Freundin zu finden«, sagte die Wirtin. »Sie alle können ordentlich zuschlagen, und ich weiß, dass Tok ein Häutemesser bei sich trägt.« Bei Sawis leerem Blick lächelte die Wirtin. »Nun, wie wäre es mit diesem Bad?«

Das Wasser hielt das Versprechen der Wirtin, seine Wärme linderte Sawis Wunden, der Schmutz löste sich. Die Wanne stand in einem großen Raum im hinteren Teil des Gasthauses zusammen mit mehreren anderen, Trennwände aus Stroh gaben den Badenden ein wenig Privatsphäre. Ein weiterer Weinbecher fand seinen Weg auf den kleinen Tisch neben Sawis Wanne, obwohl sie ihn bisher unberührt gelassen hatte.

Die zuckersüßen Getränke vernebelten bereits ihren Kopf.

Sagte die Wirtin die Wahrheit? War ihre Sympathie, dieses Bad alles nur ein Schauspiel, um Sawi hier zu halten? Oder waren die Dinge, wie die Frau unten am Strand angedeutet hatte, in Mottilan gespaltener?

Oder würde Sawi heute Nacht einen Dolch zwischen ihren Rippen finden?

Dieser Gedanke raubte dem Bad den letzten Rest an Genuss und veranlasste sie zu einem schnellen Aufstehen, Anziehen und Verlassen. Sawi ging in ihr Zimmer – Gladdring war so freundlich gewesen, für sie beide Zimmer zu bezahlen, indem er weitere Najahn-Schmuckstücke eintauschte – und holte ihr Seil, ihren Wasserschlauch und ihre Umhängetasche. Letztere hatte noch einiges Gewicht von den Früchten, Pilzen und Kräutern, die sie auf dem Weg über die Berge gesammelt hatte. Wie Pan immer zu sagen pflegte, lag oft ein Schatz zu Füßen, solang man nur aufmerksam war.

Nachdem sie alles zusammengepackt hatte, blickte Sawi zur einzigen Tür des kleinen, quadratischen Zimmers. Die Wirtin hatte keine Kontrollen durchgeführt und niemand war nach ihr gerufen worden. Vielleicht warteten sie auf die Rückkehr der Gruppe, oder Gladdrings Entführer waren selbst aufgetaucht und hatten einige Meinungen über Mottilans Zukunft geändert.

Also das Fenster.

Sawi zog das straffe Netz vor dem rautenförmigen Ausstieg weg. Groß genug für sie zum Durchquetschen, aber nicht, wenn Gladdring eine eilige Flucht benötigte. Gut so. Vielleicht würden seine Feinde diesen Weg nicht in Betracht ziehen.

Sawi steckte den Kopf hinaus und blickte nach unten. Das Dach des Gasthauses erstreckte sich von ihr weg, die hinteren Räume und Lagerräume des Gebäudes wölbten sich in einen von Sternen und Fackeln erleuchteten Platz. Mottilan summte noch immer, aber niemand zeigte auf sie.

Zuerst ging die Umhängetasche, dann der Wasserschlauch. Sawi ließ beide mit ausgestrecktem Arm aus dem Fenster fallen und ließ sie auf das grasige Strohdach plumpsen.

Ob nun jemand diese Aufschläge gehört und gemeldet hatte oder Sawis Zeit abgelaufen war, ein Klopfen an Sawis Tür veranlasste die Vis-Sammlerin, sich schneller zu bewegen. Zumindest so schnell, wie ihr noch schmerzender Körper es zuließ.

»Meine Freundin«, fragte die Wirtin, »sind Sie da drin? Ich konnte Sie in den Bädern nicht finden.«

Sawi, ein Bein schon halb aus dem Fenster, zögerte. Zeit gewinnen, das brauchte sie jetzt.

»Ich mache mich nur frisch«, sagte Sawi und warf ihre Stimme in Richtung der Tür. »Ich komme bald runter.«

»Lass dir nicht zu viel Zeit. Wir haben gute Neuigkeiten!«

»Was denn? Habt ihr ihn gefunden?«

»Komm und sieh selbst! Ich möchte die Überraschung nicht verderben.«

Der Tonfall ließ etwas in Sawi zerbrechen. Die Wirtin hatte so freundlich gewirkt, so hilfsbereit und bereit zu helfen. Jetzt trug dieselbe aufrichtige Stimme einen giftigen Unterton, jedes Wort falsch. War die Wirtin genauso schlimm wie diejenigen, die Gladdring festhielten, oder stand sie nur unter deren Einfluss?

Sawi kümmerte sich nicht darum, fragte nicht. Sie wiederholte, dass sie in ein paar Minuten kommen würde, und ließ sich aus dem Fenster fallen.

Die Umhängetasche und der Schlauch landeten hart auf dem Strohdach, Sawi schlug mit den Fersen auf, rollte sich in eine sitzende Position zurück, wobei die scharfen Zweige und Blätter neue Spuren auf ihrer geschundenen Haut hinterließen. Immer noch besser als die felsigen Klippen.

Sawi blickte nun zu diesen hinauf, der Weg nach oben war trotz der späten Stunde mit Fackeln gesäumt und sorgte dafür, dass Mottilans Mächtigste ohne Risiko kommen und gehen konnten.

Nach oben lag Sawis einzige Option. Das Dach bestätigte, dass es kein Handgemenge in der Stadt gab, keine protestierenden Entführer, die der Gerechtigkeit zugeführt wurden.

Ihre Hoffnung lag zurück beim Najahn-Außenposten. Sawi müsste es dorthin schaffen, die Wachen überzeugen, hierher zu kommen, und beten, dass Gladdring lang genug überlebte für eine Rettung.

Oder, oder Sawi könnte einfach gehen. Sich auf den Weg machen und weiterlaufen. Sawi atmete tief durch. Eine Entscheidung, die jedenfalls warten konnte, bis sie den Najahn-Außenposten erreicht hatte. Dann könnte sie sehen, ob Gladdring ihre Loyalität erkauft hatte.

Sawi glitt nach links, duckte sich und schritt entlang des Daches zu dessen Rand, genauso wie sie auf einem schmalen Wedel gehen würde. Kein starker Druck auf einen einzelnen Punkt, ihr rechter Arm hielt sich am Gebäude des Gasthauses fest, um das Gleichgewicht zu halten.

Ein weiterer Sprung in eine ruhige Gasse, den Sawi ohne Schwierigkeiten bewältigte. Wieder einmal auf der Flucht. Links führte der Weg zum Stadtplatz, zu mehr Menschen. Rechts lagen ruhigere Wohngebiete, weniger Augen und eine schwierigere Treppe, um wieder auf den Weg nach oben zu gelangen.

Besser den härteren Aufstieg zu wählen, als eine weitere Verfolgungsjagd zu riskieren.

Sie schaffte drei Schritte, bevor sich die Hintertür des Gasthauses öffnete. Weit vor ihr aufgestoßen, folgte die Wirtin dem Schwung mit einem Kance-Metalltopf in den Armen. Sie kippte den Schlabber direkt in Sawis Weg und ließ eine falsche Überraschung über ihr Gesicht huschen, als sie die Sammlerin erblickte. »Na sowas, wie bist du denn hier rausgekommen?«

»Hab mich verlaufen.« Sawi drehte sich auf dem Absatz um, stieß sich in die andere Richtung ab und lief zum Platz.

Zumindest funktionierten ihre Lungen gut, und das Bad musste auch eine positive Wirkung gehabt haben, denn Sawi begann den Lauf mit großer Geschwindigkeit, ihre Füße berührten kaum den Boden, bevor sie zum nächsten Schritt abstießen. Ihre Arme pumpten, sie wich einer über-raschten Person nach der anderen aus, sprang über einen Fischkarren und nutzte eine stabile Fackel als Drehpunkt, wobei ihre Hand fest zupackte, als sie sich um den Pfahl schwang, um den Weg nach oben zu beginnen.

Rufe folgten ihr, neugierige und raubtierhaft anmu-tende Zurufe. Sawi ignorierte sie. Lief weiter. Der Weg war gerade, der Pfad klar. Fackeln leuchteten zu beiden Seiten.

Sie rannte, und die Häuser flogen an ihr vorbei,

Mottilan blieb hinter ihr zurück. Sawi würde entkommen, würde es schaffen.

Bis eine Gestalt vor ihr den Weg kreuzte. Zerlumpt, hässlich, kaum imstande zu stehen, aber im Fackellicht verschattet. Gladdring zwang Sawi, langsamer zu werden, seine Hände ausgestreckt.

»Halt«, sagte Gladdring, ein weinerlicher Klang ohne seine übliche List. »Halt, oder du bringst uns beide um.«

»Lauf, und wir könnten überleben«, konterte Sawi, aber Gladdring schüttelte bereits den Kopf.

Sawi begann wieder zu laufen. Wenn Gladdring nicht daran interessiert war, sich selbst zu retten, machte das ihre Entscheidung umso leichter.

»Sawi, bitte.«

Gladdring griff nach ihr, als Sawi vorbeilief, die Vis wich dem Zugriff des Najahn mit wenig Mühe aus. Schwieriger jedoch war, was folgte: ein Pfeil, klein und schnell, traf Sawis Hals. Sein Schütze stand weiter oben auf dem Weg, ein leichter Schuss war abgegeben worden.

Sawi hielt inne, das Brennen breitete sich bereits aus. Sie ließ die Umhängetasche von ihrer Schulter gleiten und in den Staub fallen.

»Ich habe es dir gesagt«, sagte Gladdring zu ihrem Rücken.

Er hatte auch Recht. Es gab kein Entkommen vor einem Mottilan-Pfeil. Kein Entrinnen vor ihren erschlaffenden Muskeln, ihrem sterbenden Geist.

Sawi setzte sich, um sich einen weiteren Sturz zu ersparen, als die Schwärze kam, und sie kam tatsächlich.

29
STRUDEL

Wax stieß beim Aufprall auf Wasser immer einen Jubelschrei aus, und diesmal war es nicht anders. Dass das betreffende Wasser schockierend kalt war und dass Wax' Hände und Füße nicht nur aneinander, sondern auch an Eujo, die Königin von Kance, gefesselt waren, verlieh seinem Aufschrei nur noch mehr Kraft.

Dann sog er so viel Luft ein, wie er konnte, denn die aufgewühlten Wasser des Sees schlugen über seinem Kopf zusammen. Eujo traf zuerst auf, eine Bewegung, die ihrer standhaften Weigerung geschuldet war, sich während des Ruderns zum Strudel mit ihren Wachen auseinanderzusetzen. Wax war nicht so still, er feuerte einen verbalen Seitenhieb nach dem anderen ab, bis die Soldaten aufhörten zu reagieren.

Als dieser Spaß vorbei war und klar wurde, was gleich passieren würde, versuchte Wax, seine Gliedmaßen zu strecken und sie so weit zu bewegen, wie es die Fesseln zuließen. Denn jetzt, wo das dunkle, dicke Wasser um ihn herumwirbelte und die Strömung Wax und Eujo tiefer drückte, hing jede Chance vom Überleben von seiner Bewegungsfähigkeit ab.

Sie hatten in den letzten Sekunden darüber gesprochen, als Blinth und Akido Silvrins Vorstellung von Ehre überstimmten und zu ihren Rapieren greifen wollten. Die Arbeit des Strudels mit einem Stich erleichtern. Vielleicht dachten sie, Wax würde es nicht hören, aber er hatte ein Leben lang die leisesten Dschungelgeräusche belauscht.

Ein kurzes Flüstern mit Eujo. Zusammenarbeiten. Sich als Einheit bewegen. Eine einfache Idee, verdammt schwer umzusetzen, wenn sich deine Welt überschlug, drehte und schleuderte.

Aber er spürte Eujo. Ihre Beine, die strampelten, ihre Hände, die versuchten, sich in dem wenigen Raum, den sie hatten, zu bewegen. Wax reagierte, hielt die Augen geschlossen, seine Lungen begannen bereits zu brennen. Er bewegte trotzdem seine Beine, passte sich Eujos Flatterbewegungen an. Die Seile hielten ihre Beine zusammen, sodass sie sich weniger wie eine Person, sondern mehr wie ein Fisch bewegten und sich durch das Dunkel in Richtung der Strömung drückten.

Es gab kein Entkommen aus dem Strudel. Nur die Möglichkeit, ihn zu umarmen. Der Skar, so sagte Eujo, würde sich im Inneren befinden. Es musste einen Weg geben, seinen Sog zu überleben.

Eine verrückte Hoffnung. Wax konnte nicht danach greifen, hatte die Halskette nicht einmal mehr, aber als sein Kopf zu schwimmen begann, als sein Körper ihn aufforderte, den Mund zu öffnen und einen Atemzug dieses tödlichen Wassers zu nehmen, wollte er den Skar, die Chance, seine Wärme ein letztes Mal zu spüren.

Wer weiß, vielleicht konnte Vis Wasser in Luft verwandeln, wenn es ums Überleben ging.

Eujos Wachen hatten sie jetzt. Wax' Foti-Skar, Eujos dreifacher Satz. Was sie mit den Edelsteinen vorhatten, wusste Wax nicht. Die Wachen erläuterten es nicht, ihre einzige Sorge war es, Wax und ihre Königin sauber zu töten.

Diese Gedanken wirbelten in verdrehter Panik zwischen den Phasen von Treten, Treten, Treten.

Keinen anderen Muskel bewegen. Die Augen geschlossen halten.

Der Strudel zog stärker, als sie sich seinem Zentrum näherten, das tobende Wasser saugte sie hinein. Wax spürte, wie sich sein Kopf und sein Nacken streckten, als sich sein Oberkörper schneller bewegte als seine Zehen, ein surreales Zerren, das drohte, ihn in zwei Hälften zu reißen.

Und vielleicht wäre es auch so gekommen, wenn Wax nicht gefallen wäre. Er schoss aus dem Wasser heraus und stürzte, Eujo an seiner Seite, einen Trichter hinunter. Er öffnete den Mund, schnappte nach Luft, während er und die Königin sich überschlugen. Wasser wogte wild und dunkel um ihn herum auf und ab.

Ein Atemzug, zwei, der Fall beschleunigte sich. Wax versuchte, sich gegen Eujo zu drücken und tat das, was er vor so langer Zeit als Kind auf Vis gelernt hatte: mit den Füßen fallen, nicht mit dem Kopf.

Eujo erwies sich als schnelle Lernerin, sie überschlug sich mit Wax und richtete ihre Zehen nach unten. Sie trafen auf das Becken, ein warmer Spritzer stieg um sie herum auf, ein betäubender Schock durchfuhr Wax' Beine. Aber sie wussten, was zu tun war, sie wussten, wie man überlebt, sie wussten, wie man tritt.

Gemeinsam durchbrachen Wax und Eujo die Oberfläche. Das spärlichste graue Licht durchbrach die Wolken und filterte durch das große Zentrum des Strudels nach unten. Es schien sich in eine breite Höhle unter einem engen Loch zu entleeren. Wasser strömte jetzt hindurch, regnete um Wax und Eujo herum wie ein launischer Sturm, während das Paar so gut wie möglich inmitten der Tropfen Wasser trat.

»Da«, hustete Eujo, obwohl sie nicht zeigen konnte und Wax ihre Richtung nicht sehen konnte.

»Geh, ich folge dir«, antwortete Wax, seine Worte wassergetränkt.

Eujo startete mit einem kräftigen Tritt, der sie ins Wasser eintauchen ließ, während Wax unfreiwillig einen Rückenschwimmer machte. Der Blick hinauf zum Strudel, diesem schrecklichen Nexus, erfüllte ihn mit einer seltsamen Ruhe, einem Gefühl, dass er entweder dem Tod getrotzt hatte und nun auf geborgte Zeit lebte, oder dass er bereits gestorben war und Noctias Jenseits ein grausamer Scherz war.

Diese Gedanken endeten, als Eujo ihn umdrehte und Wax untertauchte, während sie weiter Wasser traten. Er hielt durch, bis Eujo aufhörte zu treten, was Wax gerade genug Warnung gab, seine eigenen Beine zu verlangsamen. Im dunklen Wasser streifte sein Kopf die felsige Landung hart genug, um eine Markierung zu hinterlassen, aber sanft genug, um ihn am Leben zu lassen. Er atmete, als Eujo sich aufsetzte und Wax die Chance gab, seinen Kopf durch die Oberfläche zu stecken.

»Danke dafür«, sagte Wax und verzog das Gesicht.

»Schwer zu sehen. Ich weiß nicht, ob du's bemerkt hast.«

Eujo hatte recht. Der Boden des Strudels erwies sich als einzige Lichtquelle an diesem Ort, seine spärlichen Überreste machten sich auf den Weg zu dieser Landung. Dort fing das Licht eine silberne Linie ein, einen Streifen, der entweder von Menschenhand gemacht oder eine sehr praktische Erzader war. Die Linie stieg zu einer flachen Landung auf, wo die Zeichen menschlichen Fortschritts oder zumindest menschlicher Reisen verstreut lagen.

»Irgendwelche Ideen, wie wir da hochkommen?«, sagte Wax, während das Paar weiter trat. »Oder werden wir schwimmen, bis wir nicht mehr können?«

»Warst du noch nie gefesselt?«

Wax schnaubte, Wasser lief aus seiner Nase. »Äh, nein? Ist das ein Ding auf Kance?«

»Folge meiner Führung.«

Eujo trat nach links, dann lehnte sie sich in Richtung der Landung. Wax spürte, wie sie ihre gefesselten Handgelenke zum Stein führte, woraufhin sie begann, das Seil an dem rauen Felsen zu reiben.

»Jetzt verstehe ich«, sagte Wax und verzog leicht das Gesicht angesichts der Banalität seiner Worte. »Das Seil aufscheuern, uns befreien. Gute Sache.«

»In der Tat, eine gute Sache.«

Das Seil war jedoch nicht billig gemacht und gab nicht so schnell nach, was Wax Zeit gab, während sein Verstand sich an seine anhaltende Präsenz unter den Lebenden gewöhnte, Eujo zu fragen, was los sei.

»Du warst die ganze Zeit über verschwiegen«, sagte Wax. »Schon seit der Walze. Wir wussten, dass die Wachen nicht deine Kumpel waren.«

»Konzentriere dich darauf, uns zu befreien. Deine Gefühle können warten.«

Na gut. Das konnte Wax tun. Wenn Eujo nicht reden wollte, würde er einfach alles geben, um sein Handgelenk auf und ab zu bewegen, wobei er spürte, wie das langsame Aufscheuern mit der wachsenden Müdigkeit in seinen

Beinen einherging, Muskeln, die bereits einen langen Tag hinter sich hatten. Aber im Gegensatz zu seinen Beinen gab das Seil mit einem plötzlichen Reißen nach, das mit einem Keuchen von Eujo einherging. Wax fiel nach vorne ins Wasser, seine Arme mit den schmerzenden Handgelenken schossen vor, um sich am Felsen abzufangen. Da ihre Beine noch gefesselt waren, fand sich Wax in einem unbequemen Winkel wieder.

»Klettere, du Idiot«, sagte Eujo.

»Bin dabei.«

Der Felsvorsprung bot genug Halt, obwohl er nass war. Wax stützte sich auf seine Finger und fand Spalten. Eujo drückte ihre Beine gegen Wax und schwang ihre Arme um seine Taille, während der Vis sie auf die Steine zog. Dort, auf dem kühlen Felsen liegend, mit Wax' Gesicht erneut gegen den Stein gepresst, arbeitete Eujo an ihren Fesseln, bis das Seil nachgab. Die Königin rollte sich ein letztes Mal von Wax herunter und stand mit einem Seufzen und einem Fluch auf.

Wax dachte, er würde sich noch ein oder zwei Minuten gönnen, einfach dazuliegen. Kein bequemer Ort, aber besser als zu stehen oder sich zu bewegen.

Eujo schien die gleiche Idee zu haben. Sie setzte sich an den Rand des Wassers, ließ ihre Beine in den kühlen Höhlensee baumeln und massierte ihre Waden.

»Na, das war doch mal was, oder?« Wax setzte sich ebenfalls auf und ließ sich flach auf den Felsen nieder. Ihre Kleidung war völlig durchnässt, halb zerfetzt vom Strudel und den Berührungen mit scharfen Felsen. Wax fühlte sich, als hätte er tausend kleine Schnitte und blaue Flecken. »Nicht alle Tage werden wir in einen See geworfen und dem Tod überlassen.«

»Für dich vielleicht.«

Wax zuckte zusammen. Vielleicht hatte er die Königin falsch eingeschätzt. Eujos Ton enthielt nicht einen Hauch von Mitleid, weder für sich noch für andere. Es klang, auf ihre Art, wie seine eigenen Eltern, als Wax noch viel kleiner und weniger weise in den Wegen der Welt gewesen war.

Ob er jetzt überhaupt weise war, war fraglich.

»Willst du das nicht näher erläutern?«, fragte Wax, nachdem die obligatorische, vom Wasserrauschen erfüllte Stille lange genug angedauert hatte.

»Ich weiß nicht, woher du die Vorstellung nimmst, dass ich dir irgendetwas erzählen muss«, erwiderte Eujo. »Ich habe es einmal zuvor versucht, dich zu warnen, aber du hast nicht zugehört, und jetzt sind wir hier unten. Danke für die Walze, aber ich denke, wir sind fertig miteinander.«

»Oh, jetzt, wo wir ganz allein am Boden des Strudels sind, jetzt willst du dich trennen?«

Eujo stand auf. Wax spürte ihren Blick, obwohl Schatten ihr Gesicht verbarg, wo sie an Land gekommen waren.

»Danach dann«, erwiderte Eujo, ohne im Geringsten nachzugeben. »Wir überleben das hier, dann gehen wir getrennte Wege. Wieder zwei Erneuerungen.«

Wax stellte sich neben Eujo. Er folgte ihrem Blick in die kühle Ferne, die tropfende Dunkelheit, wo die Höhle weiterging.

»Zwei hoffnungslose Erneuerungen, meinst du. Deine Wachen haben unsere Skars genommen.«

»Ich werde sie zurückholen.«

»Wie?« Wax lachte. »Eujo, sie haben dich geschlagen, sie haben Quik und mich geschlagen. Würde nicht sagen, dass du hier gute Chancen hast.«

»Ich werde den Überraschungseffekt haben. Das ist alles, was ich brauche.« Gift triefte von ihrer Zunge. »Sie werden sich trennen, ob auf der Straße oder auf der Toilette eines Gasthauses. Wenn sie schlafen oder wenn sie denken, sie seien sicher, werde ich da sein. Ich bin eine Kance-Königin, Wax, und sie haben mich nicht getötet, als sie es hätten tun sollen.«

»Offensichtlich nicht.«

Nun war es an Eujo, grimmig zu lachen. Sie unterstrich den Klang, indem sie vorwärts ging, ihre Stimme an den Wänden um sie herum widerhallend. Wax, der nichts Besseres zu tun hatte, folgte ihr, weg vom Leuchten des Strudels und in die Dunkelheit.

Nur um anzuhalten, nicht drei Schritte später, als sie auf eine flache Wand stießen. Das Ende der Höhle, und eine, die von Menschenhand geglättet worden war.

Linien umgaben den Stein, Rillen, die in einer offensichtlichen Spirale eingeschnitten waren.

»Die Mitte also«, sagte Eujo und schob Wax' Hände beiseite. Sie drückte, nichts geschah. »Verdammt.«

»Scheint, als wären sie schlauer als eine Kance-Königin.«

»Ich sehe keine Ideen von dir kommen, Vis.«

»Das liegt daran, dass ich es vorziehe, nachzudenken, bevor ich spreche.«

Eujo lachte. »Wax, ich kenne dich erst seit ein paar kurzen Tagen, und schon weiß ich, dass das nicht stimmt.«

Während sie sprach, ließ Wax jedoch seine eigenen Finger über den Stein gleiten und fand dessen äußere Kanten. Dort verschwand die Glätte und wurde durch unebene Linien ersetzt. Hervorstehende Dreiecke, Kreise und Schnörkel. Wax folgte dem Muster bis zum Boden, wo die glatte Oberfläche zu einer sauberen Linie verjüngte, bevor sie auf der rechten Seite wieder aufgenommen wurde. Oben - Wax konnte die niedrige Höhlendecke erreichen und berühren - glättete sich die Linie wieder.

»Was machst du da?«, fragte Eujo und trat einen Schritt zurück, um Wax Platz zu machen. »Verschwendest du Zeit?«

»Ja, genau das, Eujo. Hier bin ich, gefangen in einer Höhle ohne Nahrung, nichts als ein paar Lumpen am Leib, und ich verschwende Zeit. Klingt ganz nach mir.«

»Irgendwie schon.«

»Du kannst von Glück reden, dass ich gerade nachdenke, sonst würde ich diese Beleidigungen persönlich nehmen.«

Während Eujo gesprochen hatte, hatte Wax seine Finger weiter bewegt und grub sich in eine wachsende Idee. Die kreisförmigen Linien liefen zwar zur Mitte hin, aber die äußerste Linie war kein durchgehender Kreis. Sie hatte ein Ende, einen Punkt am unteren Rand.

Die gleiche Stelle, an der jemand, der zum Strudel kam, eintreten könnte. Wax bewegte einen Finger in die Linie hinein und ließ ihn in den Spalt zwischen der äußersten Rille und der nächsten gleiten. Als er das tat, spürte Wax, wie der Stein unter seiner Fingerspitze nachgab. Nicht weit, und nicht mehr als einen Daumenabdruck breit.

Aber dieser Druck führte seinen Daumen vorwärts, und Wax fuhr mit ihm im Dunkeln entlang des steinernen Strudels. Dabei nahmen die leblosen Rillen ein phosphoreszierendes Blau an, ähnlich wie bei manchen Quallen, die Wax gesehen hatte. Das blaue Leuchten folgte Wax' Hand, als er sie zwischen den Rillen entlangführte, der kleine Druck hielt an, bis er die Mitte des Strudels erreichte, die in irisierendem Licht gebadet war, wie ein flüssiger blauer Himmel.

»Scheint, als hätte ich mich geirrt«, sagte Eujo, als Wax in die Mitte des Strudels drückte.

»Ich werde es dir nicht nachtragen.«

Bei seinem Druck erzitterte die Steintür. Ein Schloss auf der anderen Seite der Tür klickte, und das Portal glitt auf.

Bei diesem Anblick wollte Wax einen Jubelschrei ausstoßen, aber die Höhle fühlte sich so eng an, dass er sich stattdessen mit einem Pfiff begnügte.

30
OBSIDIANUNHOLDE

Das Gefährt durchbrach auf seinem Weg zum Sand eine Rana-Schaluppe und zerschmetterte das Holz mit krachenden Geräuschen. Neue Dünen türmten sich auf, als der Schwung des Fahrzeugs auf die Erde traf. Die Ballisten hatten sich als wirkungslos erwiesen, zumindest soweit Maena das beurteilen konnte, obwohl das Gefährt, das nun im Fackellicht zu sehen war, tiefe Einschnitte in seinem Rahmen aufwies. Als hätte jemand mit einem riesigen Schwert darauf eingehackt.

»Die Aegis«, beantwortete Svarde die unausgesprochene Frage. Der Mann hatte seine Waffen gezogen, während fliehende Rana und die wenigen anderen Gefangenen an ihnen vorbei in Richtung von Jochis Linien strömten. »Sie mögen anders sein, aber es sind trotzdem Unholde. Behandelt sie als nichts anderes.«

»Hab noch nie einen Unhold in einem Boot gesehen«, sagte Rasslebeck.

Maena hielt sie im Schatten des Turms, nicht zuletzt, weil sie nicht ausschließen konnte, dass Jochi beschließen würde, sie alle zu ermorden. Das Armbrustfeuer auf die

Rana und die Gefangenen hatte aufgehört, sobald das Unhold-Gefährt erschienen war, aber ein Blick auf ihre Turmverteidigung zeigte, dass die Flucht an Jochis Sandsackwällen zum Erliegen kam.

Rana flehten um Gnade, um Hilfe, um Erlösung von dem, was sicher ein Schrecken gewesen sein musste. Maena hatte ihren Anteil an Schiffsverfolgungen gehabt, langsamere Beute gejagt, geentert und ihre Laderäume geplündert. Sie war nur einmal auf der anderen Seite gewesen, bei ihrer zweiten Ausfahrt, und die Najahn-Fregatte, die sie verfolgte, hatte jeden Moment mit zähneknirschender Anspannung erfüllt. Der Tod war nur wenige Wellen entfernt gewesen.

Ein Sturm hatte sie damals gerettet. Der bewölkte Himmel jetzt, von dem lässig Schneeflocken herabfielen, würde nichts dergleichen tun.

»Svarde hat recht«, sagte Maena. »Wir warten ab und sehen, was aus diesem Ding herauskommt, und dann versuchen wir, es zu nutzen.«

Einen Unhold nutzen? Mutig.

Mutig vielleicht, aber besser als Jochis Nadelkissen zu werden.

»Was, wenn es auf uns zukommt?«, fragte Pennifer.

»Dann tun wir das, wofür wir hergekommen sind«, antwortete Svarde. Kivi schnaubte zustimmend. »Das ist nur ein Vorspiel, nichts weiter.«

Abgesehen von den ständig brechenden Wellen legte sich allmählich Stille über den Strand. Jochis Barrikade stoppte die Flucht, und die Rana fanden ihre Würde wieder, als Hilferufe unbeantwortet blieben. Stattdessen sortierten sie sich so gut es ging auf den Felsen zwischen Sand und Zivilisation. Jedes Auge, das nicht eine Wunde beobachtete, war auf das verkohlte, runde Ding gerichtet, wartend, fragend.

Gibt es ein Signal? Etwas, worauf sie warten?

Vielleicht Kapitulation. Oder ein Frontalangriff, der die Angreifer verwundbar macht.

Warum gehst du dann nicht nachsehen?

Ich dachte, du wolltest nicht noch einmal sterben?

Vielleicht gibt es einen anderen, der dich wegsaugt und mir meinen Körper zurückgibt.

Oder vielleicht gäbe es einen Unhold, der diese Stimme wegnehmen würde, diese Person, die es nicht verdiente zu leben.

Belüg dich nicht selbst. Du brauchst mich jetzt.

Die Unholde unterbrachen. Eine klackernde Serie, tausend Schlösser, die sich nacheinander öffneten, ratterte durch die Nacht. Das Gefährt bebte. Neue Schreie, die Verwundeten durchzulassen, hallten danach wider, ihre Angst hinterließ einen Geschmack in der Luft.

Als das Knacken aufhörte, zitterte die obere Hälfte des Gefährts, eine Bewegung, die Maena nur sehen konnte, weil der sich sammelnde Schnee in glitzerndem Staub herabfiel. Während es zitterte, spaltete sich die Spitze des Gefährts, ähnlich wie Maena ein Ei aufschlagen würde. Eine plötzliche Teilung, eine schmale Linie wurde zu einer bogenförmigen Lücke.

Blaues Licht strömte hervor, eine unheimliche, flackernde Farbe in der Schattierung von Blumen, von Vis-Gewässern an einem warmen tropischen Tag. Maenas Hände umklammerten ihren Säbel fest.

Keine Gliedmaßen kündigten das Auftauchen an, keine Leiter oder kein Haken erhob sich an die Oberfläche. Stattdessen war da nur das blaue Leuchten, und dann bewegte sich das Leuchten. Flog. Schoss in die Luft, wenn auch nur eine kurze Strecke, bevor es wieder zum Boden zurückschwang.

»Noch einer«, sagte Svarde.

Maena hatte den ersten beobachtet, aber sie sah einen zweiten Blitz, dann einen dritten. Jeder halb so groß wie ein Ballistenturm, die mit genug Wucht in den Strand einschlugen, um Sand in wilden Geysiren aufzuwerfen.

Das Trio stand aufrecht, ihr blaues Leuchten war kein Licht, sondern das intensive Flackern von Feuer. Obwohl sie noch einige Schritte entfernt waren, weit außerhalb der Waffenreichweite, spürte Maena die Hitze, die von den Kreaturen ausging, sah das Zischen, als Schneeflocken aus der Existenz verschwanden, bevor sie ihre Haut berührten.

Haut? Du glaubst, diese Dinger haben Haut?

Nicht, wie Maena erkannte, dass sie es sehen konnte. Die Flammen, die ihre Körper umrahmten, endeten in Beinen und Armen, vier von letzteren, wobei ein kürzeres Paar aus den Schultern des Monsters hervorbrach. Ihre Beine endeten in breiten Stümpfen, die wie der brennende Docht einer Kerze aussahen. Ihre Köpfe waren gespaltener Obsidian, dunkel und funkelnd in der Hitze des Feuers.

»Sie sind auch bewaffnet«, murmelte Rasslebeck. »Keine normalen Unholde.«

»Schlechte Nachrichten für die Inseln, wenn das ist, womit wir es jetzt zu tun haben«, fügte Pennifer hinzu.

Jeder schien eine Art geschmolzene Peitsche zu tragen, eine lange, kettenartige Bedrohung, die sich um ihre Körper wickelte und mit einem hakenförmigen Zacken endete, der am Ende eines Arms baumelte. Eine ungewöhnliche Waffe, aber wer wusste schon, was diese Unholde als normal betrachteten.

Die drei Unholde musterten ihre Gegner und brannten im Sand. Rauch stieg um ihre Füße auf, die wenigen brennbaren Dinge im Schmutz loderten orange auf. Das brennende Blau blitzte auf ihren schwarzen Felsköpfen auf und zeichnete Kreise und Striche nach, wann immer sich die Köpfe bewegten, bevor es wieder verblasste.

Keine Pfeile wurden abgefeuert, keine Rufe zum Angriff kamen von Jochi. Zwei Seiten, die einander studierten.

»Machen wir dann weiter?«, fragte Svarde.

»Ich bin geneigt, die Steinfresser zuerst kämpfen zu lassen«, sagte Rasslebeck. »Lass sie einen Hieb einstecken, dann holen wir uns den Ruhm.«

»Kein Ruhm darin, die Reste aufzuessen.«

»Ruhm ist nicht wichtig«, unterbrach Maena sie. »Es geht um die Gelegenheit.«

Was heckst du aus?

Ihr ganzes Leben lang hatte Maena Unholde als diese seltene Plage gesehen, etwas, das in der Nähe einer Erneuerung auftauchte und bedeutete, dass man ständig einen Säbel bei sich tragen musste. Gewalttätige Bestien, die es niederzumetzeln galt, und nichts weiter. Diese drei jedoch ...

»Sie kämpfen nicht, was bedeutet, dass sie auf etwas anderes warten«, sagte Maena.

»Ja, auf eine Öffnung«, fügte Pennifer hinzu.

»Dann geben wir ihnen eine. Entweder sie töten uns, oder sie sagen, dass sie in Frieden kommen. Ich denke, es wird Letzteres sein.«

»Dann passt du nicht auf. Unsere Räuber sind geflohen. Sie sind verwundet.«

Maena nickte: »Das war auf offener See. Jetzt haben wir den Vorteil. Ich glaube, diese Unholde sehen das.«

Maena ging vorwärts und machte einen langen Schritt auf den Sand. Wie sie mit diesen Monstern kommunizieren sollte, schien eine unmögliche Frage, aber die Idee war da. Sie musste es versuchen.

Warum?

Ganz einfach. Diese Wesen kamen aus der Dunklen Tiefe. Sie wussten, was in ihrem Herzen wartete. Könnten also vielleicht wissen, wie man den Ansturm stoppen und die schreckliche Kette, die die Inseln verband, beenden könnte.

Oder vielleicht sind sie nur hier, um uns alle zu vernichten.

Ein Risiko, das sie eingehen würde.

Der nächste Unhold, der in der Mitte, richtete seinen gewaltigen, augenlosen Blick auf Maena, als sie sich näherte. Die Rana-Kapitänin warf ihren Säbel in den Sand. Sie machte deutlich, dass sie keine Waffen trug, weder sichtbare noch versteckte. Hinter ihr, weit oben am Strand und auf den Turmspitzen, ertönten Klirren und Rascheln, als Jochis Truppen zu irgendeinem anderen Zweck manövrierten.

»Könnt ihr mich verstehen?«, fragte Maena.

Der Unhold, dessen glasige Umrisse immer wieder um seinen Kopf herum aufblitzten, schien direkt durch sie hindurchzustarren. Die Hitze in dieser Nähe ließ Maena zusammenzucken, Schweiß brach aus. Und das, obwohl sie noch mehrere Schritte entfernt war. Wie konnten diese Unholde überleben?

Mehr noch, wie konnten sie überhaupt interagieren? Maena vermutete, dass die Monster ein Haus in Brand setzen würden, wenn sie es beträten, ein Schiff verbrennen würden, sollten sie an Bord kommen.

Doch vielleicht lag die Antwort in dem Gefährt, mit dem die Unholde hierher gesteuert waren. Ein Wandel der Gesellschaft von einer aus Holz und Strohdächern zu einer aus Metall.

Du lässt dich hinreißen.

Ein Tagtraum am Rande des Untergangs.

»Bitte, sagt es mir«, wiederholte Maena. »Versteht ihr?«

Das Gesicht des Unholds flammte heller auf, sein ganzes Sternbild erstrahlte. Zwei Dreierkreis-Säulen an jeder Seite, getrennt durch sechs kleine Diamanten, die in der Mitte aufblitzten. Der Blitz verschwand so schnell, wie er gekommen war, der Unhold richtete sich zu seiner vollen Größe auf.

Ein Brüllen baute sich auf, der grollende Chor eines Feuers, das seinen Höhepunkt erreichte. Fast wie ein Wesen schwangen die Unholde ihre Klauenhaken nach oben. Und brachen los.

Der mittlere Unhold, der Maena am nächsten war, stürzte vorwärts. Das Ding hätte sie begraben, wäre da nicht Kivi gewesen, der Ferrit, der schneller als der Unhold war und Maena beiseite stieß, sie mit seiner Steinschale bedeckte, während der Unhold vorbeistolperte.

Obwohl Stolpern nicht ihr Ziel war. Als alarmierte Rufe ertönten, peitschten die Unholde ihre Enterhaken in Richtung der Ballista-Türme, jeder flog hoch und landete mit steinzerbrechender Kraft auf seinen Zielen. Felsen zerbarsten, die Unholde folgten ihren Enterhaken mit Sprüngen, um an den Turmseiten zu landen und den Stein zu nutzen, um die Kreaturen zu schützen, während sie die Wände erklommen.

Unter dem mittleren Turm lagen Svarde, Rasslebeck und Pennifer im Sand und versuchten, der schrecklichen Hitze zu entkommen. Maena erhob sich, fand ihren Säbel, obwohl wer wusste, was die kleine Waffe gegen diese Monster ausrichten würde, und beobachtete, wie die Unholde die drei Türme erklommen.

Als sie die hölzernen Wehrgänge an der Spitze erreichten, gingen die Ballisten selbst in Flammen auf, große orangefarbene Feuersäulen stiegen wie Scheiterhaufen in die verschneite Nacht auf.

Die ersten Gegenangriffe kamen von Jochis Truppe, Armbrüste schossen ihre Bolzen in die Flammen. Ob sie trafen, ob sie verletzten, konnte Maena nicht sagen. Die brennenden Whent-Körper, die von den Spitzen stürzten, erzählten eine andere Geschichte deutlich genug.

Der vierte Ballista-Turm fand jedoch seinen Willen. Die Wachen drehten ihre massive Waffe, ein lautes Krachen ertönte, als ein eisernes Geschoss direkt auf den nächsten Turm abgefeuert wurde. Als es nicht auf der anderen Seite des Turms auftauchte, als sich stattdessen das Feuer bewegte, erschien ein blau brennender Unhold, der von der Turmseite taumelte und leblos im Sand landete, das Geschoss ragte wie ein Grabstein heraus. Jubel brach aus.

Jubel, der einen Moment später erstarb, als der dritte Turm ein eigenes brennendes Geschoss sandte, geworfen von dem Unhold auf seiner Spitze, das in die verbliebene Ballista einschlug und sie zerbrach. Schreie, Gerangel und Flammen regneten herab.

Der letzte Unhold fügte dem noch etwas hinzu, indem er brennende Ballista-Bolzen auf Jochis Befestigungen schleuderte. Jeder glühte orange, als er durch die Luft pfiff, traf die Sandsäcke und setzte sie in Brand. Unmöglich, dagegen anzukommen, unmöglich zu kämpfen.

Maena blickte zu ihrem Turm hinauf, der Unhold an seiner Spitze begann seinen eigenen brennenden Angriff. Sie schaute zurück zu den Wellen, die Rana-Schaluppen ruhten auf dem Sand. Eine mögliche Flucht dorthin, in die kühle Nacht.

»Wir kämpfen«, knurrte Svarde und erhob sich. »Kein

Weglaufen, Maena. Wir werden diese Stadt nicht dem Untergang überlassen.«

Maena schnaubte und bahnte sich ihren Weg über den Sand zur Basis des Turms. Kivi folgte.

»Du sorgst dich um andere Menschen, Svarde?«, fragte Maena. »Ungewöhnlich für dich.«

»Es sind die Unholde, um die ich mich nicht schere. Es sind die Unholde, die mir Angst machen«, erwiderte Svarde. »Ich werde nicht zulassen, dass sie es tun.«

»Wie gedenkst du sie dann zu stoppen?«, fragte Rasslebeck. »Es sei denn, du willst dich mit einem dieser Dinger von Angesicht zu Angesicht messen?«

»Wir werden einen Weg finden.« Svarde deutete mit einer Axt zur Turmspitze. »Zuerst müssen wir da hoch.«

»Kivi«, sagte Maena, »öffne die Tür. Führ uns an.«

Du klingst selbstsicher.

Während die Unholde ihren Beschuss fortsetzten, als Jochis Truppen einen planlosen Rückzug begannen und die ersten Gebäude Feuer fingen, fand Maena ein Lächeln. Sie hatte eine Idee, und zum ersten Mal seit langem hatte sie echte Hoffnung.

31
DIE ZEIT IM BLICK

Wenn Bliss nicht schlafen konnte, bereitete sie sich vor. Der Außenposten um sie herum tat dasselbe, die Najahn und Rana nutzten ihre plötzliche Sicherheit, um eine verwüstete Ruine wieder aufzubauen. Bliss konzentrierte sich auf ihre Tasche, ihren Wasserschlauch, ihren Stab. Torny tat es ihr gleich, obwohl die ständigen Blicke der Banditin in Bliss' Richtung verrieten, dass sie nicht ganz dieselbe Dringlichkeit verspürte.

Quik, ahnungslos und erschöpft, schlief weiter.

»Es ist nicht so, dass ich denke, wir sollten ihnen nicht folgen«, sagte Torny, während die beiden Obst und gesalzenen Fisch in die groben Stoffsäcke stopften, »es ist nur, dass wir zahlenmäßig unterlegen und, seien wir ehrlich, Bliss, weniger geschickt sind.«

›Was ist deine Alternative?‹, gebärdete Bliss zurück.

»Versuchen, in den Strudel zu kommen und deinen Bruder zu finden?«

›Du hast gesehen, wie er verschwunden ist. Er ist weg.‹

»Ja, schon, aber vielleicht nicht der Körper. Das Skar.«

Das Foti-Skar wäre sicher noch bei Wax gewesen. Aber

was spielte das für eine Rolle? Wen kümmerte es, wenn seine Chance auf ein-

Bliss hielt inne und starrte Torny an. ›Was, du willst das Skar verkaufen?‹

Torny bemühte sich nicht einmal, verlegen auszusehen. Stattdessen richtete sich ihre schmale Gestalt auf und sah Bliss direkt an.

»Ich sage nur, wir sind noch am Leben, Bliss. Wenn dein Bruder es nicht ist, dann sind wir auch keine Wächter mehr. Das macht uns zu Einzelgängern auf einer zufälligen Insel, die von Unholden überrannt wird. Wir haben keinen Roller, wir haben ganz sicher nicht die Mittel, um für ein Schiff von Rana zu bezahlen.« Torny spuckte zur Seite durch einen schmalen Spalt zwischen den Latten. »Ich werde nicht zurückgehen, um für einen weiteren grapschenden Gastwirt zu arbeiten.«

›Also ist deine Wahl, meinen Bruder auszurauben?‹

»Was denkst du, würde er wollen, Bliss?«

›Er würde wollen, dass seine Mörder da unten bei ihm sind. Pack deine Tasche, Torny. Wir brechen bei Morgengrauen auf.‹

Die Banditin wusste zumindest, wann es Zeit war, einen Streit zu beenden. Die beiden widmeten sich wieder ihren Taschen und als diese voll waren, ließen sie sich auf Strohmatten fallen. Trotz des Lärms um sie herum warfen der Kampf des Tages, das Rudern, die Wut und der Verlust Bliss in einen unruhigen Schlaf, erfüllt von Albträumen und heißer Rage.

Diese Träume führten zu kaltem Schweiß, einem harten Erwachen zu frisch gekochtem Fisch und gebratenen Pilzen, etwas, das Bliss zu Hause auf Vis reichlich gehabt hatte, etwas, das ihren Magen immer zum Leben erweckte.

Dankbarkeit für die Rettung des Außenpostens brachte

Bliss, Torny und Quik das Frühstück ein. Ihr älterer Bruder, trotz des Vis-Skars, humpelte und schien unfähig, eine Wanderung zu unternehmen. Selbst das Feuer, das in seinen Augen aufflammte, als Bliss die Geschichte erzählte, erlosch bei der Vorstellung, nach einer Gruppe aufzubrechen, die bereits voraus ruderte.

›Dann warte‹, gebärdete Bliss zwischen den Bissen. ›Such nach Wax. Vis sollte sich verabschieden können.‹

»Wird nicht so lange halten«, murmelte Torny, und bei den strafenden Blicken ihrer Mitstreiter zuckte die Banditin mit den Schultern. »Was denn. Es geht jetzt auf den Winter zu. Ihr werdet keine einfache Fahrt runter nach Vis bekommen, und sein Körper wird sich nicht halten, selbst wenn ihr ihn da unten findet. Besser, ihr beerdigt ihn hier und nehmt ein Andenken mit-«

›Wenn du das Skar sagst, lasse ich dich hier auf der Stelle zurück.‹

»Ich wollte sagen, was auch immer du finden kannst.« Torny sah weg. Nach Osten, wo der Sumpf in den großen Fluss überging, auf dem sie vor einer Ewigkeit gereist waren. »Du bist zu empfindlich. So ist es jetzt. Das Leben ist düster, es ist hart. Sentimentalität macht es nur noch schwerer.«

Der Tag schien Tornys Perspektive zu teilen. Ein beißender Wind wehte, und Wolken hielten ihre Deckung. Schneeflocken schwebten in der Luft, als wären sie sich unsicher, ob sie landen sollten. Das Wasser schlug grau und kalt gegen den Außenposten.

»Ausnahmsweise bin ich mal auf Tornys Seite«, sagte Quik. »Das Skar könnte nützlich sein, und es könnte uns ein Ticket nach Hause kaufen.« Er legte eine Hand auf Bliss. »Und gib deinen Bruder nicht auf. Er ist ein schlauer Fuchs.«

›Er war gefesselt und ist über Bord gegangen.‹

»Aber wenn sie Wax und Eujo tot gewollt hätten, hätten sie sie töten können, Bliss. Sie hätten ihnen einen Block an die Füße binden oder ein Dutzend anderer Dinge tun können, um sicherzustellen, dass sie ertrinken.« Quik blickte nach Norden, in Richtung des Strudels. »Da ist etwas, das wir übersehen, und ich werde Wax noch nicht abschreiben.«

›Wünschte, ich könnte deine Hoffnung haben.‹

»Dann verdiene sie dir. Finde diese Bastarde und bring sie dazu, dir alles zu erzählen.« Quik zeigte eine grimmige Miene. »Und wenn sie fertig sind, tu, was sie nicht konnten. Sorg dafür, dass sie dafür bezahlen, Bliss.«

Torny schnaubte. »Große Worte. Zwei junge Mädchen gegen drei Kance-Königsgardisten?«

Bliss jedoch stand ohne jede Furcht auf. Die Ruhe, vielleicht gestützt durch den düsteren Morgen und ihren kalten Vorsatz, hielt sie standhaft.

›Wir sind nicht auf Kance, Torny. Sie sind in der Wildnis, und das ist mein Zuhause.‹

Nun, nicht ganz. Der Sumpf glich nicht dem Dschungel von Vis. Die dünnen Bäume boten keine Schwinggelegenheiten. Lianen und große Wedel waren nicht bereit, sie voranzutreiben. Dennoch lehnte Bliss ein angebotenes Boot der dankbaren Najahn ab und ließ Torny verwirrt, aber verständnisvoll zurück, als sie nach Süden aufbrachen.

Die Kance-Wachen hatten den westlichen Fluss genommen, einen Seitenarm, so sagten die Najahn, sowohl schlampig als auch langsam, besonders zu Winterbeginn, mit weniger Regen und niedrigem Wasserstand, der einen mäandrierenden Weg erzwang.

Geradeaus nach Süden in schnellem Tempo und die beiden könnten aufholen. Der Sumpf schien ihren Zweck zu verstehen, denn das kühle Wetter machte den Schlamm hart und erleichterte ihren Weg. Ihre Kleidung war in gewisser Weise das größte Hindernis: Die dicken Leinenstoffe, eine Verbesserung gegenüber den leichten Foti-Versionen aus Riroca, erwiesen sich als anfällig, an jedem greifenden Dorn oder Busch hängenzubleiben. Wenn die Erde ihre Fußspuren festhielt, griff der Wind ihren Gang mit Kraft an, blies Bliss und Torny umher und ließ sie in nicht gefrorene Tümpel stolpern. Bald waren ihre Füße durchnässt, und Blasen folgten.

Torny äußerte ihre Beschwerden mit den üblichen Schimpfworten, fluchte über das Wetter, über die Rana, weil sie keine Straße durch den Sumpf gebaut hatten, und schließlich über die Kance-Verräter, die ihnen diese Scheußlichkeit aufgezwungen hatten.

Ein tröstlicher Rhythmus, auf seine Art.

Die erste Nacht kam und ging auf einem moosigen Felsen, der auf einem kleinen Hügel thronte. Während der westliche Fluss vorbeiplätscherte, machten es sich Bliss und Torny in ihren Pelzen bequem und rückten nah genug aneinander, um Körperwärme auszutauschen, da Bliss kein Feuer wollte.

Wer wusste schon, ob die Kance genau aufpassten oder was das Licht eines Feuers sonst noch anlocken könnte. Obst und getrockneter Fisch reichten aus, wobei Torny nach dem Essen an einigen besonderen Kräutern kaute.

»Die hier?«, sagte Torny, als Bliss auf die gezackten Blätter zeigte. »Probier mal.«

Der Geschmacksausbruch kam beim ersten Biss. Hell und frisch, genug, um Bliss die Augen aufreißen zu lassen. Sie kaute auf dem Blatt herum und versuchte, den Geschmack einzuordnen, fand aber keinen Vergleich.

»Noch nie Minze gehabt?«, fragte Torny. »Die findest du überall auf Rana. An ein paar anderen Orten auch.«

»Auf Vis gibt's die nicht.«

»Ja, das merke ich schon.« Torny lachte, lehnte sich gegen den Felsen und wedelte mit den Minzblättern in der Luft. »Siehst du, Bliss? Es gibt so viele tolle Dinge da draußen, die du noch nicht gesehen hast.«

»Ich könnte dir zu Hause etwas genauso Cooles zeigen.«

Torny nickte: »Das würde ich gerne sehen. Wenn wir, du weißt schon, diese Mordmission von dir überleben.«

»Das werden wir.«

Ein leichtes Lächeln. »Ich wünschte, ich hätte dein Selbstvertrauen.«

Der nächste Tag stärkte dieses Selbstvertrauen weiter. Der westliche Fluss weigerte sich weiterhin, einen geraden Weg nach Süden zu nehmen, und wand sich stattdessen zwischen Inseln und um Baumgruppen herum. Bliss und Torny schnitten geradewegs hindurch, wobei der Sumpf abnahm und sich mit festerem und fruchtbarerem Terrain vermischte. Die ersten Reisfelder, längst für den Winter abgeerntet, tauchten auf, mit einsamen strohgedeckten Bauernhäusern dazwischen verstreut.

Richtige Pfade erhöhten ihre Geschwindigkeit weiter, obwohl Bliss sich über die völlige Abwesenheit von Menschen wunderte. Eine Frage, die Torny zu beantworten versuchte, indem sie darauf hinwies, dass die Ernte vorbei war und Unholde umherschlichen.

»Würdest du hier den ganzen Winter allein bleiben, ohne zu wissen, wann ein Monster durch deine Tür brechen könnte?«, fragte Torny, als sie an einer zerlumpten Scheune vorbeikamen. »Ich weiß, ich würde es nicht tun.«

Auf Vis hatten sich die äußeren Städte tatsächlich

geleert – oder waren abgeschlachtet worden, wie die, die Bliss mit Deshiva gefunden hatte. In die befestigten Städte zu ziehen, machte in gewisser Weise Sinn, obwohl Torny darin ihren eigenen Vorteil fand.

»Schau«, sagte die Banditin, als sie sich gegen Ende des Tages an dem einfachen Schloss an der Tür eines gedrungenen Hauses zu schaffen machte. »Ich bin sicher, wer auch immer in diesem Haus wohnt, wird nichts dagegen haben, wenn ein paar Wächter es für die Nacht benutzen.«

»Also sind wir wieder Wächter?«

»Wenn wir es sein müssen.« Torny hob einen Finger, als Bliss zu gebärden begann. »Wage es ja nicht, einen Vorteil aufzugeben, wenn du es nicht musst. So etwas wie Ehre gibt es nicht, Bliss. Es geht ums Überleben, das ist alles. Das ist alles, was zählt.«

Bliss konnte nicht sagen, dass sie dem zustimmte, aber sie musste zugeben, dass Tornys Plan Vorteile hatte: Das Haus hatte richtige Betten, Nahrungsvorräte weit über das hinaus, was die beiden essen konnten, bestehend aus Reis, Wurzelgemüse und dem allgegenwärtigen Fisch, eingelegt in dicken Fässern. Ein Ofen sorgte für warmes Essen und eine gemütliche Nacht, die Bliss damit füllte, Torny Legenden von Vis zu erzählen, bis der Tagesmarsch sie ausknockte.

Der Nachmittag des dritten Tages brachte den Anblick, nach dem Bliss gesucht hatte. Nach dem Sumpf wurde Rana hügelig, mit Reisfeldern, die sich die Hänge hinauf und hinunter erstreckten. Der westliche Fluss schlängelte sich um die Erhebungen, ein ineffizienter Sumpf nach Süden. Von der Spitze eines Hügels aus erspähte Bliss das Boot, die Kance, die langsam nach unten fuhren.

»Keine Ruder draußen«, bemerkte Torny, die neben Bliss stand. Ein klarer Tag, ausnahmsweise, obwohl die

Sonne ihre Haut kaum zu berühren schien. »Sie treiben wirklich nur.«

»Warum?«

»Du fragst die falsche Banditin.« Torny schnippte mit den Fingern. »Warte, ich hab's. Sie wollen es uns leicht machen.«

»Das ergibt keinen Sinn.«

»Schon, aber wenn wir keine anderen Ideen haben, warum nicht bei der bleiben?«

Tornys Logik schien fehlerhaft, aber zum ersten Mal tat die Banditin nicht so, als stünden sie kurz davor, aufgespießt zu werden, also ließ Bliss es ihr durchgehen.

Sie eilten weiter, ihre Kraft erneuert durch den Anblick. Eine kleine Rana-Stadt lag auch vor ihnen, die Gebäude ragten zwischen und über den Bäumen hervor. Ein Ort, an dem die Kance vielleicht für die Nacht Halt machen würden. Sie würden Essen und Wasser brauchen. Schwachstellen, die Bliss hoffentlich ausnutzen konnte.

Der Gedanke brachte ein Lächeln hervor. Sieh sie an, wie sie wie die Jägerin dachte, nach Schwächen suchte, Pläne schmiedete, um ihre Beute zu fangen. Deshiva wäre stolz.

Sie verfolgten sie in der Nähe des Flusses, tauchten immer wieder auf, um einen Blick auf das Boot zu erhaschen und sicherzugehen, dass die Kance tatsächlich zu einem Anlegeplatz in der kleinen Stadt fuhren. Ihre Ziele waren berechenbar, das Trio vertäute ihr Floß und ging hinein, während Bliss und Torny von einem nahe gelegenen Wäldchen aus zusahen.

»Schneiden wir ihnen in der Nacht die Kehlen durch?«, fragte Torny, als sie unter den Blättern verweilten.

»Wir brauchen einen am Leben, der uns sagt, was sie mit Wax gemacht haben. Und warum.«

Torny nickte und musterte sie. »Du bist eine Kalte, Bliss. Weißt du das?«

»Wie du schon sagtest, Torny. Es geht ums Überleben. Ich glaube nicht, dass die Inseln dich auf andere Weise leben lassen.«

»Verlier dich nur nicht so vollständig. Sei nicht wie Sledge. Oder Eggrad.«

Bliss starrte Torny an. »Wenn das alles vorbei ist, dann denke ich vielleicht darüber nach, wer ich bin. Bis dahin lass uns herausfinden, was mit meinem Bruder passiert ist, und denen wehtun, die ihm das angetan haben.«

32
TAMAS WENDUNG

Die Kälte weckte Sawi mehr als das Licht, und was für ein widerwilliges, langsames Erwachen es war. Als ob jeder ihrer Knochen und Muskeln Aufmerksamkeit brauchte, um wieder zum Leben zu erwachen. Nicht dass das Aufstehen viel nützte: Seile fesselten ihre Hände und Beine, sodass sie das Gras unter ihren Oberschenkeln und den rauen Stein an ihrem Rücken spürte.

Die Aussicht hatte mehr zu bieten. Ein weiter Ausblick, die Höhe fast schwindelerregend für Sawi, die ihre Dachböden mit Baldachinen rundherum bevorzugte, anstatt des klaren, schroffen Abgrunds zur Brandung und Wildnis. Aber Mottilans höchste Klippe beteiligte sich nicht an Dschungelphantasien, sondern bot wenig mehr als dünne Sträucher und eine grimmige Gruppe, die in der Nähe etwas baute.

»Sie erhebt sich«, sagte Gladdring, der Mann, der neben ihr saß, ebenso gefesselt. »Es wärmt mein Herz, dich am Leben zu sehen, Sawi.«

»Seltsam, denn meins ist immer noch kalt.«

Gladdring trug seine blauen Flecken, Kratzer und die

allgemeine raue Behandlung wie jemand, der irgendwie daran gewöhnt war. Keine Tränen liefen aus geschwollenen Augen, er sackte weder zusammen noch zuckte er zusammen, und eine blutige Lippe blieb fest. Seine Roben bewahrten ebenso eine gewisse Würde trotz ihrer Risse und Löcher.

Weniger würdevoll, miteinander murrend, mit reichlich Grimassen, waren die fünf Mottilaner Männer und Frauen, die etwas errichteten, das wie ein Kran aussah. Ein großer Bambuskäfig stand in der Nähe, dessen Zweck nicht allzu schwer zu erraten war.

Bestimmte Geschichten, bestimmte Legenden, die Sawi seit ihren frühesten Tagen nicht mehr gehört hatte, deuteten darauf hin, dass Kriege zwischen Kitaye und Mottilan Bestrafungen erforderten, und die von Mottilan waren von einer ausgesprochen erschreckenden Art.

»Was hast du ihnen angetan?«, fragte Sawi und hielt ihre Stimme leise. Gladdring wusste vielleicht nicht, was sie gehört hatte, und Sawi wollte seine Seite hören, wollte wissen, wie sehr er sie in Gefahr gebracht hatte. »Warum hassen sie dich so sehr?«

»Missverständnisse und Fehler, auf meiner Seite und ihrer.« Gladdring seufzte, ein schwerer Seufzer, der durch seinen ganzen Körper ging. »Geduld ist immer das Erste, was verfliegt, wenn die Unholde zurückkehren.«

Doch Geduld hielt Sawi ruhig, während die Arbeit der Mottilaner fortgesetzt wurde. Auch Gladdring verstummte und weigerte sich, seinen einzigen Satz weiter auszuführen. Sie beobachteten, während Sawi versuchte, ihren Hunger, ihren Durst und ihre körperlichen Bedürfnisse zu ignorieren. Das war leicht zu tun, als die Arbeit der Mottilaner abgeschlossen war, lange bevor die Sonne ihren Zenit erreichte.

Sie stellten ihr Konstrukt auf, etwa doppelt so hoch wie Sawi und aus einer dicken Holzbasis bestehend, gefolgt von einem Brett, das über die Klippe hinausragte. An seinem Ende, durch einen Metallring geführt, der von irgendeinem Fischerboot gestohlen worden war, hing das dicke Seil, das mit dem Käfig verbunden war.

Der Anführer der Mottilaner, Korrus, wandte seinen grimmigen Blick seinen Gefangenen zu.

»Ich sehe keine Überraschung, also müsst ihr wissen, was das ist«, sagte Korrus und gab ihnen einen Moment, um zu unterbrechen.

»Das ist Krieg«, sagte Sawi. »Ich bin nur eine Führerin. Wenn Kitaye hört-«

»Hört, dass du einem Najahn-Verräter geholfen hast? Keine Vis-Stadt wird jetzt Noctias Hilfe riskieren, nicht für dich.« Korrus wurde weicher. »Nicht dass wir wollten, dass das passiert. Wenn du dich rausgehalten hättest, wärst du nicht hier. Ich habe genug von Kitaye-Einmischern, die dort auftauchen, wo sie nicht hingehören.«

»Es tut mir so leid für dich.«

Sawis Bissigkeit brachte ihr nichts ein. Stattdessen ging Korrus nach vorne, packte Sawi an den Schultern und hob sie hoch. Mit gefesselten Beinen konnte die Vis-Frau nichts tun, als Korrus sie zum Bambuskäfig trug und sie durch die offene Tür hineinsetzte.

»Ich kann selbst gehen«, sagte Gladdring, als Korrus sich umdrehte, um ihn zu holen.

Der Najahn stand auf und zeigte, dass seine eigenen Beine und Arme nicht wie Sawis gefesselt waren, und marschierte aus eigener Kraft zum Käfig. Etwa so groß wie ein großes Bett, konnten die beiden sitzen, aber nicht ganz stehen, ohne an die Bambusdecke zu stoßen, aber es war genug Platz.

Sawi wollte fragen, warum Gladdring nicht gefesselt war, aber die Frage hatte keine Chance, gestellt zu werden, da Korrus den Mottilaner-Trupp anwies, den Käfig in Schwingung zu versetzen.

»Ihr werdet hier hängen, bis unsere Forderungen beantwortet sind«, sagte Korrus, als die Mottilaner das Seil strafften und den Käfig vom Boden hoben. Er schwankte beim ersten Zug. »Zweimal am Tag werden wir euch Essen und Wasser reichen. Die Kälte wird euch euren Komfort rauben, die Sonne wird eure Schultern verbrennen, und sollte ein Sturm aufziehen, ist euer Tod so gut wie sicher. Ich hoffe, eure Najahn nehmen es ernst.«

»Und ich hoffe, du erkennst den Fehler, den du machst«, erwiderte Gladdring und gab seinen Entführern nichts preis.

Sawi schob ihre eigene Angst, ihre eigene Verwirrung beiseite. Irgendwie war sie vom Früchtepflücken unter sicherem Schutz dazu übergegangen, als der Käfig über die Klippe schwang, in der Luft über einer rivalisierenden Stadt zu baumeln, ohne Hilfe, ohne Verteidigung.

»Ich bin mir sicher, das werde ich«, erwiderte Korrus, als der Käfig über die Klippe hinausging, in die freie Luft. »Aber du, Verräter, wirst dann nicht mehr am Leben sein.«

Der Käfig schaukelte in der Brise, während Korrus und seine Mannschaft schwere Pflöcke einschlugen und das Seil in seine Position brachten, eine straffe Stelle in Armreichweite von der felsigen Klippenwand entfernt.

Dann, ohne ein weiteres Wort, gingen die Mottilaner und ließen Sawi und Gladdring allein mit den Vögeln, dem Wind und dem Biss des Winters zurück.

Der Plan, wie Gladdring ihn in diesen ersten Stunden beschrieb, war einfach. Den Mottilaner, der kam, um ihnen Essen und Wasser zu bringen, zu überreden, die Folter zu beenden und sie freizulassen. Von dort aus ein Lauf den Berg hinunter und ein Verschwinden im Dschungel.

»So einfach, ja?«, fragte Sawi, in der Ecke zusammengekauert, die Arme und Beine dicht an sich gezogen. Ihr Gewebe war nicht für dieses Wetter gemacht, und sie hatte den ganzen Morgen gezittert. »Einfach ein paar Worte sagen und wir sind frei?«

»Es wird so sein, wie ich es sage.«

»Warum dann überhaupt der ganze Aufwand, wenn deine Honigzunge uns das verschaffen kann, was wir brauchen?«

»Weil sie in der Überzahl waren. Einen, vielleicht zwei kann ich umstimmen. Mehr ist über meinen Einfluss hinaus.«

»Umstimmen?«

Gladdring, die Hände in seinen Roben und den Blick aufs Meer gerichtet, schüttelte den Kopf. »Du wirst mehr erfahren, wenn die Zeit gekommen ist. Was jetzt zählt, ist, was als Nächstes passieren wird.«

»Und das wäre?«

»Wenn sie den Käfig öffnen, wirst du sie überwältigen.«
»Womit?«

Gladdring nickte zu ihren Händen. »Nutze, was dein Gott dir gegeben hat, Sawi. Du weißt wie.«

»Ich bin eine Sammlerin, keine Jägerin.«

»Falsch. Du bist das, was ich brauche, dass du bist.«

Sawis Widerspruch erstarb, bevor sie überhaupt die Worte dafür finden konnte. Stattdessen wallte Zuversicht in ihr auf. Gladdring hatte nicht Unrecht: Sie hatte auf dieser Reise allein schon weit mehr getan als einfaches Sammeln, ganz zu schweigen von all den Expeditionen mit Wax und Pan. Sie konnte es schaffen, ein oder zwei Mottilan-Köpfe zu bearbeiten.

»Du hast meine frühere Frage nicht wirklich beantwortet«, sagte Sawi. »Warum sind sie so wütend? In einfachen Worten, bitte.«

»Weil wir einen Handel geschlossen haben. Einen, der nicht so ausgegangen ist, wie sie es erhofft hatten, obwohl ich keine Versprechungen gemacht habe, dass er es würde.«

»Klingt nach einem schlechten Deal.«

»Ich habe ihnen eine Gelegenheit geboten. Sie haben sie nicht genutzt. Jetzt geben sie mir die Schuld.« Gladdring schloss die Augen. »Wie leicht es doch ist, die eigene Schuld auf andere abzuwälzen.«

»Aber werden die Najahn nicht Rache für dich nehmen?«

»Wie ich schon auf dem Weg hierher sagte, Sawi, die Najahn sind keine Einheit. Wir sind Individuen, die nach Macht dürsten oder darum kämpfen, sie zu behalten. Wenn jemandem mein Tod nützen würde, dann könnten Truppen Mottilan hinwegfegen. Wahrscheinlicher ist, dass ein neuer Handel geschlossen wird, ähnlich wie meiner, um meinen Tod als bedauerlichen Unfall darzustellen.«

»Noctia klingt wie ein schrecklicher Ort zum Leben.«

Gladdring schnaubte. »Überall gibt es Regeln, Sawi. Man spielt entweder nach ihnen, lernt, sie zu brechen, oder scheitert an ihnen. Noctia ist da nicht anders, weder besser noch schlechter als irgendwo sonst.«

Sawi lachte. Gladdring konnte sagen, was er wollte, aber Kitaye hatte noch nie etwas so Brutales getan.

Vielleicht war das das Abenteuer: Herauszufinden, dass der Ort, von dem man aufgebrochen war, wirklich der beste von allen war.

Gladdrings Plan hatte seine erste Bewährungsprobe am Nachmittag, als ein Mottilan-Paar, Korrus unter ihnen, die Klippe mit einigen schimmelnden Mangos und einem kleinen Wasserschlauch erklomm. Korrus' Partner schwenkte den Kran zurück über Land und setzte dessen Masse auf dem Gras ab. Durch die Latten konnte Sawi, von Gladdring nicht gefesselt, diese kleinen Stängel spüren und sich vorstellen, wie sie darüber hinwegbrechen würde.

Korrus griff über die Oberseite der Kiste, öffnete einen kleinen, zu diesem Zweck ausgeschnittenen Abschnitt und ließ das Essen hineinfallen. Der Wasserschlauch folgte. Gladdring nahm einen Schluck und reichte ihn Sawi. Die Mango rührte er nicht an.

»Lass dich nicht verhungern, Gladdring«, sagte Korrus. »Es wird heute Nacht kalt werden. Du wirst all die Nahrung brauchen, die du kriegen kannst.«

»Manche von uns können auf sich selbst aufpassen, Korrus.«

»Wie man offensichtlich sieht.«

Korrus winkte, der Kran bewegte sich zurück über den Abgrund, und die Mottilaner gingen.

Sawi folgte Gladdrings Beispiel nicht und stürzte sich ohne Genuss, aber aus Notwendigkeit auf die Mango. Danach, mit klebrigen Händen, warf sie Gladdring einen finsteren Blick zu.

»Wolltest uns wohl noch ein bisschen länger hier drin behalten, was?«, fragte Sawi.

»Korrus ist nicht unser Ziel. Er ist zu sehr am Erfolg interessiert. Wir brauchen ein schwächeres Paar.«

»Was, wenn er jedes Mal kommt?«

Gladdring runzelte die Stirn. »Dann bin ich wirklich ausgespielt worden, aber es ist ein langer Weg hier herauf. Korrus muss seine Drohungen gegenüber den Najahn aussprechen, jetzt gegenüber Kitaye, wenn er seine Belohnung bekommen will. Das wird Zeit brauchen. Wir werden unsere Chance bekommen.«

»Wünschte, ich hätte deinen Glauben.«

»Den wirst du haben.«

Gladdrings Geduld zahlte sich aus, als die Sonne am Horizont hinabsank und ihre Welt in ein hartes violett-orangenes Zwielicht tauchte. Wieder tauchte ein Mottilan-Paar oben an der Klippe auf, mit Fisch und mehr Wasser.

Korrus war nicht unter ihnen.

»Sei bereit«, sagte Gladdring. »Die Öffnung wird klein sein.«

Sawi, deren ganzer Körper kurz davor schien, taub zu werden, rutschte trotzdem näher an das Tor des Käfigs heran. Der Kran bewegte sich und schwenkte das Paar zurück über Land. Dabei bewegte sich der zweite Mottila-ner, der Essen und Wasser trug, auf die Kiste zu und griff nach der oberen Öffnung.

»Du willst doch nicht sterben, oder?«, sagte Gladdring zu dem Mann, der seinen Griff stoppte und einen miss-trauischen Blick in Gladdrings Richtung warf. »Korrus spielt mit einer Macht jenseits seiner Vorstellungskraft. Die Najahn werden Mottilan durchkämmen, sie werden deine Familie zerstören. Dein Zuhause. Deine Stadt. All das, weil Korrus sich gekränkt fühlt.«

»Alles in Ordnung?«, fragte der andere Mottilaner zurück an der Basis des Krans.

»Alles gut«, antwortete Gladdrings Ziel, ohne den Blick vom Tenet abzuwenden.

»Der Ausweg ist einfach. Öffne die Tür. Ich werde dein Überleben sichern. Deine Belohnung. Mottilan lebt. Deine Familie gedeiht.«

Die Hand des Mannes zitterte. Sein Partner fragte erneut, was los sei.

»Tu es«, befahl Gladdring. »Rette dich selbst und die, die du liebst.«

Wie ein Reflex schnappte die Hand des Mannes zum Tor des Käfigs. Er öffnete das Schloss an der äußeren Stange und gab die breite Tür frei. Sawi, deren Beine und Arme kaum noch funktionierten, stolperte bei der Gelegenheit, fing sich aber auf ihren Handflächen und Zehen ab und stieß sich nach vorne.

Angst, Hoffnung und Wut taten den Rest. Der Mottilan-Mann schien wie betäubt von dem, was er gerade getan hatte, und bekam nicht einmal eine Hand hoch, bevor Sawi ihn tackelte und ihn mit einem harten Schlag auf den Stein zurückwarf.

Schreiend kam der zweite Mottilaner angerannt, einen Knüppel in der Hand. Der Mann erreichte Sawi nicht: Gladdring, der aus dem Käfig trat, streckte ein langes Bein aus und brachte den anstürmenden Feind zu Fall, sodass er der Länge nach hinfiel. Sawi riss dem Mottilaner den Knüppel aus den Händen und versetzte ihm auf Gladdrings Nicken hin einen Schlag, von dem sie hoffte, dass er nicht tödlich sein würde.

Beide ihre Gefangenen stöhnten. Sawi und Gladdring schnappten sich die Wasserschläuche und das Essen. Sawi wollte schon losrennen, aber Gladdring hielt sie zurück.

»Steck sie rein«, sagte Gladdring. »Wir werden sie über die Klippe baumeln lassen. Aus der Ferne werden sie uns ähnlich genug sehen, um uns etwas Zeit zu verschaffen.«

Eigentlich hätte das Bewegen der Körper schwieriger sein sollen, aber die Freiheit gab Sawi Energie, einen Rausch, der noch lange nicht verflogen war, als der Kran seinen Käfig erneut über die offene Luft schwang, und auch nicht, als sie und Gladdring den Abhang hinunter rannten, über das Gras hinaus und zurück in die wärmere, willkommene Dunkelheit des Dschungels.

33
DER FLUSS SKAR

Als hätte man erwartet, dass die meisten Reisenden jenseits der Saugkraft des Strudels keine Fackeln mehr hätten, bot der Raum hinter der Spiraltür dasselbe leuchtende Moos, das Wax in den Höhlen auf Vis gesehen hatte. Die violett-blaue Flora zog sich entlang eines schmalen Pfades, der sich nach mehreren in ehrfürchtigem Schweigen zurückgelegten Schritten zu einer geschnitzten Treppe erweiterte. An diesen Stufen hinab rann in ausgehöhlten Linien Wasser, eine glitzernde Flüssigkeit, die Wax zunächst ratlos machte.

»Silberadern«, sagte Eujo und kniete sich an den weichen Teich am Fuße der Treppe, um die Ablagerungen zu untersuchen, ein schimmernder Kreis, dessen Überläufe zu den Seiten rieselten und in unsichtbaren Löchern verschwanden. »Wax, schau.«

Wax folgte Eujos Blick durch die Kammer, die höher war als sein Baumhaus zu Hause, und entdeckte die funkelnden Wände. Zwischen dem Moos und dem Fels schlängelten sich wandernde Silberlinien. Ein Vermögen für Foti-Bergleute oder Rana-Händler, aber niemand hatte es genutzt.

»Weil die Najahn es nicht zulassen«, murmelte Wax.

»Auf Kance ist es genauso. Unsere Skars liegen in der Nähe eines ganzen Nests von Himmelsdiamanten, aber wir dürfen uns ihnen nicht nähern.« Eujo sah darüber nicht sehr glücklich aus. »Wenn wir es könnten, könnten so vielen unserer Nachzügler geholfen werden.«

»Ich dachte nicht, dass sich Adlige um einfache Leute kümmern.« Wax zuckte zusammen, als er sprach. »Tut mir leid, das kam härter rüber, als ich es meinte. Wir haben auf Vis keine Leute wie euch.«

Eujo, wenn sie überhaupt beleidigt war, zeigte es nicht. »Weißt du, wie Kance seine Königinnen wählt, Wax?«

»Weißt du, wie Vis seine Ältesten wählt?«

Eujo lachte, der Klang hallte vom plätschernden Wasser und dem fernen Brüllen des Strudels wider.

»Ich weiß es nicht«, sagte die Königin. »Aber bevor wir uns in der Tragödie unserer getrennten Leben verlieren, lass mich Folgendes sagen. Auf Kance stammt eine Königin aus der Erbfolge. Die Tochter, wenn es eine gibt, von einer der aktuellen Königinnen wird gewählt, wenn eine stirbt oder ihren Thron aufgibt. Die andere wird immer von der Straße gewählt.«

»Und du warst diese?«

Ein Nicken. »Das ist auch der Grund, warum Kance eine Geschichte des Königinnenmordes hat. Wir sehen die Dinge nicht gleich, die andere Königin und ich, und offenbar denkt sie, ihr Glück könnte mit jemand Neuem besser sein.«

Eujo sprach die Worte mit trotziger Apathie aus, als wäre es eben so, wie die Dinge sind, also keinen Sinn, sich dagegen zu wehren. Wax las jedoch eine Steifheit, eine Wut und Enttäuschung in ihrer Haltung. Etwas, das er gelernt hatte, als er Bliss' Stimmung so lange nur anhand von Gesten einschätzen musste.

»Du würdest dasselbe mit ihr tun«, sagte Wax, »wenn du die Chance hättest.«

Ein steinerner Blick, eine Wendung zurück zur bewässerten Treppe. Eujo zeigte nach oben. »Lass uns weitergehen.«

Die Stufen bargen keine Geheimnisse. Ein einfacher Aufstieg nach oben, ihre Füße fingen von Zeit zu Zeit das fließende Silber auf. Als Staub um seine Zehen sickerte, spürte Wax den feinen Grit, kalt und rein. Wer weiß, vielleicht könnte er, wenn genug darin hängen blieb, die Rana-Schuhe für eine gute Mahlzeit verkaufen. Das Leder selbst wäre wertlos, so durchnässt, zerstört und verschlammt von Fluss, Sumpf und Strudel, aber das Silber?

Vielleicht mehr als eine Mahlzeit. Vielleicht eine Schiffspassage nach Whent.

Größenwahnsinnige Vorstellungen hielten Wax beschäftigt, bis sie den Treppenabsatz erreichten, eine flache Landung, die mit nur ihnen beiden überfüllt war. Die allmähliche Verengung des Raumes kam nicht weit über ihren Köpfen zu einem Ende, ein Punkt, der von Silber durchtränkt und fast blendend anzusehen war. Die Richtung schien stattdessen ein Tunnel voraus zu sein, der steil nach unten abfiel. Wasser strömte hinein, wobei genug abspritzte, um an der Treppe zu ihren Füßen entlangzulaufen.

»Wer hat diese Dinger entworfen?«, fragte Wax und starrte in das Loch. »Bei jedem Skar ist es so, als ob ... warum?«

»Noctia behauptet, dies seien die Herzen der Götter«,

antwortete Eujo. »Dass wir zum heiligsten Ort auf jeder Insel reisen, wo die letzte Essenz des Gottes verbleibt.«

»Klingt für mich nach mystischem Quatsch.«

Wieder ein Lachen. »Wie auch immer, wir haben nur eine Option.«

»Was, du denkst nicht, dass wir durch den Strudel zurückschwimmen können?«

Eujo lächelte. »Es ist gut, dass du wieder Witze machst. Ich mag dich so lieber.«

»Froh, deinen Ansprüchen zu genügen, Königin.«

Ein Seufzer, dann ein plötzlicher Sprint. Eujo warf die Hände hoch, griff die Tunneldecke und stürzte sich in die Dunkelheit. Wax starrte, verfluchte sich dafür, langsam zu sein, und folgte.

Das kalte Wasser raubte ihm den Atem. Der glatte Boden des Tunnels konnte seinen rauen Seiten nicht standhalten, sodass Wax bei jedem Aufprall, jeder harten Wendung neue Schrammen davontrug. Tropfen kamen und gingen mit einer Geschwindigkeit, die er nicht fassen konnte, sein Magen sprang hoch und knallte in wenigen Sekunden öfter zurück, als Wax je zuvor gefühlt hatte.

Alles in völliger Dunkelheit.

Ob er nun ein paar Sekunden oder ein paar Minuten durch diese Windungen und Wendungen rauschte, Wax wusste es nicht, konnte es nicht erraten. Er fand endlich seinen Atem wieder, stieß einen Jubelschrei in die Höhle aus, Arme und Beine eng an sich gezogen. Sein letzter Schrei?

Nein. Der Vis-Erneuerer schoss in den offenen Raum hinaus, ein weiter Fall in eine dunkle Kammer, gefolgt von einem Platschen in den tiefen Pool. Seine Füße trafen auf etwas Weiches, und Wax platschte weg, nur um ein fluchen und prusten von Eujo in seinem Kielwasser zu hören.

»Du hättest eine Minute warten können«, sagte Eujo in die Schwärze.

»Woher sollte ich wissen, was das war? Was, wenn am Ende ein Unhold gewesen wäre und du Hilfe gebraucht hättest?«

Die beiden paddelten wieder im Wasser, konnten einander wieder nur anhand ihrer Stimmen folgen. Wax, immer noch müde, immer noch auf wenig mehr als Aufregung laufend, spürte, wie die Erschöpfung schnell zurückkehrte. Sie würden bald Land oder einen Ausweg finden müssen.

»Ich nehme an, von dir Geduld zu erwarten, ist unvernünftig«, sagte Eujo. »Irgendwelche Ideen?«

»Eine. Schau nach unten.«

Unter seinen Füßen, tief im Dunkel, glitzerte wieder etwas Silbernes. Es war das einzige Licht an diesem Ort, und Wax konnte die Tiefe nicht abschätzen. Eujo schlug vor, zuerst die Kammer zu durchsuchen, die sich, abgesehen vom Wasser aus dem Tunnel, als ruhig erwies. Sie schien auch keinen Ausgang zu haben, nur Felswände ringsum, bedeckt mit einem dicken Schleim. Hier gab es keine leuchtenden Pflanzen.

»Also tauchen wir dann«, sagte Eujo, als ihre Suche beendet war, nachdem Wax sich nicht zum ersten Mal beschwert hatte, dass er nur eine begrenzte Zeit schwimmen könne. »Wir gehen auf das Silber zu. So tief du kannst.«

»Schnapp es dir und komm dann zurück.«

»Es sei denn, du siehst einen Ausweg.«

»Nein.« Wax schüttelte den Kopf. »So machen wir das nicht, Eujo. Gemeinsam. Schnapp dir das Silber, komm zurück. Wenn du einen Ausweg siehst, sagst du es. Dann gehen wir zusammen.«

»Du bist stur.«

»Das ist eine Regel. Man lässt seine Freunde nicht im Dschungel zurück, und man lässt sie auch nicht an einem Ort wie diesem zurück.«

»Wie niedlich, Wax.«

»Nicht niedlich. Notwendig.«

»Du meinst das ernst.« Eujos spöttischer Unterton verschwand. »Warum?«

»Weil es bedeutet, dass meine Wächter mich nicht fesseln und ins Wasser werfen wollen.«

»Ein fairer Punkt, Vis.«

Sie zählten ab, holten bei vier tief Luft und tauchten bei fünf. Wax hielt die Augen offen und trat mit den Beinen in die Tiefe. Unten glitzerte das Silber. Eujo war unsichtbar, bis auf die Bewegungen, die ihre Schwimmzüge verursachten, während sie beide nach unten strebten, tiefer zu den Edelsteinen.

Wax' Ohren wurden taub, das Wasser drückte gegen ihn. Seine Tritte schienen sich in der Unendlichkeit zu verlieren, ohne Richtung, während die Welt verschwamm. Nur das Silber, alles andere war dunkel. Aber er bewegte sich weiter, drückte weiter.

Vis verlangte nicht weniger, und Wax würde nicht zulassen, dass seine Insel gegen Kance verlor. Nicht jetzt, nicht hier.

Das Silber teilte sich, als sie sich näherten, und löste sich von einer einzigen weiß-grauen Masse in einzelne Steine auf, die alle in einer muschelförmigen Grube lagen.

Die Skars. Das mussten sie sein.

Der Anblick gab Wax Energie, den Schub, den er brauchte, um den Rest des Weges nach unten zu kommen, um zu greifen und einen silbernen Stein zu packen. Die Wärme, das Flüstern strömte ein und verlangte von Wax, an die Oberfläche zurückzukehren. Er warf seinen Körper herum und versuchte herauszufinden, in welche Richtung es nach oben ging.

Sein Atem ging aus. Er hatte nichts mehr übrig. Die Beine, die ihn so weit gebracht hatten, begannen zu straucheln, ihre Tritte ohne Kraft. Wax hatte von Leuten gehört, die ertranken, meist Schwimmer, die zu weit hinausgeschwommen waren, von der falschen Strömung erfasst. Vom Ufer weggezogen, bis keine Kraft sie zurückbringen konnte.

Dies mochte zwar nicht der Ozean sein, aber der Tod würde auf die gleiche Weise kommen.

Der Skar jedoch erklärte es anders. Sein Flüstern schwoll zu einem Schrei an, den Wax nicht verstand, der ihn aber trotzdem vorwärtstrieb. Seine Beine hörten auf, von selbst zu treten, und richteten sich stattdessen mit seinen Armen, seinem Rücken und seinem Kopf aus, um sich in einer einzigen Bewegung zur Oberfläche zu bewegen. Wasser sammelte sich unter ihm und schob Wax wie eine riesige Hand nach oben.

Wax durchbrach die Oberfläche und flog heraus, landete mit einem harten Platschen wieder im Becken. Das Flüstern des Skars verebbte zu einem leisen Murmeln, Wax' Hand umklammerte den Stein fest. Er atmete, trieb und starrte in die Dunkelheit. Versuchte zu begreifen, was gerade geschehen war.

Die Skars waren so viel mehr, als man ihm gesagt hatte, als irgendjemand auf Vis zu sprechen schien. Sie alle schienen eine gewisse Kraft zu haben, eine von den Göttern gegebene Stärke. Wie man diese Kraft hervorlocken, sie auf eine weniger zufällige Weise nutzen konnte, als Wax es gesehen hatte, das schien die Frage zu sein.

Eine Frage, die niemand gestellt hatte, oder eine, die beantwortet und geheim gehalten wurde?

Wenn jemand es wusste, dann wären es die Najahn. Der Zirkel. Diese Meister, die in Noctia saßen und die Welt an ihrer Schnur hatten.

Wax schreckte bei dem Gedanken auf. Meister. Herrscher. Königinnen. Wo war Eujo?

Er wirbelte herum, unfähig, etwas in der Dunkelheit zu sehen. Die Königin war nicht an die Oberfläche gekommen. Panik blitzte auf. Der Skar schwoll bei dem Gedanken in seiner Hand an, bei der Notwendigkeit, wieder hinunterzutauchen und sie zu finden. Wax krümmte sich und tauchte zurück in die schwarzen Tiefen.

Die Dunkelheit starb, als er den Rana-Skar vorhielt, dessen silbernes Licht ausstrahlte und die Finsternis vertrieb. Die antwortenden Leuchtpunkte kamen zwar aus der Tiefe, aber auch zu seiner Linken, ein einsames Licht, das in der Tiefe trieb.

Wax schwamm in diese Richtung, der Skar drängte ihn wieder zu immer schnelleren Geschwindigkeiten. Diesmal widerstand Wax und behielt seine Arme und Beine unter Kontrolle. Etwas, das ihm vielleicht schwerer gefallen wäre, wenn nicht die Foti, die Vis-Skars, in der Vergangenheit ihre eigenen geflüsterten Dränge gehabt hätten. Das musste er im Hinterkopf behalten: Die Skars waren nicht klug, sie waren Instinkt, bereit, nach eigenem Willen hervorzubrechen.

Eujo trieb, den Blick auf den Skar in ihren Händen gerichtet. Ihre Augen waren offen, ihr Mund geschlossen. Keine Panik in ihr, kein Kampf. Wax schwamm zu ihr hinauf, sah ihre Augen zum Skar huschen. Sie deutete mit dem Finger auf ihren Mund und lächelte.

Dann öffnete sie die Lippen. Ein durchsichtiger

Schimmer legte sich über Eujos Mund, als sie ihn öffnete, und Wax sah, wie sich ihre Lungen weiteten, während kein Tropfen in ihren Mund sickerte.

Atmen, Atmen unter Wasser.

Als wäre er eifersüchtig auf Eujos Fähigkeit, zischte und meckerte Wax' eigener Skar. Sein Ziel schien offensichtlich, also öffnete Wax seinen eigenen Mund. Zunächst lief Wasser hinein, aber bevor er panisch schlucken konnte, hörte der Schwall auf. Nur Luft folgte. Wax hustete einmal, zweimal, das Wasser kam aus seiner Kehle heraus, wurde aber nicht ersetzt.

Der erste Atemzug schmeckte hässlich, metallisch. Unrein. Aber dennoch, Luft. Eujo beobachtete ihn, grinste, als Wax sich zurechtfand. Nach mehreren Minuten des Tretens unter Wasser, des Atmens durch die Skars, blickte Wax nach oben und Eujo nickte.

Gemeinsam durchbrachen sie die Oberfläche. Gemeinsam sahen sie einander an und brachen in Ausrufe darüber aus, was sie gerade getan hatten, wie nahe sie dem sicheren Tod gekommen waren. Die Magie der Skars, die Möglichkeiten, die auf sie warteten. Während sie sprachen, hielten sowohl Wax als auch Eujo ihre glitzernden Steine hoch, und mit ihrem Licht verbarg die Höhle ihre Geheimnisse nicht länger.

»Der Ausweg«, sagte Wax, der ihn zuerst sah.

Eingehauen, knapp über Armreichweite, lag die erste von vielen Kerben. Eine Leiter, die nach oben führte, zu einer Lücke in der Decke der Kammer.

Die Königin nickte. »Führe uns, Erneuerung.«

34
TURMFALL

Went kannte Stein. Die Steinbeißer verdienten ihren Namen durch mehr als nur ihre dicken Schädel, und so ungern Maena es auch zugab, der Turm war ein cleveres Konstrukt. Svarde setzte seine breiten Schultern ein, während Kivis felsige Masse in Kniehöhe Wirkung zeigte. Das robuste Holz hielt dem ersten Schlag stand, splitterte beim zweiten, und mit Rasslebecks spöttischem Zuruf knurrte Svarde in einen dritten Rammstoß, der es endgültig zerbrach.

All das geschah, während Maena und Pennifer sich dicht hielten, Asche und Glut vermischten sich mit dem fallenden Schnee, als das Feuerdämonenduo seinen Beschuss fortsetzte. Jochis Rückzug eskalierte, Rana und die wenigen Gefangenen schlossen sich dem Gerangel an. Sie kletterten und sprangen über gestapelte Sandsäcke, viele davon in Flammen, als die Dämonen brennende Pfeile und Steine von ihren Posten oben abfeuerten.

Wenn die Dämonen irgendwann müde werden sollten, sah Maena davon kein Anzeichen.

Im Inneren offenbarte sich die Handwerkskunst des

Turms in gewundenen Kerben, die in die Seiten geschnitten waren, eine aufsteigende Spirale, die bis zur Spitze reichte. Ketten vermischten sich mit dem Mechanismus, Flaschenzüge, die dazu dienten, die Ballistaplattform von der Turmspitze bis zum Fuß herabgleiten zu lassen. Ein einfacher Weg, um Munition nachzuladen, eine beschädigte Ballista zu reparieren oder Schichten zu wechseln.

»Warte«, sagte Pennifer, als Svarde sich einem großen Hebel näherte, der in den Steinboden des Turms eingelassen war, nahe der Tür und innerhalb der Nische, jenseits der Turmmitte. »Du willst dieses Ding herunterbringen?«

»Die Hitze wird uns bei lebendigem Leib braten«, fügte Rasslebeck hinzu. »Das kannst du nicht machen.«

Tu es. Zerstöre den Dämon.

»Er wird es tun«, entgegnete Maena. »Mach schon, Svarde.«

Der Foti grinste und zog den Hebel. Ein knarrendes Heben setzte Zahnräder im ganzen Turm in Bewegung, ihre allzu vielen Ketten ruckten in Bewegung. Das Gebäude erzitterte. Maenas Füße bebten. Über ihnen begann die dunkle Scheibe, die die Turmspitze markierte, ihren Abstieg.

»Jetzt ändern wir die Spielregeln«, sagte Maena. »Kivi, geh wieder nach draußen. Klettere die Wände hoch, so hoch du kannst. Nimm die beiden mit dir.«

»Mitnehmen?«, fragte Pennifer. »Kivi ist nicht so-«

»Ihr werdet klettern«, sagte Svarde. »Los jetzt.«

Noch immer verwirrt im spärlichen Licht, das durch die offene Turmtür fiel, folgten Rasslebeck und Pennifer dennoch der Echse.

Oben schimmerte ein blau-orangefarbenes Glühen um die absteigende Scheibe.

»Glaubst du, das wird funktionieren?«, fragte Svarde.

»Liest du meine Gedanken, Foti?«

»Ich hoffe es. Sonst hatte Rasslebeck recht.«

Maena und Svarde blieben in der Eingangsnische, ihre Waffen bereit. Der Strand und seine kühle Brise hinter ihnen. Die Plattform kam näher. Dumpfe Schläge, ein wütendes Knacken gesellten sich zu den Ketten und ihren mahlenden Zahnrädern.

»Bleibt nah an der Tür«, murmelte Maena. »Wir halten es hier drinnen.«

»Das wird ihm nicht besonders gefallen.«

»Darauf zähle ich.«

Trotz aller Erwartung fiel die Plattform schneller, als Maena es erwartet hatte. Die Luft wurde zu einem Querschnitt, einem Kampf zwischen Kälte und Feuer, jeder Atemzug vermischte die beiden zu einer verbrühenden, gefrierenden Mischung. Maenas Augen kniffen sich zusammen, als die volle Gestalt des Dämons in Sicht kam, die Plattform, auf der er stand, verglühte langsam unter der Hitze seines Körpers. Diese Gestalt stand hoch aufgerichtet und schweigend auf der Plattform, die Klauenkette baumelte von seiner unteren linken Hand, während die anderen geschmolzene Ballistamunition hielten.

Der dreieckige Obsidiankopf begegnete dem Paar direkt, diese goldenen Blitze flammten auf, als er sie wahrnahm, erkannte, dass ihre Nische zu klein für einen einfachen Ausgang sein würde.

Svarde kreuzte seine Äxte vor sich. Maena hob ihren verrosteten Säbel, ein erbärmlicher Schild vor dem Dämon, aber man arbeitete mit dem, was man hatte.

Hoffentlich würde der Dämon nicht erkennen, was geschah, bis es zu spät war. Hoffentlich würden Kivi und die anderen ihre Zeit bekommen.

Der Dämon schien jedoch nicht an Spielen interessiert. In seiner rechten Hand hob er einen weiteren Ballistabolzen, der massive Pfeil ein sicherer Tod, würde er Svarde oder Maena aus dieser Nähe treffen. Ein massiver Pfeil, den der Dämon zu werfen versuchte, holte mit der Hand aus, nur um zu sehen, wie das Geschoss' Ende gegen den Turm prallte und in der intensiven Hitze zerbrach.

Der Dämon warf die Überreste trotzdem, die engen Grenzen des Turms gaben ihm einen schlechten Winkel, wenig Kraft. Maena und Svarde wichen zurück, als der Pfeil an der Seite der Nische abprallte, Felsen abbrach und das Paar mit Glut und brennenden Stücken überschüttete. Maena wischte sie ab, spürte die Hitze des Dämons ansteigen.

Das Obsidiangesicht blitzte schneller, heller.

Ja, mach ihn wütend. Guter Zug.

Ihr einziger Zug, eher gesagt. Besser noch: Es bewies, dass diese Dämonen keine eiskalten Taktiker waren. Sie hatten Gefühle, hatten Stolz, konnten manipuliert werden. Der Dämon, lautlos, begann mehr Schrott in ihre Richtung zu schleudern, brennendes Holz, Steinbrocken, Teile der Turmkette, die unter dem Druck zerbrachen. Maena und Svarde zogen sich weiter zurück, pressten sich in die Nische hinter den Überresten der zerstörten Tür. Schlechte Deckung, aber Maena hielt die Kratzer, die Verbrennungen nur an ihren Gliedmaßen, ihren Haaren.

»Jeden Moment jetzt«, brüllte Svarde. »Verschwinde von hier, du verdammtes Ding.«

Der Dämon gehorchte. Mit einem skelettartigen Rasseln flog die Kettenklaue nach oben, ein langer Wurf schickte die Waffe zur Turmspitze. Der Arm des Dämons streckte sich aus.

»Jetzt!«, rief Maena.

Konnten sie sie hören? Würden sie wissen, was zu tun war?

Der Dämon schien offenbar kein Problem darin zu sehen. Die Kette grub sich ein, Steine fielen um sie herum, und der Dämon begann, an seinem eigenen Enterhaken emporzuklettern. Maena und Svarde schlichen heraus, als die Hitze nachließ, und beobachteten, wie der Dämon sich quer über den Turm ausbreitete, um das Ding zu umklammern, wobei er sich mit den Beinen nach oben drückte, während seine Arme an der Kette zogen.

»Jetzt sind wir dran«, sagte Svarde, und das Paar bewegte sich schnell.

Es gab nicht viel Wissenschaft oder Methode in ihren Handlungen. Ihnen blieben nur Sekunden, und sie nutzten diese Sekunden auf die einfachste Art und Weise: Wenn etwas scharf war, steckten sie es in die verkohlte Plattform, die zerschlagene Basis, mit der spitzen Seite nach oben.

Maenas Säbel, das Metallende des Ballistapfeils, zerbrochene Spitzen aus den Zahnrädern der ruinierten Plattform. Alles fand Gelegenheit, aufrecht in dem blubbernden Morast zu stehen, den der Dämon hinterlassen hatte. Maena rammte ihr Schwert in einen Aschehaufen und ließ es dort. Würde es viel Druck aushalten, bevor es umkippte?

Nein, aber musste es das überhaupt?

»Die Zeit ist um!«, rief Svarde, und Maena stellte keine Fragen, sondern eilte zurück zur Nische und durch die Tür.

Oben, von außen, hoben sich Kivi, Rasslebeck und Pennifer deutlich vom Glühen der brennenden Stadt ab. Der andere Dämon schien seinerseits die missliche Lage seines Partners nicht zu bemerken und war zufrieden damit, weiterhin Bomben auf die Stadt abzuwerfen.

»Schneidet es jetzt durch!«, schrie Maena.

Der Ruf erhob sich über den Lärm, scharf und lebendig

mit der Schärfe eines Befehlshabers. Das Trio sprang auf, verteilte sich, wobei Pennifer und Rasslebeck ihre Waffen auf den Dämon warfen, alles, um ihn zu verlangsamen. Kivi ging zum Enterhaken, etwas, das Maena vom Boden aus nicht sehen konnte. Die Kiefer des Ferriten brauchten vielleicht einen Biss, vielleicht zwei.

Wenn sie drei bräuchten, würde der Dämon sie haben.

Eine einzelne blau brennende Hand erschien am Rand des Turms. Ein Klirren ertönte, Kivi zuckte zurück – Maena und Svarde rotierten um die Basis des Turms, den Ferriten immer im Blick. Der Turm erzitterte, als der Dämon von innen gegen seine Wände schlug. Trotzdem klammerte sich die Hand fest. Rasslebeck und Pennifer, mit leeren Händen, wichen zurück, ihre Blicke wanderten den Turm hinunter zum Sand.

Ein zu weiter Fall, um zu überleben.

Kivi hatte keine solche Angst. Der Ferrit huschte zu der klammernden Hand, öffnete seine Kiefer erneut und biss auf die blauen Finger. Ein einziger Schnapp, während Svarde Ermutigung brüllte, den Dämon verfluchte und den Ferriten in Foti-Gebrüll lobte, erledigte die Sache. Die Hand verschwand, der Turm bebte, und der Strand zitterte, als der Dämon auf die Erde aufschlug.

»Lasst die Klaue fallen!«, rief Maena nach oben, während Rasslebeck und Pennifer sich bereits auf das offensichtliche Ende zubewegten.

Der große Enterhaken, der sich noch immer in die Turmkante biss, wo Kivi ihn nach dem Durchtrennen der Kette zurückgelassen hatte, erwies sich als schwer zu lösen. Nicht dass Maena und Svarde zusahen: Sie rannten zurück zur Nische, zur zerstörten Tür, schwitzend.

Ihnen gegenüber, eine Hand und ein Kopf, die versuchten, sich durch die Tür zu zwängen, war der Dämon.

Wo zuvor blaues Feuer perfekt gewesen war, klafften nun tote Flecken, die weiße Flocken über den Körper des Dämons verteilten, oder zumindest über den kleinen Teil, den sie sehen konnten.

»Ein Mensch bekommt blaue Flecken, diese Dämonen verwandeln sich in Asche«, murmelte Maena, als Svarde ihr eine Schrotaxt zuwarf.

Nicht dass die Waffe viel nützen würde. Selbst verwundet, selbst beim Versuch, sich aus dem Turm zu graben, blieb der Dämon zu heiß, um sich ihm zu nähern.

Stattdessen taten die beiden, was Rasslebeck und Pennifer zuvor getan hatten: Sie warfen ihre Waffen auf das Monster. Ließen das verrostete Eisen durch die Luft fliegen, um von der Hand abzuprallen, um den Kopf zu streifen. Der Dämon hielt bei jedem Aufprall inne, dieser obsidianfarbene Blick betrachtete sie mit dem, was Maena nur als absolute Verachtung empfinden konnte.

»Es ist verdammt schwer zu töten«, sagte Svarde, während sich das Paar erneut zurückzog und Schritte zwischen sich und den Dämon brachte.

Der vom Monster gewählte Weg in die Freiheit schien durch den Sand zu führen, durch das Brennen. Steine schiebend. Die Nische bog sich, der Turm erzitterte erneut. Diesmal kein bloßes Grollen, sondern die Fundamente, die ihren Halt in Frage stellten. Sand verschob sich, als die Arme und Beine des Dämons in der Erde unter ihm gruben.

»Beeilt euch!«, schrie Maena in Richtung Turmspitze.

Pennifer und Rasslebeck, mit Kivi, die die Haken des Enterhakens wegbiss, hoben die Klaue hoch, die Waffe fast so breit wie ihre beiden Körper zusammen. Für einen eindrucksvollen Moment hoben die beiden das Ding, als wäre es eine Trophäe, bevor sie es hinunterwarfen, die gezackten Zinken auf den Dämon gerichtet, in den brennenden Abgrund des Turms.

Wenn der Dämon zuvor kaum einen Laut von sich gegeben hatte, so entlockte ihm der Einschlag der Klaue ein welkes Zischen und Knallen, wie ein Lagerfeuer, das auf zischenden Dampf in einem nassen Baumstamm trifft. Das Gesicht des Dämons, der ausgestreckte Arm, der sich zu ihnen grub, zitterten. Die Finger zuckten einmal. Der Kopf neigte sich nach vorn und vergrub sein Gesicht in den Trümmern der Nische. Das Ascheweiß folgte.

Pennifer jubelte. Rasslebeck und Svarde ließen Flüche fliegen. Maena erlaubte sich ein Lächeln. Ein Nicken, dass der Plan für einmal so funktioniert hatte, wie sie gehofft hatte.

Kivi, zwischen Pennifer und Rasslebeck auf der Turmspitze, öffnete ihre Ventile. Das orange Glühen dampfte in die Nacht hinaus, ein Siegeslicht.

»Haben wir ihn«, sagte Svarde. »Einer erledigt, einer übrig.«

Sie wandten sich dem letzten Dämon zu, der auf seinem Turm thronte, und erwarteten, das Monster in sein Bombardement vertieft zu sehen. Stattdessen schien der blau flammende Dämon fertig zu sein. Schien stattdessen sie anzustarren.

Mit seiner linken Hand griff der Dämon zu, brach einen stabilen Stein von der Spitze seines eigenen Turms ab. Sich abstützend lehnte sich das Monster zurück.

Und Maena wusste, was gleich passieren würde, ihre Füße begannen bereits, sie auf Distanz zu bringen, selbst als sie den anderen zurief, sich zu ducken, wegzukommen.

Der Dämon schleuderte den Stein, dessen taumelnde Masse ein Schatten in der Nacht war. Der Fels traf ihren beschädigten Turm mit einem dumpfen Knall, erschütterte die Struktur und ließ all diese wunderschön geformten Linien in sich zusammenfallen.

Rasslebeck, Pennifer und Kivi sanken mit ihrem Turm, bröckelten zum Strand hinunter, während Sand und Schnee aufflogen.

Dahinter, ein Licht, verdeckt von einem aufsteigenden Staubvorhang, sprang der Dämon, landete im Sand und begann, auf sie zuzustampfen.

Nun, Kapitän. Dein erster Plan hat funktioniert. Hast du einen weiteren?

35
GEWÖHNLICHE VERBRECHER

Sie lauerten. Sie beobachteten. Sie warteten. Die Rana-Stadt kam ihnen entgegen. Ein paar vereinzelte Wachen, offensichtlich aus der Stadtbevölkerung rekrutiert, erkennbar an ihrem lockeren Säbelgriff und ihrer zusammengewürfelten dicken Lederkleidung, patrouillierten die einzige Hauptstraße, während die Nacht voranschritt. Bliss und Torny zogen weder ihre Aufmerksamkeit auf sich noch suchten sie danach, stattdessen verweilten sie in einer schmutzigen Gasse nahe dem Gasthaus.

Torny hatte den Platz ausgewählt, um Bliss zurückzuhalten und die Vis von einem offensichtlicheren Vorhaben abzubringen. Der Schmutz stammte von alter Suppe, von Badewasser und Regenresten, denen kein Abfluss geblieben war. Überwucherte Flickenpflastersteine markierten die Mitte der Gasse, während alte Kisten und Fässer auf ihren Einsatz warteten.

Bliss stützte ihr Kinn auf eines davon, ein stabiles, metallumrandetes Gebilde von ihrer Größe. Von dort aus konnte sie den Eingang des Gasthauses sehen und die wenigen Leute, die sich dort herumtrieben. Jemand zupfte an einer Laute, einem Instrument, das Bliss noch nie gehört hatte, bevor sie auf diese Insel kam, das sie aber schnell zu schätzen gelernt hatte, nach den Nächten und Tagen, in denen sie in den Tavernen weiter südlich gearbeitet hatte.

Der Kance war hineingegangen und nicht wieder herausgekommen. Dass sie die Nacht dort verbringen würden, schien jetzt offensichtlich, ebenso wie die Unmöglichkeit, ihnen nach drinnen zu folgen. Bliss mochte zwar den erstickenden Juckreiz der Rache verspüren, die Unfähigkeit, an etwas anderes zu denken als an die Vernichtung der Mörder ihres Bruders, aber die Jägerin war noch bei Verstand genug, um ihre Wut im Zaum zu halten.

Es würde Zeit geben, wie Torny sagte, einen zu fangen, dann zwei, dann drei.

Aber das Warten auf einen erwies sich als länger als erwartet.

Ein Rascheln, und Bliss drehte sich um, die Hand nach ihrem Stab ausgestreckt. Nur Torny, die sich mit einem Kopfschütteln zurück in die Gasse schlich.

»Sie waren also nicht dumm«, sagte Bliss.

»Nichts auf dem Boot außer den Dingen, die man braucht, um es zu bewegen«, antwortete Torny. »Die Wache hier ist ein Haufen Trottel, aber ich glaube, selbst die würden uns erwischen, wenn wir versuchen würden, das Ding wegzurudern.«

»Ich wollte nicht weglaufen.«

»Nicht weglaufen, Bliss. Sie in eine Falle locken. Du sollst doch eine Jägerin sein. Denk wie eine.«

»Ich warte doch auf einen Hinterhalt, oder?«

»Widerwillig.« Torny tippte Bliss auf die Schulter, als die Vis sich wieder dem Gasthaus zuwandte. »Hier, hab ich auf dem Rückweg aufgegabelt.«

Ein verkrusteter Reiskuchen lag in Tornys Hand, den Bliss mit einem dankbaren Nicken entgegennahm. Ihr Magen wetteiferte fast mit der Lautenmusik in der Lautstärke. Das Auflauern von Beute mochte zwar einige Bedürfnisse befriedigen, ließ aber andere bedauerlich unbeachtet.

»Lass mich raten«, fuhr Torny fort, während Bliss aß und abwechselnd Bissen mit ihrem Wasserschlauch nahm, da der Reiskuchen reichlich trocken war. »Du denkst, wir bleiben die ganze Nacht hier draußen, beobachten die Tür und warten?«

»Hast du eine bessere Idee?«

»Hör zu. Ich weiß eines: Als Diebin ist es viel einfacher, das zu nehmen, was du willst, wenn dein Ziel abgelenkt ist.«

»Wodurch?«

»Die ganze Stadt ist angespannt. Sie müssen denken, dass ein Unhold jeden Moment angreifen könnte. Warum lassen wir das nicht geschehen?«

»Wie soll das den Kance in Bewegung bringen?«

Tornys Augen glitzerten im Fackelschein der Stadt, als sie grinste. »Sie können ihr Boot nicht verlieren. Lass uns dafür sorgen, dass sie es retten müssen.«

Tornys Plan erwies sich als mehr als nur müßiges Geplauder. Bliss hörte zu, wie die Diebin die Schritte einen nach dem anderen in einer strengen Reihenfolge darlegte, ein Meisterwerk, das Bliss ihre Freundin neu einschätzen ließ. Torny hatte Sarkasmus, hatte einen seltsamen Charme, den Bliss nicht abschütteln konnte, aber jetzt auch noch Cleverness?

Wo hatte Torny das versteckt?

Der Gedanke schwirrte durch Bliss' Kopf, als sie sich in der Nähe der Docks niederließ, tief im Schilf. Eine stille

Zählung lief in ihrem Kopf ab, tickte die Zahlen zusammen mit ihrem Herzschlag. Der süße Rausch, den sie kurz vor dem Kampf gegen die Unholde zurück auf Vis gespürt hatte, durchströmte Bliss jetzt, und die Vorfreude ließ sie den Stab fester umklammern.

Wax. Das ist für dich.

Tornys Schrei durchschnitt die Luft. Die Diebin brüllte links von Bliss, dass da ein Unhold sei, ein Monster im Wasser.

Bliss stürmte bei diesen Worten los, platschte und schwang den Stab weit aus. Sie spritzte, traf mehrere kleine Kisten auf den Holzbrettern zu ihrer Linken, während sie den Kopf unten hielt und sich auf das Boot des Kance zubewegte. An ihrer Hüfte, unter Wasser verborgen, hing eines von Tornys Messern.

Die Diebin heulte und rannte, ohne auf die Rufe zu achten, die ihr von der panischen Wache folgten. Jemand begann, eine Alarmglocke zu läuten. Bald würden Füße und Augen an den Docks sein, bald würden sie dort nichts finden.

Nichts, außer einem einzelnen Boot, das in die Strömung trieb.

Tief gebückt und mit den Füßen unter der Wasseroberfläche paddelte Bliss zum Boot des Kance. Mit dem Stab, der in ihrer linken Hand trieb, zog Bliss das Messer und bearbeitete damit das Seil, das das Boot des Kance am Steg festhielt. Seine Fasern fransten aus, obwohl das Wasser die Schnitte rutschen ließ und das Messer nicht richtig griff.

Und Torny, stets nachlässig, hatte die Klinge nicht so scharf gehalten, wie sie hätte sein sollen.

Bliss dachte sich Flüche aus, während Tornys Rufe verklangen. Die Diebin würde verschwinden, in den Bäumen untertauchen, um enge Befragungen zu vermeiden. Laufende Schritte näherten sich, die ersten trafen auf die Bretter.

Ihre Zeit war-

Das Seil riss. Bliss stieß das Boot ab, gab ihm einen Tritt vom Steg weg, bevor sie selbst unter die Wasseroberfläche tauchte. Den Atem anhaltend steuerte sie nach rechts, zurück zur Küste zu dem schützenden Schilf. Die Dunkelheit würde ihr helfen, sich zu verbergen, obwohl die größte Hilfe von der Feigheit ihrer Verfolger kommen würde.

Torny schätzte die Stadtbewohner als unwillige Kämpfer ein, Menschen, die aus Verzweiflung gezwungen waren, kleine Waffen gegen Schrecken zu ergreifen. Sie würden sich nicht besonders anstrengen, jemanden zu finden.

Diese Vermutung bestätigte sich, als Bliss Sekunden später auftauchte, viele Schwimmzüge von der Stelle entfernt, wo sie untergetaucht war. Nur ihr Kopf ragte über die Wasseroberfläche des Flusses, Seerosen und andere Gräser klebten in ihrem Haar - während die beiden den Großteil ihrer Ausrüstung in der Gasse zurückgelassen hatten, zehrte das kalte Flusswasser an Bliss' Ausdauer. Sie kletterte ans Ufer, die kalten Gräser und Schilfe taten wenig, um sie zu wärmen. Zittern überkam sie und verkrampfte ihre Muskeln.

Dennoch schaute Bliss hin und sah den Pöbel am Ende des Docks, der seine Fackeln über den Fluss schwenkte. Einige bemerkten die Kisten, die sie umgestoßen hatte, und noch mehr zeigten auf das Boot des Kance, das weiter hinaustrieb.

Niemand wagte es, hinterherzuspringen.

Wenn sie nicht gezittert hätte, wenn sie nicht mehr mit ihrem eigenen Überleben nach dem eiskalten Schwimmen beschäftigt gewesen wäre, hätte Bliss bei diesem Anblick vielleicht geseufzt. Auf Vis wäre Mut aufgekommen. Jemand hätte das Boot gerettet.

Stattdessen musste Torny ihren zweiten Part spielen.

Die Diebin, ihr Gesicht bereits mit Schlamm beschmiert vor ihrem schreienden Lauf, würde jetzt in die Taverne platzen und rufen, dass jemandes Boot von dem Unhold losgeschnitten wurde und wegtrieb.

Die eigentliche Frage war nicht, ob der Kance seinem Boot nachgehen würde, sondern wie viele, und ob Torny und Bliss daraus Kapital schlagen könnten.

Bliss rieb ihre Arme und Beine, das Wasser in ihrem Haar begann zu gefrieren, und sie spürte, wie ihre Zähne klapperten, als Silvrin, ausnahmsweise nicht in ihrer Rüstung, sondern nur in einer Leinentunika und einer dicken Hose, durch die Menge zum Docksende rannte. Sie warf einen langen Blick auf das Boot und bat dann die Menge, eines ihrer eigenen zu leihen.

Zumindest jemand war bereit, sein eigenes Ruderboot zu riskieren und wies den Kance auf ein anderes festgemachtes Boot hin. Silvrin, bald von einem zweiten Kance begleitet - Bliss konnte aus der Entfernung im verschwommenen Fackellicht nicht erkennen, welcher es war - stieß das Boot ab und ruderte in den Fluss hinaus, ihrem treibenden Schiff hinterher.

Was einen allein in der Taverne zurückließ.

Bliss zwang sich auf die Beine, ihre Füße rutschten etwas auf dem harten Boden. Der Stab half ihr, in Gang zu kommen, und sie stieß sich durch die dichteren Gräser und Bäume neben dem Fluss, auf einem gewundenen Weg zurück zur Stadt.

»Hey«, flüsterte Torny, die einige Minuten später aus der Dunkelheit auftauchte, als Bliss sich der Rückseite der Taverne näherte. »Komm hier rüber.«

Die Banditin hatte ihre Ausrüstung dabei, aus der Gasse geborgen und bereit. Bliss zog sich das Gewebe über, wischte die Nässe von ihrer zerlumpten Kleidung. Zerlumpt, ja, aber immer noch besser als nackte Haut in der Kälte. Sie ließen die Satteltaschen zurück und rückten bewaffnet und bereit gegen die dunkle Rückseite der Taverne vor.

Das stabile zweistöckige Gebäude, auf Ziegeln und Lehm errichtet, wich Ranas allgegenwärtigem Holz- und Strohdach. Schmale Fenster, gefüllt mit fleckigem Glas, zeichneten die sieben oder acht Zimmer aus, die der Ort seinen Gästen bot.

Torny und Bliss hatten keine Zeit, sie alle zu untersuchen - die beiden Kance würden schon auf dem Rückweg zum Dock sein -, also begannen sie mit der Rückseite, und von den vier Fenstern dort waren nur zwei von innen beleuchtet, wie verstreute Augen in der Nacht.

Die Hintertür der Taverne hatte auch ihre eigene Laterne, die an einem Metallseil von der Türoberseite hing.

Torny wirbelte ihren Enterhaken und schleuderte ihn auf das Dach der Taverne. Sie nutzte das Seil als schnelle Stufe und führte Bliss die Rückseite der Taverne hinauf, die Füße auf Stein, während ihre Hände das lange Seil des Enterhakens umklammerten.

Für Bliss erforderte es einiges an Kneten, ihre Finger wieder in Griffstärke zu bringen, was Torny ein so deutliches Stirnrunzeln entlockte, dass die Jägerin ihren Muskeln befahl zu arbeiten und ihren Nerven, wieder zu fühlen.

Zumindest ihr Stab, in seiner Schlinge an Bliss' Rücken befestigt, kam leicht genug mit.

Torny zog den Enterhaken hoch, nachdem sie beide hinaufgeklettert waren, und hielt sich flach, während die Stadtbewohner in ihre Häuser zurückkehrten. Einige behaupteten, sie hätten einen Unhold gesehen, andere behaupteten, es sei eine Lüge, und wieder andere erklärten, ihr schnelles Handeln habe das Monster vertrieben.

Bliss schnaubte über das Letzte.

»Halt das Seil«, flüsterte Torny. »Ich werde nachsehen.«

Die Diebin war so leicht, wie sie aussah, obwohl Bliss ihre Fersen in den leichten Dachrand grub, um Torny waagerecht zu halten, als die Banditin sich abseilen ließ und den Enterhaken benutzte, um direkt vor den Fenstern zu hängen. Beim ersten brauchte Torny eine Sekunde, um den Kopf zu schütteln und zu flüstern, dass das Zimmer einem älteren Paar gehörte. Von dort aus rutschte Bliss über das Reetdach, bewegte ihre Füße einen nach dem anderen, während Torny sich an der Außenseite der Taverne entlang kickte.

Einfach genug an der Rückseite der Taverne, in der Nähe der Dunkelheit. Verdammt unmöglich an der Vorderseite.

Aber Vis war mit ihnen. Am zweiten Fenster winkte Torny.

»Das ist es«, sagte Torny. »Kance-Sachen überall. Und es ist leer!«

Bevor Bliss fragen konnte, was sie jetzt tun würden, führte Torny ihren Ärmel zum Mund und ließ ihre eine Hand und ihre Füße sie gegen die Taverne balancieren. Mit den Zähnen riss die Diebin ihren Ärmel am Ellbogen ab. Sie behielt den Stoff im Mund, wickelte ihn um ihre Hand, biss fest zu und versetzte dem Fenster dann einen scharfen Schlag mit ihrer bedeckten Hand.

Es klapperte. Blieb fest.

»Verdammt.« Torny fluchte, ließ den Stoff fallen. Zog ihr Messer. »So viel zum leisen Ansatz.«

Diesmal schlug die Diebin mit dem Griff des Dolches gegen das Fenster und zerschmetterte das Glas. Torny stieß sich von der Gebäudewand ab, schwang zurück, hob die Beine und drehte sich durch das kleine Fenster.

Bliss spürte, wie das Seil locker wurde. Starrte es an. Das war nicht Teil des Plans gewesen. Torny sollte das Zimmer des Wächters identifizieren, dann sollte Bliss den Weg hinein anführen. Jetzt, nun, jetzt war Torny allein.

Nein, nicht ganz.

Bliss drehte sich um, fand die Kante des Enterhakens und setzte ihn ins Dach. Zog das Seil hoch. Sie konnte es herunterlassen, daran entlangklettern und in das-

»Hey! Was machst du da oben?«

Bliss blickte auf den Ruf hin nach unten und sah mehrere Leute, die Wirtin und ein Mitglied der Stadtwache, die unten standen. Die Wirtin hatte ihre Augen auf das zerbrochene Glas gerichtet, der Wachmann hatte seine Hand an seinem Säbel, als er die Frage wiederholte.

Und Bliss hatte keine Antwort. Hatte keine Ahnung, was sie tun sollte, als Torny unten fluchte, die feurigen Worte der Diebin aus dem Fenster strömten, gefolgt vom Aufeinandertreffen von Klingen.

Ein Plan, ein Meisterwerk, ein Fehler.

36
DÜSTERES VERSPRECHEN

Mitternacht in den Dschungelbergen wäre unter besseren Umständen magisch gewesen, etwa wenn Sawi unter Farnen hindurchgeschlüpft und an Lianen vorbeigestreift wäre mit Wax an ihrer Seite statt eines murrenden, stolpernden Gladdring. So klug der Mann auch auf Noctias politischem Parkett sein mochte, in der Natur tat er sich schwer, und Sawi verbrachte ebenso viel Zeit damit, sich umzudrehen und ihm über irgendeine Wurzel oder einen Laubhaufen zu helfen, wie sie damit beschäftigt war, sie in die richtige Richtung zu führen.

»Immer einen Punkt zum Anpeilen haben«, sagte Sawi, als Gladdring sie fragte, wie sie sich im dichten Wald zurechtfinden konnte. »Such dir einen Baum, einen Berg, irgendetwas, das sich nicht bewegt, und geh darauf zu. Das ist das Erste, was wir lernen.«

»Warum?«

»Wenn du das nicht tust, wirst du feststellen, dass du stundenlang im Kreis läufst.« Sawi kletterte über einen umgestürzten Baumstamm und drehte sich um, um Gladdring zwischen seinen knorrigen Ästen hindurchzuführen.

Trotz der kühlen Luft schwitzten sie beide, wenigstens waren die Insekten nicht so lästig. Ein kleiner Segen. »Jeder junge Vis lernt das.«

»Eine schwierige Lektion für die auf einer kleineren Insel.«

»Vielleicht solltest du öfter rauskommen.«

Gladdring lachte und setzte sich mit den Händen auf den Knien auf den Stamm. »Meine Liebe, ich war auf jeder unserer sieben Inseln. Nur vielleicht nicht so weit abseits des Weges.«

Diese Entscheidung war jedoch strategisch gewesen. Korrus und seine Mottilan-Gangster würden zweifellos nach den Flüchtlingen suchen, und der einfachste Weg wäre entlang der einzigen Straße, die von der Klippen-Stadt über die Berge und hinunter zum Najahn-Außenposten und Kitaye führte. Stattdessen wollte Gladdring versteckt bleiben, zumindest so lange wie möglich.

Eine solche Grenze schien sich rasch zu nähern. Sawi beurteilte ihren eigenen Körper, zerrüttet nach der vorherigen Nacht, in der sie über die Klippen gefallen war, einem Tag, den sie in einem Käfig hängend mit wenig Nahrung verbracht hatte, und nun einem Abend, der vom Adrenalin der Flucht angetrieben wurde. Die Stunden krochen an ihnen heran, und Sawi spürte es jedes Mal, wenn ihr Fuß wegrutschte, ihre Augen einen Schatten für einen Baum hielten, ihre Ohren das Rascheln des Windes für die schleichenden Pfoten eines Hanoko. Gladdring trug die Last schlechter als sie, seine Pausen wurden häufiger, Beschwerden über Blasen und blaue Flecken kamen nicht als klare Worte, sondern durch Seufzer, gemurmelten Flüche und immer mehr Fragen darüber, wo sie waren und was vor ihnen lag.

»Wir werden sie nicht abhängen«, sagte Sawi, während

Gladdring seine Pause machte. Sie verschaffte sich etwas Erleichterung, indem sie sich an einen kleineren Baum lehnte, dessen Stamm kalt und mit flauschigem Moos bedeckt war. »Wenn Korrus uns fangen will, werden sie es tun. Unsere einzige Chance wäre gewesen, sie auf der Straße abzuhängen.«

»Abhängen war nie der Plan, Sawi.«

So hatte er es immer wieder gesagt, wenn Sawi darauf drängte, zur Straße zurückzukehren. Stattdessen: Verzögern. Die Stunden in langsamem Fortschritt mahlen, um Korrus und sein Team vorwärts ziehen zu lassen, bis sie fürchteten, einen Fehler gemacht zu haben, und die Verfolgung aufgaben.

»Sie hassen dich. Sie werden nicht aufhören.« Sawi rieb sich die Schultern. Ihr dünnes Gewebe war dafür nicht gemacht. »Sie werden schließlich in den Dschungel kommen.«

»Dann sag mir, wie nah sind wir am ersten Gasthaus?«

Sawi blickte zum Himmel auf. Bewölkt. Keine Hilfe von dort, nicht dass sie diese Route gut genug kannte, um ihre Position einzuschätzen. Sie konnte nur die Zeit, die sie unterwegs gewesen waren, und die Entfernung, die sie von der Mottilan-Klippe hinabgestiegen waren, als Maßstab nehmen.

»Eine Stunde. Vielleicht zwei, wenn der Dschungel so dicht bleibt.«

Gladdring nickte: »Dann denke ich, es ist Zeit. Zeig mir die Richtung zum Pfad.«

»Zeigen?«

»Ich möchte, dass du so schnell wie möglich zum Gasthaus gehst«, sagte Gladdring, wobei er einen Funken, eine Lebendigkeit aufnahm. Die Art, die Sawi bemerkte, wann immer Gladdring etwas Schmackhaftes fand, in das er seinen Verstand versenken konnte. »Wenn meine Freunde auch nur ansatzweise so sind, wie ich denke, wirst du sie dort finden. Es ist lange genug her. Sie werden nach mir suchen.«

»Freunde?« Sawi neigte den Kopf. »Ich dachte, du hättest gesagt, die anderen Najahn wären deine Feinde?«

»Je nach Situation können sie beides sein. Das ist allerdings nicht deine Sorge. Geh zum Gasthaus. Finde sie. Bring sie entlang der Straße zu mir.« Gladdring stand auf und klopfte sich den Schmutz von seinem hoffnungslos zerrissenen Gewand. »Wenn ich Korrus entkomme, dann sind wir gerettet. Wenn nicht, dann werden meine Freunde die Rettung bewirken.«

»Warum?«

Gladdring winkte ab. »Wenn ich mehr Atem habe, einen Krug Bier und ein knisterndes Feuer, werde ich dir alles erklären. Ich habe zu viel Dreck an den Händen, zu viele Käfer in meiner Kleidung. Los jetzt.« Als Sawi sich vom Baum abstieß, sagte Gladdring ihren Namen. »Denk daran, mir hierbei zu helfen, hilft auch dir. Wir stecken jetzt beide in diesem Abenteuer.«

Ob Gladdring mit diesem letzten Teil Recht hatte oder nicht, war eine Frage, über die Sawi nachsann, während sie durch den Dschungel peitschte. So müde ihr Körper auch war, das volle Tempo beim Schwingen brachte ihr etwas Leben zurück. Lianen und Farne öffneten ihr den Weg, ließen Sawi durch rosa-graue Schatten springen, wobei sie dicke Pflanzen umklammerte und an riesigen Blättern entlangglitt. Sie wollte jauchzen - Wax hätte es getan -, hielt ihre Stimme aber leise, umarmte die Nacht des Dschungels und verriet nichts an lauschende Ohren.

Sie erreichte das Gasthaus schnell genug, um, so dachte Sawi, einen Rekord aufzustellen, wenn jemand die Zeit gemessen hätte. Als ob all der Stress der letzten Tage dazu gedient hätte, sie anzuspannen, sodass der Flug sie losließ und Sawi joggend zur Vordertür des Gasthauses brachte. Das Gebäude, eigentlich ein Netzwerk aus Seilbrücken und Leitern zu einem riesigen Baum direkt neben dem Weg, bot ein wärmendes Haus, das nicht viel größer als ein Kitaye-Heim war. Dahinter erstreckten sich diese Seile und Gehwege zu einzelnen Baumhäusern. Alle waren dunkel, obwohl das nicht bedeutete, dass sie unbewohnt waren.

Decken und Felle reichten in den Wintern von Vis aus, und eine Flamme in einem Baumhaus war ein Risiko, das in einem Kitaye-Heim unter Familie akzeptiert wurde, aber nicht mit Fremden eingegangen wurde. Stattdessen führten die Gastwirte die Gäste zu ihren Häusern, brachten sie unter und ließen sie dort, bis die Morgendämmerung den Weg zurück nach unten erhellte.

Bis dahin würden jedoch Flöten und Trommeln Musik machen. Frische Früchte und Suppen würden als Mahlzeit dienen, und am Fuße des Baumes würde ein knurrendes Feuer, genährt von den Abfällen des Dschungels, Wärme spenden. Sawi nahm das jetzt in sich auf, als sie eintrat und für einen kurzen Moment die Augen schloss, um die auf sie wartende heiße Welle zu genießen.

»Sawi?«

Gladderings Warnung bereitete Sawi gut genug vor. Sie erschrak nicht bei ihrem Namen, wich nicht vor der Person zurück, die ihn aussprach: dem Hauptmann der Najahn-Wache. Der Mann saß mit zwei anderen Najahn an einem kleinen runden Tisch. Ihre Chakrams und Voulgen lagen in der Nähe, obwohl das Trio zu erschöpft aussah, um sie zu heben. Holzbecher, die Fruchtwein enthalten hatten, standen am Ende des Tisches aufeinander gestapelt und warteten auf eine weitere Runde.

Ein vielversprechender Zustand für Gladderings potenzielle Retter.

Sawi tischte die Geschichte schnell auf, kürzte sie auf einen einfachen Verrat und eine anschließende Flucht. Skars und geplante Geschäfte blieben gut verborgen, und als Sawi bei Gladderings unmittelbarer Gefahr ankam, erhoben sich die drei schwankend.

»Ihr seht kaum aus, als wärt ihr bereit für eine Rettungsaktion«, sagte Sawi und beobachtete, wie sie sich mühten, ihre Chakrams auf den Rücken zu schnallen.

»Najahn sind immer bereit«, erwiderte der Wachhauptmann und brachte ein halbherziges Grinsen zustande. »Nichts auf Vis kann uns etwas anhaben, selbst nach ein paar Runden nicht.«

Sawi blinzelte. Sie dachte darüber nach, diese Bemerkung weiter zu hinterfragen. Stattdessen hielt sie ihre Zunge im Zaum. Sie lernte bereits Gladderings Lektionen.

Die Najahn ließen etwas getrocknetes Dörrfleisch zurück, um ihre Getränke zu bezahlen, eine Delikatesse, die der Wirt ohne Beschwerden annahm, und die Vierergruppe wagte sich zurück auf den Pfad. Sawis Augenlider fühlten sich schwer an, ihre Beine noch mehr, aber das Feuer gab ihr genug Kraft, um weiterzugehen. Nur noch ein bisschen länger, und nachdem die Mottilan-Gruppe von den Najahn verscheucht worden war, könnte sie in einem dieser Baumhäuser zusammenbrechen und etwas Schlaf finden.

Und Sawi hatte kaum Zweifel daran, dass Korrus und seine Spaßvögel verscheucht werden würden. Selbst ein wenig wackelig strahlten die Najahn in ihrer Rüstung und mit ihren glänzenden Waffen immer noch eine majestätische Bedrohung aus. Sie klirrten, als sie gingen, ihre schweren Stiefel stapften in den festen Schmutz des Pfades. Der Hauptmann bedrängte Sawi um mehr Details, und

Sawi gab sie ihm, indem sie andeutete, dass die Mottilaner keine Krieger waren, sondern nur Fischer und Holzarbeiter, die frustriert waren, weil sie die Erneuerung nicht bekommen hatten. Sie wollten es an Gladdring auslassen.

»Wie so viele andere«, lachte der Hauptmann. »Gladdring hat eine Art, sich Feinde zu machen.«

»Das sehe ich.«

»Lass dich nicht von seiner goldenen Zunge täuschen, Sawi. Der Mann schmiedet immer Pläne. Er wird dich so lange benutzen, wie er kann, und dich dann zurücklassen.«

Als ob diese Worte sie jetzt noch überraschen könnten.

»So viel hat er gesagt.«

»Die Spinne, die dir von ihrem Netz erzählt, während sie dich hineinwebt«, erwiderte der Hauptmann. »Bleib einfach auf der Hut. Stell sicher, dass du einen Ausweg hast.«

»Warum versucht ihr dann, ihn zu retten, wenn er so schrecklich ist?«

»Pflicht. Nichts mehr, nichts weniger.« Die anderen beiden Wachen murmelten ihre Zustimmung. »Wir sind Najahn, er ist ein Tenet. Unsere Arbeit, unsere Familien hängen davon ab, ihn am Leben und in Sicherheit zu halten. Außerdem sind Gladderings Spiele über unserem Niveau. Wir sind nicht die Fliegen, die er zu fangen versucht.«

Sollte sie Gladderings Verdacht erwähnen? Die Frage schwebte in ihrem Kopf, während sie weitergingen, während der Pfad sich in einen felsigen Pass wand. Die Wolken brachen auf, Sichis rosa Strahlen tanzten zwischen den Schatten und zeichneten Rosenlinien auf den Boden. Sie beleuchteten, auf halbem Weg den Pass hinunter, Gladderings Gestalt und Korrus, der über ihm stand. Flankiert von einem anderen Mottilaner. Das Paar drehte sich um, als Sawi und die Najahn näher kamen.

Der Wachhauptmann pfiff, und die Chakrams flogen von den Rücken des Trios in ihre Hände. Er schob Sawi nach rechts und machte ihre Sicht frei.

»Mottilaner«, verkündete der Wachhauptmann, jegliche Benommenheit vom Wein längst verflogen. »Tretet vom Tenet zurück. Geht, und wir werden vergessen, dass wir euch hier gesehen haben.«

Korrus verschränkte die Arme. Sawi starrte die Geste ungläubig an. Der Mann lief nicht weg? Er, der dort in kaum mehr als der Kleidung eines Fischers stand, mit einer kurzen Keule an der Hüfte, die zum Erschlagen eines lebhaften Fangs gedacht war? Hatte der Mottilaner den Verstand verloren? Und Korrus' Partner ebenso, der auch aufrecht stand und die Zähne fletschte.

Bettelten sie um ein Gemetzel?

Der Trotz verwirrte auch den Najahn-Wächter. Der Mund des Mannes arbeitete für einen Moment, bevor er seine Pflicht fand. Er brachte das Chakram an seine Seite, bereit für einen Schleuderwurf. Die anderen beiden Najahn traten an die Ränder des Pfades und drängten Sawi auf die Seiten. Sie machten ihre Bahnen frei.

»Das wird nicht gut für euch enden«, sagte der Wachhauptmann. »Letzte Chance. Lasst den Tenet in Ruhe.«

Gladdring seinerseits blickte auf. Sein Gesicht, in Rosa getaucht, wies frische Prellungen auf. Blutige Pfützen bespritzten den Stein um ihn herum.

»Helft mir«, sagte Gladdring, seine Stimme ein heiseres Ringen.

»Kommt und holt ihn, wenn ihr könnt«, bellte Korrus.

Herausgefordert, taten die Najahn, wozu sie ausgebildet waren. Die drei traten vor, ihre Arme zogen die Chakrams zurück. Etwas pfiff an Sawi vorbei, dann ein zweites und ein drittes. Steine, die von hinten flogen und die Najahn hart genug trafen, um ihre Rüstungen zu erschüttern und sie herumzudrehen. Weichere Geschosse folgten. Kleine Pfeile, die Sawi gut kannte, abgefeuert von einem Quartett Mottilaner, das die Bäume hinter ihnen für einen Hinterhalt verlassen hatte.

Die Pfeile trafen ihr Ziel, durchbohrten Hälse und Wangen. Die Najahn taumelten, stolperten, fielen. Ihre Muskeln zuckten, Schaum und Speichel rannen aus ihren Lippen, während die Mottilaner heranstürmten und ihren Feinden die Waffen abnahmen. Sawi sah zu, erstarrt vor Erschöpfung und Schock.

Selbst wenn sie eine Voulge aufheben könnte, was könnte sie damit tun, außer zu sterben?

»Der Preis gehört euch«, sagte Gladdring, seine Stimme erhob sich in die stille Luft. »Stellt sicher, dass niemand die Leichen findet, und ich werde euer Geheimnis bewahren.«

»Und dein Teil der Abmachung?«, fragte Korrus und brachte den Tenet herüber, während die Mottilaner die Najahn entkleideten. Jedes Rüstungsstück, jedes Messer und jede Tasche wurde weggenommen. »Du wirst den Handel in die Wege leiten?«

»Eure Stadt wird reicher sein als je zuvor«, erwiderte Gladdring. Sawi, die auf den Steinen saß, konnte nur starren, als das Paar sprach, als ob das, was gerade geschehen war, ein bloßes Spiel gewesen wäre. »Noctia und Tamas werden euch beide ihre Boote anbieten.«

»Keine Lügen?«

Gladdring deutete auf das Najahn-Trio, das kaum mehr als ihre Unterwäsche trug. Die Mottilan luden ihre Beute in mehrere große Taschen, wobei die Rüstungen zwar unhandlich waren, aber dennoch festgebunden wurden. Eine lange Rückreise stand bevor, doch niemand wirkte bei dieser Aussicht müde.

»Es gibt Schulden, die ich immer zurückzahle, und diese gehören dazu.« Gladdring streckte die Hand aus, und Korrus nahm eine kleine Tasche von seinem Gürtel und legte sie in Gladdrings Handfläche. »Mottilans Zeit wird kommen, Korrus. Habt noch ein wenig Geduld.« Gladdring trat einmal gegen den Kopf des Wachkapitäns und stieß ihn zur Seite. »Und sorgt dafür, dass diese drei nie gefunden werden.«

Korrus' Augen glitzerten. »Hanoko wird sich darum kümmern.« Er blickte zu Sawi hinüber. »Und sie?«

»Sie kommt mit mir. Teil unserer Abmachung.«

Korrus nickte. »Dann ist es erledigt. Enttäuscht mich nicht, Gladdring.«

Der Tenet bot Korrus nichts weiter an, sondern setzte sich stattdessen neben Sawi. Die Mottilan fuhren fort, ihre Beute zu ordnen, während drei von ihnen sich abspalteten, um die betäubten Najahn in den Dschungel zu schleifen.

»Stört es dich?«, fragte Gladdring.

Sawi schluckte und versuchte, ihre Stimme zu finden. Es kam weniger als Worte heraus, mehr als ein Röcheln, ein fieberhaftes Rauschen.

»Ihr habt sie getötet.«

»Diese drei hätten mich umgebracht, sobald sie mit Korrus fertig gewesen wären«, erwiderte Gladdring. »Fassle hat es angeordnet, bevor wir Noctia verließen. Korrus bot eine Gelegenheit. Nicht ganz das, was ich geplant hatte, aber der Mann war vernünftig genug.«

»Korrus? Er wollte uns töten lassen?«

»Nein, er will, dass seine Stadt gedeiht«, Gladdring holte tief Luft. »Ein paar Najahn-Wachen können ihm nicht bieten, was ich konnte. Er musste es nur erkennen.«

»Also habt Ihr mich benutzt? Ihr habt mir gesagt, ich soll diese Wachen hierher bringen?«

»Eine Chance. Wären sie nicht im Gasthaus gewesen, wäre meine Position geschwächt gewesen. Ich hätte Korrus viel mehr anbieten müssen, als ich es tat.« Gladdring zeigte ein halbes Lächeln. »Vielleicht hätte der Mann seiner Wut freien Lauf gelassen und mich getötet. Aber du hast meine potenziellen Mörder gefunden. Ich wäre mit gegenseitigem Gemetzel zufrieden gewesen, aber das hier ist wirklich das beste Ergebnis.«

»Drei tote Najahn sind das beste Ergebnis?«

»Für mich ja.« Gladdring legte eine Hand auf Sawis Schulter. »Für dich auch. Nun, Sawi, lass uns aufstehen. Noch ein Spaziergang, bis wir uns dringend ausruhen können. Sag mir, dass es nicht weit ist.«

Es war nicht weit. Doch während sie ging, konzentrierte sich Sawi weniger auf ihre schmerzenden Muskeln, ihre müden Knochen, und stattdessen darauf, wo sie sich im Spinnennetz befand. War sie eine Fliege, die darauf wartete, dass Gladdring sie bei lebendigem Leibe fraß?

Ein Seitenblick auf den Tenet, dessen Augen auf nichts fixiert waren, während sie gingen, gab ihr die Antwort.

37
NASSE RETTUNG

Auf nassem, moosigem Fels zu schlafen, erwies sich als notwendig und verheerend zugleich. Wax und Eujo kletterten die raue Leiter aus der Skar-Höhle hinauf und dann noch weiter hinauf, bis ihre Hände voller Schrammen und Blasen waren, als sie schließlich aus dem kleinen Loch auf eine kleine, flache Insel krochen. Eujo schätzte, dass sie sich nördlich des Strudels befanden und dass mehrere Stunden vergangen waren, seit der Kance sie vom Boot geworfen hatte.

Keine Rettung wartete auf sie. Im Süden – eine Richtung, die sich anhand der sie umgebenden Strömung leicht abschätzen ließ – wirbelte die gewaltige Masse des Strudels. Ihre Insel erstreckte sich nur wenige Schritte in jede Richtung und fiel dann zum plätschernden Wasser hin ab. Moos und ein paar kümmerliche, in der Winterkälte absterbende Unkräuter waren ihre einzigen Gefährten.

Nun ja, das und die Erschöpfung.

Wax setzte sich als Erster hin, als sich kein anderer Ausweg bot. Eujo folgte. Die Höhle hatte den Wind von draußen abgehalten und etwas Schutz geboten, und nun hatten sie beides nicht mehr. Ihre durchnässte Kleidung bot keinerlei Wärme, und das Flusswasser war noch kälter.

»Wir werden erfrieren«, sagte Eujo, deren Zähne zu klappern begannen. »Es gibt keinen Ausweg.«

Zurück nach unten zu gehen war keine Option. Dort wartete nur der Teich, kein Ort, an dem sie sich ausruhen konnten. Auch Schwimmen bot keine einfachen Möglichkeiten: Südwärts, in Richtung des Außenpostens, bedeutete, dem Strudel zu entkommen – eine so unmögliche Aussicht, dass Wax beinahe lachen wollte. Jegliche Flussufer waren in der Dunkelheit der Nacht außer Sichtweite, und erschöpfte Muskeln machten jeden verzweifelten Versuch, die eisigen Strömungen zu durchqueren, zu einem wahrhaft aussichtslosen Unterfangen.

Das ließ nur eine Wahl.

»Wir bleiben dicht beieinander«, sagte Wax. »Jäger auf Vis machen das so, wenn man in einer kalten Nacht in den Bergen überrascht wird. Körperwärme.«

»Als ob das reichen würde.«

»Es wird reichen.«

Eujo sah ihn an. »So selbstsicher.«

»Daran mangelt es mir nie. Außerdem werden wir es nicht wissen oder uns darum kümmern, wenn es nicht funktioniert.«

Sie fanden die trockenste Stelle auf der Insel. Mit ihren Händen kratzten sie genug Moos weg, um flachen Stein freizulegen, und legten sich dann hin, wobei sie dasselbe Moos wieder über sich häuften. Erde, tote Insekten und zufällige Wurzeln bildeten eine natürliche Decke, wenn auch eine kalte. Fast wortlos, die Kälte hielt ihre Münder geschlossen und ihre Gedanken betäubt, kuschelten sich die beiden in ihr improvisiertes Bett.

»Weit weg von deinem Kance-Palast, nicht wahr?«,

murmelte Wax, seine Wange auf dem Stein, das Gesicht zum ständigen Rauschen des Flusses gewandt.

»Von deinen Dschungeln auch, würde ich wetten.«

»Es gibt nichts Vergleichbares, Eujo. Ich dachte nicht, dass ich sie vermissen würde, aber hier und jetzt fällt es mir schwer, es nicht zu tun.«

»Sie sind wunderschön. Der Große Sana kommt unseren Gipfeln fast gleich.«

Wax hustete ein trockenes Lachen. »Fast?«

»Unsere emporragenden Spitzen übersteigen alles, was du je gesehen hast, Wax. Sie erheben sich bis nahe an die Wolken, Himmelsdiamanten fangen das Sonnenlicht ein und werfen Regenbögen über unsere ganze Insel. In der Nacht hüllt Sichi die Gipfel in glitzerndes Rubinrot. Steh irgendwo auf Kance und du wirst ein Wunder erblicken.«

»Du klingst, als hättest du nie weggewollt.«

»Ich bin *für* Kance weggegangen, um es zu beschützen. Hast du nicht dasselbe für Vis getan?«

»Vis kann sich selbst schützen. Ich tue das hier, um ein Versprechen zu halten.«

»Wem gegenüber?«

»Einem Freund«, begann Wax, und als Eujo nach mehr fragte, erzählte er von Pan, von ihren Abenteuern zwischen Farnen und Lianen, bis seine Stimme heiser wurde und das sanfte, gleichmäßige Atmen an seinem Hals ihm verriet, dass Eujo eingeschlafen war.

Es dauerte nicht lange, bis er ihr folgte.

Der Morgen kam mit einem schmerzenden Rücken, steifen Muskeln und einem Magen, der dringend Nahrung brauchte, aber immerhin kam der Morgen. Wax öffnete blinzelnd die Augen und sah die Sonne hoch am klaren Himmel stehen. Eujo stand in der Nähe und blickte übers Wasser. Ihre Kleidung war noch feucht, aber nicht mehr ganz so kalt. Das Sonnenlicht half ebenfalls, so spärlich es auch war. Ebenso wie der Rana-Skar, den Wax in seinen Händen hielt und der sich warm anfühlte.

Wax schüttelte das Moos ab und gesellte sich zu Eujo am Rand der Insel. Ihr Blick ging nach Süden zum Strudel und darüber hinaus zu Formen, die sich auf dem Wasser bewegten.

»Boote?«, fragte Wax und beugte sich dann hinunter, um etwas vom Flusswasser zu trinken.

Es war etwas riskant, direkt aus dem Fluss zu trinken, aber besser als vor Durst zu sterben. Wax ging davon aus, dass er während des gestrigen Zwangsschwimmens genug davon eingeatmet hatte, um sicher zu sein, dass er jede in den Wassern lauernde Krankheit bekommen würde. So wie es war, ging die kalte Flüssigkeit leicht hinunter und massierte seine Kehle wieder zum Leben.

»Das oder ein Ungeheuer«, sagte Eujo, ihre Augen zusammengekniffen, die Hand den Blick abschirmend. »Obwohl ich selbst ein Monster einem weiteren Tag hier vorziehen würde.«

»Bin ich so eine schreckliche Gesellschaft?«

»Nein, aber ich könnte dich in ein paar Minuten aufessen, wenn wir nichts anderes finden.«

»So schnell zum Kannibalismus?«, fragte Wax, sein Blick wanderte zum strömenden Wasser.

An der Oberfläche war es klar genug, aber die kommende Kälte und die Nähe zum Strudel bedeuteten, dass alle Fische verschwunden waren. Nichts verweilte nahe genug, um es zu greifen, die Tiefen waren zu trübe, um hineinzusehen. Keine improvisierte Jagd möglich.

»Ich liege im Erneuerungsrennen vor dir«, sagte Eujo achselzuckend. »Ich denke, das bedeutet, du musst mir ein Bein geben. Einen Arm, wenn nötig.«

»Offizielle Noctia-Regeln, ja?«

»Ganz genau.«

»Na, bevor du mich anknabberst, warum versuchen wir's nicht erstmal mit Winken und Rufen? Vielleicht sehen sie uns ja nicht?«

»Seid ihr Vis nicht alle verrückt nach eurem Geschrei?«

Wax stand auf und streckte sich. »Hör einfach zu.«

Der Ruf kam leicht, laut und fröhlich. Was Wax noch glücklicher machte, war die Antwort, die von jenseits des Strudels zurückschallte.

»Ich kenne diese Stimme«, sagte Wax, als Eujo nachfragte. »Manchmal kann es gut sein, einen Bruder zu haben.«

Quik, Castilan und mehrere Najahn umrundeten den Rand des Strudels und wechselten sich mit den Rudern ab, bis sie die Insel erreichten. Eujo und Wax genossen den Wasserschlauch und den mit Essen gefüllten Beutel an Bord. Sie erzählten ihre Geschichte unter Decken, während die Retter sie zurück zum geschäftigen Außenposten ruderten. An seinem ersten vollen Tag ohne Ungeheuer summte die Stadt vor Reparaturen und wiederkehrendem Leben. Rauch stieg zum Himmel auf, die Luft wandelte sich vom sauberen Nass des Flusses zum heißen, industriellen Geschmack des Außenpostens. Frischer Fisch und geerntete Sumpfpflanzen wurden über Fassfeuern geröstet und machten die Rückkehr zu einer köstlichen Angelegenheit.

Zumindest für Wax, dessen Appetit unersättlich war. Das viele Schwimmen hatte seinen Körper ausgelaugt, und er versuchte, das in wenigen Stunden wettzumachen. Dieser Drang ließ erst nach, als er nach Bliss und Torny fragte und den schmerzerfüllten Blick seines Bruders auffing. Quik sagte, die beiden seien erst vor kurzem aufgebrochen, im frühesten Morgenlicht.

»Sie dachten, du seist tot, und wollten Rache.«

»Ich bin gerührt«, erwiderte Wax und begann aufzustehen von ihrem Platz am Feuer in demselben zentralen Bereich, wo die Gruppe bei ihrer Ankunft in der Floßstadt zuerst hingegangen war. Das chaotische Durcheinander war bereits beseitigt und an seine rechtmäßigen Plätze zurückgebracht worden. Ein saubereres Zentrum jetzt, eines mit entfalteten lila Bannern der Najahn. »Wir müssen ihnen nach.«

»Noch nicht.« Quik nickte in Eujos Richtung. Die Kance-Königin, eingewickelt in diese Decken, war nach ihrem eigenen Mittagessen wieder eingeschlafen. »Wir alle müssen uns ausruhen, Wax. Ich bin verletzt. Du bist erschöpft. Genau wie sie.«

»Du sagst mir, ich soll Bliss, unsere Bliss, sie mit dem heißesten Kopf von allen, allein gegen drei Kance-Königsgardisten ziehen lassen? Diese schrecklichen Ärsche, die uns gestern verprügelt haben?«

Quik verzog das Gesicht noch mehr und starrte ins Feuer. »Was lässt dich denken, dass es beim nächsten Mal anders sein wird, Wax?«

»Also gar nicht erst versuchen?«

»Was versuchen? Bliss und Torny werden scheitern. Sie werden aufgeben oder wie wir verprügelt werden, und wir werden sie im Süden finden. Dann können wir alle nach Hause gehen.«

Wax setzte sich wieder und blinzelte. »Quik, du klingst nicht wie der Bruder, den ich kenne.«

»Ich bin praktisch, Wax. Wie ich es immer war. Sie haben die Skars genommen, sagtest du. Wir können die Erneuerung ohne sie nicht gewinnen, also warum sollten wir uns das antun? Warum immer wieder unser Leben riskieren, wenn wir nach Hause gehen können?« Quik berührte eine verkrustete Schnittwunde an seiner Schulter, wo ein Kance-Rapier seine Spuren hinterlassen hatte. »Vermisst du nicht die Bäume? Die Lieder? Sawi?«

»Klar. Ich vermisse auch Mom und Dad. Mangos, den Vogelgesang jeden Morgen.« Wax breitete die Hände aus und hob eine Augenbraue. »Wir wussten, dass wir sie lange Zeit nicht sehen würden, als wir aufbrachen, Bruder. So lange ist es doch noch nicht her, oder?«

»Wochen.«

»Und wenn ich zum Aegis werde, was dann, Quik? Ich würde nie wieder nach Hause kommen. Nie Noctia verlassen. Das hat mich nicht aufgehalten. Als ich diesen Skar aus Pans Hand nahm, gab ich ein Versprechen, und ich halte es. Zumindest solange ich noch kann.« Wax zeigte auf Quik. »Du hast dasselbe Versprechen gegeben, als du darum batest, mein Wächter zu sein. Gibst du auf?«

Vielleicht war es ein grausamer Zug, Quik so zu bedrängen. Ihn bloßzustellen. Wax hätte seinen Bruder womöglich verschont, aber verdammt, er war gerade in den Strudel gestoßen worden, hatte eine eisige Nacht auf einem Flussfelsen überlebt. Das alles durchzumachen, nur um dann die Hände zu heben und aufzugeben, war, nun ja, nichts, was Wax tun konnte.

Noch nicht.

»Was dann, Wax? Was sollen wir tun?«, fragte Quik. »Sie haben die Skars.«

Eine Decke fiel zu Boden. Eujo stand auf, ihre Augen glühten. »Wir holen sie uns zurück.«

»Leichter gesagt als getan.«

»Sie ziehen nach Süden. Sie werden ein Boot brauchen, und mein Kapitän wird ihnen meines nicht geben«, sagte Eujo. »Nicht, wenn wir ihnen zuvorkommen.« Sie ließ ihren Blick von Quik zu Wax und zurück schweifen.

»Wenn sie in der Falle sitzen, nehmen wir uns, was uns gehört.«

»Wie?« Quik blickte an sich herunter, auf seine Wunden. »Sie werden uns töten.«

»Sie kämpfen wie Soldaten«, sagte Eujo. »So wie ich das sehe, gibt es hier keine Soldaten. Wir spielen nicht nach ihren Regeln.«

Wax nickte, und selbst Quik sah nicht mehr ganz so düster drein. »Wir müssen auch Bliss und Torny finden.«

»Das machen wir in der Stadt. Wenn wir uns beeilen, kommen wir vor meinen Wachen dort an. Sie haben nur ein kleines Boot und kennen die Gewässer nicht. Deine Schwester und die Banditin werden später auftauchen. Unsere Verstärkung.«

»Falls sie nicht vorher gefangen werden«, sagte Quik.

»Wenn sie gefangen werden, dann machen wir es wie ihr für mich und retten sie.« Die Königin holte tief Luft. »Kommt schon. Wir haben noch ein paar Stunden Tageslicht. Lasst uns ein Floß finden und losziehen.«

38
GLAS HERSTELLEN

Svarde schleuderte eine verrostete Axt auf den Dämon, wobei das brüchige Metall in einem grünen Ausbruch verging, ohne dass das Monster auch nur zuckte. Unter seinen Füßen schmolz der Sand zu Glas, dessen schimmernder Widerschein die Flammen verstärkte und deren Leuchten verbreitete, bis Maena nichts mehr zu sehen schien als eine riesige Kerze, die auf sie zustapfte.

»Laufen?«, fragte Svarde, während beide auf den Dünen rückwärts gingen und der Sand immer lockerer wurde, je weiter sich die abflachenden Wellen entfernten.

»Wohin denn?«, erwiderte Maena.

Eine Feuerwand tobte in ihrem Rücken, Jochis Befestigungen verwandelten sich in Zunder. Ein Brand, der wahrscheinlich die halbe Stadt dahinter in Flammen setzen würde. Vor ihnen, abgesehen vom Meer, stand der bröckelnde Turm und darin Rasslebeck, Pennifer und Kivi.

Keine Rettung bot sich an.

Der Dämon machte ihr Schicksal deutlich, riss seine Klauenkette los und schwang sie in trägen Bögen über seinem Kopf. Noch einen Moment, vielleicht zwei, und die Waffe wäre in Reichweite.

Maena schätzte ihre Chancen, einen Treffer zu überleben, als gering ein.

»Dann halten wir stand«, antwortete Svarde, der stoische Wächter nahm eine feste Haltung ein und verstärkte seinen Griff um die verbliebene Axt, als ob das Ding helfen würde.

Es gibt ihm Mut. Etwas, das du auch gebrauchen könntest.

Vielleicht, aber Maena hatte nichts zum Festhalten. Nichts, woran sie sich klammern konnte. Ihre Hände fingen nur Schneeflocken und sonst nichts.

Der Dämon schmetterte seinen Fuß in die nächste Düne, stieß seinen Feuerball in den Hügel und verstreute das geschmolzene Glas. Mit dem Schritt warf der Dämon seine linke Schulter nach vorn und peitschte die Kette in Richtung Maena. Für manche vielleicht schnell, aber der Schlag hatte Distanz, hatte Wucht.

Kam aber nicht an einen flinken Säbelhieb heran.

Maena sprang nach rechts, der Klauenhaken krachte in den Sand und verfehlte sie mit reichlich Abstand. Als Maena mit dem Fall rollte und versuchte, mit Händen und Füßen genug Halt zu finden, um aufzustehen, riss der Dämon seine Waffe zurück und zog dabei eine tiefe Furche.

»Lebst du noch?«, rief Svarde.

»Und mir geht's gut«, antwortete Maena.

Sie fand Halt, stand auf und rannte los, während der Dämon, zufrieden mit seiner Position, erneut seine Waffe schwang. Maena tauchte ab, der Flegel sauste über ihren Kopf hinweg. Eine schwache Vorstellung.

Nun, sie haben noch nie versucht, dich zu treffen.

Diesmal hatte Maena den Sand im Griff. Sie rollte sich in die Seite einer kleinen Düne nach dem Sprung und nutzte deren Aufwärtsneigung, um ihren Schwung zu stoppen und wieder auf die Füße zu kommen.

Und spürte eine Idee.

Die Scherbe ritzte ihr Handgelenk, ein kleiner Schnitt, aber ein nützlicher. Frisch und heiß, direkt aus der Gegenwart des Dämons.

»Rechts!«, schrie Svarde zu ihrer Linken, und Maena gehorchte mit soldatischer Geschwindigkeit.

Der Klauen-Kopf des Flegels fegte zurück durch die Stelle, an der sie gerade noch gewesen war, und zog seine Zerstörung entlang des Sandes nach.

Maena griff mit dem Seitenschritt in den Sand, packte eine lose Handvoll. Sie rannte auf die Spitze der Düne zu, während Svarde ihr zurief, sie solle unten bleiben, und spürte die Hitze des Dämons, die sie traf. Wenige lange Schritte entfernt betrachtete sie das augenlose Obsidian mit seinen unerbittlichen goldenen Feuern.

»Friss Dreck«, murmelte Maena, zugleich verärgert über sich selbst wegen der mangelnden Schlagfertigkeit und überschwänglich angesichts der Idee.

Sie warf, der Sand verlor seinen Zusammenhalt, als er flog, und traf den Dämon eher als Wolke denn als Ball. Der Schmutz funkte, zischte und schmolz, das schwarze Glas klebte inmitten seiner Feuer am Dämon. Das Monster hielt inne, die Drehung seines Flegels ließ nach und fiel in den Schmutz, während es sich selbst betrachtete oder zumindest schien, als würde es das dunkle Felsengesicht nach unten richten.

»Was hast du getan?«, fragte Svarde, der heranschrammelte, wenn auch nicht so nah, dass ein einziger Glückstreffer sie beide erwischen könnte.

Immer pragmatisch, der Foti-Krieger.

»Der Sand.« Maena schöpfte noch eine Handvoll und warf sie.

Die zweite Wolke folgte der ersten, rieselte auf die Haut des Dämons und blieb haften. Genug jetzt, um durch die brennende Hülle des Dämons zu brechen, schwarze Makel auf seinem schönen, schrecklichen Körper.

»Zu Glas«, murmelte Svarde. »Das könnte funktionieren ...«

»Auseinander!«, rief Maena und bewegte sich nach rechts. In Richtung Ozean.

Und weg von möglichen Verstärkungen, möchte ich hinzufügen.

Wenn Jochi helfen wollte, hätte er es schon getan. Der Kriegsherr würde hoffen, dass die verbliebenen Überreste außerhalb seiner brennenden Mauer die Dämonen schwächen, ablenken, ihm Zeit verschaffen würden.

Maena würde ihn stattdessen vernichten und sich ihre Erlösung erkaufen.

Der Dämon knisterte, zog seinen Flegel wieder hoch und folgte Maena. Sie blickte zurück, während sie lief, versuchte, den richtigen Moment zum Ausweichen abzupassen, und fiel in ein Krabbenloch. Sie stürzte nach vorn, steckte im Sand fest. Im nassen, dicken Sand.

Der Dämon rückte vor, der Flegel schwang. Maena rollte sich, sah eine weitere Wolke, die den Dämon von seiner rechten Seite traf. Sah einen grünen Schwall aufsteigen, als der Dämon den Schmutz, das Glas abstreifte. Der Flegel fiel erneut, als Svarde seine andere Axt in den Waffenarm des Monsters warf.

Ablenkungen. Lebenswichtige.

Diesmal, als Maena mit der Hand durch den Sand fuhr, blieb er zusammen. Ein dicker Ball, der flog, als sie ihn warf. Das Geschoss prallte gegen die Brust des Dämons, zerbrach und schwärzte sich, eine dunkle Scharte in seiner feurigen Rüstung. Svarde traf mit einer weiteren Wolke, dann einer zweiten, beide Hände warfen Dreck, und nicht auf die Brust des Monsters, sondern auf seine Füße.

Das blaue Bein wurde am Knöchel dunkel, um den oberen Teil herum, das Glas fand Gleichartiges, wo der Fuß den Strand berührte. Eine Falle, aber der Dämon war nicht einfältig. Mit seiner rechten Hand griff er nach unten und schlug zu, zerschmetterte die Sandversiegelung.

Und fand einen weiteren Dreckball, der in die schlagende Hand krachte und die Finger zusammenklebte. Svarde folgte mit mehr Wolken, Maena sah ihren Freund weniger als Körper und mehr als huschenden Schatten.

Das Glas schlang weitere Knoten, band die Faust an den Fuß. Der Dämon versuchte, sie zu befreien, ein schwieriges Unterfangen, während immer mehr Dreck gegen seine Beine, seine Brust und seine Arme prasselte. Maena pumpte weiter mit ihren Armen, schaufelte und warf so schnell sie konnte.

Genauigkeit war wichtig, aber nicht so sehr wie das Ding überhaupt zu treffen. Jedes Glasstück beschwerte das Monster, brachte es aus dem Gleichgewicht und schien der Kreatur Schmerzen zu bereiten. Als es seine gefangene Faust anspannte, zerbrach das Glas und der Dämon verlor das Gleichgewicht, fiel rückwärts und landete tief im Sand.

Körner flogen auf, vermischten sich mit den Schneeflocken und landeten auf dem Dämon, hüllten ihn in plötzliches Glas. Svarde hörte ganz auf zu werfen und schaufelte einfach allen Sand, den er finden konnte, auf den Dämon.

Maena schloss sich ihm an, rannte auf die rechte Seite, trat und warf Sand auf dem Weg. Es fühlte sich lächerlich, wahnsinnig, wild und absurd an.

Willkommen in meinem Leben.

Der Dämon knisterte, sein eigener Körper arbeitete gegen ihn, schmolz den Sand und verschmolz seine Gliedmaßen mit dem Boden. In Sekunden konnte sich nur noch der Kopf des Biests bewegen, der bösartige Blick des Obsidians folgte Svarde und Maena, während sie das Monster in einem schimmernden, gläsernen Grab begruben.

Selbst mit dem Glas dazwischen spürte Maena mehr Hitze als je zuvor, als sie nahe genug an den Dämon herankam, um Sand darauf zu schütten. Die Luft selbst schien gegen ihre Haut zu peitschen, raubte ihr jeden Atemzug und zwang sie, die Augen zu schließen, um sie vor dem Kochen zu bewahren. Die einzige Stelle mit etwas Erleichterung war der Kopf des Dings, wo das Obsidian die Flamme blockierte, eine einsame Barrikade, wann immer der Dämon in ihre Richtung blickte.

»Halt«, sagte Maena nach einem letzten Wurf, der den Hals des Monsters in das schimmernde, dunkelbraune Glas einschmolz. »Nicht alles davon.«

»Nein?«, fragte Svarde auf der anderen Seite des Monsters, sein Körper schweißglänzend. Beide hatten aschfarbene Enden, wo ihre Haare zu nahe gekommen waren und einen Funken gefangen hatten. Ihre Kleidung, das wenige, was sie hatten, zischte an den Rändern. Maenas eigene Haut kribbelte vor rotem Schmerz, aber sie lebten.

»Dieses Ding kam aus dem Dunklen Unten, Svarde. Wir haben es gefangen.« Maena stolperte zurück, ihre Beine gaben nach, als der Kampfesrausch nachließ. »Wir können vielleicht etwas von ihm lernen.«

Oder, wie die Rana es sonst ausdrücken würden, es benutzen. Ein Hauptgebot der Insel war genau das: ein Räuber muss alles von Wert ergreifen, keine Gelegenheit verpassen, eine Ressource zu beanspruchen.

Svarde akzeptierte ihre Logik, machte einen großen

Bogen um den Dämon, als er auf ihre Seite kam. Der Dämon beobachtete sie, Funken ließen das Obsidian in einem blendenden, wütenden Tanz zucken. Das Glasgefängnis knisterte, schmolz und härtete sich immer wieder. Zumindest für den Moment schien das Monster festzustecken.

Ein Blick nach Norden zur Stadt zeigte, dass ihre Bewohner sich wehrten. Wasserbrigaden oder Jochis Soldaten, die zum zivilen Dienst verpflichtet worden waren, bekämpften die Sandsäcke und brennenden Gebäude und drängten die verstreuten Flammen zurück. Auch der Winterschnee setzte seinen milden Angriff fort, die Flocken filterten um das Paar und die Dünen herum.

»Wir sollten nach unseren Freunden suchen«, brummte Svarde und rappelte sich auf.

»Geh«, erwiderte Maena. »Ich werde diesen hier beobachten.«

»Schrei, wenn es sich befreit.«

»Du wirst es hören, Svarde.«

»Du sagst das, als ob meine Ohren nicht weggebrannt wären.«

Dennoch, mit einer Hand, die kurz auf Maenas Schulter landete, stapfte der Foti-Krieger in Richtung des zerstörten Turms und der Körper, die wahrscheinlich darin lagen.

Maena hielt ihren Blick auf den Dämon gerichtet und beobachtete diese Funken. Faszinierend in der Nacht.

Was denkst du, was es sagt? Befreie mich?

Waffen, ein Gefäß. Diese Dämonen waren alles andere als geistlos. Svarde hatte gegen Rauchkreaturen gekämpft, als sie zuerst nach Whent gekommen waren, Dämonen, die organisiert waren und, wie der Mann gesagt hatte, in einer vagen Form sprechen konnten. Auch der Erinnerungsdieb unten arbeitete mit mehr als nur Raubtierinstinkt.

Und fang gar nicht erst mit diesen schrecklichen Augen an.

Was war diesmal so anders? Warum gab es so viele Dämonen, die über die knurrende Wildheit hinausgingen, die so lange ihr Status gewesen war?

»Was bist du?«, fragte Maena das Monster.

Die Funken hörten auf. Pures schwarzes Gestein blickte sie an.

Sie wiederholte die Frage.

Eine einzelne brennende Linie, weißgolden, schnitt sich durch die Mitte des Obsidians. Der Funke ging zur absoluten Mitte des Steins, glühte für eine lange Sekunde und zerbarst dann in sieben Lichtpunkte. Diese sieben kreisten in einem trägen Bogen um das schwelende Zentrum. Während sie sich bewegten, begannen die Lichtpunkte zu verblassen, während das Zentrum wieder heller wurde.

Bis mit einem orangefarbenen Blitz nur noch das Zentrum übrig blieb, heiß und lebendig, bis auch es im Stein verschwand.

Na sieh mal einer an, Maena. Du warst vielleicht die Erste, die mit einem Dämon gesprochen hat.

»Du verstehst mich?«, fragte Maena und versuchte gleichzeitig, das, was sie gerade gesehen hatte, in ihr Gedächtnis zu pressen. »Du kennst unsere Worte?«

Diesmal bot der Dämon jedoch nichts an. Nur seinen dunklen Blick. Maena wiederholte die Frage erneut. Der Dämon reagierte nicht. Das Glas knisterte, schmolz, kühlte ab in seinem endlosen Zyklus.

Maena versuchte eine Frage nach der anderen, eine Flut mit allem, was ihr einfiel, während der Schnee sich um sie herum aufzutürmen begann. Die Brände in der Stadt schwanden, die Menschen gewannen die Oberhand. Hinter ihr rief Svarde bei jeder erfolgreichen Bergung. Kivi, Pennifer, Rasslebeck, verwundet, aber am Leben.

Der Dämon antwortete nicht.

Bis zur drohenden Morgendämmerung, ihre Kehle längst ausgetrocknet, die Fragen nur noch ein Krächzen, fragte Maena, und noch immer antwortete das Monster nicht. Erst als Svarde, der an ihre Seite zurückkehrte, darauf hinwies, dass das Glas nicht mehr brach und knisterte, stand Maena auf, um den Grund zu sehen, oder zumindest einen, warum das Obsidian dunkel blieb: Das Feuer des Dämons war erloschen, und alles, was blieb, waren seine massiven, verkohlten Knochen.

39
GEFANGENE

In Kitaye lief die Justiz in zwei Richtungen. Wenn die Ältesten dich eines Verbrechens für schuldig befanden, wurde dir die Chance geboten, durch Arbeit wiedergutzumachen, was du schuldest. Ernten, fischen, jagen oder das tun, was deine Fähigkeiten zuließen, um der Gemeinschaft zu dienen, bis die Stadt der Meinung war, du hättest deine Schuld beglichen. Alles, was zu schwerwiegend für solche Abhilfen war, endete im Exil. Verbannung in den Dschungel oder über die Meere.

Die Najahn waren immer bereit, Außenseiter aufzunehmen, sie zu reformieren oder, wie Bliss gehört hatte, sie schnell vom Diesseits ins Jenseits zu befördern.

Die Rana-Stadt verfolgte einen härteren Kurs. Sowohl Bliss als auch Torny wurden, nachdem die Banditin von Blinth entwaffnet worden war, ins Stadtzentrum geschleppt und einem sofortigen, spätnächtlichen Prozess unterzogen. Bliss, die nur wenige Sätze gesehen hatte und keine Möglichkeit hatte, auf die Fragen der Stadtwache zu antworten, überließ Torny ihre Verteidigung.

»Die einzigen Diebe hier sind diese drei«, begann

Torny, eine steife Erklärung an das halbe Dutzend oder so Zivilisten, die sich die Mühe machten zuzuschauen, zusammen mit allen drei Kance.

Torny hastete durch die Geschichte, fügte ausgewählte Schimpfwörter hinzu, als sie Momente erreichte, wie das Werfen der Erneuerungen ins Meer, die diese Kraftausdrücke verdienten. Die Banditin verunglimpfte Charaktere, rundete die Geschichte mit den schrecklichen Konsequenzen ab, eine potenzielle Aegis zu töten, und endete mit einem klagenden Ton, indem sie die Stadt bat zu verstehen, dass sie lediglich versuchten, als Wächter die Ehre ihres getöteten Schützlings wiederherzustellen.

Das Letzte erschütterte Bliss, ein hohles Klingeln setzte ein, als ihre eigene Erschöpfung sich mit dem Schock mischte, ihren Bruder als tot bezeichnet zu hören. Surreal genug mit Pan, mit all den Leichen in der von Dämonen verwüsteten Stadt, aber dasselbe Schicksal Wax zugeschrieben zu hören ... ihr Kopf senkte sich, sie drängte Tränen zurück. Eine Emotion, die sich schnell in roten Zorn verwandelte, und wenn ihre Hände nicht gefesselt gewesen wären, hätte Bliss vielleicht genau in diesem Moment die Kance-Wachen angegriffen.

»Wenn eure Geschichte stimmt, warum seid ihr dann nicht zu uns gekommen?«, fragte der Anführer der Wache, ein stämmiger Mann mit mehr Grau als sonst was in Haar und Bart. »Wenn diese drei so abscheuliche Verbrecher sind, warum schleicht ihr ihnen dann im Dunkeln nach? Wir hätten euch vielleicht helfen oder zumindest ein faires Gehör für beide Seiten anbieten können.«

»Das ist es, was ich-«, Tornys Anlauf erstarb, als der Mann seinen Säbel zog und die gekrümmte Spitze auf sie richtete.

»Wir sind kein königliches Gericht, ausgestattet mit

Polizei und Richtern, Gefängnissen und Geschworenen«, sagte der Mann. »Hier draußen fällen wir unsere Urteile schnell, da es andere, dringendere Arbeiten zu erledigen gibt. Ihr habt ein Fenster zerschlagen, einen zahlenden Gast angegriffen, und einige vermuten, dass der Dämon, den wir heute Nacht gesehen haben, seinen Ursprung bei euch haben könnte.« Der Mann wartete einen Atemzug, seine Augen bohrten sich in das Paar. Torny starrte mit gleicher Intensität zurück. Bliss hielt ihr Gesicht ausdruckslos, ihre Aufmerksamkeit galt immer noch Wax. »Ungeachtet dessen ist dies keine Zeit für Beratungen. Die Wirtin hat sich genommen, was ihr aus euren Beuteln zusteht. Ich würde euch aus dieser Stadt verweisen, aber diese drei haben sich bereit erklärt, euch in ihre Obhut zu nehmen.« Der Mann deutete auf die Kance-Wachen.

»Du meinst die, die ich gerade beschuldigt habe, unsere Erneuerung getötet zu haben? Unsere Freunde?«, fragte Torny, und selbst Bliss' Mund klappte bei dieser Vorstellung auf.

»Nur Anschuldigungen«, seufzte der Mann. »Und sie haben angeboten, für euch zu bezahlen, ein Handel, den wir kaum ablehnen können.« Zu seiner traurigen Ehre schien der Mann nicht allzu stolz darauf zu sein, wohin der Prozess sich entwickelte. »Sie haben versprochen, euch südlich zum Riroca zu bringen, wo ihr eure Ansprüche an einem Ort geltend machen könnt, an dem sie von Bedeutung sind.«

»Sie werden uns die Kehlen durchschneiden, sobald ihr außer Sichtweite seid«, konterte Torny.

Das Kance-Trio behielt während all dem ihre strengen Gesichter und leisen Stimmen bei. Selbst als der Anführer der Stadt in ihre Richtung blickte, vielleicht in der Hoffnung auf eine Widerlegung von Tornys Bemerkungen, bewegten sie sich kein bisschen. Eisern und stark.

»Das werden sie nicht«, sagte der Anführer und richtete sich auf. »Wir haben einen letzten Händler, der bis zum Frühling gewartet hätte, um die Reise anzutreten, der aber morgen früh mit euch gehen kann. Ihr Boot wird eurem folgen, und sollten eure Körper das Wasser finden, wird die Gerechtigkeit zumindest diese drei erreichen.«

Daraufhin brach endlich die Entschlossenheit der Kance. Alle drei warfen dem Anführer scharfe Blicke zu. Blinth ließ sogar seine Hand zu seinem Rapier sinken, obwohl Silvrin ihre eigene Hand zuckte und den Zug stoppte.

»Einverstanden«, sagte Silvrin, »obwohl wir diese letzten Ergänzungen nicht vergessen werden.«

Müdigkeit durchdrang den Anführer: »Ich versichere Ihnen, es ist mir egal. Zwischen Dämonen, dem Winter und Leuten wie Ihnen werden Die Sieben Inseln schnell zu einem Ort, an dem ich nicht mehr sein möchte.«

Akido und Blinth stopften Bliss und Torny mit gefesselten Händen in den Bug ihres Bootes. Keine von beiden, Rücken an Rücken aneinandergepresst, konnte viel Komfort in dem harten Holz finden. Die kalte Luft schlich sich auch um und zwischen sie, ihr Zittern gab zumindest ein Maß an Wärme. Ihre Entführer, von denen einer an Bord blieb, um Wache zu halten, kehrten zum Gasthaus zurück, um etwas Schlaf zu erhaschen.

Torny gab sich keine Mühe. Wie Bliss arbeitete sie an ihren Fesseln. Anders als Bliss gab sie bald auf.

»Sie sind zu gut gemacht«, sagte Torny, deren Kopf wie der von Bliss an der vorderen Reling des Schiffes lag. Das Boot schaukelte in der winzigen Bucht, die den Docks der

Stadt vorbehalten war. »Das sind keine, aus denen wir entkommen werden.«

Bliss wollte der Banditin sagen, sie solle es weiter versuchen. Dass alles andere bedeuten würde, sich selbst zu einem schnellen Tod zu verdammen. Egal was der Anführer sagte, die Kance-Wachen könnten sie beide und jeden folgenden Idioten ohne viel Aufwand töten. Also versuchte sie es, rieb die Seile aneinander, gegen das Holz. Die Knoten mussten ausfransen, mussten nachgeben, mussten ...

Das Klopfen weckte Bliss auf, ihr Kopf schlug gegen die Holzreling, als die beiden anderen Kance-Wachen das Boot mit frischen Vorräten und ihren eigenen Beuteln beluden. Auch Tornys Flüche erhoben sich mit dem Vogelgesang, die Banditin schimpfte auf die Wachen ein.

»Halt's Maul«, sagte Silvrin schließlich. »Du hattest Recht, Ratte, als du sagtest, wir würden euch außerhalb der Stadt die Kehlen durchschneiden. Wenn du weiter redest, machen wir es trotzdem.«

»Als ob ihr es nicht sowieso tun würdet, ihr windspuckenden Mörder.«

Silvrin machte einen langen Schritt auf sie zu, während die anderen beiden das Boot vom Steg losmachten. Sie beugte sich hinunter, gekleidet in ihre glitzernde Kance-Rüstung. Eine behandschuhte Hand griff nach Tornys zerlumptem Hemd. Hob sie von ihrem schmalen Stecken hoch.

»Sag diese Beleidigung noch einmal, und ich werde dich hier auf der Stelle ausweiden.« Silvrins andere Hand wanderte zu Tornys Kehle. »Wir haben eure Erneuerung nicht sofort getötet, weil wir nicht die Teufel sind, für die ihr uns haltet. Du und deine Freundin fallen nicht unter diesen Schutz. Wenn ich dir jetzt den Hals brechen und dich hier über Bord werfen würde, würde nichts passieren. Diese

Händlerin wird kein Wort sagen. Eure Körper würden von den armseligen Fischen, die in diesen Gewässern schwimmen, zerpflückt werden. Bei Sonnenuntergang wären nur noch eure Knochen übrig. Also entscheide dich, Ratte, ob du noch einen weiteren Tag leben willst.«

Torny begann ihren Mund zu bewegen, sammelte sich für einen Spuckanfall. Bliss rammte ihr den Ellbogen in die Seite, eine unbeholfene Bewegung, aber alles, um Torny dazu zu bringen, es sich noch einmal zu überlegen, ihre Entführer wütend zu machen.

Ein schneller Tod hier würde Wax nicht rächen.

»Warum?«, krächzte Torny. »Warum sich die Mühe machen, uns am Leben zu lassen?«

Die Frau warf einen gereizten Blick zurück zur Stadt, »Weil ich glaube, dass dieser Mann es ernst meinte. Weil wir durch und durch Kance sind, und sich Gerüchte verbreiten werden. Ruf ist wichtig, Ratte, auch wenn er dir vielleicht nichts bedeutet. Bleib ruhig, und vielleicht lassen wir dich sogar am Leben. Redest du weiter, werde ich dich nicht noch einmal warnen.«

Vielleicht war es die Aussicht auf Leben, vielleicht war es Bliss' Rippenstoß, aber Torny hielt den Mund. Sie blieb still, während der Tag verging, während die Kance-Wachen sich beim Rudern abwechselten und den Fluss hinunter eilten. Der folgende Händler fiel zurück, verschwand fast ganz.

Doch die Kance töteten ihr Geisel-Paar nicht. Sie fütterten sie, hielten ihnen Wasserschläuche an die Lippen, und die ganze Zeit über hielt Torny ihre Beleidigungen zurück.

Zumindest bis die Nacht hereinbrach, wenn die meisten Boote Zuflucht und ein Lager am Fluss gesucht hätten. Stattdessen setzten die Kance ihre Rotation fort, das Schiff glitt den schmalen, gewundenen Wasserlauf hinunter, immer nach Süden.

Bliss hatte die Zeit damit verbracht, ihren eigenen Zorn zu nähren, mit Rachegedanken zu spielen und sie mit Tagträumen von zu Hause zu vermischen, von einem Leben ohne Schwerter und feierliche Eide.

»Es ist leicht, mutig zu sein, wenn man nichts zu verlieren hat«, flüsterte Torny, während die Sterne über ihnen glitzerten und das Wasser an den Seiten des Bootes plätscherte. »Ich habe so lange dort gelebt, dass es zur Gewohnheit geworden ist, weißt du?«

Bliss zuckte mit den Schultern. Eine Bewegung, die durch ihre sich berührenden Schulterblätter ging.

»Als Wax starb und du diesen kleinen Kreuzzug begonnen hast, bin ich in diese Gewohnheit zurückgefallen. Töten oder getötet werden. Aber so ist es nicht, oder?«

Ein weiteres Schulterzucken.

»Ich meine, es gibt immer noch ein Leben da draußen. Vielleicht nicht als Wächter, aber das, was du mir erzählt hast. Nach Vis zurückkehren, mir Kitaye zeigen. Das kann immer noch passieren. Als sie mich an der Kehle hatte, daran habe ich gedacht, Bliss. Das sah ich verschwinden, als du mir deinen verdammten spitzen Ellbogen in die Rippen gestoßen hast.«

Diesmal ein Nicken, Haar streifte Haar. Torny hatte Recht. Rache war ein Muss, aber wenn Bliss sich dabei am Leben erhalten konnte, nun, das wäre schön. Wäre ideal.

»Das ist es also, was ich sage. Du und ich, wir stehen das durch. Vielleicht kommen wir lebend von diesem Boot runter, steigen auf ein anderes. Gehen nach Hause.«

Bliss zögerte. Wartete darauf, dass Torny auf das zu sprechen kam, was wirklich wichtig war. Als die Banditin es nicht tat, schüttelte Bliss den Kopf. Sie hörte Tornys leises Lachen.

»Okay, okay. Wir töten diese Bastarde zuerst, dann nach Hause. Richtig?«

Ein Nicken. Ein Versprechen.

Sie begann wieder an den Fesseln zu arbeiten.

40
ZUM MEER

Riroca, Ranas südliche Metropole, vergoldet und voll mit zurückkehrenden Plünderern, die sich für eine Winterpause einrichteten, begrüßte das Najahn-Boot mit kaum mehr als einem Murmeln. Die Flussanlegestellen, weitgehend leer, da die Schiffe ins Trockendock geglitten waren, schienen verblüfft, ein weiteres Schiff aus dem Norden kommen zu sehen, geschweige denn eines aus einem kaum gesehenen, kaum gehörten Außenposten.

Reathe steuerte das schlanke Boot hinein, während mehrere andere an Bord Taschen voller Handelswaren zusammenpackten und ein paar weitere ihre Rucksäcke bereit hatten, um für die kalte Jahreszeit umzuziehen. Der Aufenthalt würde kurz sein, der Weg zurück in den Norden wurde mit jedem Tag gefährlicher.

Nicht, dass Wax, Eujo und Quik jemals wieder diesen Weg gehen würden.

»Einmal im Strudel war genug, danke«, sagte Wax, als Reathe sich verabschiedete.

Das Trio schnappte jedoch einen Hinweis beim Anlegen auf: zwei weitere kürzliche Ankömmlinge, ein Händler, der sich bereits zur Abreise bereit machte, und eine andere Gruppe, die ihr Schiff verkauft hatte, sobald sie angelegt hatten, ein Verkauf, den Reathe für ungültig erklärte, als sie das Boot als ihr eigenes beanspruchte. Gestohlen von den Najahn, ein Makel, den kein Rana-Händler akzeptieren würde, und den Reathe mit Rückzahlung besänftigte.

Die Diebe sahen nicht wie solche aus und verschwanden mit ihrer glitzernden Rüstung und zwei Dienstmädchen in der Stadt, so sagte es zumindest der Hafenmeister. Als man nachbohrte, hatte er nichts weiter hinzuzufügen und behauptete, er sei kein Spion.

»Mit ihrer Ausrüstung«, bot der Mann an, »und ihrer Einstellung würde ich sagen, sie waren auf dem Weg zum Seehafen, obwohl viel Glück dabei, so spät in der Saison ein echtes Schiff zu bekommen.«

»Offensichtlich«, sagte Eujo, als sie gingen und mit einem klaren Ziel in die Stadt hinabstiegen. »Mein Kapitän wird sie mein Schiff nicht ohne mich nehmen lassen, also müssen sie einen anderen Plan haben.«

»Wohin würden sie überhaupt gehen?«, fragte Quik. Wax' Bruder hatte sich gut von dem Vis-Skar und der langen Fahrt nach unten erholt. Die Handschuhe des Mannes hingen an seiner Taille, bereit, echtes Blut zu vergießen. »Den ganzen Weg zurück nach Kance?«

»Mit den gestohlenen Skars?«, fügte Wax hinzu.

»Ich weiß es nicht«, antwortete Eujo. »Silvrin muss einen Käufer haben oder irgendeinen anderen Plan.«

»Sie erzählt dir nicht alles, oder?«

Eujo grinste, boshaft und kalt. »Wenn wir reden, ist es ein Wortgefecht, Wax.«

Sie erreichten den Hafen gegen Mittag, das Treiben so konstant wie eh und je, obwohl, wie an den Flussanlege-stellen, weniger Aufwand für das Entladen betrieben wurde und mehr für das Einrollen der Segel, das Ölen des Holzes und das Festzurren der Schiffe für turbulente Winterstürme. Matrosen, einige bereits viele Krüge tief in ihrer Nebensaison, sangen und lachten. Eine laute Szene, eine fröhliche.

»Sie feiern, was sie gestohlen haben«, murmelte Eujo, als das Trio an einer überfüllten Taverne nach der anderen vorbeikam. »Rana besteht nicht nur aus Plünderern, aber Noctia sollte sie in die Schranken weisen. Diese Stadt blockieren, bis sie ihre Waffen niederlegen.«

»Warum wird es überhaupt erlaubt?«, fragte Wax.

»Soweit ich das beurteilen kann, ist es Tradition. Gerüchte besagen jedoch, dass Fassle und der Kreis Tribut in Form von Bestechungsgeldern kassieren, um es weiterlaufen zu lassen.« Eujo nickte zu einer kriegstauglichen Galeere, schlank und noch immer mit ihren Enterhaken und einer deckmontierten Ballista ausgestattet. »Foti stellt die Waffen her, Rana und Whent benutzen sie.«

»Kance macht die Segel und Tamas braut das Bier«, fügte Quik hinzu. »Es ist eine Industrie.«

»Und was bekommt Vis?«, fragte Wax.

»Man lässt sie in Ruhe«, antwortete Eujo und lenkte sie zum Pier, der zu ihrem eigenen Schiff führte, dem schönsten, das noch im Hafen lag. »Niemanden kümmert es, was ihr tut, weil ihr weder eine Bedrohung noch ein Mitspieler seid.«

»Danke, denke ich?«

Eujos Kapitän, ein standhafter Mann in silber-blauer Uniform, der sich als Deux vorstellte, behauptete, ihre Wachen hätten am Tag zuvor versucht, ihn zu bestechen. Sie seien mit Taschen vorbeigekommen, mit zwei Frauen, die sie Dienerinnen nannten, aber mit ihren wütenden

Blicken und schmutzigen Kleidern eher wie Geiseln aussahen. Oder Schlimmeres.

»Und was haben Sie getan?«, fragte Eujo, während die vier in der Messe der *Storm's Edge* um einen edlen Buchentisch saßen. »Sie gehen lassen?«

Die *Storm's Edge* hatte aus der Ferne Schönheit, aber aus der Nähe zwang ihre Handwerkskunst zu einer Neubewertung von allem, was Wax zuvor gesehen hatte. Kitayes Baumhäuser waren ihm einst unglaublich erschienen, wie sie sich zwischen jedem sich windenden Ast und um jeden Stamm schmiegten. Neben den sauberen Linien des Schiffes, seinem glänzenden silber-bemalten Rumpf, wirkte jedoch das feinste Vis-Konstrukt wie eine planlose Torheit.

Das Hauptdeck begrüßte sie beim Betreten mit glatten Böden, jedes Brett perfekt zum nächsten passend, die Bolzen, die sie zusammenhielten, übermalt, um wie schwarze Sterne auf dem fast weißen Holz zu erscheinen. Eingerollte Segel fügten sich an die drei Masten, als wären beide eine einzige verbundene Sache, ein Schmetterling, der darauf wartet, seine Flügel zu öffnen. Die Kabinen boten ebenfalls saubere Fenster, vollständige Betten. Stauraum für Ausrüstung.

Die Najahn- und Foti-Schiffe, auf denen sie gefahren waren, pressten im Gegensatz dazu Matrosen in winzige Kojen, alles Unwesentliche in große Schränke im Laderaum gestopft. Sogar der Kance-Kutter, den Wax von Vis nach Foti genommen hatte, erschien im Vergleich zur *Storm's Edge* glanzlos.

Deux servierte ihnen mit Hilfe eines Decksmanns sogar ihre erste Mahlzeit auf Keramiktellern, mit echten Gläsern.

»Ich hatte einen Verdacht«, sagte Deux, »aber ich konnte nichts tun. Ich bin kein Kämpfer, und die wenigen Mitarbeiter an Bord auch nicht. Sie sind allerdings auch keine Seeleute. Wir befanden uns in einer Pattsituation, und anstatt das Problem zu forcieren, gingen sie.«

»Wohin sind sie gegangen?«, fragte Quik.

»Ein weiteres Schiff«, erwiderte Deux. »Ein Noctia-Schiff. Ich vermute, irgendein Händler, der die letzten Raubgüter abschöpft. Sie haben sie an Bord gequetscht.« Deux kam der nächsten Frage mit erhobenem Finger zuvor. »Sie sind am Nachmittag schnell in See gestochen. Schneller, als es den Noctia wohl lieb war, schätze ich. Sie werden unterwegs sein.«

»Sie werden leichtsinnig sein.« Wax las den Ausdruck in Deux' Gesicht.

»So leichtsinnig, wie man in den nördlichen Meeren zu dieser Jahreszeit eben sein kann«, erwiderte Deux. »Die ersten Eisschollen treiben bereits im Ozean. Jede Reise ist jetzt riskant, und eine schnelle doppelt so sehr.«

»Aber wir werden es trotzdem von Ihnen verlangen«, stellte Eujo fest.

Deux nickte: »Whent ist nah genug, ihre westlichen Häfen werden noch ein paar Wochen offen sein. Wir können morgen gut versorgt aufbrechen und-«

»Wir brechen heute auf. Wir verfolgen meine Männer, Deux.«

»Die Verräter? Lasst sie ziehen. Wir können uns um sie kümmern, wenn Ihr nach Kance zurückkehrt.«

Auf Eujos zornigen Blick hin bat Deux um weitere Erklärungen, und die Königin gab sie. Mit den gestohlenen Skars gäbe es keinen Sieg, keinen Grund, nach Whent zu gehen.

»Und wenn Sie nicht segeln wollen«, fügte Wax hinzu, »werden wir jemanden finden, der es tut.«

»Kein Noctia kann Sie aussegeln, richtig?«, sagte Eujo, und alle verstanden diese Worte als Herausforderung.

Deux erwiderte den Blick der Königin mit einem eigenen, einem Blick, der an Eujo vorbei und aus dem hinteren Fenster der Messe ging, einer, der über den Hafen von Rana hinaus auf die graue See blickte.

»Eine Verfolgungsjagd jetzt riskiert nicht nur mein Leben, sondern das aller auf diesem Schiff«, sagte Deux. »Es besteht eine gute Chance, dass das Noctia-Schiff bereits ein unangenehmes Ende gefunden hat, eines, das wir nie sehen würden.« Deux ließ seinen Blick zu Wax und Quik schweifen. »Es tut mir leid wegen Ihrer Wächter und der Skars, aber weitere Tragödien werden sie nicht zurückbringen.«

»Verweigern Sie mir den Gehorsam?«, fragte Eujo.

»Ich-«

»Denn wenn Sie das tun, dann befehle ich Ihnen, dieses Schiff zu verlassen. Ich werde in eine dieser Tavernen gehen und einen Seemann finden, der gut genug, betrunken genug oder dumm genug ist, das zu tun, was Sie nicht wollen, und wir werden es versuchen.«

Deux schnaubte: »Dann würden Sie sterben.«

»Ein Problem, das Sie anscheinend ziemlich gut verhindern können«, sagte Wax. »So oder so, der Tag geht zur Neige. Ihre Entscheidung, Kapitän.«

Ein Fluch beendete die Mahlzeit und ließ die *Storm's Edge* in See stechen.

Die letzten Stunden des Tageslichts gaben ihnen einen guten Start für die Verfolgungsjagd. Die Winterwinde erfassten die Segel von Kance und ließen die *Storm's Edge* über die Wellen fliegen, oft buchstäblich, wobei der flachste Teil des Schiffsbodens die weißen Wellenkämme nur streifte, während es dahinzischte.

Quik, der Erschöpfung vorgab, zog sich in seine Kabine zurück und brach zusammen. Eujo blieb bei Deux, um Strategie zu besprechen oder die Geschichte über den Norden zu erzählen, was Wax allein auf dem Schiff umhergehen ließ, um die Konstruktion zu bewundern und die Wellen zu beobachten, und zu versuchen, sich nicht zu sehr auf Bliss zu konzentrieren.

Sowohl sie als auch Quik hatten bereits so viel für Wax geopfert, von Beginn dieser Reise an bis zu diesem Punkt. Sie waren verletzt worden, als Geisel gehalten worden und wären beinahe Schlimmerem zum Opfer gefallen. Alles, damit Wax einem Traum nachjagen konnte, der wahrscheinlich unerreichbar war. Mit dieser Verzögerung und Eujo, die bewies, dass Wax' erste Skars nur langsam kamen, wie groß waren die Chancen, dass sie überhaupt Erfolg haben würden? Und wer wollte schon wirklich der Aegis sein, festsitzend auf diesem steinernen Thron und von Unholden angegriffen?

Wax fand sich am Bug wieder, nach vorne gelehnt, ein Mantel bot etwas Schutz vor der Kälte, wenn auch nicht vor dem gelegentlichen Gischt. Das Wasser benetzte sein Gesicht, nistete sich in seinem Haar ein, die Sonne war von Wolken verborgen, als sie hinter ihm unterging. Eine belebende Mischung, die seine Zweifel einen nach dem anderen begrub.

Fragen, ja, die konnte Wax haben. Musste er sogar, sonst würde er blind um sich schlagen, so zuversichtlich in seine nächste Liane, dass er zu Boden fallen würde. Aber Zweifel? Zögern? Das würde einen genauso schnell umbringen.

Also nein. Wax konnte seinen Geschwistern danken, konnte sie für das lieben, was sie getan hatten, aber er konnte ihre Entscheidung nicht anzweifeln. Konnte seine eigene nicht anzweifeln.

Er würde weiterhin versuchen, der Aegis zu sein,

weiterhin gegen alles ankämpfen, was ihm im Weg stand, weil das die Reise verlangte, weil er das Pan schuldete, und, verdammt, weil Wax das wollte.

Er ging erst nach drinnen, als das Schiff langsamer wurde und sich in einem ruhigeren Teil des Meeres niederließ. Deux erklärte die Nacht für zu bewölkt, um weiter zu segeln, nicht wenn Eis in der Nähe sein könnte. Sie würden am Morgen mehr Boden gutmachen.

Die Überfahrt von Rana nach Noctia würde unter guten Bedingungen mindestens fünf Tage dauern, so sagte Deux. Das auch nur mit einem Kance-Schiff. Das Noctia-Schiff würde mindestens eine Woche brauchen.

»Wann werden wir sie einholen?«, fragte Wax, als sich die ganze Gruppe, einschließlich Deux' mehrerer Decksmatrosen, des ersten Offiziers und des Kochs, um den Messtisch für ein frisches Fischessen – hier gab es immer frischen Fisch – versammelte.

Deux fletschte die Zähne: »Bei gutem Wetter und einfacher Fahrt ihrerseits werden wir sie am Nachmittag haben. Morgen um diese Zeit werden wir alle tot sein oder mit deiner Schwester zu Abend essen.«

41
ZWEI SEELEN, ZUSAMMENGENÄHT

Maena stand erneut auf dem nassen Sand, die eisigen Wellen leckten ab und zu an ihren Stiefeln. Erschöpfung drückte gegen ihre Schläfen, trotz des üppigen Frühstücks und des erdigen Kaffees, den die Stadt zum Dank angeboten hatte. Ihre Augen schweiften über den verschneiten Horizont und beobachteten, wie tausende Flocken auf dem Wasser oder den Rana-Schiffen landeten, die nun aus der Brandung zu einem unvermeidlichen Trockendock gezogen wurden.

Zu stark beschädigt, um in diesem Winter wieder in See zu stechen, waren sie und ihre Besatzung nun Gefangene von Whent. Oder besser gesagt, ihr Kanonenfutter.

Jochi machte das Angebot inmitten seiner zerstörten Verteidigungsanlagen. Während mit der Morgendämmerung Nahrung auftauchte und die ersten Reparaturen in einer verbrannten Stadt begannen, die sich immer noch stehend wiederfand, hielt der Whent-Kriegsherr eine Art Predigt vor den Überlebenden, allen voran Svarde, Maena und ihrem verwundeten Trio.

Pennifer und Rasslebeck hörten die Worte nicht, da sie

auf wartende Wagen verladen und zum Krankenhaus der Stadt gebracht worden waren, einem ehrwürdigen Ableger der Universität. Dort, so versprach Jochi, würden sie die beste Pflege erhalten, gepaart mit den vielversprechendsten Experimenten, die Whent-Wissenschaftler ersinnen konnten.

Weitere Fragen zu diesem Thema wurden von der wachsenden Menge, der Verwirrung und Jochis Bedürfnis, seinen Anspruch als Anführer erneut zu bekräftigen, beiseite gewischt.

Und das hatte er getan, indem er tat, was Maena getan hatte, was Ruhmsüchtige immer taten: Er gab ein Versprechen.

»Wir werden der Spur folgen, die diese brennenden Abscheulichkeiten hinterlassen haben«, hatte Jochi im kalten grauen Licht erklärt, während er auf halb verbrannten Sandsäcken stand, sein Bart von Asche verknotet. »Wir werden ihre Heimat finden und sie auslöschen, wir werden das Tor, durch das sie kamen, schließen und ihr Übel für immer versiegeln.«

Details folgten, obwohl Maena Schwierigkeiten hatte, aufmerksam zu bleiben. Irgendetwas über einen Angriff auf das Dunkle Unten, angeführt von Whent- und Rana-Streitkräften. Svarde, der sich auf seinen eigenen Sandsäcken zurücklehnte, schlief offen, schnarchte.

Diese ungewöhnliche Allianz hätte Maenas Interesse wecken sollen, aber ihre Schmiedung kam durch Zwang, nicht durch Mitgefühl zustande. Die Rana-Kapitänin – Maena würde sich später an ihren Namen erinnern – musste Bedingungen mit Jochi vereinbart haben, Bedingungen, die ihre Überreste am Leben ließen. Bedingungen, die sie in einen tieferen, grimmigeren Tod schicken würden.

Und du gehst mit ihnen?

Diese Erkenntnis trieb Maena nach dem Essen zurück an den Strand. Jochi hatte eine Zeit und einen Ort für ein Treffen festgelegt, zurück in der Nähe der Universität, an diesem Abend, um zu planen. Dort würde die ernsthafte Arbeit wieder beginnen, ein weiterer Tauchgang in die Tiefen, diesmal mit der vollen Unterstützung einer Insel.

Nicht nur alte Hasen mit nichts zu verlieren, meinst du?

Und mit entsprechenden Vorräten. Maena würde Jochi drängen, Versorgungslinien einzurichten, Außenposten den ganzen Weg hinunter zu etablieren.

Also keine Expedition, sondern eine Invasion? Wie gnadenlos.

Alle Inseln waren all die Jahre zufrieden damit gewesen, auf einer Bombe zu leben, akzeptierten und ignorierten die lauernde Detonation unter der Oberfläche. Der Schwung war endlich da, einen ernsthaften Versuch zu unternehmen, das Wichtigste anzugehen.

Die Unholde zu ermorden?

Eine jüngere, naivere Maena hätte vielleicht versucht, ein besseres Wort dafür zu finden. Etwas mit mehr diplomatischem Schwung, etwas, das besser zur Legende passte.

Aber ja, die verdammten Unholde ermorden. Das mussten sie tun, und es gut genug tun, damit die Monster nicht zurückkamen.

Da ist meine Kapitänin. Ich habe dich vermisst.

Maena nickte den Wellen zu. Sie hatte sich selbst auch vermisst. Etwas dort unten hatte sie zerschmettert, Maena gespalten und taumelnd zurückgelassen. Sie hatte zu lange mit diesem Riss gelebt.

Nicht mehr.

Versuchst du schon, mich loszuwerden?

Maena kniete sich in den kalten Sand, spürte, wie die Kälte durch ihre neue Stoffhose sickerte. Sie blickte in einen

Gezeitentümpel zu ihren Füßen, das zurückgebliebene Wasser bot eine trübe Spiegelung. Das Antlitz ihrer Kapitänin war längst verschwunden, nur Schmutz und zerzauste Energie blieben. Neue Narben verschmolzen mit alten, alle in einem roten Schimmer dank des Feuers der Unholde.

Du bist ruiniert, genau wie ich. Das wird nie verschwinden.

Maena zog den Handschuh von ihrer linken Hand. Streckte sie in den Tümpel. Die Kälte schoss durch ihre Haut, und damit einher stieg ein Trost, ein Druck auf ihrem Gesicht, gegen dieselbe Wange, die ihre Hand unten hielt.

Ich könnte sagen, dass ich du bin, aber das weißt du bereits.

Es geschahen magische Dinge auf den Sieben Inseln. Die Najahn erklärten sie als Überbleibsel der Götter, während die Wissenschaftler daran arbeiteten, ihre Grundlagen in Naturgesetzen zu beweisen. Alles, was Maena wusste, war, dass sie sich jetzt, genau hier, wieder ins Lot bringen musste.

Dann hör auf, gegen mich zu kämpfen, gegen dich selbst.

Die Spiegelung runzelte die Stirn. Vielleicht tat Maena es auch. Nicht, dass es eine Rolle spielte. Sie streifte den Handschuh von ihrer rechten Hand, ließ ihn in den Schmutz fallen und tauchte ihre Finger in den Tümpel, um sich ihrer Linken anzuschließen, ihre Spiegelung umfassend. Wieder diese Kälte, diese drückende Wärme.

Lass mich herein.

Ein Leben, ein Körper, eine Seele. Nur eine. Gespalten vielleicht, aber wie jede Wunde konnte auch diese Spaltung geheilt werden. Musste geheilt werden, wenn Maena wieder in diesen dunklen Ort zurückkehren wollte.

Eine Welle schlug herein, lief über den Gezeitenpool und begrub die Spiegelung im Schaum. Maena schloss ihre Augen dagegen, hielt an diesem warmen Druck fest, genau dort, wo ihre Finger berührten, bis der Druck mit der Welle verschwand. Der Gezeitenpool lief damit aus, der Sand, der ihn zusammenhielt, rann zur Seite. Leere, nasse Erde blieb zurück.

Aber Maena hörte nichts, spürte keine Flüstern in ihrem Geist.

Die Türen öffneten sich, als sie sich näherte, Jochis Wachen schoben sie auf und enthüllten das ausgebreitete Abendessen. Svarde, erfrischt von einem langen Tagesschlaf, winkte sie zu einem leeren Platz neben ihm, dem einzigen, der am Tisch noch frei war. Eine Anordnung erwartete Maena, von akademischen Umhängen und Farben über Rana-Blau bis hin zu Jochis Pelzen und strahlendem Grinsen.

»Endlich, unser letztes Mitglied«, donnerte Jochi.

Der Raum passte zu seiner Stimme, eine hohe Decke im obersten Stock der Universität, breite Fenster, unterbrochen von knisternden Feuern. Unten arbeitete die Stadt hart daran, die Schäden zu beheben. Eine fleischige Mahlzeit ließ ihren dicken Duft die Luft durchdringen. Gefüllte Bierkrüge warteten.

Doch trotz alledem sah Maena kaum Lächeln. Die Schultern waren steif, die Hände angespannt, als suchten sie nach Waffen, die sie ergreifen könnten.

Ein Kriegsrat.

»Nun«, sagte Jochi, »lasst uns essen, trinken und besprechen, wie wir diesen Monstern antun, was sie uns anzutun versuchten.« Er stützte seine Ellbogen auf und lehnte sich über den Tisch. »Noctia wird uns nicht helfen. Die anderen Inseln haben ihre eigenen Probleme. Wir müssen genügen.«

Svarde nickte erneut zu dem freien Platz, aber Maena ignorierte es. Stattdessen ging sie zum Fußende des

Tisches, Jochi gegenüber, und legte ihre Handflächen auf die dicke Steinplatte. Sie ließ einen feurigen Blick über die Gruppe schweifen.

»Svarde und ich haben es einmal versucht und sind gescheitert. Wir werden nicht noch einmal scheitern.« Sie griff nach vorn. Svarde sah die Geste und reichte ihr einen Bierkrug. Maena nahm ihn und hob ihn hoch. »Lasst uns diese Monster ermorden.«

Jubel, Spott und Gesten, doch kein Grinsen war so wild, so hungrig wie Maenas eigenes.

42
KÄFIGKAMPF

Die Fesseln lösten sich nicht. Jedes Mal, wenn die Seile ausfransten, ersetzte sie der wachhabende Kance. Keiner beachtete Bliss' Bemühungen, sondern hielt ihr lediglich eine Degenspitze an die Seite, während ein anderer das Seil verschob und frische Stränge an den richtigen Stellen platzierte.

Nach dem dritten Mal gab Bliss auf. Sie nutzte die Gelegenheit zum Schlafen, so unbequem es auch war. Zumindest machte der Fluss angenehme Geräusche, zumindest waren ihre Entführer ruhig. Keine Schläge, keine willkürlichen Drohungen. Im Vergleich zu Sledge und den Foti-Banditen waren diese drei regelrechte Heilige.

Torny und Bliss dankten diese Freundlichkeit in der Stadt. Das Kance-Trio stapelte ihre Taschen in den Händen der beiden Frauen und verbarg so ihre Fesseln – jetzt vorne – und hielt das Paar belastet genug, um jede Flucht zu verhindern. Das Gewicht, die Seile und diese blitzenden Degen machten deutlich, was passieren würde, sollten die beiden zu fliehen versuchen, also blieben sie, wo sie waren.

Und die Rana, so sehr mit ihren eigenen Wintervorbereitungen beschäftigt, schienen ohnehin nicht interessiert. Torny wirkte an einem Punkt, nachdem ihre Fünfergruppe das Boot verkauft und den folgenden Händler abgehängt hatte, als wollte sie um Hilfe rufen, als Silvrin stehen blieb und Torny direkt ansah.

»Machst du irgendein Geräusch, verursachst du irgendwelche Probleme, bist du tot, bevor du den Boden berührst«, sagte Silvrin. »Wenn jemand fragt warum, werden wir die Wahrheit sagen. Ihr seid Verbrecher. Versuchte Diebe und Mörder. Niemanden wird es kümmern.«

Das reichte, um Torny den Mund zu halten, und es reichte für Bliss, sich auf das zu konzentrieren, was wirklich zählte: das Timing.

Wenn Foti sie etwas gelehrt hatte, dann dass Chancen kamen und gingen. Es würde einen Moment geben, in dem die Kance ihre Reflexe lockern würden, irgendeine Gelegenheit würde sich bieten, und wenn sie bereit wäre, wenn sie den Schlaf nahm, den sie fand, und das Essen stahl, das sie konnte, dann könnte Bliss die Situation ausnutzen.

Dieser Moment kam an ihrem zweiten Tag auf See, an Bord einer schlanken Noctia-Karavelle auf dem Weg zu ihrem Heimathafen.

Dem Schiff fehlte die rohe Wucht der Foti-Galeone und die Kraft der Najahn-Fregatte, aber die Karavelle schnitt dennoch eine beeindruckende Linie durch die Winterwellen. Normalerweise umklammerte die Seekrankheit Bliss wie ein Schraubstock, aber das Boot hielt sein Schaukeln kontrolliert und hinterließ in Bliss nur ein vages Grummeln im Magen. Kaum das hemmungslose Erbrechen, an das sie sich gewöhnt hatte.

Diese relative Gesundheit, gepaart mit Tornys scharfen Augen und ihrer störrischen Haltung, während das Paar das aufgewühlte Wasser aus einem gedrungenen Käfig mehrere Ebenen in der Tiefe des Händlers beobachtete. Die Kance hatten sie dort hineingesteckt, in einen Pferch für Vieh. Schimmliges Stroh lag in den Ecken verstreut, und der Geruch von nicht ganz sauberem Mist durchdrang alles. Trotzdem war Bliss trocken, warm, und ihre schmerzenden Muskeln hatten nach der harten Reise und dem brennenden Kampf mit dem Unhold ihre Kraft wiedergefunden.

»Also bist du jetzt bereit, willst du damit sagen«, seufzte Torny, ihr Rücken an Bliss' gelehnt gegen den Schiffsrumpf. »Alles bis hierher war nur ein lustiger Spaß?«

›Ich habe auf meine Zeit gewartet.‹

»Hättest du mir sagen können.«

›Du schienst beschäftigt.‹

Anders als Bliss hatte Torny die Reise damit verbracht, die Grenzen auszutesten, und sie hatte sich einige blaue Flecken bei ihren Ausbruchsversuchen eingehandelt. Einmal, während des letzten Wechsels ihrer Fesseln, hatte Torny sich über Bord geworfen und versucht, sich über Wasser zu halten. Sie hatte den folgenden Flusshändler um Hilfe gerufen, aber keine bekommen.

Die Kance hatten sie zuerst an Tornys Haaren herausgezogen, das fehlende Stück nahe dem rechten Ohr der Banditin war deutlich zu sehen. Danach war ihr Kampfgeist erloschen und fand nur noch in gemurmelten Flüchen Ausdruck.

»Nicht dass es viel bringen wird.« Torny schlug ihren Kopf langsam und fest gegen das dunkel gemaserte Holz hinter ihnen. »Wenn wir hier rauskommen, verdienen wir uns nur einen schnellen Schlag in den Magen und eine Rückkehr dorthin, wo wir hergekommen sind.«

›Willst du nicht im Meer schwimmen?‹

»Versuch du mal, in diesem Ozean zu baden, und du frierst in einer Minute ein. Das ist nicht dein Vis-Paradies.«

›Also werfen wir sie rein.‹

Torny grinste kurz, »So sehr mir der Gedanke auch gefällt, ich bin mir nicht sicher, ob ich das Selbstvertrauen kaufe.«

›Alles, was wir brauchen, ist eine Öffnung.‹

»Und wie bekommen wir die, Bliss? Indem wir sie höflich darum bitten?«

Bliss zuckte mit den Schultern. Die Idee war da. Jetzt musste sie nur noch warten.

Fraß zum Mittagessen. Eine dünne Schüssel gefüllt mit einem Reisbrei. Ein kleiner Rana-Apfel. Blinth kam in ihren Käfig, stellte die Schüsseln und die wackeligen Löffel zu ihren Füßen. Zog den Degen und löste mit der anderen Hand den Knoten, der das Paar an den Pfosten band. Ein Schritt zurück, den Degen weiterhin auf sie gerichtet, und Blinth nickte auf den Fraß.

»Esst auf.«

Bliss schälte sich aus ihren Fesseln, beugte sich vor. Nahm die Schüssel, den Löffel, hob das Essen an ihre Lippen. Die Karavelle machte einen langsamen Aufstieg auf einer weiteren Welle. Blinth glich aus, lehnte sich zu dem Paar, den Degen so gerade, die Augen ernst.

Die Karavelle bewegte sich, die leiseste Drehung, als sie den Wellenkamm erreichte. Bliss nutzte es. Fiel nach vorne, warf die Schüssel vor sich aus. Der Fraß spritzte heraus, etwas rollte auf Blinths Stiefel. Der Löffel prallte von den rechten Eisenstäben des Käfigs ab. Bliss spürte sofort die Degenspitze an ihrem Rücken.

»Versuch nichts«, zischte der Wächter.

Und fluchte eine halbe Sekunde später, als Tornys Schüssel sein Gesicht traf. Bliss spürte den Fraß um sich herum regnen, der Degen lockerte seinen Druck ein wenig, genug für Bliss, um zu greifen, zu packen und Blinths linken Stiefel von seinem Halt zu fegen, unterstützt durch den sanften Abstieg der Karavelle auf der anderen Seite der Welle.

Blinth fiel zurück, seine Tunika und Stoffhose – die Rüstung konnte offenbar in der sicheren Umgebung des Schiffes weggelassen werden – machten ein leises Geräusch, als sie auf Hindernisse trafen.

Torny kicherte, als sie an Bliss vorbeirannte und sich auf den Wächter warf, wobei sie das Rapier gegen seinen Bauch drückte. Bliss ging in die Hocke, als Blinth mit seiner linken Faust ausholte und Torny in die Seite traf, was sie von ihm herunterwarf, gerade rechtzeitig, um Bliss' Tritt ins Gesicht abzufangen. Der Schlag ließ den Kopf des Mannes gegen die Eisenstäbe prallen und seine Augen verdrehten sich.

Das Rapier wackelte. Torny stürzte sich erneut darauf, und als Bliss einen zweiten schnellen Tritt ausführte, erschlaffte Blinths Griff.

»Siehst du?«, gebärdete Bliss, als Torny dem Wächter die Käfigschlüssel abnahm. »Ganz einfach.«

»Du hast keinen Schlag abbekommen«, verzog Torny das Gesicht, als sie den Käfig verließen, die Tür hinter sich schlossen und abschlossen.

»Du hättest ausweichen können.«

»Hätte ich das getan, wärst du jetzt aufgespießt.«

Tornys Worte verklangen, als sie sich umsahen. Die Umgebung bekam in der Freiheit ein neues Aussehen. Mehrere andere Käfige glichen ihrem eigenen, obwohl diese mit Kisten vollgestopft waren. Keine anderen Tiere auf der kurzen Reise. Rana-Reis und gesponnene Stoffe, Sumpfbeute und Dinge, die Bliss nicht benennen konnte, drängten sich um sie herum, ein schmaler Pfad markierte den einzigen Weg nach vorn.

»Wie lange, bis jemand nach uns sucht?«, murmelte Torny, als das Paar vorwärts ging, Torny führte mit dem Rapier. »Eine Minute? Fünf?«

Bliss hätte eine Antwort gebärdet, aber Tornys Augen waren nach vorne gerichtet. Stattdessen schaute sie an der Banditin vorbei, maß ihre Schritte, das Knarren der Karavelle. Jenseits ihrer eigenen erzitterte das Boot von anderen Stiefeln, die hart aufschlugen und umherrannten. Die geordnete Ruhe vom Vortag schien sich aufgelöst zu haben.

Sie tippte Torny auf die Schulter und blickte nach oben.

»Ja, ich höre es auch«, antwortete Torny. »Ich wette, das ist der Grund, warum wir heute nur Blinth hatten. Irgendetwas ist los.«

»Nahe Noctia?«

»Nicht, wenn dies nicht das schnellste je gebaute Schiff ist.« Torny biss sich auf die Unterlippe. »Rana würde auch kein Noctia-Schiff überfallen. Ich wette auf Dämonen.«

»Vielleicht das einzige Mal, dass ich froh wäre, sie zu sehen.«

»Ja, bis sie dich fressen, würde ich wetten.«

Die beiden hielten an der schrägen Leiter an, die zum nächsten Deck führte, mit gerillten Stufen für leichtes Gehen. Die offene Tür nach oben bot wenig Schutz. Gespräche, dringend und abgehackt, drangen durch. Vorbereitungen für einen Kampf wurden getroffen.

»Dann keine Dämonen«, gebärdete Torny, ihre Fingerarbeit wurde mit jedem Tag der Übung besser. »Die geben dir keine Zeit zu planen.«

»Was dann?«

»Egal. Was zählt, ist, wie wir das hier abwarten werden.« Torny nickte zurück in Richtung des Schiffsrumpfs. »Komm, lass uns zu unserem Kumpel zurückgehen.«

Tornys Überlegung wurde auf dem Rückweg klar genug. Selbst wenn das Duo sich irgendwie durch alle Wachen, die Schiffsbesatzung und den Kapitän kämpfen und sie überraschen würde, wären sie dann allein auf See mit einem Schiff, das keiner von ihnen segeln konnte. Jedes Rettungsboot, falls das Noctia-Schiff überhaupt eines hatte, würde sie in einen eiskalten Ozean setzen. Es war also besser, die Karte zu spielen, die sie hatten.

»Wir halten Blinth als Geisel«, sagte Torny und richtete das Rapier auf den bewusstlosen Körper im Käfig. »Wir halten die Stellung hier unten, bis wir anlegen. Tauschen sein Leben gegen unsere Freiheit.«

»Glaubst du, sie werden das tun? Uns gehen lassen?«

Torny nickte. »Wir sind Verhandlungsmasse, Bliss. Wir bedeuten ihnen nichts. Wette, wir sind eher lästig. Sie werden uns bei der ersten Gelegenheit loswerden.«

»Also hat mein brillanter Zug uns nur ein Warten außerhalb des Käfigs statt darin eingebracht?«

Torny hob einen einzelnen Finger. »Was du uns gegeben hast, Bliss, war eine Wahl.« Sie runzelte die Stirn über dem verschütteten Fraß. »Obwohl du hättest warten können, bis nach dem Mittagessen. Ich sterbe vor Hunger.«

43
RUF UND ANTWORT

Wax schwang den Degen durch die kalte Luft. Die Klinge fühlte sich wendig an, als könnte sie mit einem Handgelenkschwung hin und her flitzen. Deux, der Kapitän, hatte in den letzten Tagen ein paar Stunden damit verbracht, Wax einige Tipps zu geben und seine Haltung und Schwünge zu korrigieren, die sich von der schwereren Foti-Klinge unterschieden.

Diese Waffe, so vermutete Wax, war verloren gegangen, verschwunden in den nördlichen Sümpfen von Rana, nachdem die Kance-Wachen ihn überfallen hatten. Mit etwas Glück und falls die Königsgarde sie behalten hatte, würde Wax sie vielleicht an Bord des Najahn-Händlers finden.

Wenn er Glück hatte, würde Wax den Tag lebendig, unverletzt und siegreich beenden.

Deux erwartete, am Nachmittag auf das Noctia-Schiff zu treffen, und der Kapitän hielt Wort: Zunächst nur ein dunkelblauer Schatten am Horizont, nahm das Handelsschiff mit jeder verstreichenden Minute vor den Wellen und dem grauen Himmel Gestalt an. Wax und Quik zogen ihre

Leinenkleidung an, letzterer noch immer mit seinen Handschuhen, und stellten sich am Bug auf. Eujo blieb mit Deux auf der Schiffsbrücke und besprach die Strategie.

»Oder sie entscheiden, uns auszuliefern«, sagte Quik.

»Weil das ja so viel Sinn ergibt«, erwiderte Wax und unterdrückte ein Zittern. Trotz der Leinenkleidung kam der Winter im Norden mit aller Härte. »Sie würde all das tun, nur damit – was? Ihre Wachen uns ausweiden?«

»Ich weiß nicht, Wax. Nach Foti und jetzt das hier, ich weiß nicht, wie du irgendjemandem vertrauen kannst, der nicht zu unserer Familie gehört.«

»Ich entscheide mich dafür, Quik. So einfach ist das.«

Sein älterer Bruder warf Wax einen seiner klassischen Blicke zu, den mit einer hochgezogenen Augenbraue, der sagte, dass Wax seine Naivität in den Griff bekommen müsse. Ein jüngerer Wax wäre vielleicht wütend geworden, hätte zurückgeschnappt.

Dieser hier, der Renewal, der kurz davor stand, seine Skars zurückzubekommen, lächelte nur.

»Zum Glück musst du dir darüber keine Gedanken machen«, sagte Wax und legte Bravour in seine Worte, genauso wie er es getan hätte, wenn sie zurück auf Kitaye gewesen wären und Wax eine Expedition vorgeschlagen hätte. »Folg einfach meiner Führung, Bruder, und dir wird nichts passieren.«

Quik konnte darüber wenigstens lachen.

Deux' übrige Besatzung versammelte sich, so gut es ging, als sich der Noctia-Händler näherte. Drei Matrosen, mit Degen und Enterhaken bewaffnet, gesellten sich zu Wax und Quik. Sie informierten sie auch darüber, dass Eujo und Deux auf dem Kance-Schiff bleiben würden.

»Zu ängstlich?«, fragte Quik.

»Zu wichtig«, kam die Antwort der Matrosen.

Eujo kam jedoch mit einem Plan durch. Wax und Quik hatten absolut keine Erfahrung mit Schiff-zu-Schiff-Kämpfen, geschweige denn mit einer Enteroperation. Eujo schien das zu verstehen und schien auch zu begreifen, dass sie zahlenmäßig unterlegen sein würden. Ein Kance-Matrose konnte es nicht mit einem Königsgardisten in einem Kampf aufnehmen, geschweige denn mit einer Noctia-Besatzung.

Also entschied sich Eujo für eine Bestechung, die sie dem Noctia-Händler zurief, als die beiden Schiffe nebeneinander glitten. Das Oberdeck des Noctia-Schiffs war voller Arbeiter, leicht doppelt so viele wie die Matrosen, die meisten blickten mit einer Art Fassungslosigkeit auf die bewaffnete Kance-Besatzung.

Überfälle waren schließlich nicht die Gewohnheit der Kance, besonders nicht während des Friedensschleiers eines Renewals.

»Ein Handel«, rief Eujo vom obersten Deck des Schiffes, Deux stand mit einem herrischen Stirnrunzeln neben ihr. »Die drei Verräter und ihre Gefangenen auf eurem Schiff, und im Austausch bekommt ihr ihre Rüstungen und Waffen.«

Als Wax, der bei den Matrosen stand und über den schmalen Abgrund zwischen den Schiffen blickte, dieses Angebot hörte, runzelte er die Nase und warf einen Blick zur Königin. Ein paar Rüstungen der Kance schienen kaum der Rede wert.

Dieser Eindruck verflogs jedoch schnell, als er die Matrosen um ihn herum pfeifen und flüstern hörte.

»Scheint wohl eine große Sache zu sein«, murmelte Quik.

Groß genug jedenfalls, dass der Noctia-Händler binnen Sekunden zustimmte, nur um zu erklären, dass er die Kance-Wachen nicht zwingen könne, sein Schiff zu verlassen. Der Noctia-Kapitän, ein quirliger Mann, dessen Hände ständig in und aus seinen dicken Roben und deren Taschen fuhren, erklärte lediglich, dass er und seine Crew sich nicht in den Weg stellen würden.

»Wie großzügig«, sagte Wax.

»Die Art eines Händlers«, fügte Quik hinzu. »Es gibt keinen Profit darin, sich dem Kampf anzuschließen, nur darin, die Beute aufzusammeln.«

Diese Beute, so vermutete Wax, würde vielleicht noch ein paar Dellen und Kratzer mehr abbekommen, bevor der Kampf vorbei war.

Der Noctia-Kapitän ließ eine Enterbrücke zwischen den Schiffen herunterklappen, der Steg schwankte mit den Wellen, war aber leicht genug für Wax und Quik zu überqueren. Die Matrosen folgten mit gezogenen Degen.

»Wo sind sie?«, fragte Wax den Noctia-Kapitän, als er das schwarze Holz betrat. Über ihnen knallten die Segel, ansonsten herrschte so viel Stille, wie das Meer zuließ.

»Wir haben drei Decks«, sagte der Noctia-Kapitän, sein Gesicht sonnengebräunt und trocken. »Euer Preis wird auf dem zweiten sein, ihre Gefangenen auf dem dritten.«

Wax machte sich auf den Weg dorthin, hielt dann aber inne. »Warum habt Ihr ihnen die Überfahrt erlaubt? Ihr musstet wissen, dass sie unfreiwillige Gefangene bei sich hatten.«

»Sie haben einen guten Preis gezahlt«, sagte der Noctia-Kapitän. »Ihr bietet einen besseren.«

»Je mehr ich von der Welt sehe, desto weniger gefällt sie mir«, sagte Quik hinter ihm. »Wie viele Wege führen nach unten?«

Der Noctia-Kapitän zeigte auf eine einzige offene, nach unten führende Leiter. Groß genug, um einen massiven Käfig hochzuziehen, mit Seilen und Flaschenzügen daneben. »Das ist der einzige. Ich nehme an, sie wissen, dass ihr kommt.«

»Dann müssen wir uns etwas Besseres einfallen lassen«, sagte Wax.

Bravour war eine Sache, kopflos in Schwertkämpfer zu stürzen, die mehr als fähig waren, ihn in Stücke zu reißen, eine andere. Wax nickte, als er auf die Öffnung nach unten blickte. »Quik, wir haben Beute, die in ihrem Loch festsitzt. Wie kriegen wir sie raus?«

Quik grinste. Er blickte über das Deck zu den Wellen dahinter, seine Augen bekamen einen fernen Glanz. Ein Jäger, der zurück ins Spiel gezogen wurde. »Ein paar Möglichkeiten, aber hier würde ich sagen, ein kleiner Bruch, ein kleines Beben.«

»Ihr werdet nicht versenken-«, begann der Noctia-Kapitän, nur damit Quik ausholte und seine scharfen Holzkrallen an die Kehle des Mannes legte.

Degen flogen aus den Scheiden, und die Noctia-Besatzung, jene, die loyal genug zum Händler waren, um mehr zu tun, als ein paar Schritte zurückzuweichen, zogen ihre eigenen Dolche, Keulen und Säbel. Eine bunte Schlacht stand kurz davor, auf der rollenden See auszubrechen.

»Moment mal, Moment mal«, sagte Wax und drehte sich langsam – schwieriger als erwartet auf einem Schiffsdeck – um beschwichtigende Handflächen der gesamten Crew entgegenzustrecken. »Es ist nur ein Spiel. Sie denken, sie werden versenkt, sie tauchen auf, niemand wird verletzt. Verstanden?«

Nun musste Wax nur noch hoffen, dass die Kance nicht mithörten, aber zumindest senkten sich die Waffen, und die finsteren Mienen verwandelten sich in misstrauische Blicke. Keine Stiche, keine Speere, keine zerschmetterten Schädel.

»Dann macht, was ihr wollt«, schnaubte der Noctia-Händler und stieß sich von Quik weg. »Wenn ihr jedoch meinem Schiff schadet, sorge ich dafür, dass die Najahn euch einen Besuch abstatten. Ich habe Freunde bei ihnen, wisst ihr.«

»Da bin ich mir sicher«, erwiderte Quik. »Wax, willst du die Ehre übernehmen?«

»Mit Vergnügen.«

Die Idee stammte von zu Hause, vom Schwimmen in der Bucht. Tauchte man unter, wenn jemand vom Steg sprang, hörte man ein Grollen durchs Wasser rollen. Bei einem großen Sprung spürten sogar die Kitaye-Seeleute auf den Seerosenblättern ein Zittern unter ihren Füßen. Das Holz des Noctia-Schiffs sollte die gleichen Erschütterungen übertragen, vielleicht sogar ein paar ordentliche Kracks von sich geben. Die Frage war jetzt, da sich Decksmatrosen und Noctia-Crew gegenseitig mit Blicken erdolchten, wie man diesen rollenden Donner erzeugen könnte.

Deux hatte die Antwort, und sie lag im großen, gewichtigen Anker am Bug der *Storm's Edge*. Die Tiefe des Ozeans bedeutete, dass er den Meeresboden nicht erreichen würde, aber ein paar schnelle Hievungen und Fallenlassen würden den gewünschten Lärm erzeugen. Mit etwas Glück würde er das Noctia-Schiff nicht treffen ... zumindest nicht zu stark.

Der Plan wurde in Rekordzeit vorbereitet, beide Schiffe blieben eng aneinander festgemacht und trieben an diesem grauen, schneeverwehten Tag über die Wellen. Der Noctia-Händler setzte seine gemurmelten Beschwerden fort, die von allen ignoriert wurden. Quik und Wax hatten ihre Augen auf die Leiter unter Deck gerichtet und lauschten nun einem frustrierten Streit zwischen Akido und Silvrin unten.

»Sie sind misstrauisch«, sagte Quik, als Wax sich zu ihm gesellte und die *Storm's Edge* ihren ersten Abwurf machte.

Der Anker stürzte mit einem donnernden Klatschen ins Meer und spritzte Wasser hoch. Sowohl Silvrin als auch Akido verstummten für einen langen Moment, während Deux' Decksmannschaft begann, den Anker wieder hochzuziehen.

»Das sollten sie auch sein«, sagte Wax. »Sie müssen Angst haben.«

Der Anker fiel erneut. Wieder ein Klatschen. Diesmal zog die Strömung an der großen Kette des Ankers und streifte das Noctia-Schiff mit einem knarrenden Kratzen, das Wax hörte und durch seine Füße spürte. Der Noctia-Händler kreischte auf, seine Decksmatrosen fluchten. Niemand machte jedoch Anstalten einzugreifen. Wax winkte Deux zu, der wie immer makellos neben seiner Crew stand, den Anker erneut fallen zu lassen.

Der Kapitän gehorchte, der Anker fiel, ein lautes Platschen, ein weiteres Beben. Silvrin und Akido begannen erneut ein heftiges Geplänkel, ihre Worte gerade zu leise, um sie zu verstehen. Quik lehnte sich näher an die Leiter, um zu lauschen, als die Worte abrupt endeten. Ein Stampfen setzte ein, aber in die falsche Richtung, tiefer ins Schiff hinein. Wax begegnete Quiks Stirnrunzeln mit seinem eigenen und begann, einen neuen Plan zu formulieren: Silvrin allein schnappen und die anderen später holen.

Dieser Plan starb mit dem Ruf eines Decksmatrosen, als die Ankerkette in die falsche Richtung gezogen wurde. Mit einem klirrenden Ruck riss sich die Kette von ihren Haltern los. Die *Storm's Edge* krachte gegen das Noctia-Schiff, die Bretter, die sie verbanden, splitterten. Der Grund dafür offenbarte sich im nächsten Augenblick, als ein tief lilafarbener, sich windender Tentakel aus der Oberfläche aufstieg und die *Storm's Edge* traf.

Das Noctia-Schiff sprang hoch, erhob sich aus dem Wasser und neigte sich. Quik fiel und verschwand in der Öffnung zum unteren Deck, während Wax für einen Moment vorbeirollte, bevor das Schiff sich wieder beruhigte und etwas Neues, etwas Schreckliches in der plötzlichen Lücke zwischen den beiden Schiffen aufstieg.

Ein Ungeheuer?

Wax versuchte, das furchtbare Pech, die geringen Chancen einzuordnen, bis ein anhaltendes Knirschen seinen Blick zurück zur *Storm's Edge* lenkte, zum immer noch auslaufenden Anker, und er seine Antwort hatte. Jetzt, während die Luft sich mit Flüchen, Befehlen und Schreien füllte, mussten sie überleben.

44
UNTER DECK

Blinth gefiel es gar nicht, im Käfig eingesperrt zu sein. Als der Wächter aufwachte, begann er zu schreien, und das Schiff tat wenig, um diese Geräusche zu dämpfen.

»Lass mich vorangehen«, signalisierte Bliss mit den Händen, den erbeuteten Degen in der Hand, während sie den engen Gang zwischen gestapelten Kisten besetzte.

Kurz zuvor hatte es einen heftigen Ruck gegeben, aber das Schaukeln des Schiffes schien sich aus Gründen beruhigt zu haben, über die weder Torny noch Bliss spekulieren wollten. Blinths ständiges Fluchen, Drohen und Rufen nach Akido und Silvrin übertönte die gedämpften Geräusche von anderswo und ließ sie in einer seltsamen Blase zurück.

Hoffnung auf Rettung war etwas, mit dem Bliss nicht zu tanzen wagte, nicht zu diesem Zeitpunkt. Besser, nur auf ihren Griff um die Klinge und ihre Chance auf Überraschung zu vertrauen.

Diese Chance kam, als das erste gepanzerte Bein eine sichtbare Sprosse traf und Akido seinem schreienden

Freund eine Frage zurief. Wo war Blinth, wo waren die beiden Gefangenen, wie sicher war es?

Überhaupt nicht sicher.

Bliss, deren Geschick mit einem Schwert irgendwo zwischen null und marginal lag, nutzte ihren einzigen Vorteil und rannte geradewegs auf Akido zu, den Degen wie einen Speer vor sich haltend.

Der Zug hätte bei jemandem funktionieren können, der weniger geschickt war, bei jemandem, der von Ale oder Zeit benebelt war, aber Akido, der Bliss den Rücken zuwandte, hörte oder ahnte den Angriff entweder und drehte sich um, wobei er mit der rechten Hand seinen eigenen Degen schwang, um Bliss' Vorstoß abzulenken und sie taumelnd in Richtung Heck des Schiffes zu schicken.

Akido ließ sich den Rest des Weges fallen, als Bliss sich von einer weichen Kiste abstieß und sich umdrehte, um zu sehen, wie der Degen des Feindes zu einem herzstillstehenden Stich ausholte. Sie fiel zurück, ihre eigene geringe Größe verbunden mit der Distanz gab dem Wächter nur einen streifenden Schlag und nicht mehr.

Nicht, dass Akido ihr irgendwelche Gelegenheiten geben würde. Der Degen zuckte eine Handlänge zurück und stieß dann erneut vor, diesmal auf Bliss gerichtet, als sie sich auf dem Boden wegkickte. Die Klinge durchbohrte ihre Seite, begleitet von heißem Schmerz. Sie versuchte zu schreien, ihre verstümmelte Stimme nur ein entstelltes Jaulen.

Bliss fuchtelte mit ihrem eigenen Degen herum und schickte die Klinge mit so viel wilder Wut in Richtung Akido, dass er einen Schritt zurücktrat und den Schlag abwehrte. Mit seiner Linken zog der Mann den Dolch an seiner Taille und richtete den Degen erneut aus.

»Lass die Klinge fallen, und du könntest leben«, sagte Akido.

Bliss spuckte nur als Antwort. Sie presste ihre linke Hand auf ihre Seite, fühlte das heiße, klebrige Nass, den nun konstanten Schmerz, aber nicht genug, nicht genug, um sie zur Aufgabe zu bringen.

Sie trat zurück, verschaffte sich einen Schritt Abstand und warf ihre Schulter gegen die Kiste zu ihrer Linken, sich darauf stützend, um sich aufrecht zu halten.

Akido seufzte nur. Kam wieder mit diesem führenden Stich.

Silvrin schrie oben, eine Warnung, dass etwas schiefgegangen sei. Sich zu beeilen. Akidos Augen glitzerten, ein vernünftiger Blick. Endgültigkeit.

Bliss hob den Degen, stieß ihn nach vorne. Ein harter Stich, den der Wächter mit seinem Dolch ablenkte, den Schlag an seiner linken Seite vorbeigleiten ließ. Die tödliche Riposte hätte folgen sollen, aber stattdessen erstarrte Akido, sein Mund öffnete sich vor Schock und Überraschung.

Kein Tod.

»Wenn du sie getötet hast, wird es sehr übel für dich«, zischte Torny, ihr Kopf erschien über den Schultern des Wächters. Diese Banditenaugen fanden Bliss, verfolgten die platzierte Hand und verdunkelten sich. »Oh, du-«

Tornys Fluch erstarb in einem Aufschrei, als das Schiff einmal erzitterte und dann hart nach Backbord brach, Knackgeräusche drangen durch Holzplanken, die sich plötzlich erhoben und um sie herum zerbrachen. Die große Kiste in der Nähe von Bliss, deren Seilhalterungen rissen, schoss nach vorne, als sich der Gang neigte. Bliss ließ ihren Degen fallen und versuchte für einen Moment, die Kiste zurückzudrängen.

Es kümmerte sie nicht.

Das Schiff auch nicht, es setzte seine Rollbewegung fort und schleuderte Bliss quer durch den Gang in fallende Kisten auf der gegenüberliegenden Seite. Ihr Nemesis rollte weiter, brach durch seine Seile und rutschte auf sie zu, kurz davor, Bliss zu Brei zu zerquetschen.

Aber Vis leben und sterben durch Reaktion, durch Instinkt, und Bliss rollte nach rechts, weiter weg von Torny, Akido und der fallenden Kiste. Die Holz-und-Metall-Box krachte hinter ihr herunter und brach durch ihr Ziel. Rana-Keramik zerschellte, ihr Klang vermischte sich mit einem wütenden Knistern, einem Geräusch, das Bliss nur von einer schrecklichen Nacht kannte:

Der Rana-Roller, der in den Ranken des Ungeheuers versank.

Zusammenzuckend zog Bliss ihre linke Hand von ihrer Wunde weg und zog sich in eine lehnende Stehposition, während das Schiff nun in einem Winkel ein gewisses Gleichgewicht fand. Das Wasser tobte irgendwo unter ihren Füßen, eiskalt.

Die Verwüstung der Kiste hinterließ zumindest einen beschädigten Pfad zurück zur Leiter, dorthin, wo Torny mit dem Wächter rang. Das Paar kämpfte nicht so sehr, als dass sie sich balgten, schlugen aufeinander und auf herabfallendes Gerümpel ein bei jedem Nahkampf-Schlag und -Tritt. Bliss hätte erwartet, dass Torny einen solchen Kampf verlieren würde, wäre da nicht das Messer, das aus Akidos Schulterblättern ragte, genau in der Lücke zwischen seiner Rüstung. Das gleiche Rot, das Bliss' Seite färbte, sickerte dort heraus, und als Bliss zu dem verkeilten Paar humpelte, verlangsamte die Arbeit des Messers die Schläge, ließ sie schwach werden. Akido wusste das auch und nutzte jede

Chance, die er bekommen konnte, um nach einer anderen Waffe zu suchen, nach einem Degen zu greifen.

Praktisch also, dass die fallende Kiste, das krängende Schiff, Bliss' Klinge aus der Fracht hatte herausragen lassen, die nun zu ihren Füßen lag. Sie zog einmal daran, fand die Spitze tief eingebettet. Ein weiterer Zug, immer noch nichts außer einem Ächzen.

Torny fluchte, was Bliss' Blick auf sich zog, gerade rechtzeitig, um zu sehen, wie die Banditin einen Tritt abbekam und entlang des Ganges zurück zur Kante der Leiter fiel. Dort, auf halbem Weg nach unten, schimmerte weitere Rüstung, die sich vorsichtig bewegte.

Der Anblick und sein sicheres Ende machten Bliss' Entscheidung zu einer leichten: Verwundet und ohne Waffe anzugreifen, selbst als Akido seine eigene aufhob, wäre die schlimmste Form des Selbstmords.

Torny würde durchhalten müssen.

Den Griff mit beiden Händen umfassend, zog Bliss nicht, sondern drückte. Sie lehnte sich auf den Griff des Rapiers und stemmte sich mit ihren Beinen. Das Schiff erzitterte, etwas in der Ferne zerbrach. Blinth schrie, eine reine, hallende Angst.

Und die Spitze des Rapiers brach ab.

Bliss stolperte vorwärts und zog die zerbrochene Klinge heraus. Zu ihrer Rechten bot der schräge Gang zersplitterte Handgriffe, die Kisten und die Ladung bildeten eine ramponierte, tückische Linie. An ihrem Ende jedoch lag Torny, eingekesselt und zwischen den Wachen auf beiden Seiten hin und her blickend.

Der Weg zu ihrem Ziel mochte trickreich gewesen sein, aber Bliss ging mit dem schlechten Untergrund um, wie sie jeden dornigen Wedel, jede Ranke angegangen war, die unter ihrem Gewicht nachgeben konnte: mit Geschwindigkeit und sicheren Schritten.

Ein Schritt vorwärts, ihr linker Fuß landete am Rand des Lochs, das durch die abstürzende, krachende Kiste entstanden war. Ein Abstoß, nach links und oben gerichtet, gab ihrem rechten Fuß die Chance, Halt auf dem geneigten Gangboden zu finden. Das Rapier wechselte in ihre linke Hand, sodass Bliss die zerstörten Seilbefestigungen packen konnte, die noch an der Decke des Bootes befestigt waren und gerade genug boten, um sie in Bewegung zu halten.

Gerade genug, um das Rapier nach vorne zu stoßen, schneller als Akido ausweichen konnte.

Der Schlag prallte von Akidos Rücken ab, die gezackte Spitze des Rapiers glitt an der glatten Kance-Rüstung hoch und verkeilte sich unter seinem Helm. Ein nutzloser Schlag, außer dass er Bliss anstürmen, drücken, in den Wächter fliegen ließ, und zusammen krachte das Paar in Torny.

Oder zumindest dachte Bliss, dass das passieren würde. Sie nahm in dem Moment, als das Rapier vom Kance-Metall abglitt, an, dass sie es vermasselt hatte. Dass sie endgültig das Leben der beiden aufs Spiel gesetzt hatte. Doch in diesem Gewirr, gestützt von der Wand, die die Leiter zwischen den Decks hielt, blickte Bliss auf und sah, wie die stets gewandte Banditin sich gegen den Gang drückte und auf den Füßen blieb.

»Perfektes Timing«, sagte Torny und schnappte sich Bliss' zerbrochenes Rapier von einem stöhnenden Akido. Sie schwang die Klinge nach oben und rechts, parierte Silvrins Stich. »Noch irgendwelche Tricks vielleicht?«

Einen. Als Silvrin vorrückte, um Torny zu bedrängen, griff Bliss über ihr eigenes Gesicht hinweg nach dem Dolch, der aus Akidos Schulter ragte. Sie riss ihn heraus, wobei Akido aufschrie, und stieß ihn gegen Silvrins Knöchel, als dieser nahe ihres Gerangels aufstampfte. Der Dolch prallte von der harten Rüstung ab, aber wie es bei Überraschungsangriffen so ist, zog der Stich Silvrins Aufmerksamkeit auf sich.

Gerade lang genug, damit Torny kontern und in Silvrins Herz stechen konnte. Das gezackte Ende des Rapiers prallte erneut von der harten Rüstung ab, aber der Schlag zwang Silvrin zum Rückzug, ein Manöver, das sich in einen Fehler verwandelte, als Akido, anscheinend vor Schmerzen und ohne klaren Verstand, versuchte aufzustehen. Seine Schultern trafen Silvrins zurückweichendes Knie und warfen sie mit einem schweren Aufprall zu Boden.

Blitzschnell trat Torny über die beiden hinweg und hielt das kaputte Rapier für einen tödlichen Schlag bereit.

»Gebt auf«, verkündete Torny, ihre Stimme mehr als ein wenig tiefer als zuvor, »oder, ihr wisst schon, erleidet die Konsequenzen.«

Bliss befreite sich von Akido, stand auf und sah ein bleiches Gesicht, die Augen fast geschlossen, und einen wütenden Blick.

»Ihr habt noch nicht gewonnen«, erwiderte Silvrin.

»Sieht von hier aus ziemlich gut aus«, schoss Torny zurück.

»Nur weil ihr nicht zuhört.«

Als hätte sie einen Schleier zurückgezogen, brachten Silvrins Worte die Geräusche von außen herein. Das anhaltende Krachen und Knacken um das Schiff herum, während was auch immer damit kollidiert war, seinen zerstörerischen Vormarsch fortsetzte. Matrosen riefen einander zu, Worte durchsetzt mit nackter Angst. Platschen war auch zu hören, entfernte dumpfe Schläge, als schwere und lebendige Dinge ins eiskalte Wasser fielen.

»Schätze, wir sollten euch schnell töten und hier verschwinden«, sagte Torny.

Bliss tippte der Banditin auf die Schulter: 'Wir brauchen diese Skars.'

»Oh ja«, sagte Torny und drückte die Kante des Rapiers näher an Silvrins ungepanzerten Mund. »Wo bewahrt ihr die auf?«

»In unserer Kabine, wo sonst?« Silvrin schüttelte den Kopf, bevor Torny die Folgefrage stellen konnte. »Ich werde euch nicht helfen-«

»Torny! Bliss!« Quiks Stimme folgte seinem Kopf, als der Wächter die Leiter hinuntersprang, diese großen Panzerhandschuhe an und nach Blut verlangend. »Ihr lebt!«

»Nicht dank dir«, sagte Torny, während Silvrin ihre Augen zwischen beiden hin und her flackern ließ. »Versuch beim nächsten Mal, länger zu brauchen. Das hilft wirklich.«

»Wir werden von einem riesigen Ungeheuer angegriffen, falls ihr es nicht bemerkt habt.« Quik blickte auf die Wachen hinunter. »Sieht aus, als hättet ihr diese beiden im Griff?«

Als Quik seine Augen wieder auf das Paar richtete, um zu sehen, ob sie verletzt waren, erzählte Bliss mit Gesten die Geschichte, wobei Torny einwarf. Eine knappe Zusammenfassung, die endete, als das Boot erneut erzitterte und Wasser nicht weit unter ihren Füßen rauschend seine Anwesenheit bemerkbar machte.

»Dann zur Kabine«, sagte Quik und drehte sich um. »Dieses Schiff wird nicht mehr lange halten.«

»Moment mal«, sagte Torny, als Bliss folgen wollte. »Wir haben diese drei in einer Rolle ertrinken lassen und sie haben es geschafft. Diesen Fehler machen wir nicht noch einmal.«

Torny wartete keine Diskussion ab, aber Silvrin auch nicht, die ihren Arm, ihren ganzen Körper zur Seite fegte. Der Schwung schlug Tornys Rapier beiseite, und Silvrin hörte dort nicht auf. Sie warf ihren linken Arm zurück, die gepanzerte Hand umklammerte Tornys Rapierklinge. Ein Ruck riss die Waffe aus Tornys Hand und-

Bliss trat zu. Hart, gerade und direkt in das Kinn der Kance-Anführerin. Ihr Kopf schnellte zurück, diese Augen wurden trübe. Das Rapier klapperte auf die Kisten am Boden. Bliss hob den Dolch, hielt inne. Sie hatte es noch nie zuvor getan, jemanden kaltblütig getötet. Ein Tier, Beute, ein Ungeheuer, das war eine Sache. Aber eine Person?

»Tu es«, sagte Torny. »Oder gib ihn mir, und ich werde es tun.«

Das Schiff knackte. Begann, sich wieder nach Steuerbord zu neigen. Bliss und Torny stützten sich aneinander ab, die Arme über das ausgebreitet, was der Gang gewesen war. Quik breitete seine eigenen aus, die Panzerhandschuhe gruben sich in die Seite der Leiter und die Kisten, die auf der anderen Seite noch fest saßen. Beide Wachen purzelten übereinander, ein Haufen zu Bliss' Füßen.

Beide noch am Leben, beide tödliche Feinde.

»Bliss, wir müssen hier raus!« schrie Quik.

Und immer noch hielt sie den Dolch und versuchte sich zu entscheiden.

45
GÖTTER UND IHRE GABEN

Wie ein lebendig gewordener Albtraum erhob sich der Unhold aus den aufgewühlten Wellen. Der schäumende Strudel des Ozeans kündigte die Ankunft des Wesens an, bevor sein Körper in der Nähe der beiden Schiffe die Oberfläche durchbrach. Die Enterbrücke und die Enterhaken ächzten unter der Belastung, die beiden Schiffe zusammenzuhalten. Während Quik die Leiter hinunterraste, auf der Suche nach Torny und Bliss, stolperte Wax nach oben. Er hörte, wie Matrosen um ihn herum fluchten und fielen. Der Degen fiel ihm aus der Hand und verschwand, als Wax sich am Geländer festhielt und auf das Monster blickte, das er wiedererkannte.

Das gigantische Wesen, das Kitaye terrorisiert hatte, war wieder hier. Nein, nicht dasselbe Ungeheuer: Obwohl dieses Narben und Verletzungen wie das andere aufwies, unterschieden sich seine Farben. Mehr Lila- und Schwarztöne, als die Tentakel aus den Wellen aufstiegen und gegen die Schiffsseiten klatschten. Ein Deckhand – Wax konnte nicht erkennen, ob er zur Besatzung des Noctia-Händlers oder zu Eujos Crew gehörte – stürzte über Bord, tauchte ins Wasser ein und verschwand. Jemand schoss mit einer Armbrust auf das Monster, der kümmerliche Bolzen bohrte sich in die Seite der Kreatur und löste keinerlei Reaktion aus, nicht einmal ein Zucken in diesen grässlichen gelben Augen.

»Wax!«

Er blickte auf, seine Hände umklammerten das Geländer wie Eisen. Er sah Eujo auf ihrem eigenen Oberdeck, ihr Gesicht eine stoische Maske einer Königin.

»Hier gibt es nichts zu gewinnen! Hol deine Wächter und lass uns verschwinden!«

Wax hätte am liebsten gelacht. Wie, wie sollte er seinen Bruder und seine Schwester hier rausholen? Er konnte sich kaum selbst aufrecht halten. Trotzdem drehte er sich zur Leiter um, machte einen einzigen Schritt und spürte, wie sich das Schiff unter ihm hob. Die Neigung ließ das Boot nach Backbord schwanken und presste Wax' Rücken gegen das Geländer. Mehr Matrosen flogen vorbei, einige schnell genug, um sich festzuhalten, andere verfehlten ihren Griff und fielen weg. Das Holz unter seinen Füßen bebte, ein heftiges Beben, begleitet von Knarren und Krachen. Brechende Planken.

Wasser würde folgen. Wax musste kein Segelexperte sein, um zu wissen, dass dieses Schiff nicht mehr lange an der Oberfläche bleiben würde.

Die Wahl zwischen Flucht oder Bleiben wurde ihm abgenommen: Die Annäherung des Ungeheuers kam mit schlagender Wut, zuerst auf die Rampe zwischen beiden Schiffen gerichtet, die nach dem Anheben des Noctia-Handelsschiffs bereits gebrochen war. Das Ungeheuer rammte einfach durch den Rest, Wax hatte von seinem Griff am Geländer aus freie Sicht. Größer als beide Schiffe schien sich das Ungeheuer seinen Weg zu bahnen und verdammte alles, was unglücklicherweise in die Quere kam. Sein Vordringen schob beide Schiffe auseinander, Wax taumelte nun vorwärts, als die Tentakel, die das Boot nach Backbord gedrückt hatten, wegschlängelten und die Masse des Ungeheuers das Schiff in die entgegengesetzte Richtung bewegte.

Wieder purzelten verirrte Matrosen und unglückliche Deckhände. Diesmal folgte Wax ihnen. Sein Griff, falsch positioniert für einen Sturz nach vorne, rutschte am nassen Geländer ab. Er bewegte instinktiv seine Füße, kickte sie nach vorne, sodass er mit dem Blick nach oben hinunterrutschte, genau wie Wax es auf einem riesigen Farnwedel tief im Dschungel von Vis tun würde.

Anders als bei diesen Farnen hatte Wax' Weg eine Öffnung direkt vor sich. Dahinter bot das brechende Schiff einen klaren Weg direkt in die aufgewühlte See.

Nach der Erfahrung der Kälte in Ranas winterlichen Seen versprach ein Ozean mit buchstäblich schwimmendem Eis ein unangenehmes Bad.

Wax ging in die Hocke, während er rutschte, und zielte darauf ab, rechts in die Leiter zu den unteren Decks zu tauchen. Wohin er danach gehen würde, war ein Problem für eine andere Sekunde, ein Problem, das Wax nicht lösen konnte, als das Schiff erneut schwankte und ihn weiter vom Ungeheuer wegschob, was Wax in einen plötzlichen Sprung versetzte. Er wedelte mit den Armen, trat mit den Beinen und fand keine Liane, keinen stabilen Baum zum Festhalten. Sein Magen sackte ab, seine Augen fixierten das aufgewühlte Wasser, bis sich seine Welt verschob und Wax direkt in die sich biegenden Planken krachte.

Der Aufprall trieb ihm die Luft aus den Lungen und ließ

Wax' Augen verschwimmen. Blut lief von einer aufgebissenen Lippe, und Wax spürte, wie sich ein Dutzend Splitter in seine Beine bohrten, aber für einen Moment hing er dort, knapp unter der Öffnung.

»Hab dich.« Quik stöhnte, zog Wax hoch. Ließ ihn über die Kante fallen. »Aber ich schätze, hier geht's nicht weiter?«

Wax bewegte sich, schob sich fast ganz hinein, bevor Quik ihn aufhielt. Ein Blick auf das untere Deck zeigte Bliss und Torny, die dahinter warteten, beide kämpften mit Seilen, zerbrochenen Brettern und aufgeplatzter Fracht, um sich zur Leiter vorzuarbeiten. Wax' Schwester hielt ein Messer in einer Hand und blickte zurück in einen dunklen Abgrund. Als ob sie eine Entscheidung treffen würde, warf Bliss das Messer weg und benutzte beide Hände, um ihr Gleichgewicht zu halten. Wenn noch Kance-Wachen zurückgeblieben waren, konnte Wax sie nicht sehen. Weiter unten war das, was der dunkle Schiffsrumpf hätte sein sollen, stattdessen die blau-weiße See, beleuchtet von silbernen Strahlen, die durch die Risse im sinkenden Schiff drangen.

»Die Schiffe sind auseinander«, keuchte Wax, als das Quartett einander ansah und nach Antworten suchte. »Eujos Schiff ist weg.«

»Na, das ist ein Problem«, erwiderte Torny. »Besonders, weil ich nicht gerne nass werde.« Sie nickte hinunter zum Meer, dessen aufgewühlte Wasser sich mit bedrohlicher Geschwindigkeit näherten. »Wurde auf dieser Reise schon einmal durchnässt, würde das lieber nicht wiederholen.«

Wax konnte diesem Gefühl zustimmen, aber er mochte ihre Chancen nicht. Jedes Rettungsboot, falls der Noctia-Händler überhaupt eines dabei hatte, wäre bereits weg oder zerstört. Auf Trümmern zu treiben könnte möglich sein, aber Wax hatte noch nie zuvor einen Schiffbruch gesehen, geschweige denn einen miterlebt. Wie einfach wäre es, hier rauszukommen und auf einem Brett zu treiben?

Ein Flüstern bot jedoch eine andere Idee an.

»Habt ihr die Skars zurückbekommen?«, fragte Wax und schleuderte die Frage an alle drei.

Quik warf den anderen beiden einen neugierigen Blick zu. Bliss sah Torny an, die den Kopf schüttelte.

»Silvrin deutete an, dass die Steine in ihrer Kabine sind, aber die ist dort hinten«, Torny zeigte nach achtern, weg von ihrer Öffnung und durch ein ganzes katastrophales Durcheinander.

»Dann wartet nicht, los, holt sie. Wir alle.«

Die anderen drei bewegten sich nicht und sahen Wax mit einer Art Mitleid an, als würde der Mann sich durch sein Engagement für die Erneuerung nun selbst ins Verderben stürzen. Dafür hatte er keine Zeit.

»Folgt mir, ihr Idioten«, knurrte Wax und ignorierte seinen lädierten Körper, um sich von Quik abzustoßen.

Das Innere des Schiffes hatte wenig mit seinem Lieblingsdschungel gemein, aber dieses Wenige war das Wichtigste: Bei jeder Bewegung boten sich Hand- und Fußhalte an, sei es ein herabhängendes Seilstück, ein gebrochenes Brett oder eine baumelnde Hängematte, die die Hälfte ihrer Haken verloren hatte. Bliss und Torny ließen Wax vorbei, und Wax bemühte sich nicht nachzusehen, ob sie ihm folgten.

Er sagte nur die Worte:

»Wir holen diese Skars, wir kommen hier lebend raus.«

Ein törichtes Versprechen vielleicht, und eines, das Wax gab, während er sich unter einem Tentakel duckte, der das Schiff über ihm auseinanderriss, aber die einzigen Worte, die Wax einfallen, um seine Freunde in Bewegung zu setzen. Mit gegenseitigen Flüchen von Torny und Quik hörte Wax bald das Krachen und Klirren, als das Trio folgte und ihn am Heck des Schiffes traf, wo zwei Kabinen warteten. Eine, unter Wax, hatte ihre Tür bereits an das Meer verloren. Zwischen ihr und der anderen Kabine befand sich die Öffnung zum untersten Deck, wo Wax weiteres Fluchen und metallisches Klirren hörte.

Offenbar hatten Torny, Bliss und Quik jemanden am Leben gelassen.

Die Tür vor Wax hatte ein Scharnier verloren und hing schief, wodurch Kojen und Habseligkeiten sichtbar wurden. Genug, um es für eine gute Chance zu halten, denn sie würden nur eine bekommen. Balancierend auf einem gebrochenen Brett versuchte Wax, die Tür wegzureißen, aber das verbliebene Scharnier hielt stand. Die Tür zu öffnen würde auch nicht funktionieren, der Griff war in diesem Winkel ohne Hebelwirkung schwer zu erreichen.

»Weg da«, befahl Quik, und Wax drückte sich zurück gegen das, was einmal der Deckboden gewesen war.

Sein älterer Bruder trat vorbei und schwang seinen rechten Arm, der schwere Panzerhandschuh krachte gegen den Türrahmen. Splitter flogen, die Tür zerbrach, und die scharnierlose Hälfte fiel ins Wasser. Wax johlte, und Quik machte weiter, schlug erneut gegen die Tür, um das untere Ende freizulegen, bis auf ein kleines Quadrat, das noch an diesem störrischen Scharnier hing.

Wax folgte Quik hinein und stand auf einer Koje, während unten Wasser eindrang. Beide, schnell von Bliss und Torny gefolgt, rissen Taschen auf und hebelten die einzige verschlossene Kiste auf. Stirnrunzeln machte sich breit, als die Hände leer blieben.

»Das sind keine Kance-Sachen«, sagte Torny nach ein paar Sekunden. »Noctia, alles davon.«

Die falsche Kabine.

Alle hatten den gleichen Gedanken, die Blicke wanderten zurück zum Ausgang. Wax war als Erster dort, schöpfte sich hinaus und zurück auf das balancierende Brett. Darunter verschwand ihr Ziel im Meer. Wasser strömte durch die Öffnung ins unterste Deck, und das Sinken schien jetzt schneller zu gehen.

»Es gibt keine Zeit mehr«, sagte Quik, die Stimme tot und besiegt.

»Es ist immer Zeit für etwas«, erwiderte Wax und sprang vom Brett.

Als er sprang, griff Wax in seine Tasche, erwischte den Rana-Skar, als er begann herauszufallen. Sein Flüstern war lauter geworden, je näher das Meer kam, zog Wax zum Wasser hin, und jetzt wuchs dieses Flüstern zu einer blubbernden Kakophonie an, rauer als Vis, ununterbrochen, anders als die aggressiven Ausbrüche des Foti-Skars. Ob diese Geräusche etwas bedeuteten, würde Wax herausfinden.

Er traf auf das Wasser, Wax' Kopf, Schultern, Brust und seine ganze Länge wurden fast augenblicklich taub. Die Kälte raubte ihm den Atem, während der blubbernde Strudel seine Augen zwang, sich zu schließen. Wax versuchte zu treten, drückte sich nach rechts in Richtung der Kabine und ihrer aufgebrochenen Tür, oder zumindest dorthin, wo er sie vermutete. Er spürte den ersten Schlag, das Dröhnen im aufgewühlten Wasser, aber nicht den zweiten, als das Eis jede Empfindung raubte.

Der Aufprall auf die Kabine kam weniger als scharfer Schlag, sondern mehr als hartnäckiges Stoppen von Wax' Vorwärtsbewegung. Er zwang seine Augen auf, akzeptierte das verschwommene Grau und das Brennen des Salzes, das damit einherging: Der Schmerz wäre besser als der Tod.

Doch so schnell wie dieses Brennen kam, verschwand es auch wieder. Der Druck auf seine Atmung ließ nach, und Wax zog sich in die Kabine, folgte der aufgebrochenen Tür in einen versunkenen Raum voller schwimmender Kojen, mit treibenden Schmuckstücken und Taschen. Eine fiel ihm besonders auf, ein zugebundener grauer Beutel, der aus einer Tasche herausragte.

Wax hatte gesehen, wie der Kance die Skars in diesen Beutel gesteckt hatte, damals am Rana-Fluss, und er griff jetzt danach. Er konnte nicht spüren, wie sich seine Finger um den Beutel schlossen, aber er sah seinen Griff, als Blasen und Schaum wirbelten. Wax zog ihn an sich, wollte sich zurück zur Tür bewegen, der Rana-Skar hämmerte in seinem Schädel.

Die kleinen Steine waren Wunder.

Wunder mit Grenzen.

Als Wax versuchte, zur Tür zu schwimmen, bewegte er sich nicht. Das Wasser verschob sich kaum. Stattdessen sank er zum Boden des Raumes. Der Rana-Skar hielt Wax davon ab, atmen zu müssen, ließ sein Herz in seiner Brust donnern, aber Wax wusste nicht wie, konnte den Stein nicht aufrufen, um ihn nach oben und hinaus zu treiben. Er versuchte, sich auf seine Beine zu konzentrieren, als er sich auf dem Boden des Raumes niederließ, und kam mit leeren Händen zurück, seine Befehle gingen ins Leere, als ob Wax losgelöst von seinem eigenen Körper schwebte.

Der einzige Teil mit irgendeinem Gefühl kam jetzt von seiner linken Hand, der, die den Skar-Beutel hielt. Wax versuchte in diese Richtung zu schauen, fand selbst diese einfache Bewegung träge. Trotzdem reagierten seine Finger an dieser Hand, als er sie fand, als er diesen Spitzen befahl, nach der Wärme zu graben, den Beutel gerade genug zu öffnen, um hineinzugreifen, um zu finden, was Wax hoffte, dass es dort wartete.

Zwei Vis-Skars, zwei Foti-Skars, und sie alle sprangen bei Wax' Berührung an, ihre Stimmen vermischten sich mit dem Rana-Brüllen. Sie überfluteten Wax' wachsende Panik, die Vis-Skars spülten die betäubende Kälte weg, als ob Wax in ein warmes Bad gestiegen wäre. Die Foti-Skars machten dieses warme Bad zur Realität, durchdrangen Wax mit einer verzweifelten Hitze. Blasen strömten von allen Seiten von ihm weg, die Temperatur versetzte den Raum in Aufruhr.

Ein weiteres Flüstern drang durch, eine schlaue und schlängelnde Stimme, die immer wieder dasselbe Wort wiederholte. Es schien mit den anderen Skars zu spielen, und während es das tat, spürte Wax, wie sein Körper leichter wurde. Das Sinken kehrte sich um, und Wax griff mit seiner linken Hand nach so vielen Skars in diesem Beutel, wie er konnte, hielt sich aber vor allem an diesem letzten, seltsamen fest. Er stieg im Raum auf und bewegte Beine, die wieder Gefühl hatten. Mit dem Rana-Skar in seiner geschlossenen rechten Hand schwamm Wax in unbeholfener Herrlichkeit durch die zerbrochene Tür.

Und stieg auf.

Als wäre er selbst eine der vielen Blasen um ihn herum, trieb Wax durch die Trümmer des Bootes. Er brach durch eine dunkle Oberfläche, über ihm die Splitter des Handels- schifsrumpfes. Um ihn herum, fast ohne Wax' Rückkehr zu bemerken, befanden sich sein Bruder, seine Schwester und Torny, alle mit dem Mund über Wasser, nach Luft schnap- pend. Ihre Haut sah blau aus, ihre Bewegungen waren langsam.

Torny hatte nicht einmal mehr Flüche übrig.

Sie würde sie nicht brauchen. Die Foti-Skars sagten Wax, was sie wollten, nicht in Worten, die er verstehen konnte, sondern in Tönen, die er gut kannte. Er drückte seine linke Faust, den Beutel und die Skars gegen den Rumpf, und Wax spürte, wie die Steine sich beeilten. Ein plötzliches Aufflammen verbrannte seinen Körper, und das dunkle Holz explodierte.

46

DER GROSSE HANDEL

Sawi und Gladdring holten die Gelehrten am Najahn-Außenposten ab, unter dem himmelspickenden Ruhm der Großen Sana. Gladdring spann die Geschichte, unterstützt durch etwas Schmutz, ein paar Kratzer und reichlich echte Erschöpfung, die auf ihrer Haut und Kleidung klebte. Der Najahn-Wachhauptmann und seine zwei Freunde waren auf Sawi und Gladdring gestoßen, als diese in den Bergen von einem Unhold angegriffen wurden, auf ihrer Rückkehr von Mottilan nach erfolgreichen Verhandlungen. Furchtlos hatten sich die Wachen auf den Unhold gestürzt und mit einem tödlichen Opfer Zeit erkauft.

Eine wahre Tragödie.

Ob die Najahn-Anführer am Außenposten die Geschichte glaubten oder hinterfragten, sagten sie nicht. Stattdessen hielten sie einen spontanen Gedenkgottesdienst für die Gefallenen, erhoben ihre Krüge und schickten Sawi und Gladdring, um sich frisch zu machen.

Der Marsch nach Kitaye verging mit Gesprächen den ganzen Tag und bis spät in den Abend hinein. Gladdring hielt Sawi nah bei sich und überhäufte sie mit Geschichten von seinen Reisen, von Noctia und den Najahn. Seine Motive waren nicht schwer zu erraten, und das Tenet sprach sie klar aus, als Sawis heimische Baumhäuser in Sicht kamen.

»Ich möchte, dass du mit mir zurückkommst«, sagte Gladdring. »Nach Noctia.«

Vor gerade einmal zwei Monaten hatte Sawi Wax auf so etwas mit Nein geantwortet. Acht Wochen Früchte pflücken und sich fragen, ob sie die richtige Entscheidung getroffen hatte. Damals war es ein müßiger Gedanke gewesen, da sie keine andere Wahl hatte.

Jetzt wurde ihr der Ast erneut angeboten. Eine Flucht aus einem Leben, das sie gewollt hatte, bis sie erkannte, dass ihr das donnernde Brausen fehlte, nach dem sie sich mehr sehnte.

»Weil du jemanden willst, der loyal ist?«, fragte Sawi.

»Weil ich jemanden will, der mit anderen Augen sehen kann«, antwortete Gladdring.

Der Hinterhalt und Mord an den Wachen hatte sich zu einem unterschwelligen Schock entwickelt, der noch in derselben Nacht auf dem Bergpass begonnen hatte. Gladdrings Ausreden machten Einschnitte in ihre Meinungen und höhlten sie aus, bis Wut, Verwirrung und Zweifel sich in Akzeptanz und Verständnis verwandelten. Wenn das Tenet seine Welt als eine von Messern und Verrätern sah, waren seine Handlungen dann wirklich so überraschend?

Waren sie zu entschuldigen?

Vis basierte auf Vertrauen, Ehre und effizienter Freundlichkeit. Alles Dinge, von denen Gladdring sagte, sie seien auf Noctia Waren. Sawi sollte das Gefühl haben, dass seine Einladung anzunehmen Gift wäre, ein Gang in ein gefährliches, fremdes Gefängnis.

Aber sie hatte die Alternative gesehen. Sie war die Sana hochgeklettert, hatte gewartet, bis ihre Beobachter sagten, Sawi und ihre Tasche könnten herabsteigen. Nächte allein oder mit neuen, zusammengewürfelten Freunden, die sich fragten, ob ein weiterer Unhold auftauchen könnte, um die Stadt zu terrorisieren. Sie fragte sich, was ihre echten Freunde wohl taten, dort draußen zwischen den Inseln.

»Diese Chance kommt nur einmal«, fuhr Gladdring fort, als die ersten Kitaye-Händler ihre Angebote ausriefen, während die Najahn-Gruppe die Stadt erreichte. »Wenn du Nein sagst, werde ich es verstehen, aber du wirst nie die Möglichkeit haben, es dir anders zu überlegen.«

»Wenn ich Ja sage, was werden wir dann tun?«

Gladdring rüttelte an der Tasche, die an seiner Hüfte festgebunden und unter seinem Gewand verborgen war. Darin klapperten Vis-Skars.

»Wir werden unsere Sieben Inseln retten, Sawi.«

47
NACH DEM SCHOCK

Die Rückkehr vom Tod erforderte einen Schock, Verzweiflung und das dunkle Holz um sie herum, das in einem feurigen Vorhang zerbarst und Bretter, Bolzen und alles, was dazugehörte, in das eisige Meer schleuderte, das sie ganz verschlang. Mit erstarrtem Körper, stockendem Atem und nach oben gerichteten Augen war Bliss in keiner Verfassung, irgendetwas zu tun, außer in Panik zu geraten.

Das Tageslicht, zugleich klar und rein, durchschnitt ihren gefrorenen Verstand. Nicht nur, weil das Grau in hartem Kontrast zum dunklen Holz stand, sondern weil dort vor ihr das abschüssige, schleimige Ungeheuer saß. Seine hintere Hälfte, die wie ein durchnässter Stein aus dem Meer ragte, zuckte unter dem Hagel aus Holz zusammen, während die riesige Kreatur wegglitt und ihre Tentakel mit sich zog. Das Wasser jagte hinterher und zog Bliss, Torny, Wax und Quik in seinen Bann.

Ein großes gelbgrünes Auge, weitaus größer als Bliss, richtete sich auf sie, und Bliss meinte, sich selbst unendlich oft in seiner schimmernden Iris gespiegelt zu sehen. Sie sah auch, wie sich sein Blick verengte.

Die Tentakel des Ungeheuers kamen von allen Seiten. Bliss konnte nichts anderes tun, als zu treten und zu paddeln, was im kalten Wasser immer schwerer wurde. Als ein Tentakel sie packte und in einem weiten Bogen aus dem Meer hob, war Bliss wie gelähmt. Der Wind ersetzte das Wasser und raubte ihr ebenso effektiv den Atem, ließ ihre Muskeln erstarren. Der Tentakel selbst übte Druck aus, und Bliss' Rippen schmerzten, als er sich um sie wickelte.

Wenn der Tod sie zu beanspruchen schien, hatte Bliss wenigstens eine gute Aussicht, bevor sie gehen würde. Unter ihren Füßen schnappten Tentakel nach den anderen, trugen nicht nur Torny, Quik und Wax, sondern auch andere zappelnde und tote Gestalten. Sie schlugen sie gegeneinander oder schleuderten sie in die Luft. Nichts blieb übrig außer einem blubbernden Strudel, wo einst das Noctia-Schiff schwamm, und vereinzeltes Wrackgut, das ziellos umhertrieb.

Hoffnungslos, wäre da nicht ein blasendes Horn zu Bliss' Rechten gewesen.

Sie drehte sich um, ihr verfilztes Haar ein gefrorener Umhang an ihren Wangen, und sah Eujos Schiff mit entfalteten Segeln, das nicht wegsegelte, nicht in einer vernünftigen Flucht, sondern stattdessen seine Richtung änderte. Ein Angriff, der Kance-Bug direkt auf das Ungeheuer gerichtet, eine Kreatur, deren Augen, deren Fokus, sich direkt auf Wax richteten. Warum?

Die Explosion. Zunächst hielt Bliss es für einen glücklichen Tentakelschlag, aber das würde weder die Hitze erklären, die sie in diesem Moment liebkoste, zugleich zu heiß und doch so willkommen gegen die betäubende Kälte, noch den plötzlichen Zorn des Ungeheuers.

Wax, immer für einen Trick gut.

Nicht dass dieser etwas nützen würde.

Bliss' Tentakel schien seinen Zweck wiederzufinden, zu erkennen, dass es sich nicht mehr lohnte, Bliss über den Wellen baumeln zu lassen. Mit einem sich entfaltenden Schnappen, das Bliss von der modrigen Basis des Ungeheuers ausgehen sah, brachte der Tentakel Bliss wieder in Richtung des eisigen Wassers. Sie konnte nichts tun, konnte ihre Arme nicht bewegen, konnte nicht-

Nein. Eine Jägerin musste, wie ihre Beute, alles nutzen, was sie konnte. Jede mögliche Waffe.

Bliss biss zu. Sie lehnte sich vor und biss mit ihrem klappernden Mund zu, versenkte ihre Zähne in das dunkle Band, das sie festhielt. Die Haut gab gummiartig nach, mit wenig Widerstand. Etwas Heißes ergoss sich in ihren Mund. Bliss hustete, würgte, aber der Tentakel zuckte, stoppte den Abwärtsstoß und krümmte sich wie ein Reflex zum Körper des Ungeheuers hin. Bliss' Füße streiften die Wellen, ihre Stiefel waren längst verloren gegangen.

Was einmal funktioniert hatte, könnte wieder funktionieren.

Bliss griff ein zweites Mal an, so kräftig sie konnte zubeißend. Wieder zuckte der Tentakel, aber diesmal peitschte er frei, zog sich zurück und schleuderte Bliss über die Wellen. Sie prallte einmal hart auf dem Wasser auf, überschlug sich und krachte dann gegen den Körper des Ungeheuers. Schleim bedeckte Bliss in einem Augenblick, verklebte ihre Hände, ihre Beine, ihr Haar. Und doch brachte der Schleim eine gewisse tote Wärme mit sich, einen sofortigen Mantel.

So konnte das Ungeheuer vielleicht in solch kalten Gewässern überleben. So konnte Bliss nun für eine Sekunde Atem schöpfen, dort an den Körper des großen Monsters geklebt, während es sich wand. Ihre Augen verfolgten Wax, ihren Bruder, die Erneuerung, der wegflog, als der Tentakel, der ihn hielt, Wax in die Luft schleuderte. Eine Geschwindigkeit und Entfernung, die den sicheren Tod bedeuten sollten.

Er tauchte mit einem breiten Platschen ins Meer ein und verschwand unter den Wellen.

Verzweiflung musste jedoch warten. Bevor Bliss reagieren, das Chaos verarbeiten konnte, bäumte sich das Ungeheuer auf, erhob sich aus dem Wasser und drehte sich, brachte Bliss' Seite nach oben und neigte sie zu ihrem Rücken, sodass die Vis-Jägerin in einem klebrigen Durcheinander über den Körper des Ungeheuers rollte, entlang eines dieser großen Augen und in die suppige Masse auf seinem Kopf.

Dort sah Bliss den Grund für die Qual des Ungeheuers.

Eujos Schiff, dieses große Kance-Gefäß mit seinem windschneidenden Profil, steckte wie ein gigantischer Dorn im Ungeheuer. Eujo selbst, zusammen mit den noch an Bord befindlichen Decksleuten, stand am Bug mit Rapieren in der Hand und stach auf das Ungeheuer ein. Sie zahlten für ihre Tapferkeit mit Ichor, mit den sich windenden Schlägen verwirrter Tentakel. Mehr Körper platschten ins Wasser, als das Ungeheuer seine Aufmerksamkeit aufgab, die Tentakel Eujos Schiff wegschoben und das Ungeheuer sich von dem Speer trennte. Eine unbeholfene Flucht, mehr durch das Abdrängen von Eujos Schiff als durch schnelles Schwimmen bewerkstelligt.

Als Gefangene auf der monströsen Insel versuchte Bliss, sich zu bewegen. Ihr ganzer Körper kribbelte, der Schleim brachte das Gefühl in ihre Arme und Beine zurück. Genug, um zu versuchen aufzustehen, wobei der Schleim wie eine lebendige Decke an ihr klebte. Der Unhold floh und ließ eine Spur hinter sich, und dahinter trieben Menschen, die um Hilfe riefen. Als Bliss aufstand, sah sie, wie Eujos Schiff seine beiden Rettungsboote zu Wasser ließ und die Decksleute mit Rudern nach den Verzweifelten und Sterbenden griffen.

Nicht, dass sie sie erreichen würden. Zumindest nicht, wenn Bliss auf dem Unhold bliebe.

Sie machte einen Schritt, rutschte aus, fiel und landete auf der ekligen Haut des Ungeheuers. Sie versuchte, sich mit beiden Händen hochzudrücken, rutschte ein zweites Mal aus. Der Unhold entfernte sich weiter von der Rettung. Das kalte Wasser, bemerkte Bliss, als sie ihre Ellbogen unter sich brachte, kam ebenfalls näher. Der Unhold schwamm nicht nur weg, sondern tauchte unter die Oberfläche. Welche fernen Träume Bliss auch immer gehabt haben mochte, auf einer Unhold-Insel im Meer zu leben, waren zunichte gemacht.

Als ob.

Bliss stellte sich vor, wie Torny sie verfluchen würde, weil sie ausgerutscht war und gezögert hatte, und zwang sich wieder auf die Füße. Sie drehte sich in Richtung von Eujos Schiff, hoffte, dass sie sie sahen, und machte ein, zwei schlampige Schritte, bevor der Schleim sie erneut ausrutschen ließ, diesmal rollend, von der Seite des Unholds in die aufgewühlte See fallend.

Das Wasser schloss sich um sie, berührte sie jedoch nicht, außer um Bliss' Gesicht, dem einzigen Teil, der einen direkten Aufprall gegen den Schleim verpasst hatte. Bliss bewegte ihre Arme und Beine und fand schnell die Oberfläche. Der Schleim schien sie zu tragen, Bliss über den Wellen zu halten. Sogar leicht genug, wagte sie zu denken, dass Bliss nah genug an Eujo heranschwimmen könnte, um gerettet zu werden.

Der Gedanke, wie ein Foti, das in ihrem Magen Blitze schmiedete, spornte Bliss zu hektischer Aktivität an. Sie peitschte durch das Wasser und griff jede Welle an, als wäre sie ihr meistgehasster Feind. Ein kurzer Blick hinter sich bestätigte den Rückzug des Unholds, das Geschöpf verschwand, ohne eine Spur seines Amoklaufs zu hinterlassen. Nur Trümmer lagen um Bliss herum, ihr Körper inmitten von Brettern, Ladung und zufälligem Ruin.

Ob Quik, Torny oder-

Ihre Hand streifte etwas Weiches, aber Festes. Der Schleim klebte an dem Objekt, und Bliss verlangsamte ihr Schwimmen genug, um hinzusehen. Ein Beutel, dessen Zugschnur halb geöffnet war. Als ihre Finger den Stoff griffen, kam eine kleine Wärme durch den Boden des Beutels. Eine vertraute Art. Bliss drehte den Beutel, griff hinein, während ihre Beine gegen das Meer paddelten. Drinnen lagen zwei Steine, beide warm, beide flüsterten verschiedene Stimmen in ihren Geist.

Einen erkannte sie, die beruhigenden Klänge von Vis. Das Skar erwachte zum Leben, als sie es ergriff, fand Bliss' Wunden und griff sie mit kitzelnder Heftigkeit an. Der andere jedoch lag in Wartestellung, so leise, dass er fast zu schlafen schien. Als Bliss ihre andere Hand darüber brachte, den ruhigen Stein wechselte, verstand sie: Foti. Ein Skar, das, wenn man Wax glauben sollte, Aggression benötigte, um geweckt zu werden.

Wax.

Bliss drehte sich um, suchte und sah nichts. Der Unhold hatte ihren Bruder in diese Richtung geworfen, und der Beutel bestätigte es. Er konnte nicht weit sein, aber wo? Wie konnte sie ...

Da. Von einer Welle umgedreht und jetzt, als ob von einer sanften Hand geführt, richtig herum ausgerichtet.

Seine Nase und sein Mund ragten kaum aus dem Wasser. Bliss warf sich auf ihn zu, jeder geschundene Knochen in ihrem Körper tat sein Bestes, um sie durch eine Welle nach der anderen zu tragen. Sie brannte vor Anstrengung, Vis-Skar hin oder her, und erreichte Wax nur, um kraftlos an seiner Seite zu treiben, der Schleim hielt sie über Wasser.

Die Augen ihres Bruders waren geschlossen, sein Kopf ein blauer Flickenteppich. Wax' linke Schulter hing in einem scharfen Winkel, zu scharf, um gesund zu sein. Blut sammelte sich um seine Beine, wo das Wasser, so scharf wie jeder Stein bei Wax' Aufprallgeschwindigkeit, seine vernarbende Spur hinterließ. Bei all dem fand Bliss seine Haut fast eisig.

Aber seine Fäuste waren geballt, beide, und Bliss glaubte zu wissen, was darin lag. Ein Bollwerk gegen das Schlimmste, aber keine unüberwindliche Barriere. Er brauchte Hilfe, brauchte eine Chance, damit die Vis-Skars ihre Arbeit tun konnten.

Bliss konnte ihm diese Chance nicht geben. Nicht, dass sie es nicht versuchte, das schwappende Wasser tretend, zuerst ihre Hände unter Wax legend, um ihn hochzuheben, dann ihre Arme um ihn schlang, als klar wurde, dass Wax nicht sinken würde. Er war tatsächlich ein Rettungsfloß für sie. Sie hielt ihn fest, spürte, wie die Kälte des Wassers langsam näher kam, als der Schleim des Unholds sich langsam, langsam wegwusch.

Eujo und ihr Schiff entfernten sich auch mit jeder Sekunde weiter. Bliss versuchte, einen Arm zu heben, ihn zu schwenken, aber keine Seele dort schien zum Horizont zu schauen, nach Punkten auf dem Meer zu suchen.

Bald würden ihre Beine nachgeben. Der Schleim würde sich wegwaschen und sie würde erfrieren, oder die Skars würden sie am Rande des Lebens halten, bis irgendein

Meeresgeschöpf sie und Wax verschlänge. Oder sie würden verhungern, auf dem Ozean treibend.

Treibend.

Der Gedanke, gepaart mit ihren eigenen fatalistischen Überlegungen über die Vis-Skars, ließ Bliss die geschlossenen Hände ihres Bruders genauer betrachten. Wie hielt er sich über Wasser? Wax hatte nie diese Kraft in den lebensspendenden Steinen erwähnt. Erkenntnisse, und mit ihnen Hoffnung, blitzten von einer zur nächsten: Dass Wax hier war, bedeutete, er musste den Strudel überlebt haben, was wiederum bedeutete, dass er wahrscheinlich ein Rana-Skar hatte.

Und diese Kance-Wachen hatten auch Eujo geplündert, und sie hatte einen Stein von der Insel gehabt. Beides könnte erklären, warum Wax wie unberührt auf den Wellen trieb. Eines davon könnte etwas sein, das Bliss nutzen könnte.

Sie bewegte sich Wax' Oberkörper hinunter. Fand seine linke Hand, hob sie mit ihrer eigenen aus dem Wasser und legte sie auf den Bauch ihres Bruders. Immer noch mit den Füßen tretend, auf den Wellen schaukelnd, öffnete Bliss Wax' Hand. Drei Steine fielen heraus und landeten auf seinem durchnässten Leinen. Bliss erkannte die Vis- und Foti-Skars, aber nicht den glitzernden silbernen dritten. Kance? Rana?

Wax keuchte, ein schmerzerfülltes Seufzen, als sein Körper ins Meer sank. Schnell handelnd, raffte Bliss die Steine auf, schob sie zurück in Wax' Hand, als die erste Welle über sein Gesicht schwappte. Als sie abgeflossen war, war er wieder zu einem ruhigen Floß geworden.

Weitere Rätsel gelöst. Das silberne Skar hielt Wax über Wasser. Das Vis-Skar hielt ihn am Leben. Foti wäre nutzlos oder fast nutzlos auf offener See. Aber was war mit seiner anderen Hand?

Mit Beinen, die langsam taub wurden, stürzte sich Bliss über ihren Bruder, packte seinen rechten Arm und zog die Hand über seine Brust. Sie öffnete sie wie die andere, diesmal besser darauf bedacht, den Stein darin zwischen ihrer rechten Hand und Wax' eigener einzuschließen. Leichter zurückzuschöpfen, falls er fiele. Außer dass das türkisfarbene Skar keine Wirkung zu haben schien, als es aus Wax' Handfläche in ihre eigene fiel.

Doch die Flüsterstimmen, die Flüsterstimmen, die bei der Berührung des Skars in Bliss' Kopf strömten. Sie drängten sie zu gehen, einfach mit den Beinen zu treten, und sie würde das Meer als willigen Diener vorfinden. Nicht wörtlich natürlich – Bliss konnte die Worte selbst nicht verstehen –, aber der Rausch war jetzt einer des Triumphs, der Macht und der Heimat.

Sie umfasste den Skar mit ihrer rechten Hand, griff mit der linken nach Wax' Arm und blickte zurück auf Eujos Schiff. Es suchte immer noch nach Überlebenden.

Zwei weitere waren auf dem Weg.

48

DAS WILDE LEBEN

Er wachte in den folgenden Tagen zu oft auf und schlief wieder ein, um es zu zählen, während Eujos Schiff weiter nach Noctia segelte. Jemand hatte ihn in ein Bett gefesselt, was laut Eujo nötig war, um zu verhindern, dass Wax herausfiel. Er zuckte, zitterte, rollte und wälzte sich im Schlaf, oder so sagte es die Königin jedes Mal, wenn ihre Besuche mit seinen klaren Momenten zusammenfielen. Gelegentlich waren auch Bliss, Quik und Torny da, obwohl sie alle ähnlich schlimm aussahen, wie Wax sich fühlte.

Die Skars, diese Wundersteine, schienen an ihrer Grenze zu sein, obwohl Wax ihr wütendes Flüstern in seinem Kopf hörte, einen rasenden zischenden Ansturm, als die Vis-Skars seine Wunden angriffen, seine Haut und Knochen wieder zusammenfügten. Mit nur zwei Skars und so vielen Verwundeten geschahen diese Angriffe allerdings nur hier und da, wenn einer entbehrt werden konnte.

Wax war anscheinend nicht so nahe am Tod, dass er vor den Deckarbeitern, vor seinem eigenen Bruder und seiner Schwester Vorrang hatte.

Er hatte das Bewusstsein verloren, als das Ungeheuer ihn ins Wasser schleuderte, erlangte es auf dem Bett wieder und machte seine ersten freien Schritte in der Stunde, nachdem das Kance-Schiff im Hafen der Ringstadt angelegt hatte. Eujo war da, um ihm aufzuhelfen, bot ihren Arm an und verbarg jegliches Zusammenzucken und jegliche Sorge in ihrem Gesicht. Wax' Dankbarkeit für diese kleine Geste ging tiefer, als sie je wissen würde.

Eine flache Sonne markierte seinen Ausgang, einen langsamen Gang in gereinigter Kance-Leinwand, auf das Deck des Schiffes. Eujo, nachdem sie bestätigt hatte, dass Wax Noctia noch nie zuvor gesehen hatte, brachte ihn zum Bug des Bootes und ließ seine Augen in Stille über die graue, abfallende Stadt wandern.

»Ziemlich hässlich«, flüsterte Wax.

Seine Stimme fühlte sich verbrannt an. Sein linkes Bein war schwach, wo sich ein explodierendes Metallteil des sinkenden Schiffes eingenistet hatte. Niemand wusste, wie man es herausschneiden sollte, also eiterte es dort, versiegelt durch die Skars. Eujo sagte, er müsse lernen, mit dem Ungleichgewicht umzugehen, dass er es mit der Zeit schaffen würde.

Wenn diese beiden Dinge seine einzigen Probleme gewesen wären, hätte Wax vielleicht ein schlaues Wort gefunden, etwas Cleveres beim Anblick des steinernen Sitzes der Inseln zu sagen. Stattdessen wollte er nichts mehr, als sich umzudrehen und zurück ins Bett zu kriechen. Dort, zumindest, würden ihn keine Ungeheuer finden. Keine Mörder würden ihn fesseln und wegwerfen.

Der Tod wäre nicht so nah.

»Es gibt viel zu sehen«, sagte Eujo. »Ein Spaziergang würde dir guttun.«

»Mir würde es besser tun, nicht zu sterben«, erwiderte Wax. »Ich meine, mich selbst.«

»Das sind nicht die Worte für eine Erneuerung.«

Wax zuckte mit den Schultern. »Du hast ein Schiff und mehr Skars. Wenn du die Erneuerung und was auch immer in dieser Stadt liegt willst, gehört es alles dir. Ich bin fertig.«

»Aufgeben ist nichts, was eine Erneuerung tun kann, Wax.«

»Ach nein? Sieh mir zu.«

Bevor Eujo ein weiteres Wort sagen konnte, drehte sich Wax auf dem Absatz um und humpelte zurück ins Innere des Schiffes. Gehen war schwer. Die Tür seiner Kabine abzuschließen und aufs Bett zu fallen war leicht.

Quik erwachte nach Luft schnappend, etwas, das er jeden Tag getan hatte, seit das Ungeheuer ihn fast ertränkt hatte. Er spürte immer noch die hungrigen Wellen des Ozeans, die ihn begruben, ihn einfroren, sich wie ein Schraubstock um ihn schlossen. Sein rechtes Handgelenk, verbunden und geschient nach dem Bruch, war dafür verantwortlich, sein Leben gerettet zu haben. Als der schnappende Tentakel des Ungeheuers ihn losließ, hatte der Jäger mit dem Handschuh ausgegriffen, die spitzen Enden gruben sich in das Fleisch des Ungeheuers und verlangsamten Quiks Abstieg auf Kosten des Knochens. Der Schmerz hätte ihn dann eigentlich bewusstlos machen sollen, aber Quik konnte Schmerzen beherrschen, konnte seinen Körper kontrollieren, und er schob die Dunkelheit rechtzeitig beiseite, um vom Ungeheuer zu fallen und nicht weit von Eujos Schiff ins Wasser zu platschen.

Tretend, kämpfend, sich an ein schwimmendes Brett klammernd, um am Leben zu bleiben, während seine Haut gefror, seine Lippen blau wurden, hielt Quik durch, bis ein kleines Rettungsboot ihn fand, ihn an Bord zog und in dicke Decken wickelte. Eujo selbst legte den Handgelenksverband an, eine Technik, die jeder Kance-Straßenjunge irgendwann lernte, da gebrochene Knochen eine häufige Beschwerde in den Himmelsstädten waren.

»Fallen«, sagte Eujo, so warm, wie Quik sie je gesehen hatte, »hat seine Konsequenzen, und man fällt oft, wenn man in Kance aufwächst.«

Er nahm seine Runde mit den Vis-Skars zusammen mit allen anderen, obwohl Quik sich wie Wax im Inneren des Schiffes hielt. Jedes Mal, wenn er zum Geländer wanderte und diese Wellen sah, wurde seine Brust eng, seine Muskeln zitterten. Ein Feiglingsempfinden, aber er konnte keinen Weg daran vorbei finden, egal wie sehr er es versuchte.

Seine Kabine bot zumindest etwas Erleichterung. Ebenso Noctia.

Mit einem silbernen Kance-Umhang und frischer grauer Leinwand, die seine Brust und Beine umhüllte, schlich Quik von Eujos Schiff. Sie legten für Tage an, mindestens, für Reparaturen nach dem Rammen des Ungeheuers – Eujos Entscheidung – und möglicherweise länger, wenn das Eis den Weg zwischen Noctia und Whent versperrt hielt. Nicht dass es Quik etwas ausmachte: Die Ringstadt fühlte sich fest unter seinen Füßen an, eine Empfindung, die er so lange wie möglich behalten wollte.

Bliss und Torny waren, wie Eujo es erzählte, bereits vom Schiff und in der Stadt. Quik hatte sich mit keinem der Decksarbeiter angefreundet, also wanderte er allein in die Metropole. Seine Größe, sein Körperbau und seine neugierige Hand, gepaart mit den Handschuhen, die an seiner Hüfte hingen, sorgten für einen weiten Bogen, als Quik durch den Hafen navigierte, immer tiefer in die Insel und höher hinauf.

Er hatte ein Ziel im Sinn, Fragen, die er vielleicht beantwortet bekommen würde, und Möglichkeiten zu erkunden.

Quik hatte Wax seit dem Ungeheuer genau einmal gesehen, und sein Bruder schien ein verblasster Mann zu sein. Keine Grinsen, keine Tricks, nur gejagte Augen und ein gebrochener Körper. Wenn Quik jegliche Liebe zum Meer verloren hatte, hatte Wax jegliche Liebe zum Leben, zum Abenteuer verloren. Die Vis-Erneuerung war zerbrochen, und mit diesem Ende kam eine Wahl: zurück zu den Inseln oder irgendwohin, etwas anderes.

Pavarde, zurück an der Küste von Foti, hatte Quik eine Möglichkeit eröffnet. Die Najahn suchten immer nach neuen Rekruten, und die Möglichkeiten waren grenzenlos.

Wenn Wax damit fertig war, die Welt zu retten, nun, dann konnte Quik immer noch unter Lila und Schwarz für sie kämpfen.

Der Rammstoß rettete Torny. Er traf den Unhold buchstäblich direkt unter ihrem Tentakel, trennte das nasse Glied ab und ließ sowohl sie als auch es auf Eujos Deck krachen. Klar, das Gewicht zerbrach die Reling und hinterließ eine hässliche Delle im Holz des Kance-Schiffs, aber hey, Eujo hatte dafür einen Banditen als Belohnung. Torny, die ein paar blaue Flecken, aber sonst wenig davongetragen hatte, rollte vom Tentakel und nahm einen Platz am Bug ein, von wo aus sie auf Leute zeigte, die das Rettungsboot aufnehmen sollte.

Darunter auch Bliss, die inmitten wachsender Verzweiflung mit Wax im Schlepptau aufgetaucht war. Tornys schnell abgefeuerte Schimpftiraden lenkten die Aufmerksamkeit aller auf die kämpfende Vis, und Torny hatte die nächsten Tage auf See damit verbracht sicherzustellen, dass Bliss, Quik und Wax keine Mahlzeit verpassten.

»Und dafür schuldest du mir was«, sagte Torny, während sie und Bliss sich ein Bier in der Rattenzahn teilten. Es war der erste anständige Drink seit viel zu langer Zeit, und das malzige Karamell wärmte sie genauso, wie es sollte. »Ich bin nicht deine Mutter, und ich bin nicht dein Dienstmädchen.«

›Aber du bist meine Freundin‹, gab Bliss zurück.

Die Vis schien anfangs ein wenig nervös hier inmitten all des Trubels der größten Stadt der Inseln. Torny jedoch beruhigte die Aufregung mit Fakten und Nebensächlichkeiten, indem sie auf all die Orte in dem riesigen Hafen zeigte, wo Bliss Dinge sehen oder ergattern konnte, die sie auf Vis nie finden würde.

Theatergruppen aus Tamas, lebendige Zephyre aus Kance, bereit für Rennen, goldene Gewänder, gewebt auf Rana und zum Verkauf von verzweifelten Händlern, die versuchen, ihre Bestände loszuwerden, bevor der Winter die nördlichen Routen einfriert, alles zum Betrachten und Mitnehmen. Der Rausch brachte eine lebendige Farbe zurück in Tornys Wangen, einen Puls in ihr Herz.

Sie war von diesem verdammten Ort weggelaufen, und sie würde es nicht wieder tun.

›Du hast hier gelebt?‹ gebärdete Bliss.

»Ja, einmal. Hab's auch geliebt. Aber die Dinge ändern sich, nicht wahr?«

Bliss blickte an sich herunter. Torny folgte dem Blick und kämpfte ein Stirnrunzeln nieder. Anders als Wax war Bliss größtenteils unversehrt geblieben, abgesehen von den Kratzern, Schnitten und blauen Flecken, die alle auf den Schiffen an jenem Tag davongetragen hatten. Nein, die Vis schien sich öfter nach innen zu wenden, zählte die verlorenen Leben auf beiden Schiffen und wie knapp Wax daran vorbeigeschrammt war, einer von ihnen zu sein.

Als Torny am zweiten Tag gefragt hatte, warum Bliss so von den Toten besessen zu sein schien, antwortete Bliss, dass sie in so kurzer Zeit so viele gesehen hatte. Das Leben auf Vis war nicht so hart, so mörderisch gewesen, und so nahe an so viel Verlust zu sein, setzte ihr zu. Ein Druck, den sie nicht abschütteln konnte.

Damals, auf dem Schiff, hatte Torny nicht gewusst, was sie sagen sollte. Niemand lehnte sich an ihre Schulter und bat um Rat oder Trost.

Jetzt, mit etwas alkoholischem Selbstvertrauen, hatte sie ein paar Worte parat.

»So ist das Leben, Bliss«, begann Torny, sich aufbauend wie Wasser, das diese schrägen Noctia-Dächer hinunterläuft. »Du hattest dein behütetes Leben, aber die Inseln funktionieren nicht so. Sie sind hart, brutal, mit Scheiße befleckt.« Sie zögerte. Das Timing war bei einer solchen Rede alles. So viel hatte Torny von Sledge gelernt. »Aber es ist auch wunderschön. Du musst über das Dunkle hinwegkommen, das Gute finden. Sieh dir an, was wir getan haben, die Menschen und Orte, die wir gerettet haben. Dieser Rana-Außenposten? Wäre ohne uns abgefackelt worden. All diese Skars? Verloren, wenn wir nicht diese Kance-Idioten gejagt und aufgehalten hätten. Ich wette, deine Brüder wären schon dutzende Male tot, wenn du nicht mit ihnen gekommen wärst.«

Bliss lachte. ›Da hast du Recht.‹

»Und rate mal, wo ich ohne dich wäre?« fuhr Torny fort. »Zurück auf Foti, entweder tot bei diesem Najahn-Überfall oder schwitzend in einer Schmiede, das Eisen bearbeitend. Du hast mich davor gerettet. Es ist nicht deine Schuld, was dort hinten passiert ist, also lass nicht zu, dass es dich zurückhält. Deine Brüder brauchen dich, und ich auch.«

Die Vis war nicht der Typ, der leicht errötete, aber Torny sah definitiv etwas Rot in diesen Wangen. Bevor Bliss einen Weg finden konnte, auszuweichen, abzulenken und abzuwehren, hob Torny ihr Glas und drängte Bliss zu einem Anstoßen, einer Verbindung.

»Auf dieses wilde Leben und den Gewinn der Erneuerung«, sagte Torny.

Das Lächeln, als Bliss ihr Glas berührte, bedeutete alles.

49
DAS VERSPRECHEN DER ERNEUERUNG

Die Dunkelheit brach im Winter früh herein, und mit ihr erwachte das Schiff zu goldenem Leben. Die Deckmatrosen, die meisten noch von der Genesung gezeichnet oder um verlorene Freunde trauernd, fanden dennoch etwas Trost in ihrer Pflicht und zündeten die Lampen an. In der Ferne funkelte die Ringstadt den Berghang hinauf. Fast schön genug, um Wax die bewachten Brustwehren und die Fregatten auf See, die nach eindringenden Unholden Ausschau hielten, vergessen zu lassen. Nicht, dass er von seinem kleinen Fenster am Bett aus viel sehen konnte.

Nachdem er den Weg zum Deck zurückgelegt hatte, war er wiedergekommen, hatte sich unter eine Decke gekuschelt, die sich irgendwie leichter als Luft anfühlte, und war in einen tiefen Schlaf geglitten. Ein Klopfen hatte ihn herausgerissen und Wax gerade genug Zeit gegeben, das abendliche Spektakel zu beobachten, bevor sich das Türschloss drehte.

»Hey«, begann Wax, als Eujo hereinkam, in Leder gekleidet, mit einem Kance-Rapier an der Hüfte, was auf einen alles andere als ruhigen Abend hindeutete. »Ich war gerade-«

»Du hast nichts Wichtiges gemacht.« Eujo unterbrach ihn. Hart wie Stahl, wie immer. »Du gehst. Jetzt.«

»Was?«

»Du hast es selbst gesagt. Du bist fertig. Mein Schiff, meine Leute, meine Ressourcen unterstützen meine Erneuerung, nicht dein Gejammer. Also geh.«

Wax blinzelte und setzte sich aufrechter hin. Er spürte, wie tausend hitzige Argumente in ihm aufzusteigen begannen. All die Gefahren, denen er sich gestellt hatte, die Verletzungen, die er erlitten hatte, die schuldbeladene Angst, als seine Geschwister für Wax' Suche dem Tod entgangen waren - jedes einzelne erhob sich wie ein Messer, bereit, Eujos kalte Worte zu durchbohren.

»Es sei denn«, sagte Eujo und zog das Wort in die Länge, wobei ihre Augen eine schelmische Falte bekamen, die Wax noch nie zuvor bemerkt hatte. »Es sei denn ... aber nein. Du bist nicht bereit.«

Ein Trick der Versuchung. Ein Leben lang mit Spaßvögeln wie, nun ja, ihm selbst, machte es leicht, die Falle zu erkennen, die Eujo aufstellte, aber was wartete auf der anderen Seite? Ein verlorener Mann konnte Trost in einem offenbarten Weg finden, und Wax hatte nirgendwo anders hinzugehen, also machte er den Schritt auf dem Pfad, den Eujo anbot.

»Was?«, fragte Wax. »Wofür bin ich nicht bereit?«

»Ich habe meine Wächter verloren, wenn man sie überhaupt so nennen kann«, antwortete Eujo, ihre Hand wanderte zu dem Armband an ihrem Unterarm, wo vier Skars glänzten. »Deux und die Schiffsbesatzung können mich herumschippern, aber sie werden mir nicht zu den Skars folgen. Dein Bruder und deine Schwester und der

Dieb scheinen alle fähig genug zu sein.« Sie verlangsamte wieder und zeigte das kleinste Lächeln. »Ein Deal. Du kannst hier bleiben, hier in deinem Selbstmitleid liegen, wenn du deine Wächter bittest, sich stattdessen mir anzuschließen.«

Ein Angebot, das Wax ablehnen konnte. Eine Beleidigung, zu versuchen, seine Wächter zu stehlen. Wax rutschte aus dem Bett, stand auf und versuchte, etwas Wut aufzusetzen, erinnerte sich dann aber daran, dass er nur ein leichtes Kance-Nachthemd trug. Geballte Fäuste und ein finsterer Blick konnten nur so viel bewirken, wenn Nachtwäsche den Hintergrund bildete.

Eujo lachte, obwohl ihr spöttischer Unterton den Klang nicht erreichte. »Endlich mal eine Emotion von dir.«

»Ich bin nicht tot«, stotterte Wax.

»Hätte mich und jeden anderen auf diesem Schiff täuschen können.« Eujo ließ die Heiterkeit fallen und legte einen spitzen Finger auf Wax' Brust. »Bist du einverstanden? Deine Wächter und dein Bett voller Selbstmitleid?« Eine elende, stille Sekunde, um Wax schmoren zu lassen. »Oder hast du eine andere Idee?«

Verwundet, verzweifelt, ängstlich. Wax konnte all diese Dinge sein, ja, aber er war auch Vis' Erneuerung. Er war immer noch der Mann, der seinem Freund versprochen hatte, die Reise durchzustehen, egal wie viele Narben und Skars er auf dem Weg sammeln musste.

Als diese Gedanken Wurzeln schlugen, summten die endlosen Flüstern aus den Vis-, Rana- und Foti-Steinen. Meistens waren sie ruhig, aber bei Eujos Sticheleien, als Wax seinen Willen zusammennahm, erwachte der Foti-Skar zum Leben. Er flammte auf, ein Rausch, der Wax dazu trieb, nach der Kette um seinen Hals zu greifen, das Metall lief heiß. Eujo folgte der Bewegung, sah den Rubin, der mit dem Feuer einer Schmiede glühte, und ihre Augen weiteten sich.

»Wax, verbrenn nicht mein Schiff.«

»Werde ich nicht«, sagte Wax, Schweiß perlte auf seiner Haut im kühlen Raum, sein ganzer Körper lief heiß. Ein weiteres Skar-Geheimnis? Würde er sich selbst in Flammen aufgehen lassen? Spielte es überhaupt eine Rolle angesichts Eujos Herausforderung? »Ich werde auch meine Wächter nicht aufgeben. Ich bin eine Erneuerung, genau wie du. Wenn du meine Wächter willst, dann bekommen wir dein Schiff. Den ganzen Weg durch Kance.«

Eujo neigte den Kopf, »Ich habe bereits meinen Heimat-Skar.«

»Durch Kance, oder wir gehen jetzt und du gehst allein.«

Die Königin erwiderte seinen harten Blick und nickte dann. »Du hast einen Deal, Wax. Oder sollte ich sagen, Erneuerung. Willkommen zurück.« Sie ließ ihren Blick an Wax auf und ab wandern. »Und zieh dich an. Es ist Zeit fürs Abendessen, und Noctia hat Speisen, die du noch nie gesehen hast.«

Eujo drehte sich um und ging, und als sie das tat, wurde der Foti-Skar ruhiger. Die Hitze verflog, das rohe Feuer verblasste von seinen Fingerspitzen, seinen Füßen, seiner Stirn. Doch als Wax einen Schritt in Richtung der Truhe mit der Wäsche machte, hinterließ er zwei geschwärzte Fußabdrücke auf dem Boden.

Die Skars hatten sein Leben gerettet. Wie vielen mehr könnten sie helfen? Wie weit konnte ihre Macht reichen?

Als Wax aus dem Fenster schaute, auf Noctias endlose Lichter und die schwarzen Klippen dahinter, fragte er sich, ob der Steinthron wirklich die Antwort war. Oder ob die

Erlösung stattdessen in den Flüstern und der rohen Kraft um seinen Hals lag.

»Du und ich«, murmelte Wax zu sich selbst, zu den Skars. »Wir werden alle zusammen retten.«

Was er nicht wusste, was diese geschwärzten Bretter fragten, war, ob sie zuerst alles zerstören würden.

———

Während der Winter Die Sieben Inseln heimsucht, dringt ein Barbar in die Tiefen vor, um die Unholde zu erschlagen oder bei dem Versuch zu sterben.

Setz Wax' Abenteuer fort mit *Die Fesseln aus Steins*:

DANKSAGUNG

Es gibt diese Vorstellung, dass Schreiben ein einsamer Akt sei, aber das könnte nicht weiter von der Wahrheit entfernt sein. Jeder Autor ist auf Freunde, Familie und ja, auch auf die Leser angewiesen, um seine Geschichten weiterzuspinnen.

Insbesondere möchte ich meiner Frau Nicole danken, deren endlose Liebe und Ermutigung jeden Tag heller machen. Meinen Brüdern Jonathan, Justin und Matthew sowie meinen Eltern Bob und Mary, die mir helfen, ein Lächeln im Gesicht zu behalten.

Und natürlich all euch Lesern, die dieses Leben erst möglich machen.

Danke.

ÜBER DEN AUTOR

A.R. Knight schreibt Science-Fiction und Fantasy im eisigen Norden von Wisconsin. In Begleitung zweier Katzen taucht er gerne in Abenteuer ein, die sich ebenso sehr um den Bösewicht wie um den Helden drehen.

Nachdem A.R. Knight einen Abschluss in Journalismus gemacht und das Land bereist hatte, um Gesundheitssoftware zu installieren, dachte er, es wäre gut, zu dem zurückzukehren, was er liebt. Also hat er jetzt ein kleines Büro und frühe Morgenstunden, um all die Geschichten zu spinnen, die seiner Fantasie entspringen.

Wenn A.R. Knight nicht schreibt, reist er gerne überall hin, sei es zu Inseln vor der Küste Ecuadors, in den Regenwald, zum Snowboarden in die Rocky Mountains oder um in Edinburgh Scotch zu nippen. Das ist das Schöne am Schriftstellerleben, man kann es überall hin mitnehmen.

Um ihn zu kontaktieren oder zu sehen, was er so treibt, besuchen Sie www.blackkeybooks.com

arknight@blackkeybooks.com

Facebook-Symbol Facebook

X (Twitter)-Symbol X (Twitter)

Für Art und Val

www.ingramcontent.com/pod-product-compliance
Lightning Source LLC
Chambersburg PA
CBHW020322010826
48973CB00005B/1081